DIA

Bernard Lenteric est né à Paris, il y a bientôt
Son école : la rue.
Boxeur, danseur mondain, camelot, puis dirigeant d'une multinationale et producteur de films : *Le dernier amant romantique, Plus ça va, moins ça va, Les 7 jours de Janvier, Le Cœur à l'envers, Un type comme moi ne devrait jamais mourir*.
Après trois ans passés à Hollywood, il devient scénariste puis écrit des best-sellers : *La Gagne, La Nuit des enfants rois, Voyante, La Guerre des cerveaux, Substance B, Les Enfants de Salonique, La Femme secrète* et *Diane.*

Paru dans Le Livre de Poche :

LA NUIT DES ENFANTS ROIS.
LA GAGNE.
LA GUERRE DES CERVEAUX.
SUBSTANCE B.
LES ENFANTS DE SALONIQUE.
LA FEMME SECRÈTE *(Les Enfants de Salonique, 2)*.
VOYANTE.

BERNARD LENTERIC

Diane

ROMAN

OLIVIER ORBAN

A Laure Killing

Le 8 avril 1901, par 54°20′ de latitude N et 21°50′ de longitude O, l'*Excellency* se trouvait approximativement à mi-chemin entre Halifax et Liverpool. Aux franges du Cercle polaire arctique, la banquise commençait à se disloquer et à s'émietter en icebergs, mais, profitant de la visibilité que lui offrait un ciel clément, le commandant Dudley Hopsworth n'avait pas hésité à choisir une route plus haute, et donc plus courte qu'à l'ordinaire.

Le temps était superbe. Mais les passagers du grand navire, assez résolus pour affronter le vent glacial qui balayait le pont, en revenaient les joues blêmes et le nez rougi par le froid, incapables de rire ou de parler durant un bon moment en dépit de grogs bouillants.

Parmi les intrépides qui s'astreignaient à ces promenades hygiéniques, un homme retenait particulièrement l'attention. De loin, il pouvait paraître vingt ans. Seules de petites rides aux coins de ses yeux et quelques boucles d'argent sur ses tempes trahissaient la quarantaine. Les hommes enviaient sa haute taille et ses larges épaules, sa prestance naturelle, sa démarche de seigneur. Les femmes devinaient des muscles vigoureux mais déliés, un ventre plat et dur. Surtout, elles s'attendrissaient quand son regard croisait le leur. Dans son visage taillé à coups de serpe, ses yeux noirs brillaient d'un feu presque animal. Cependant, ceux qui avaient lié connaissance avec lui le décrivaient comme un parfait gentleman, réservé mais sachant se montrer disert et cultivé. Courtois sans affectation, il assaisonnait volontiers ses propos d'un humour parfois déconcertant. Bien qu'il parlât peu de lui-même, les langues allaient bon train. Cuisiné par quelques commères affriolées dès le départ d'Halifax, le commissaire de bord avait livré des bribes d'information. Ce phénix était grec. Il s'appelait Périclès Hespéra, et il exerçait la profession de chercheur d'or. Les dames du bord l'évoquèrent en bras de chemise au bord d'un fleuve tumultueux, les joues mangées de barbe, lavant des pépites près de son campement, les muscles noueux de son dos jouant sous sa chemise. L'attrait qu'il exerçait sur elles s'accentua encore. Elles se complaisaient à imaginer une rencontre au sein de la grande nature, et des nuits d'amour sous la tente. Ces visions romantiques n'étaient d'ailleurs qu'à demi fausses. Périclès Hespéra menait bien ce genre de vie, mais ce n'était là qu'un aspect de sa personnalité. En lui, l'homme des bois et l'homme d'affaires cohabitaient harmonieusement. Propriétaire de plusieurs riches gisements, il traitait d'égal à égal avec les plus importants groupes miniers internationaux. Il arrivait même qu'il s'oppose à eux, et l'histoire de son bras de fer avec la De Beers avait fait la preuve de sa puissance et de son courage.

Après avoir affronté les épouvantables tempêtes d'hiver, Périclès Hespéra appréciait le confort de ce retour paisible. Au bout de trois mois de prospection dans le Kansas, il avait fait un détour par le Manitoba où un important condominium américano-canadien lui avait proposé une association. A l'instant de regagner l'Europe, il s'était embarqué à Halifax au lieu de rentrer par New York. Plus les villes étaient grandes et moins il les aimait. New York lui avait déplu. Il avait vu réuni en elle tout ce que son métier lui permettait de fuir : la promiscuité, l'air sale des cités industrielles où l'haleine des foules harassées se mêle à celle des cheminées d'usines, le masque de la déchéance et du malheur sur des visages anonymes. Bien sûr, cette vision d'apocalypse était exagérée. Aucune ville, même New York, n'est absolument conforme à cette image simpliste. Mais pour lui, accoutumé à côtoyer des hommes libres et robustes, des coureurs de bois, des guides, des bergers, des paysans, l'humanité citadine n'offrait guère d'attraits. Il la jugeait rabougrie et chlorotique, martyrisée comme ces arbres flétris qui végètent à grand-peine aux abords des usines. Ses robustes poumons réclamaient une atmosphère d'une autre qualité ; ses longues jambes le démangeaient quand il piétinait au coude à coude avec la foule des avenues bondées de fantômes au teint blafard. Il n'était pas fait pour cette vie-là, voilà tout. Était-il seulement fait pour la civilisation ? Il s'en accommodait à sa manière. Du moins lui permettait-elle de mener l'existence qui lui convenait : quelques semaines ennuyeuses en ville, le temps de négocier des contrats, et de longs mois heureux sur le terrain, au fin fond des territoires le plus souvent inhabités, parfois même inviolés jusqu'alors.

Les longues traversées en bateau qu'il accomplissait pour se rendre d'un champ de prospection à un autre constituaient ses vacances. Il lisait des poètes et des romanciers. Il rêvait parfois au passé, sans s'y complaire, en homme meurtri mais trop amoureux de la vie pour s'enfermer dans de vaines et cruelles ruminations. Et puisque son physique lui valait la bienveillance des femmes, dont il était grand amateur, il ne se privait pas de combler les espoirs des plus séduisantes d'entre elles. Il aimait ces liaisons sans nuages. En dehors du réel, dans la parenthèse du voyage, elles s'achèvent d'un commun accord à l'instant où l'on touche au port. Héritières du Nouveau Monde allant parfaire leur éducation dans la vieille Europe, épouses délaissées de magnats occupés par la gestion de leur empire, jeunes veuves trompant leur solitude, il n'avait que l'embarras du choix à bord de l'*Excellency*. L'élue fut une certaine Lucy Ann Walker, née Atkins, qui avait connu son heure de gloire sur les planches d'un théâtre de Broadway sous le nom de Jenny Merrit, avant qu'un roi des céréales ne tombe assez amoureux d'elle pour l'épouser. Ce qui en elle réjouissait Périclès, à part son éblouissante beauté — cheveux blond cendré, dents perlées, poitrine insolente —, c'était son franc-parler. Elle ne jouait pas du tout à la grande dame et se moquait avec esprit d'elle-même et de son céréalier. Elle l'aimait bien, même si elle le trompait sans remords. Il était beaucoup plus âgé qu'elle et ne se montrait pas tout à fait à la hauteur en un domaine où elle avait des exigences considérables. Elle l'appelait irrévérencieusement « *the old redneck* » (le vieux cou rouge), le vieux péquenot, en américain.

— C'est un type bien, avait-elle dit à Périclès après qu'ils eurent fait l'amour pour la première fois. Rien à voir avec la plupart des gars que j'ai rencontrés avant lui ! Mais quoi ? J'ai vingt-cinq ans, et lui... presque soixante-dix. Il est loin d'être bête. Il se doute bien de mes petites escapades ; il ferme les yeux, comme on fait avec un enfant turbulent. Quand l'un de nous deux disparaîtra, j'aurai beaucoup de peine ! lançait-elle avec un rire de gorge. Je serai riche, il a fait son testament. Il m'a tout légué... L'ennui, c'est qu'il faudra gérer tout cet argent, et quand on a connu la misère, comme moi à mes débuts, on n'a confiance en personne. Je crois que je me chercherai un autre papa gâteau plein aux as. C'est ce qu'il y a de plus sûr... Je le rendrai fou d'amour, je le câlinerai à mort, et en échange il surveillera mes affaires... Je suis affreuse, non ?

— Affreuse ? Sûrement pas ! avait répondu Périclès en caressant l'impressionnante poitrine de Lucy Ann. Ce qui serait affreux, ce serait de faire ça en hypocrite. Mais chez toi, c'est seulement amusant. Et puis ces vieux messieurs ont bien de la chance !

— C'est vrai. Je ne suis pas sûr qu'ils me méritent. Comme actrice, je n'étais pas terrible. Heureusement que le vieux cou rouge est venu me tirer de là : toute la pièce reposait sur mon décolleté, et il n'y avait que des hommes dans la salle... Mais à poil, j'ai du talent, non ?

— Du génie ! Au fait, que vas-tu faire en Europe ?

— Le vieux cou rouge me paie l'Italie ! Au dernier moment, une histoire de pop-corn frelaté l'a empêché de m'accompagner. Une douzaine de gosses intoxiqués. Il était aux cent coups, tu penses ! Il espère me joindre par le prochain bateau, si la Food and Drugs le laisse en liberté, bien sûr. Oh, je ne m'inquiète pas, il prendra les meilleurs avocats ! Et puis, à quelque chose malheur est bon : quand il est là, je n'ose pas, ça me gêne que les gens qu'il croise le voient en vieux cocu... Mais puisqu'il n'est pas là, profitons-en ! conclut-elle, intéressée par un renouveau de vigueur chez son compagnon.

Ainsi Périclès Hespéra passait-il le temps à bord, tandis que l'énorme paquebot taillait sa route sur la mer glacée, à deux mille milles marins de toute terre habitée. Bien des hommes se seraient damnés pour occuper sa place. Mais à l'instant où Lucy Ann Walker, blanche et blonde, enjambait son corps, il ne put empêcher l'image d'une autre femme de s'imposer à lui. Une blonde également mais qu'il n'avait jamais vue dans cette posture, ni dans aucune de celles que Lucy Ann adoptait si volontiers. Une femme qu'il n'avait jamais tenue dans ses bras, qu'il n'avait plus embrassée depuis les baisers volés de l'enfance. Pour cette femme-là, il aurait donné toutes les Lucy Ann de la terre. Il poussa un soupir. Elle appartenait à un autre, et cela suffisait pour que la vie de Périclès, si riche en apparence, lui semblât la plus vide et la plus morne qu'on puisse imaginer.

— Eh bien, qu'est-ce que t'as ? Tu es tout drôle d'un seul coup ? Je ne t'inspire plus ?

Il sourit.

— Si, bien sûr que si !

La vie à bord de l'*Excellency* était une fête perpétuelle — du moins en première classe. Mais les passagers des autres classes existaient-ils ? Vu du pont supérieur, on aurait pu en douter. Tout était fait pour qu'on ne les croisât jamais. Ils étaient là, pourtant, encaqués dans les profondeurs du steamer, quelque part sous les pieds des demi-dieux du pont supérieur chouchoutés par un personnel omniprésent. Ainsi la hiérarchie sociale, à bord des paquebots, reproduit-elle, en les accentuant jusqu'à la caricature, les inégalités de la société humaine. Le riche marche sur la tête du pauvre, ou du moins riche, et ainsi de suite jusqu'à l'émigrant du quatrième pont, qui n'a plus en dessous de lui que le passager clandestin, lequel voyage en compagnie des rats.

Nonchalamment accoudé au bar du salon-fumoir, Périclès Hespéra remuait ces pensées désabusées tout en sirotant un vieux cognac. Vite fatigué de la cuisine du bord, digne des plus grandes tables d'Europe mais un peu trop lourde à son gré, il s'était contenté d'un homard grillé et d'un verre de chablis. A présent, dispos, il attendait tranquillement l'heure d'aller rejoindre Lucy Ann dans sa suite, en écoutant d'une oreille distraite la conversation d'un groupe de passagers assis autour d'une table devant des cafés, une bouteille de porto et une boîte de Davidoff.

Il n'y avait là que des hommes. Les femmes fréquentaient peu le fumoir, et d'ailleurs, à ce moment précis elles étaient pour la plupart en train de se changer pour le bal organisé dans le grand salon. Bals, représentations théâtrales, concerts, soirées-casino, il ne se passait pas de jour sans qu'on n'organisât quelque chose pour distraire les passagers. Périclès n'avait pas l'intention de danser ce soir-là. Les bals ne servaient qu'à approcher une femme dont on avait envie, pour le lui faire comprendre. Il n'était pas encore las du corps nacré et pulpeux de Lucy Ann. Ils se retrouveraient vers minuit. Il resterait là à lire ou à rêver dans un des profonds fauteuils de cuir, tandis que les échos de la fête lui parviendraient assourdis à travers les lourdes tentures qui isolaient le fumoir.

Les quatre hommes qui bavardaient à la table voisine étaient assez représentatifs de la clientèle masculine des premières classes de l'*Excellency*. Périclès les connaissait. Il avait échangé quelques mots avec chacun d'eux. Louis Hoffmanner était un des propriétaires de la banque Verlay et Hoffmanner, de Zurich. La quarantaine, de taille moyenne, blond, vêtu avec une élégance discrète, d'une politesse exquise, de première force au bridge. Si sa banque avait fait faillite du jour au lendemain, il n'aurait eu aucune peine à gagner sa vie les cartes à la main. Périclès le savait très lié avec Puïk Honendael, un homme d'affaires hollandais un peu plus âgé, occupé à préparer son cigare de Cuba dans les règles de l'art. La personnalité d'Honendael semblait beaucoup plus complexe que celle du distingué mais insipide Hoffmanner. Il ressemblait à un lutin monté sur ressort. Dans son visage de fouine sympathique brillait un regard d'une vivacité exceptionnelle. Puïk Honendael, c'étaient cinquante kilos de vif-argent. Toujours pressé, toujours gai, toujours prodigieusement intéressé par tout ce qui lui tombait sous les yeux, que ce soit le manège d'une des mouettes qui accompagnaient le navire depuis la côte canadienne ou les bavardages d'un serveur. Papillonnant sans grand succès autour de tout ce qui portait jupon à bord, le Hollandais démentait l'adage qui veut qu'une femme qui rit soit à demi conquise. Il ne les séduisait jamais qu'à demi. L'autre moitié lui restait inaccessible. Il prenait cette infortune avec philosophie. Chaque fois qu'une dame le rabrouait, il faisait une pirouette et passait à une autre, sans plus de résultat. Ce côté cœur d'artichaut ne trompait que les esprits les moins perspicaces. Les autres devinaient dans ce faune bondissant et brouillon un esprit brillant, un Cyrano en miniature. Malheureux en amour, il réussissait partout ailleurs avec éclat. Non seulement tout ce qu'il touchait se transformait en or, mais il se montrait un remarquable connaisseur de la situation économique et politique mondiale.

Le troisième amateur de café, Ashley Boyd, était un Américain. Il avait inventé un modèle de presse-purée qui avait rencontré aux U.S.A. un succès phénoménal, et il s'en allait, armé de cet ustensile, à la conquête des marchés européens. Périclès avait entendu cette mauvaise langue de Puïk déclarer que l'apport de Boyd à la civilisation s'arrêtait à son presse-purée : heureusement pour l'espèce humaine, quelqu'un d'autre s'était chargé d'inventer l'eau chaude. La conversation de Boyd était aussi terne que ses cravates étaient exubérantes. Un trait suffisait à le situer : lui seul appréciait la compagnie d'Andras Boskop, l'individu qui, entre deux lampées de porto, pérorait à la table. Boyd n'était que sot ; Boskop, c'était autre chose. La communauté des premières classes de l'*Excellency* comptait sans aucun doute un certain nombre de crapules mais elles se dissimulaient généralement sous les dehors du vernis mondain et de la bonne éducation. Un parvenu peut être supportable, voire sympathique. Quelques-uns méritent qu'on les admire. Après tout, ils ont parcouru seuls un chemin dont bien des nantis ne seraient pas venus à bout. Boskop était un parvenu insupportablement antipathique. En lui, tout déplaisait. Sa voix, criarde et affectée. Son regard faux, dur aux humbles, caressant pour les puissants. La façon qu'il avait de vous appeler par votre prénom sans y avoir été invité, dans l'espoir d'instaurer entre vous et lui un semblant d'intimité dont il espérait se targuer ou tirer parti. Inculte et épais, il s'érigeait en ami des arts et dressait la liste des tableaux de sa collection en précisant le prix de chaque œuvre et la plus-value qu'il en dégagerait. Intelligence infirme, tournée vers un seul but : l'argent : Il disait bucks, fafiots, en se frottant le pouce et l'index avec une moue gourmande.

Pour l'heure, il racontait son dernier coup fumant. Il revenait du Mexique, où il avait monté une juteuse opération immobilière en faisant chasser une vingtaine de familles paysannes de leurs terres.

— Les terrains n'étaient pas constructibles... Cultures vivrières ! Tu parles ! Ils récoltaient trois poignées de maïs et une livre de tomates par saison, en se crevant le cul à gratter la terre. J'ai mis le juge dans ma poche, vous voyez le truc ? Avec ce que les magistrats gagnent là-bas, vous les avez pour une bouchée de pain. Ça n'a pas traîné ; l'armée a viré les loqueteux qui s'accrochaient à leur lopin, j'ai acheté deux mille hectares pour quelques pesos, et j'ai fait raser les cahutes. Après ça, je suis retourné voir mes commanditaires à El Paso. Je leur ai mis les titres de propriété et le permis de construire sous le nez. « Tout est clair », je leur ai dit. Ils n'avaient plus qu'à construire. Je me suis fait des couilles en or !

— Mais que vont-ils devenir ? demanda Honendael.

Il tirait sur son cigare, tout en dévisageant Boskop d'un air impénétrable.

— Qui ça ?

— Eh bien, les paysans ?

Boskop eut un geste désinvolte.

— Qu'est-ce que vous voulez que ça me foute ? Ils iront ailleurs. Ils ne seront pas plus pauvres ! Ils crevaient de faim, sur ces prétendues terres fertiles...

— Une politique d'irrigation aurait pu arranger les choses, non ?

— Peut-être, mais la question n'est pas là. Pourquoi s'emmerder à tirer quelques pesos par an d'une terre qui peut en rendre des centaines de milliers en quelques mois ?

— D'accord, d'accord, dit le Hollandais, nous sommes entre hommes d'affaires, nous savons le prix de l'argent... Mais quand même, que vont-ils devenir à votre avis ? Où vont-il aller ?

— Ils iront travailler en usine, si on veut d'eux. Et les femmes, enfin les plus jeunes, trouveront toujours à s'employer... Ce ne sont pas les bordels qui manquent au Mexique ! lança Boskop avec un rire gras. Certaines de ces mômes ne sont pas si maigres. Et délurées ! Je me souviens d'une petite, Conception, elle s'appelait... Elle avait douze ou treize ans. Elle servait à la cantina du bled. On y a tiré une bordée, avec le juge et son greffier. Eh bien, la Conception, elle nous a épongés tous les trois en même temps, comme une grande !

— En même temps ! s'exclama Honendael tout en échangeant un regard avec Hoffmanner.

— Parfaitement, dit Boskop en hochant la tête. Moi, pas fou, poursuivit-il en baissant un peu la voix, j'ai préféré me faire sucer. L'eau est rare, là-bas, et la chaude-pisse court les rues.

Au bar, Périclès sentit que son verre de cognac allait éclater sous la pression de ses doigts aux phalanges blanchies. Il le posa, prit une cigarette dans le coffret que le barman avait placé sur le comptoir, et l'alluma nerveusement. Une violente envie de soulever Boskop de sa chaise et de le faire passer par le hublot le démangeait. Non content de déposséder les paysans mexicains de leur gagne-pain, ce salaud souillait leurs filles ! Périclès imagina un visage brun encadré de tresses noires, penché sur le ventre de Boskop. Douze ans ! Fumier !

Ce lourdaud de Boyd semblait tout de même choqué.

— Douze ans... C'est jeune !

— Ouais, fit Boskop, mais attention, ce sont des Indiennes, hein ? A douze ans, elles sont déjà formées. Il y en a même des plus jeunes, prêtes à tout pour quelques sous. Mais moi, ce n'est pas mon truc. Je préfère qu'elles soient nubiles, qu'elles aient du poil et des seins. Je ne suis pas un monstre !

— Bien sûr que non !

Dans les yeux gris d'Honendael, une lueur équivoque avait brillé fugitivement. Il s'adressa à Hoffmanner.

— Eh bien, Louis, qu'en dites-vous ? Vous paraissez songeur...

— Qui ne le serait pas ? Mais n'est-il pas l'heure ? L'orchestre accorde ses violons...

— En effet, c'est l'heure, dit Boyd. Je vais aller voir si Mabel est prête. Elle met toujours un temps à s'habiller !

Les quatre hommes se levèrent et, pour sortir du fumoir, passèrent devant Périclès toujours accoudé au bar. Honendael se tourna vers lui et esquissa un mince sourire attristé. Le Grec interpréta ce sourire comme un signe de connivence : Honendael n'était pas moins révolté que lui par le personnage de Boskop. Mais alors, pourquoi ne lui avait-il pas crié son mépris au visage ? Le poids des conventions ? Périclès lui-même n'avait pas suivi son impulsion. Il n'avait pas bougé, alors qu'il aurait éprouvé un souverain plaisir à gifler Boskop. Il haussa les épaules. Qu'est-ce qu'il allait chercher ? Honendael se fichait éperdument de l'honneur perdu des petites paysannes mexicaines, et lui-même n'était pas un justicier chargé de châtier toutes les vilenies d'un monde qui en était prodigue... La planète terre sentait sacrément mauvais, par moments !

— Alors vraiment, tu n'as jamais été marié ? Tu dois être drôlement fortiche !

— Comment ça ?

— Ben oui... Il y a des hommes, on se demande comment ils se sont débrouillés pour dénicher une femme qui veuille bien d'eux. Toi, c'est plutôt le contraire. Comment ça se fait qu'aucune femme n'ait réussi à te mettre le grappin dessus ? Il y en a bien quelques-unes qui ont dû essayer ?

Dans le fouillis des draps défaits, Périclès se redressa sur un coude, et, prenant un air de séducteur professionnel, lissa de deux doigts une moustache imaginaire.

— Quelqués-ounes ? Madre ! Des milliers, tou voulais dire ! Qu'ellès étaient toutes après moi !

Lucy Ann prit un air fâché.

— Tu te moques de moi ! Sérieusement, comment ça se fait ?

Périclès haussa les épaules.

— Ça ne s'est pas trouvé, c'est tout. Et d'ailleurs, avec mon métier, une femme ne pourrait pas être heureuse.

— Quand on aime, on s'accommode de tout ! Et les femmes de marins, hein ? Mais toi, tu n'as jamais été assez amoureux d'une femme pour l'épouser ?

Périclès resta un moment sans répondre. Enfin,

avec réticence, puis plus librement, comme si les mots le soulageaient, il parla.

— Il y a eu une femme. Enfin, elle n'a jamais été ma maîtresse... Seulement une amie. Une amie d'enfance. Si elle m'avait laissé le moindre espoir j'aurais tout plaqué, je l'aurais épousée sans hésiter.

Lucy Ann s'était redressée à son tour. Ses yeux brillaient de curiosité.

— Elle n'a pas voulu ?

— Elle n'a même jamais rien su. Tu es satisfaite ?

— Ah, non ! Je veux en savoir plus !

— Il n'y a rien à savoir, puisqu'il ne s'est rien passé.

— Mais c'est ça qui est passionnant ! C'est comme dans les livres, tu comprends ? Dans la vie, c'est trop simple. Les gens couchent ensemble et puis ça casse, ou bien il y en a un des deux qui ne veut pas, et... C'est vrai, tu ne lui as jamais dit que tu en pinçais pour elle ?

— Jamais. C'était tout simplement impossible !

— Qu'est-ce que tu me chantes ? C'était pas ta sœur, quand même ?

Périclès eut un sourire amer.

— Presque. Mon amie d'enfance. Mais surtout, elle en a aimé un autre... Et puis un autre. Des amis à moi, eux aussi. Tu as raison, on dirait un roman.

Lucy Ann était suspendue aux lèvres de Périclès. Elle chercha à tâtons sur la table de nuit un paquet de minuscules cigarillos brésiliens. Elle en alluma un et se carra plus commodément contre l'oreiller.

— Raconte, je t'en prie ! Tu sais, j'ai un cœur de midinette !

Périclès hésita. Cette histoire était son jardin secret. Un jardin mélancolique, aux couleurs d'automne, où soufflait le vent à la fois amer et doux du souvenir. Il craignit un instant de l'abîmer en le dépeignant à Lucy Ann. Mais elle lui était sympathique. Pas seulement bonne fille. Sous ses dehors gouailleurs, il devinait en elle une femme de qualité. Elle non plus n'était pas satisfaite de sa vie de poule de luxe, mais elle préférait en rire plutôt que de se lamenter. Il semblait à Périclès que pour la première fois, se confier à quelqu'un lui ferait du bien. Oh, il ne passait pas son temps à pleurnicher ! Son métier le passionnait, il ne dédaignait pas les occasions de se payer du bon temps, les femmes défilaient dans sa vie... Parfois, il arrivait à se sentir presque heureux. Presque. Ce presque faisait toute la différence. Par moments, tout l'édifice se lézardait. Son existence de joyeux célibataire le dégoûtait. Même la prospection l'ennuyait. Qu'est-ce qu'il fichait en Tasmanie ou au Honduras, alors qu'à l'autre bout du monde la femme de sa vie, la seule qui compterait jamais, partageait le lit d'un autre ? Le temps s'enfuyait, il se voyait vieillir seul, et serrait les poings. Il n'avait pas su saisir le bonheur au passage. Alors il se soûlait à mort, sous les yeux de ses ouvriers terrifiés. Il tournait à l'épave, hébété, titubant, mais silencieux, muré dans un malheur accablant. Au bout de trois jours, il sortait de sa torpeur, cassait les bouteilles, se lavait, se rasait, et se remettait au travail comme si de rien n'était. Il repartait pour des mois d'activité dévorante.

— Le roman commence à Salonique, il y a... quelques dizaines d'années, dit-il d'une voix sourde. Tu ne connais pas Salonique ? C'est là que je suis né, en Turquie d'Europe. Comment te décrire Salonique ? Des places écrasées de soleil, des ruelles ombreuses aux relents d'encens et d'urine, de café et d'alcool de figue, des quais qui sentent la marée et le cuir, le vin, l'huile et les fruits séchant sous les hangars... Des cris dans toutes les langues... Le turc, le grec, le bulgare, l'hébreu, le serbe... Salonique, c'est Babylone ! Et c'est elle, cette femme... Quand je pense à Salonique, c'est son visage qui m'apparaît. Elle avait dix ans, elle était blonde... Il y a peu de filles blondes, là-bas ; elle rayonnait, même dans la pénombre des rues étroites ! Son père était un riche marchand... Il a fait faillite, et il s'est pendu... Nous, les garçons, nous étions pauvres. Trois galopins en haillons, toujours à courir les rues. Et elle, Diane, la fille de Kostas Mascoulis, un des notables de la ville, elle vagabondait avec nous, une fille, trois garçons, au pays de l'enfance !

— Et c'est avec eux deux qu'elle...

— Oui. Oh, je les aimais, eux aussi. Je les aime toujours ! C'est normal qu'elle les ait préférés. Moi, même riche, je ne suis qu'un coureur de collines, un traîne-savates... Tandis que Démosthène est devenu écrivain et ministre, et Basile s'est taillé un véritable empire industriel. Alors elle a d'abord épousé Démosthène, et plus tard elle l'a quitté pour Basile. Voilà. Tu sais tout.

— Je ne connais pas les deux autres, répondit Lucy Ann, songeuse, mais à sa place à elle, je crois que je t'aurais choisi toi ! Elle a préféré l'argent ?

Choqué, Périclès sursauta.

— L'argent ? Elle s'en fiche, de l'argent ! Son père est mort ruiné, mais elle était la nièce de l'homme le plus riche de Grèce... Non, elle aimait Démosthène, et quand il l'a déçue, elle est tombée amoureuse de Basile.

— Pourquoi a-t-elle été déçue ?

— Démosthène n'était pas seulement le plus grand poète grec et un homme politique de premier plan ; c'était aussi un héros national. A vingt ans, il dirigeait la résistance grecque contre les Turcs, à Salonique. Il y a quelques années, une campagne de presse s'est déchaînée contre lui. On l'accusait d'avoir trahi, là-bas, et d'avoir livré ses compagnons pour sauver sa vie.

— Et c'était vrai ?

Périclès baissa la tête.

— Qu'importe, dit-il à mi-voix. Pour moi, cela ne change rien. Il était mon ami, et il l'est encore. Je n'ai pas à le juger. Aux yeux de Diane, en revanche, Démosthène avait perdu tout son prestige.

— Mais ce sont les hommes qui se préoccupent de ces choses-là... Trahir, ne pas trahir, la belle affaire s'il s'agit de sauver sa peau ! Les femmes s'en fichent, quand elles aiment.

— Sans doute n'aimait-elle déjà plus Démosthène. Toujours est-il qu'elle s'est enfuie avec Basile.

— Peut-être qu'il la décevra, lui aussi ? Et alors, ton jour viendra...

Il haussa les épaules.

— Mon jour, mon tour... Non, je trouverais ça humiliant, indigne d'elle et de moi ! Démosthène est un homme fragile et effectivement décevant. Basile, lui, est un roc, une force de la nature... Un monstre aussi, un marchand de canons, mais il ne la décevra pas.

— Tu les vois souvent ?

— Non. Je n'ai plus revu Diane et Basile depuis qu'ils sont ensemble. Démosthène, je l'ai rencontré deux ou trois fois à Paris, où il vit en exil. Il m'a fait pitié. Il boit, il traîne avec des putes et des bons à rien... Il est devenu laid, lui qui était si beau. Tous les matins, il jure d'arrêter de boire et de se remettre au travail, d'écrire enfin le chef-d'œuvre qui le rachèterait, qui donnerait un sens à sa vie... Je crois qu'il ne l'écrira jamais. Il est foutu. En perdant Diane, il a tout perdu...

Périclès se tut, étonné d'avoir parlé aussi longtemps, et de s'être livré totalement à une quasi-inconnue. Il sourit.

— Je raconte ma vie, maintenant !

— Et alors ? Moi, je t'ai raconté la mienne tout de suite. Ta vie à toi est plus chouette. C'est une belle histoire ! A quarante ans, aimer encore une femme qu'on a connue tout gosse...

— C'est beau, mais c'est triste ! Allez, fini les confidences.

Il fit mine de balayer du plat de la main les souvenirs qu'il venait de rappeler.

Il se leva. A nouveau, Lucy Ann se dit qu'elle n'avait encore jamais vu un homme aussi bien bâti. Et pourtant, des hommes nus, elle en avait vu défiler quelques-uns, au temps où chaque soir, un inconnu la raccompagnait à son hôtel miteux, moyennant quelques dollars. Et ce n'était pas toujours des prix de beauté.

— Tu ne restes pas avec moi ? J'aime bien faire l'amour au réveil... On a l'impression de rêver encore.

Il déclina son offre.

— Un autre soir. Je n'aurais pas dû te parler de tout ça. Je vais aller me soûler au bar !

Elle eut peur qu'il ne lui en veuille, et elle le lui dit. Il lui caressa la joue.

— Tu es une fille bien, Lucy Ann Walker ! Ne t'inquiète pas ; même si je n'en avais pas parlé, j'y aurais pensé. J'aurais pris une cuite de toute façon.

Il enfila prestement ses vêtements et sortit en lui adressant un baiser du bout des doigts.

Périclès entrouvrit la porte et s'assura que la voie était libre. A cette heure avancée, tout était calme dans cette partie du navire. Refermant doucement le battant, il s'engagea dans le couloir. Il passa devant sa propre cabine sans s'arrêter. Il ne pourrait plus s'endormir maintenant sans une respectable dose d'alcool. Il restait des mois entiers sans toucher à un simple verre de vin, mais quand il se décidait à boire, il pouvait faire rouler les pires pochards sous la table avant de se sentir légèrement étourdi. Cette médaille avait son revers : pour perdre conscience il lui fallait d'énormes quantités d'alcool. Le foie d'un homme normal n'y aurait pas résisté, mais le sien, comme tout en lui, était hors norme.

Avant de gagner le bar, il ressentit le besoin de respirer l'air glacé du pont. Une promenade solitaire calmerait peut-être ses nerfs.

Le ciel était si clair qu'on apercevait distinctement les étoiles, spectacle apaisant. Les compteurs des passions, des illusions, des chagrins, se remettaient à zéro. Les points brillants des astres lui rappelaient la simplicité de la condition humaine. Une vie d'homme ? A peine le temps de lever la tête et d'apercevoir les constellations qui s'étirent majestueusement dans l'éther !

Périclès souffla dans ses mains. Il n'avait pris ni gants ni manteau et le vent de mer, ajouté à la vitesse du bateau, balayait le pont désert avec férocité. Il n'était pas nécessaire d'attraper la mort. Sa vitalité lui rendait la moindre idée de maladie insupportable. Après tout, une bonne gueule de bois durait moins longtemps qu'une pneumonie.

Il s'apprêtait à rentrer, lorsque, du pont supérieur où il se tenait, il aperçut deux ombres côte à côte, à l'abri d'un canot arrimé sur le pont inférieur. Conversation galante, par ce froid ? Il allait poursuivre son chemin, quand des bribes de ce que se disaient les deux ombres parvinrent jusqu'à lui.

— ... vous de voir, mais pour vous aussi l'affaire serait juteuse !

— Combien ?

— J'irai jusqu'à cent mille guldens, si vous m'introduisez auprès des gens susceptibles d'interpréter la loi dans le sens de l'intérêt commun... cent mille guldens sans se fatiguer, c'est bon à prendre, non ?

— Certes oui !

Périclès reconnut les voix de Puïk Honendael et d'Andras Boskop. Il revint sur ses pas, en surplomb des deux hommes. Il pouvait presque distinguer leurs visages. Il tendit l'oreille. Il ne s'agissait donc pas d'une idylle, mais d'une affaire d'argent. Elle ne devait pas être bien propre, puisque Andras était dans le coup, et qu'il avait choisi d'en parler à Honendael sur le pont et à cette heure tardive...

— Cela m'a l'air assez appétissant, reprit le Hollandais.

— Et sans risque ! Il y a longtemps que je pensais m'attaquer à la vieille Europe. Si vous me mettiez le pied à l'étrier, notre collaboration pourrait s'accroître dans l'avenir. Croyez-moi, c'est dans l'immobilier qu'on fait le gros pognon et, facilement ! Alors ?

— C'est tentant, admit Honendael. Mais la Hollande n'est pas le Mexique... Il y a des juges intègres, des associations de défense, des syndicats !

— Laissez-moi rire ! Les hommes sont partout les mêmes. Faites-moi confiance, je sais me montrer persuasif...

— Je n'en doute pas. Vous m'avez donné quelque idée de vos arguments !

— Je ne connais pas de meilleur lubrifiant que l'argent... Rien ne peut arrêter un homme déterminé qui dispose de ce lubrifiant, et qui sait exactement où l'injecter !

— Si, peut-être...

— Et quoi donc ? demanda Boskop, intrigué.

— La détermination d'un homme capable de violence, et qui sait exactement quand l'exercer !

— Je ne comprends pas...

— C'est pourtant simple !

Tout alla très vite. Si vite que quand ce fut terminé, Périclès crut avoir rêvé. Avec une précision et une économie de gestes fulgurantes, le minuscule Honendael se baissa, et, des deux bras, saisit les jambes de Boskop à la hauteur des genoux. Le spéculateur n'eut que le temps de pousser un faible cri de surprise. Avec un « han » de débardeur, Honendael le souleva et le fit basculer par-dessus bord. Les bras de Boskop battirent l'air frénétiquement, puis il disparut. Périclès entendit un bruit d'eau, et ce fut tout. Le meurtre n'avait pas duré plus de quelques secondes. L'assassin jeta un coup d'œil à droite et à gauche avant de s'éloigner d'un pas paisible.

Abasourdi, Périclès demeura un moment sans réagir, doutant de la réalité de ce qu'il venait de voir. Enfin il se reprit, et s'empara d'une des bouées de sauvetage accrochées au bastingage, mais il eut immédiatement conscience de l'inutilité de ce qu'il pourrait tenter. L'*Excellency* filait bien vingt nœuds. Il faut des kilomètres à un paquebot lancé à une telle allure pour infléchir sa route. En outre, un homme ne survit pas plus de quelques minutes dans une eau glacée. S'il n'était pas déjà noyé, assommé par une chute de quinze mètres, Boskop n'en avait que pour un bref instant de terreur avant de périr, suffoqué par le froid, ou pris dans le tourbillon de l'étrave et broyé par les hélices de l'énorme navire. Rien ne pouvait plus le sauver. Le Grec eut un frisson d'horreur. Boskop lui avait déplu dès le premier regard, cependant c'était un être humain, aussi désastreuse que fût l'image qu'il donnait de l'humanité. Périclès se mit dans la peau du malheureux. La main géante de l'eau glacée se refermant sur son corps, son affolement, son désespoir à la vue de la coque d'acier percée de hublots allumés défilant au-dessus de lui... La vie elle-même qui s'éloignait inexorablement...

Périclès se pencha par-dessus le bastingage, et sonda en vain la noirceur des flots. Rien. La tragédie était jouée. Alors une bouffée de colère le submergea. Il allait châtier ce salopard de Hollandais !...

Il s'engouffra dans le couloir, et s'arrêta aussitôt. Un homme se tenait devant lui, les mains dans les poches de son trench-coat. Honendael ! Son visage était pâle, mais Périclès n'aurait su dire si c'était l'effet de la peur ou de son séjour sur le pont. En revanche, il ne faisait guère de doute que le Hollandais avait voulu s'assurer que son acte n'avait pas eu de témoin depuis le pont supérieur. Quoi qu'il en soit, il avait des nerfs d'acier. D'une voix neutre, il salua Périclès.

— Eh bien, monsieur Hespéra, on prend le frais ?

— Assassin ! gronda Périclès en l'empoignant par le col. J'ignore pourquoi vous avez tué Boskop, mais je vous jure que ce crime ne restera pas impuni !

Honendael ne pesait pas lourd entre les mains musclées de Périclès. Cependant, il ne se laissa pas démonter.

— Allons, monsieur Hespéra, calmez-vous ! Vous êtes un homme intelligent... Laissez-moi vous expliquer !

— Qu'y a-t-il à expliquer ? Vous avez précipité Boskop par-dessus bord... C'était une crapule, d'accord, mais...

— Vous voyez ? Vous le reconnaissez vous-même, c'était une crapule ! Voilà l'explication : j'ai éliminé une crapule, un fléau humain... Est-ce un crime ?

— Oui ! rugit Périclès. C'en est un, dans tous les pays civilisés !

— Ne criez pas, et cessez de me serrer le cou comme ça, vous m'étranglez ! Je ne porte pas d'arme, et vous êtes beaucoup plus fort que moi. Si je vous échappais, je n'irais pas bien loin. Nous sommes sur un navire, ne l'oubliez pas. Puisque je suis en votre pouvoir, faites-moi la grâce de m'écouter. Ensuite, si vous le désirez, je vous suivrai sans résistance chez le commandant.

Impressionné par le calme du Hollandais, Périclès desserra son étreinte.

— Vous ne manquez pas de sang-froid !

Honendael eut un petit rire.

— Non, n'est-ce pas ? Alors, consentez-vous à m'écouter ? Vous avez entendu notre conversation, tout à l'heure au fumoir ?

— J'ai entendu les vantardises de Boskop... L'affaire du Mexique, cette malheureuse gosse, mais...

— Si je n'étais pas intervenu, il y aurait eu d'autres affaires, et d'autres Conception !

— Mais ce n'est pas à vous d'intervenir !

— A qui donc, alors ? A la police ? Que faisait-elle, quand ces trois saligauds ont souillé la petite Indienne ?

— Vos arguments sont troublants, admit Périclès, mais ils sont pervers. L'individu ne peut châtier un criminel de son propre chef... C'est à la communauté de s'en charger. C'est une des bases de la civilisation.

La voix d'Honendael se fit grave.

— Belle civilisation qui permet à des Boskop d'agir impunément. Mais peut-être me suis-je trompé sur votre compte ? Peut-être êtes-vous amateur de gros billets et de petites Indiennes, vous aussi...

— Je vous interdis !...

Honendael grimaça un sourire.

— Je ne le pense pas. Dans ce cas, pourquoi vous faire son complice ?

— Moi, son complice !

— Oui. Si vous aviez pu m'empêcher de le tuer — car vous l'auriez fait, n'est-ce pas ?

— Oui...

— Alors il aurait recommencé. Retournez ça dans votre tête aussi longtemps que vous voudrez, la conclusion sera la même : il aurait recommencé à exproprier des paysans et à contraindre des petites filles. Et ç'aurait été votre faute.

Excédé, mais aussi désorienté par la logique implacable d'Honendael, Périclès le lâcha. Le petit homme, jusqu'alors maintenu au-dessus du sol par la poigne du colosse, faillit s'affaler sur la moquette écarlate du couloir. Il se retint au mur et soupira de soulagement.

— Merci ! J'étais au bord de l'asphyxie, ce qui n'est pas très commode pour plaider sa cause, vous en conviendrez !

Périclès eut un geste de colère.

— Je ne conviens de rien, vous m'entendez ? Vous êtes un sophiste, et sans doute un menteur !

Honendael haussa les sourcils.

— Un menteur ?

— N'aviez-vous pas une autre raison, bien intéressée, bien sordide, bien humaine, de tuer Boskop ? Vous ne seriez pas le premier assassin à vous draper dans de grands principes.

En parlant, Périclès dévisageait son interlocuteur. Son visage avait pâli. Ses narines se pinçaient, et son souffle s'accélérait sous le coup de la colère.

— Si vous croyez cela, lança le Hollandais, alors livrez-moi immédiatement ! A l'instant où je l'ai fait basculer par-dessus bord, Boskop me proposait un pot-de-vin de cent mille guldens. Je suis un homme riche, mais cent mille guldens, c'est beaucoup d'argent. Non, monsieur Hespéra, je ne l'ai pas tué pour des raisons personnelles. Mon intérêt aurait été qu'il vive, si j'avais appartenu à son espèce.

Périclès accusa le coup. Il avait été le témoin involontaire de cette proposition. L'assassin était sincère, et le justicier ne savait plus où était son devoir.

Périclès aurait cent fois préféré avoir affaire à un assassin ordinaire. Il aurait su comment réagir. Mais Honendael n'était pas un assassin ordinaire. Un fou, peut-être, pour prétendre se substituer à la justice...

— Je ne crois pas être fou, dit le Hollandais, lisant dans les pensées de Périclès. Je tiens simplement compte d'un certain nombre d'évidences que la plupart des hommes aiment mieux oublier. Et pourquoi agissent-ils ainsi ? Par probité ? Par conscience morale ? J'en doute ! Ils ne veulent pas d'ennui. Ils ne veulent pas se salir les mains, tout simplement ! Vous m'êtes sympathique, monsieur Hespéra. Je pressens en vous quelque chose... Quelque chose de rare parmi nos contemporains ! C'est pourquoi je vais vous faire un aveu : Boskop n'est pas le premier !

— Comment ?

Honendael hocha la tête en souriant.

— Vous avez bien entendu. Boskop n'est pas ma première victime. J'en ai tué d'autres comme lui. Des nuisibles. Des êtres de proie. Des charognards. Ce n'est pas compliqué. Quand l'occasion est propice, je les élimine... comme ça, pfuit !

Il eut un geste de la main, rapide et désinvolte.

— Maintenant, reprit-il, je m'en remets à vous... Vous avez le choix entre deux solutions. La première, me dénoncer. Nul ne pourrait vous en vouloir. Vous feriez votre devoir, comme on dit. Je suis un homme puissant, mais votre témoignage est irrécusable. J'irais en prison, on me jugerait, et je serais peut-être condamné à mort. Vous auriez la satisfaction d'avoir vengé cette belle âme de Boskop !

Honendael avait prononcé ces derniers mots avec une ironie mordante. Il laissa passer un temps avant de poursuivre :

— Deuxième solution : rentrer dans votre cabine et vous taire. Demain matin, on constatera la disparition de Boskop. On découvrira qu'il est tombé accidentellement à la mer et, n'en doutez pas, la terre continuera à tourner sans lui. A mon avis, elle tourne un poil plus rond qu'avant sa mort.

Un bruit de pas résonna et un jeune steward s'avança le long du couloir, les bras chargés d'un plateau d'argent supportant une bouteille de champagne dans un seau à glace, et une seule coupe de cristal. C'était le somnifère de Mme Brown-Canterel, une richissime quinquagénaire, propriétaire d'une bonne partie du Middle West.

— Voici le moment, monsieur Hespéra, dit Honendael à mi-voix. Si vous n'alertez pas ce jeune homme maintenant, vous aurez du mal à vous expliquer par la suite...

Périclès s'effaça devant le garçon. Il lui rendit son sourire, et eut même une petite grimace narquoise en désignant du menton la tisane très particulière de Mme Brown-Canterel.

Le bruit des pas du serveur diminua, étouffé par la moquette.

— Trop tard ! souffla Honendael dans le silence retrouvé. Je vous remercie, monsieur Hespéra... Et je vous félicite ! Vous avez pris le bon parti. Qu'auriez-vous retiré de mon arrestation ? Être le héros du jour ? Vous êtes au-dessus de telles misères...

Périclès ferma les yeux un instant, et passa sa main sur son visage.

— Vous êtes le diable !

— Le diable, ou un ange ?

— L'ange exterminateur !

Honendael eut un sourire modeste.

— Qu'allez-vous chercher ? Je n'extermine pas, j'élague une branche pourrie, une feuille malade qui risquerait de gâter l'arbre tout entier. Il y faut beaucoup de discernement et de doigté... Et surtout, surtout, de la modération. Je ne suis pas le diable, monsieur Hespéra. J'ai une âme, et je la perdrais si j'intervenais sans une profonde réflexion. Quoi qu'il en soit, merci. Il est tard. Le moment est venu de nous séparer. Puis-je compter sur votre discrétion jusqu'au terme de notre voyage ?... Et au-delà ?

— Si je vous dénonçais maintenant, comment justifier qu'on m'ait vu en train de bavarder paisiblement avec vous, quelques minutes après avoir été témoin du meurtre ? soupira Périclès.

— Peut-être me permettrai-je de reprendre contact avec vous un de ces jours, reprit Honendael. Il y a certaines choses dont j'aimerais vous entretenir... Il est encore trop tôt. Je vous en ai déjà beaucoup dit pour une première fois.

— Beaucoup trop !

— Alors ne brusquons rien. Vous êtes un grand voyageur... Moi aussi ! Laissons le hasard nous réunir à nouveau.

— Je préfère vous oublier à jamais, répliqua Périclès.

— Aujourd'hui, bien sûr ! Mais réfléchissez aux événements de ce soir, vous les interpréterez peut-être différemment. Bonsoir !

Le Hollandais tendit la main au Grec. Celui-ci hésita à la prendre. Ce n'était pas une main d'assassin. Petite, soignée, très blanche, harmonieuse... Une chevalière en or l'ornait. Périclès ne l'avait pas remarquée jusqu'alors. Il distingua très nettement le motif gravé sur le chaton : une balance, sur laquelle se croisaient un épi de blé et un glaive.

Malgré lui, sa main se détacha de son corps, saisit celle d'Honendael et la serra brièvement, mais sans plus de réticence. Il lui sembla que le Hollandais avait retenu son souffle jusqu'à cette seconde, et qu'il respirait à présent plus librement.

— Bonsoir ! répéta Honendael.

Puis il se détourna et s'éloigna, abandonnant Périclès, décontenancé par sa propre attitude. A nouveau, il avait l'impression de rêver. Il avait serré la main d'un homme qui venait d'en assassiner un autre. Mais Boskop méritait-il le nom d'homme, et Honendael celui d'assassin ?

Cette nuit-là, Périclès ne se soûla pas. Il regagna directement sa cabine. Il était épuisé, comme si, toute la soirée, il avait abattu des arbres ou soulevé des blocs de ciment. Il se déshabilla, fit une toilette rapide, puis s'affala à demi nu sur son lit. Les yeux mi-clos, il tenta de réfléchir. Avait-il bien fait de laisser filer Honendael, un vulgaire assassin, aussi méprisable que Boskop malgré tous ses beaux discours ? N'était-il pas devenu son complice ? Où étaient le bien et le mal ? Il croyait l'avoir toujours su. Au cours de sa vie aventureuse, il avait dû user souvent de violence. Il avait même tué, quand il devait assurer sa survie. Jamais il n'avait analysé ses actes plus longtemps que nécessaire. Il était une force en marche, globalement orientée vers le bien, il en avait l'intime certitude, il était simplement trop fort, trop sûr de lui, pour s'abaisser à commettre des crimes. Ce soir, face à Honendael, il avait perdu ses repères. Le Hollandais avait brouillé les pistes.

Quand Périclès s'endormit enfin, il n'avait rien résolu. Jusqu'à l'aube, il rêva qu'il errait dans une ville en ruine envahie par une brume épaisse. A quelques mètres de lui, Honendael avançait, armé d'un revolver. De temps à autre, ils croisaient des ombres et le Hollandais abattait l'une d'elles avant de poursuivre son chemin. Périclès se penchait et s'efforçait de lire sur les traits de la victime s'il s'agissait d'un juste ou d'une fripouille. Mais les visages convulsés par la mort ne lui révélaient rien. Ils se confondaient tous en un seul, celui de Boskop, dont les lèvres bougeaient faiblement pour articuler quelque mot inaudible. Puis la brume s'éclaircit. Les inconnus qui peuplaient cette ville, ceux qu'Honendael épargnait comme ceux qu'il tuait, portaient le masque du spéculateur. Mais alors, comment le Hollandais parvenait-il à les distinguer les uns des autres ?

Le lendemain, on constata la disparition d'Andras Boskop. Le commandant ordonna une enquête. On fouilla l'*Excellency* de fond en comble, puis ces recherches n'ayant rien donné, on interrogea longuement les passagers et le personnel des premières classes, ainsi que quelques passagers des classes économiques, d'éventuels suspects. Le steward qui avait apporté sa bouteille de champagne en pleine nuit à Mme Brown-Canterel rapporta qu'il avait rencontré MM. Honendael et Hespéra en conversation dans le couloir, et les deux hommes furent entendus à nouveau par le commissaire de bord. Ils déclarèrent tous deux qu'ils s'étaient en effet attardés à parler affaires assez longtemps avant de se séparer, et qu'ils n'avaient rien remarqué d'anormal. On en déduisit qu'ils n'avaient rien à se reprocher, ce qui n'étonna personne, étant donné leur condition sociale et la considération générale dont ils jouissaient l'un et l'autre. Le commissaire aboutit à la conclusion que M. Andras Boskop était tombé par-dessus bord pour une cause accidentelle inconnue, et il rédigea son rapport dans ce sens.

L'accident n'assombrit pas outre mesure l'atmosphère. Le disparu n'était guère apprécié. Les dames le trouvaient laid, les messieurs vulgaire, et le personnel rapiat. Telle fut son oraison funèbre, prononcée au déjeuner du surlendemain par Lucy Ann Walker. De profundis !

Quelques jours plus tard, l'*Excellency* toucha la côte anglaise à Liverpool. C'est là que Périclès débarqua ; il avait rendez-vous à Londres avec les directeurs d'une importante société minière désireux d'étendre leurs activités en Extrême-Orient. Honendael poursuivait sa route en direction d'Anvers. Depuis la mort de Boskop, les deux hommes s'étaient évités. Périclès descendait les premiers degrés de la vertigineuse échelle de coupée jetée de biais au flanc du navire quand une voix familière retentit à ses oreilles.

— Bonne chance, monsieur Hespéra !

Périclès leva la tête et reconnut, penché au-dessus de lui, sous une casquette de tweed un peu ridicule, le visage ingrat et jovial d'Honendael.

— Adieu, monsieur Honendael ! lui répondit le Grec.

— Il ne faut jamais dire adieu, monsieur Hespéra ! Le destin en décidera pour nous.

Paris, le 13 janvier 1902

Cher monsieur,

Nous avons fait connaissance à bord du paquebot Excellency, *en des circonstances dont j'ose penser que vous aurez gardé souvenir.*

Je donne une réception dans les salons du Ritz mercredi prochain, vers seize heures. Je serais très heureux si vos occupations vous permettaient de vous y rendre.

Très cordialement à vous,
Puïk Honendael

A Paris, dans sa suite de l'hôtel Meurice, Périclès Hespéra considéra la missive avec étonnement. Depuis leur rencontre, il avait souvent pensé à cet homme étrange. Avait-il eu raison de garder le silence sur le meurtre commis par lui à bord de l'*Excellency* ? Ne s'était-il pas laissé abuser par un assassin ordinaire ? Il n'avait pas trouvé de réponse à cette question. Une chose était certaine : Puïk Honendael n'était pas un assassin ordinaire.

— Tu parais soucieux, Périclès... Rien de grave, j'espère ?

Il répondit à Anoka en souriant.

— Non, rassure-toi. Une réception au Ritz... Mais l'homme qui m'invite est le type le plus singulier que j'aie jamais rencontré. C'est... un justicier solitaire. Il se croit investi d'une mission.

— C'est une sorte de fou, alors ?

Périclès réfléchit un instant.

— Non. Je ne pense pas qu'il soit fou. C'est ce qui le rend fascinant. Les propos qu'il tient, chez un autre pourraient passer pour de la folie des grandeurs. Chez lui ils semblent tout naturels. Je suis curieux de le revoir... Et toi, tu es décidée ? Tu pars ?

— Oui. Je m'embarque à Marseille lundi. Je suis triste de te quitter, mais l'Afrique me manque. Je me sens coupable de n'être pas auprès de nos amis.

Dès le début de la guerre des Boers, les troupes du président Kruger avaient envahi le Natal. Les Anglais s'étaient enfermés dans Kimberley, le fief de Cecil Rhodes. Les Boers n'étaient pas parvenus à les en déloger, et les combats avaient fait rage pendant des mois autour des exploitations minières. Comme il ne pouvait l'intégrer à son périmètre de défense, le général Buller avait délibérément détruit Sonnenfontein, la mine de diamants de Périclès. Cecil Rhodes, l'empereur tyrannique et vétilleux du diamant, était l'instigateur de cette mauvaise action.

Périclès haussa les épaules.

— Rhodes s'est vengé. Ah, il la convoitait, notre Sonnenfontein ! Mais aujourd'hui la loi règne à nouveau au Natal. Avec mes avocats anglais, nous prendrons à la gorge la couronne elle-même. Pour chaque machine endommagée, pour le moindre appentis démoli, ils paieront !...

— Cela ne changera pas la misère des mineurs, répondit Anoka. Ils sont au chômage depuis plus d'un an !

— On me dédommagera pour cela aussi ! Le temps est révolu où Rhodes et la De Beers me tenaient. Sonnenfontein est à moi, maintenant. J'ai racheté les parts des Karvallos, et mes autres mines me rapportent assez d'argent pour reconstruire Sonnienfield. Rhodes sera puni... sévèrement !

Les Anglais avaient gagné sur le terrain, mais les partisans afrikaners faisaient régner l'insécurité à travers le Transvaal et l'Orange. La couronne devrait négocier un jour ou l'autre. Le rêve de Rhodes — une Afrique australe entièrement inféodée aux intérêts et à l'idéologie des Anglo-Saxons — était irréalisable. Où alors il aurait fallu tuer tous les Afrikaners. Kitchener s'y employait avec zèle dans les camps qu'il avait ouverts pour y regrouper ces populations incontrôlables, mais on ne peut exterminer tout un pays. Rhodes lui-même était très malade. Après sa mort, le War Office, délivré des pressions de Rhodes, envisagerait l'avenir plus sereinement.

— Dès ton retour au Natal, reprit Périclès, remets Sonnenfontein en état. Pendant ce temps, mes avocats plaideront ma cause devant le Conseil impérial. Rhodes est trop souffrant pour intervenir et les futurs dirigeants de la De Beers auront peur d'un combat juridique qui pourrait leur coûter cher.

— Quand te reverrai-je ?

— Aussitôt que possible, dit Périclès en attirant à lui le corps souple de la jeune femme, drapé dans une stricte robe de soie noire.

Elle s'abandonna. Elle ne voulait pas partir. Elle se remémora avec nostalgie les temps heureux où, jeune princesse cafre déchue, elle n'était que la maîtresse-servante du « Blanc de Sonnenfontein », le jeune ingénieur géologue qui avait osé braver la toute-puissance de la De Beers. En quelques années, conscient de la brillante intelligence d'Anoka et de son charme impénétrable, Périclès avait fait d'elle sa collaboratrice, et bientôt son bras droit. Quand la guerre des Boers avait éclaté, Périclès sillonnait la planète en tous sens afin d'ouvrir de nouvelles exploitations. Anoka, demeurée en Afrique, était déjà la patronne de Sonnenfontein. Chacun lui vouait la même obéissance et le même attachement qu'à Périclès.

Elle eut un sourire à la fois tendre et désenchanté.

— Je ne suis plus pour toi qu'un fragment de ton passé, dit-elle.

Il protesta. Elle posa deux doigts sur ses lèvres.

— Ne dis rien... Ne mens pas, surtout ! Je suis sorcière. Je sais quand on me ment. Et puis le mensonge te va mal. Je ne demande rien, je ne mendie pas. Tu parcours le monde, c'est ta destinée. Je te suivrais si tu le voulais, mais tu as besoin de moi à Sonnenfontein. Mais, reviens vite. Je ne serai pas la seule à t'attendre. En te voyant, les ouvriers aussi sauront que tu ne les as pas oubliés, et ils feront la fête...

— Je reviendrai, je te le jure.

Il lui baisa les lèvres et ajouta :

— Tu ne pars que lundi. Cela nous laisse trois jours. Demain, je t'emmène à Versailles, le palais du Roi-Soleil !

— On laisse entrer les nègres, à Versailles ?

— Nous sommes en France. Je te montrerai la galerie des Glaces. Louis XIV serait tombé amoureux de toi s'il t'y avait vue danser... Tu es si belle, Anoka !

— Tu l'avais oublié ?

— Comment l'aurais-je pu ?

Elle plongea dans le sien son regard presque inquiétant, qu'il soutint sans ciller.

— Tu ne mens pas. Tu pourrais rester éloigné de moi ta vie entière sans m'oublier. Mais... je ne suis pour toi qu'un paysage aimé. On peut vivre ailleurs sans l'oublier. Ton cœur est dans le passé, auprès d'une femme que tu n'as jamais tenue dans tes bras.

Il la dévisagea avec étonnement.

— Pourquoi dis-tu cela ?

— Je le sais.

Elle éclata d'un rire sauvage, et, l'entraînant sur le canapé, se laissa tomber sur lui.

Sept convives, dont une seule femme, Sheila Carmina Weill-Hammer, étaient réunis dans un des petits salons du Ritz. Périclès l'avait déjà rencontrée lors d'un dîner à la Maison Blanche. Il l'avait d'abord prise pour une très riche idiote, parce qu'elle éclatait à tout propos d'un rire de jument et qu'elle arborait les plus lourds bijoux qu'il eût jamais vus. Il avait vite révisé son jugement. Quand elle ne riait pas comme une gourde, Sheila Carmina Weill-Hammer faisait preuve d'un esprit délié, capable d'en remontrer aux plus brillants des hôtes du Président des États-Unis. Quant à l'état de sa fortune, eh bien c'était peu dire que la veuve de Conrad Weill, puis de Jeremy Hammer, était richissime ou « cousue d'or » : Elle était l'argent en personne.

Honendael mis à part, les quatre autres invités étaient des inconnus pour le Grec. Honendael fit les présentations.

Le prince japonais Sashima Ikimore, un intime du mikado, était vêtu à l'européenne et portait sur le reste du monde un doux regard de myope.

Geoffrey Hummford ressemblait à un industriel portugais. Petit, rond, jaune de teint et noir de cheveux, rien dans son aspect ne correspondait à l'image qu'on se fait d'un lord et pair du royaume d'Angleterre, ce qu'il était. Cependant, dès qu'il ouvrait la bouche, la musique distinguée de l'anglais des très hautes classes se faisait entendre.

Jean Labrunie, un Français, parlait l'anglais à la perfection. Il s'occupait de banques, au pluriel, et pas au guichet. En partie ou en totalité, il en possédait « un certain nombre ».

Enfin, Hermann Dricht-Kiene, plus teuton qu'il n'est décent, véritable montagne de chair rose et blonde, broya la main de Périclès, pourtant peu féminine, dans un de ses énormes battoirs. Dans l'industrie lourde, même les Krupp comptaient avec lui.

On passa à table, et Honendael s'adressa à ses invités.

— Mes amis, j'ai pris la liberté de convier M. Périclès Hespéra à partager ce dîner avec nous, car il est, à mon sens, un des hommes susceptibles d'influer sur la situation mondiale dans les années à venir...

A ces mots, Périclès feignit de s'étrangler.

— Monsieur Honendael, vous me faites trop d'honneur...

Honendael, qui se tenait à sa gauche, posa sa main sur son épaule.

— Cher Périclès, je pèse mes mots. Ici, la modestie n'est pas de mise. Chacun de nous dispose dans sa sphère d'un pouvoir considérable.

Honendael s'interrompit. On apportait l'entrée, un gigantesque plateau de fruits de mer. Le sommelier servit un meursault, puis se retira.

Le Hollandais reprit :

— M. Hespéra est digne de se joindre à nous... Non seulement face à ces crustacés et à ces coquillages, mais face à d'autres crabes, autrement redoutables ! Rassurez-vous, cher ami, je ne suis pas en train de vous forcer la main. Vous êtes libre de vous associer à notre lutte, ou de décliner notre offre. Dans ce dernier cas, vous vous engagerez à oublier cette conversation. Je suis sûr de votre discrétion. Vous m'en avez déjà administré la preuve. Avant que nous n'attaquions ces superbes bestioles, levons nos verres, madame, messieurs, et buvons ensemble à l'Harmonie !

— A l'Harmonie !

Les convives portèrent ce toast d'une seule voix, et Périclès le jugea assez peu compromettant pour les imiter. De quelle sorte d'harmonie il s'agissait, il en avait maintenant une petite idée.

— Êtes-vous conscient, monsieur Hespéra, de l'importance de cette notion ? demanda Honendael, tandis que chacun se servait de fruits de mer.

— L'harmonie ? Sans doute. Mais ce qui paraît harmonieux aux uns peut sembler discordant aux autres...

— Très juste. Aussi, dans notre quête d'un monde plus harmonieux que celui que nous connaissons aujourd'hui, respectons les choix et les intérêts de chacun. Et quand je dis « chacun », c'est aussi bien de peuples qu'il s'agit. Les intérêts des individus comme ceux des peuples ne sont pas fatalement contradictoires. Pour prendre un exemple dans l'actualité, Cecil Rhodes, en Afrique, n'a servi que les intérêts des Anglais en général, et les siens en particulier, au mépris de ceux des Afrikaners. Résultat ? Le malheur s'est abattu sur les uns et sur les autres. Cecil Rhodes s'est trompé. Le véritable intérêt des peuples est de vivre en paix. Combien de soldats britanniques sont tombés pour la conquête des deux provinces australes ? Et cela fait autant de veuves, d'orphelins, de parents éplorés, de familles détruites. Pour rien, puisque le désir d'indépendance reste fermement enraciné dans le cœur des Afrikaners. L'action de Rhodes était inutile. Elle n'avait pas pour but la création de nouvelles richesses, mais seulement un transfert de richesse de certaines mains à d'autres. Dans un pareil cas, on paie toujours trop cher. Loin d'être plus riche depuis l'intervention britannique, l'Afrique du Sud est ravagée, saignée, exsangue. Vous êtes bien placé pour le savoir. L'Angleterre, elle, a mené une guerre lointaine, doublement coûteuse. Elle a gaspillé des vies humaines. Avant de retirer les bénéfices de ces conquêtes, si elle les retire jamais, il faudra qu'elle relève deux pays de leurs ruines. Dépenses idiotes, aux yeux de bons gestionnaires. Or, c'est ce que nous sommes : de bons gestionnaires qu'un pareil gâchis indigne. Il est si difficile de produire des richesses et de les distribuer !

— Si je comprends bien, dit Périclès, vous êtes des philanthropes ?

Sheila Weill-Hammer lui sourit.

— Peut-être, mais nous ne sacrifions jamais nos propres intérêts.

Lord Hummford intervint :

— Et nos intérêts coïncident avec celui du plus grand nombre... Sauf rares exceptions...

— Le commerce des armes, par exemple, cita Labrunie en extrayant la chair d'une pince de homard à l'aide d'une curette en argent.

— En effet, renchérit Hermann Dricht-Kiene, les marchands d'armes sont les charognards de l'économie mondiale. N'importe quel objet contribue à étendre le marché futur. Un presse-purée vendu, c'est quelques quintaux de pommes de terre vendues, forcément ! Tandis qu'un fusil de guerre vendu, c'est un, trois, dix consommateurs de tués. Les industries d'armement ne produisent que des cadavres...

— Bravo ! mon cher Dricht-Kiene, pour votre démonstration. Nous sommes d'abord des hommes d'affaires avisés, nous agissons dans le contexte de notre propre activité. Depuis la nuit des temps, les hommes politiques bouleversent l'échiquier sur lequel les hommes d'action, c'est-à-dire les industriels, les commerçants et les financiers poussent leurs pions. Il nous faut des années pour installer un système d'échange, un réseau commercial, une législation, une règle du jeu, quoi ! Et ils bousillent tout ça en manœuvres politiciennes. Nous en avons assez. Nous allons mettre de l'ordre dans cette pagaille.

— Je vois, dit Périclès en reposant son verre de meursault. Vous avez fondé une sorte de société secrète...

— Disons : une société discrète. Nous ne prétendons pas nous substituer aux politiques, car nous serions confrontés aux pièges qui font d'eux des possédés, des obsédés du pouvoir.

— Et... Quels sont vos moyens d'action ?

— Ils sont multiples, dit le prince Ikimore avec un sourire.

— Ils sont surtout adaptés à chaque cas, ajouta Honendael. Vous en avez eu un aperçu à bord de l'*Excellency*. Il s'agissait d'un cas extrême, bien que de peu d'importance. J'ai employé là les grands moyens... L'individu en question ne disposait que de peu de pouvoir, comparé à certains grands prédateurs, mais il en faisait un usage désastreux. Il était impossible de le neutraliser sans recourir à une violence radicale.

Stupéfait, Périclès dévisagea un à un les invités d'Honendael.

— Tous vos hôtes sont au courant de cette affaire ?

— Bien sûr ! Eux-mêmes ont agi comme moi dans une circonstance analogue... Sheila, voulez-vous le confirmer à notre ami ?

— Bien volontiers. Un exemple suffira, j'imagine. Je ne raconterai pas à M. Hespéra chacune de mes interventions, je ne les ai pas toutes en tête... Voyons... Ah oui ! Un cas typique : j'ai éliminé un gangster dans une ville dont mon premier mari était le maire. Mon pauvre Conrad ne savait plus à quel saint se vouer ! La police était impuissante ou corrompue, la criminalité progressait irrésistiblement, les autorités municipales en étaient réduites à négocier avec ce chef de bande comme avec un partenaire légitime... J'ai pris les choses en main. J'ai invité ce personnage à un barbecue dans notre propriété, et je l'ai aspergé d'alcool à brûler alors qu'il se penchait pour souffler sur les braises. C'était absolument dégoûtant ! s'exclama-t-elle. Ça puait ! Heureusement, on était en plein air... Bref, il est mort dans la nuit, à l'hôpital. Décapité, le gang a tenté de se trouver un nouveau caïd, d'où une guerre entre les prétendants. Pendant ce temps mon mari a pu réorganiser une police efficace et l'atmosphère est redevenue supportable dans la cité.

— Vous n'avez pas été inquiétée ?

— C'était un accident. J'en ai fait une dépression nerveuse, bien sûr. On me plaignait, on m'envoyait des corbeilles de fleurs à la clinique, la presse donnait de mes nouvelles tous les jours. Ce drame a beaucoup fait pour la réélection de mon mari...

Sur ces mots, elle éclata de son rire chevalin.

— Chacun de nous peut vous raconter une intervention parfaitement authentique, souligna Honendael. Bien entendu, nous ne tuons qu'en dernier recours. Nous disposons de nombreux autres procédés. Le chantage, la corruption, la diffusion de rumeurs. Tout homme a son point faible.

— Pardonnez-moi, intervint Périclès avec ironie, mais ce que vous me décrivez évoque furieusement une association de malfaiteurs !

— Une association de bienfaiteurs, voulez-vous dire ! Un acte se définit d'abord par son but.

— « La fin justifie les moyens », c'est ça ?

— C'est ça. Pourquoi abandonnerions-nous à la canaille le privilège de l'efficacité ? Prenons un M. X..., qui ne cherche qu'à se remplir les poches, et un M. Y..., qui tente d'agir pour le bien de l'humanité. Plaçons-les sur une sorte de ring, et regardons-les s'affronter. Tous les coups seraient permis à M. X..., tandis que M. Y... serait contraint de se conformer au règlement ? Mais mon pauvre ami, M. Y..., c'est-à-dire le Bien, perdrait constamment face au Mal triomphant !

— Il en va malheureusement ainsi depuis toujours, renchérit Sashima Ikimore. Les filous l'emportent sur les défenseurs du droit paralysés par leur légalisme. Nous avons décidé de changer le cours des choses.

— Et... vous me proposez de me joindre à vous ?

— Nous le souhaitons ! dit Honendael. Notre petit club de redresseurs de torts a besoin de vous.

— C'est très aimable, répondit Périclès en secouant la tête, mais...

— Attendez ! Ne prenez pas de décision à la légère... Laissez-moi d'abord vous expliquer pourquoi nous vous estimons digne de figurer parmi nous. Votre discrétion à bord de l'*Excellency* constitue un premier élément positif. Il y en a d'autres. Vous avez parfaitement le profil que nous recherchons...

— C'est-à-dire ?

— Vous disposez de gros moyens, vous êtes présent sur tous les continents, vous avez des relations dans tous les milieux. Voilà pour l'aspect matériel. De plus, votre probité est incontestable, vous êtes un esprit indépendant, rétif à toute idéologie, à tout sectarisme, à tout conformisme... Bref, vous êtes un homme libre !

— Vous brossez de moi un portrait extrêmement flatteur, mais pourquoi me joindrais-je à vous ?

— Parce que vous êtes un homme d'action. De douloureuses échéances attendent l'humanité si des hommes de bonne volonté, qui en ont le pouvoir, ne s'unissent pas pour y faire face.

Périclès choisit sur le plateau une superbe huître plate et la posa au centre de son assiette.

— Voyez-vous, messieurs, je crains que la lecture trop assidue des journaux ne trouble votre vision des choses. Je vis le plus souvent sous la tente, en pleine nature, à des centaines de kilomètres de la prétendue « civilisation ». Ce mode de vie a l'immense mérite de relativiser l'agitation incessante, le bavardage irrépressible du monde moderne. L'homme politique produit du discours, et le journaliste du commentaire. C'est leur fonction et leur gagne-pain. Comment attendre d'eux la moindre modération ? Pour eux, tout est grave, d'effroyables menaces planent sur le monde. S'ils disaient le contraire, on n'élirait pas les premiers et on ne lirait pas les seconds : ils se retrouveraient au chômage. S'il vous arrivait de vous éveiller à l'aube dans la montagne afghane, et de prendre votre thé à la menthe sur une peau de chèvre en écoutant la musique du vent, vous seriez, comme moi, peu sensible à ces bruits parasites.

— Vous avez raison en partie, monsieur Hespéra. Mais le bavardage des politiques et des journalistes débouche sur une réalité incontournable : la guerre. L'affrontement récent en Afrique, celui qui s'annonce en Extrême-Orient, ne sont que broutilles, comparés à celui qui menace à plus long terme. L'Europe est une véritable poudrière. Ses liens avec le reste du monde sont tels que la déflagration, si elle se produisait, embraserait la planète.

— En admettant que vos prévisions soient exactes, avez-vous la prétention de parvenir à empêcher un tel conflit ?

— Nous avons la prétention d'essayer. Mais il nous faut être vigilants, suivre jour après jour les développements de la situation. Qui décide de quoi, et que va-t-il en résulter ? Notre philosophie peut être appliquée à des phénomènes d'une autre ampleur que la mainmise d'un truand sur une ville, ou comme dans l'affaire Boskop, du rôle néfaste d'un affairiste... Un grain de sable peut bloquer la roue de l'Histoire. Nous avons l'ambition d'être ce grain de sable.

— Je vois mal en quoi je pourrais vous être utile.

Je suis plus souvent sur le terrain, en prospection, que dans les ministères ou les conseils d'administration où circulent les informations qui vous sont nécessaires.

— Vous êtes un des maîtres du jeu dans le domaine de la prospection minière...

— Mais je m'occupe surtout de pierres précieuses.

— Sans doute. Néanmoins, vous connaissez admirablement la carte géologique mondiale. Vous savez comme nous ce que signifie ce regain d'intérêt des milieux boursiers pour tel ou tel minerai...

— Certes, mais...

— D'autre part, vous êtes très lié avec des personnalités dont l'activité nous préoccupe : M. Démétrios Mascoulis et M. Basile Sophronikou. Ils contrôlent à eux deux une part considérable du commerce des armes dans le monde...

— D'où tenez-vous ces renseignements ?

— J'ai fait faire une enquête à votre sujet. Ai-je été mal renseigné ?

Périclès haussa les épaules.

— Oui et non... Basile Apostolidès est mon ami d'enfance, et j'ai bénéficié d'une bourse d'études de la Fondation Mascoulis. Cela dit, vous surestimez les informations que je pourrais vous apporter si j'acceptais de le faire. Je n'ai vu ni M. Mascoulis, ni Basile depuis plusieurs années.

— Nous le savons. Cependant, vous pourriez entrer en contact avec eux si la situation l'exigeait ?

— Sans doute.

— C'est ce qui nous importe. En cas de guerre, ces deux hommes seront au cœur de l'événement.

— M. Mascoulis est très âgé. Il a dû prendre sa retraite...

— Détrompez-vous. L'âge ne l'a amoindri en rien. L'araignée tisse toujours sa toile mortelle !

— Ne comptez pas sur moi pour trahir ces deux hommes.

— Qui vous parle de trahir ? Nous n'ignorons pas qu'une profonde amitié vous lie à Basile Apostolidès... Et que vous refuseriez de nuire à Démétrios Mascoulis par égard pour sa nièce, Diane, aujourd'hui l'épouse d'Apostolidès. Mais vous pourriez leur transmettre un message qui serait écouté avec plus d'attention que s'il émanait de personnes inconnues.

— Vous avez appris beaucoup de choses, décidément. Un peu trop, à mon goût.

— Nous avons été indiscrets, c'est vrai. Mais cette enquête n'a rien révélé qui ne soit à votre honneur... Et nous ne vous demanderions rien qui y serait contraire. Chacun de nous est libre de ses actes. Il agit de sa propre initiative et de la façon qui lui convient. Il n'y a que dans des cas extrêmes que le « bureau directeur » sollicite d'un de nos membres une intervention urgente et radicale.

— Et s'il refuse ?

— On s'adresse à quelqu'un d'autre. Nous ne sommes pas des soldats qui obéissent à des ordres. Nous n'obéissons qu'à notre conscience... Mais j'allais oublier un point important : la règle veut qu'une élimination physique, quand elle s'avère nécessaire, soit effectuée par le sociétaire en personne. Nous n'engageons pas de tueurs, nous retroussons nos manches et nous nous salissons les mains. Le respect de cette clause constitue une garantie de la probité de nos intentions, et aussi une sécurité : la pègre ne doit jamais être mêlée à nos affaires.

— Règle judicieuse... Au fait, de qui est composé votre « bureau directeur » ?

— De nous, et d'autres personnes disséminées à travers le monde... Quelques centaines d'autres. Il n'existe aucune liste, aucun document. Tout est là, à l'abri de toute curiosité policière ou étatique... dit Honendael en montrant son front. Ne prenez pas aujourd'hui un quelconque engagement. Au nom du bureau, je vais vous offrir une bague, un gage d'estime. Chacun de nous possède la même. Vous êtes libre de la porter ou non. Vous pouvez la conserver sans vous sentir lié à nous. Cependant, si après réflexion vous estimez ne partager aucune de nos idées, renvoyez-la-moi au siège de mon entreprise, en Hollande. Je comprendrai. Il ne vous en sera pas tenu rigueur.

Honendael sortit de sa poche un écrin de cuir bleu. Il l'ouvrit et le tendit à Périclès. Le Grec hésita.

— Auriez-vous peur ? Ce n'est pas seulement un bijou. C'est aussi un talisman et un signe de reconnaissance. Vous seriez étonné si je vous dévoilais les noms des hommes de premier plan qui le portent, dans le monde entier...

Périclès ouvrit l'écrin. Il examina avec curiosité la bague qu'il contenait. C'était la réplique exacte de la chevalière qu'Honendael avait au doigt à bord de l'*Excellency*, et qui représentait un glaive et un épi de blé croisés sur une balance romaine.

— Prenez-la, et réfléchissez à loisir, dit le Hollandais. Sa possession ne vous engage à rien. En revanche, elle peut vous être utile.

— Eh bien...

Périclès eut conscience qu'il désobligerait Honendael et ses compagnons en refusant la bague. Il ne portait aucun bijou, lui qui possédait dans des coffres de banque, à travers le monde, des milliers de pierres précieuses et de pépites d'or.

— Puisque vous insistez ! La gravure me semble... éloquente.

— N'est-ce pas ? Ses éléments symbolisent nos idéaux. La balance, c'est l'esprit de justice. La conjonction du glaive et de l'épi signifie la nécessité de partager les fruits du travail, et de châtier les parasites qui pervertissent l'exercice de la libre entreprise.

Périclès referma l'écrin et le glissa dans sa poche, à la satisfaction visible des convives.

Sashima Ikimore leva son verre. Les autres l'imitèrent.

— Mes amis, buvons à l'Amitié entre les peuples. Ne sommes-nous pas sept représentants de sept nations différentes, animés du seul désir de produire des richesses, de les partager aussi équitablement que possible, et de préserver la paix indispensable à la réalisation de cette ambition ?

— A la Concorde, à la Paix !

A l'orée du siècle, Berthe Chamuche tenait à Montmartre un modeste hôtel garni. C'était, à cinquante ans, une femme usée et déçue par la vie. On devinait, à travers sa lourde silhouette et ses traits empâtés, quelle beauté elle avait été naguère. Belle, elle l'était encore quinze ans plus tôt, en arrivant de province avec son mari, Sébastien Chamuche. Le couple avait beaucoup roulé sa bosse entre Marseille et Arles. Les mauvaises langues prétendaient que Berthe avait gagné « avec son tempérament » le pécule qui leur avait permis d'acquérir l'hôtel. Mais qu'elle eût fait la putain ou non avant de s'installer à Paris, elle s'était acheté une conduite en même temps qu'un fonds de commerce, car on n'eut plus rien à lui reprocher — sinon de boire un peu pour oublier Chamuche. Il n'avait pas tardé à la quitter pour une femme plus jeune et moins soucieuse d'honorabilité. Le Chamuche, comme on l'appelait sur la Butte, avait fini par écoper d'un coup de couteau au cours d'un règlement de compte entre souteneurs. Il s'en serait peut-être sorti, si la lame de son adversaire avait été plus propre. Il était mort péniblement du tétanos. Berthe avait alors commencé à boire et à vieillir, entre ses chats et ses clients. Elle régnait, dorénavant, sur les habitués de son hôtel : artistes pauvres, serveuses et garçons de café, modèles nus, voyageurs de commerce, mauvais garçons, faune pittoresque, bigarrée, fantasque, amoureuse de son indépendance. Berthe les aimait d'un amour bourru qui ne l'empêchait pas de régenter l'hôtel d'une main de fer et de jeter dehors ceux qui ne payaient pas leur note. Mais pour les clients réguliers, elle était dévouée et d'une patience sans limites. Elle recousait les boutons, soignait les grippes et les gueules de bois. Sa grande force était de savoir écouter. Tous ces solitaires s'épanchaient un jour ou l'autre dans son giron. Elle avait assez vécu pour être toujours de bon conseil... « Les peines de cul, les peines de cœur, c'est ma spécialité ! »

Vers 1902, son favori était M. Démosthène. Elle n'était jamais parvenue à prononcer correctement son nom de famille : Sophronikou. Elle se contentait de M. Démosthène, ce qui sonnait tout de même furieusement grec.

Contrairement aux autres locataires de Berthe Chamuche, M. Démosthène ne se livrait guère. Il avait manifestement connu des jours meilleurs. Quand il n'était pas ivre, il avait l'air d'un homme distingué. Si Berthe avait lu des journaux sérieux, au lieu des petits fascicules populaires qu'elle affectionnait, sans doute aurait-elle gardé le souvenir de l'affaire Sophronikou, qui s'était déroulée en Grèce. Berthe ignorait donc presque tout de son locataire préféré. Bien que son passeport indiquât qu'il n'avait pas quarante ans, il en paraissait au moins cinquante tant il abusait de l'alcool. Il écrivait depuis des années une pièce de théâtre dont les manuscrits successifs aboutissaient au feu les soirs de dépression et de beuverie.

Elle s'intéressait à lui. Il incarnait à ses yeux le romantisme des « cœurs brûlés », des hommes qui ont tout eu et tout perdu. Elle ne savait pas qu'il avait été un des hommes les plus célèbres et les plus puissants de son pays, mais ce passé était inscrit sur son visage. Au fond de la déchéance il gardait la grâce. Il continuait à exercer sur les femmes un ascendant extraordinaire. Cette épave brisait tous les cœurs. Parmi les serveuses et les modèles qui constituaient une bonne partie de la clientèle, M. Démosthène faisait des ravages. Quand une nouvelle arrivait, Berthe Chamuche observait avec une curiosité désabusée l'évolution de ses rapports avec le Grec. Bien peu résistaient à son charme sulfureux. Mais il agissait avec elles comme avec les bouteilles de cognac : vite entamées, vite vidées, vite jetées.

Pour M. Démosthène, Berthe Chamuche aurait sans doute consenti à enfreindre sa règle d'or, et à l'héberger gratuitement s'il n'avait pu régler son terme. Mais il ne manquait jamais de l'acquitter. Il touchait une rente qui suffisait à ses dépenses. Il aurait pu habiter un hôtel beaucoup plus confortable que celui de Berthe, mais il préférait régaler tous les soirs une bande de parasites. Ainsi il cessait de penser quelques heures au gâchis de sa vie. La générosité de M. Démosthène était sans bornes. Le champagne et le cognac coulaient à flots, on bâfrait, on riait, on chantait, des grues ramassées sur la Butte sautaient sur les tables et dansaient en corset. M. Démosthène s'étourdissait d'une cour de rapins, de poètes, de vrais noceurs et de faux artistes qui profitaient de l'aubaine. A l'aube, les moins ingrats d'entre eux le ramenaient à son hôtel dans un état semi-comateux. Il dormait comme une brute jusqu'au milieu de l'après-midi, puis il se levait, avalait un grand verre de cognac pour se remettre d'aplomb, et travaillait à sa pièce avant de se préparer pour une nouvelle nuit folle.

S'il ne parlait guère de lui-même, en dépit des efforts de Berthe, M. Démosthène l'entretenait volontiers de sa pièce. Ce serait l'œuvre de sa vie, affirmait-il. Elle la rachèterait, lui donnerait enfin sa cohérence et sa plénitude. Tout ce qu'il avait publié naguère dans son pays ne comptait pas : vers de mirliton, logorrhée académique, foutaises ! En faisant le ménage, Berthe avait ouvert ces volumes en caractères grecs qui traînaient sur la table de nuit de son locataire. Un jour, elle lui avait demandé de lui en traduire un passage. Il avait d'abord refusé, puis, devant son insistance, avait fini par céder. Il lui avait lu un poème qu'elle avait trouvé très beau, très mélodieux, plein de mots magnifiques, comme un semis de diamants sur de la soie. Elle le lui avait dit. Il avait ri avec amertume.

— C'est exactement cela ! Juste ce qu'il ne faut pas faire quand on écrit...

— Et qu'est-ce qu'il faut faire ?

— Dire la vérité, tout simplement. Les jolis mots coïncident rarement avec elle.

Berthe réfléchit un instant. Elle dut admettre que s'il s'était agi pour elle de dire la vérité de son existence, elle aurait pu économiser les vocables ronflants employés par M. Démosthène. Depuis la maison de passe marseillaise où Chamuche l'avait ramassée, jusqu'à cet hôtel minable où il l'avait finalement abandonnée, les occasions de se pâmer sur des sentiments d'une délicatesse exquise avaient été rares. Mais elle ne parvenait pas à imaginer que l'art pût servir à autre chose qu'à oublier momentanément les laideurs de la vie.

— La vérité ? Qui se soucie de la vérité ? Et

d'abord, quelle vérité ? Est-ce que ça existe, cette bête-là ?

Démosthène hocha tristement la tête.

— Oui, elle existe. Et elle me ronge. Savez-vous ce que c'est que de vivre à chaque seconde dans la honte, le remords et le regret ?

Berthe Chamuche dévisagea son locataire avec curiosité. C'était la première fois qu'il baissait sa garde. Allait-il enfin se confesser à elle ?

Mais déjà, il s'était repris. D'un geste désinvolte, il lança le recueil de poèmes dans la corbeille à papiers.

— Ces sottises-là plaisaient à tous, dans mon pays. Ma pièce, ce sera autre chose. Elle ne plaira qu'aux esprits profonds. Ils y discerneront cette rareté absolue : la vérité !... Pardonnez-moi, madame Chamuche, il est temps que je m'habille et que j'aille me soûler, sinon je vais être pris de tremblements, je vais me mettre à rouler des yeux et à baver sur le parquet.

Berthe posa sa main sur celle de M. Démosthène.

— Vous êtes fou. Vous vous détruisez.

— C'est vrai, et c'est un peu trop long à mon gré... Mais peu importe, puisque je construis quelque chose : cette pièce !

— Vous ne construisez rien ! Vous jetez vos manuscrits à peine sont-ils écrits...

— Parce qu'ils ne me satisfont pas. Mais patience, ça s'améliore peu à peu.

— Dites-moi au moins de quoi elle parle... J'ai essayé de lire les feuillets que vous flanquez à la poubelle, mais je ne sais pas le grec...

— Elle parle de mon âme, madame Chamuche. Mon âme incompréhensible, enfin révélée, enfin libérée !... Mais vous la verrez, je vous le promets !

Vous la verrez jouée dans un grand théâtre. Et ce jour-là, vous comprendrez.

— Oh, je devine, allez ! Une femme...

— A bientôt, madame Chamuche.

Et doucement, il la poussa dehors.

Au début de l'automne 1903, Démosthène fit sa première crise de delirium. Comme tous les occupants de l'hôtel, Berthe fut réveillée au petit matin par un terrible hurlement, suivi de coups sourds sur le plancher. Elle prit à peine le temps d'enfiler un peignoir, empoigna son passe-partout et courut à la porte du 7. Elle y fut la première, bientôt rejointe par la jeune vendeuse du 9 et par l'acrobate du 5.

— Monsieur Démosthène, calmez-vous !

Pour toute réponse, le malheureux poussa un nouveau hurlement qui s'acheva en un sanglot spasmodique, tandis que les coups de pieds et de talons redoublaient.

Le locataire du 11, un robuste serveur qui venait juste de rentrer du travail, apparut à son tour dans le couloir.

— Ah ! Victor, vous tombez bien, il faut le maîtriser.

— Sûr, grommela Victor. Avec tout ce qu'il descend, c'était fatal... On connaît ça, dans le métier... Prêt, Le Guillou ?

Le Guillou, l'acrobate, hocha simplement la tête.

— Alors, ouvrez, m'ame Berthe... Et puis écartez-vous tout de suite ; ils sont méchants, des fois !

Berthe ouvrit la porte, et jeta un coup d'œil à l'intérieur de la chambre avant de laisser passer les deux hommes. Ce qu'elle vit l'emplit à la fois de pitié et d'horreur. Démosthème, à demi nu, couvert de sueur, une écume blanchâtre aux lèvres, était allongé sur le dos au pied de son lit, dans une mare de vomissures et d'excréments. Ses yeux, exorbités, fixaient un point du plafond. Ses pieds tambourinaient sur le sol en un mouvement irrépressible. Une de ses mains courait sur sa poitrine comme pour en chasser une invisible vermine, l'autre griffait son visage.

— Des bêtes ! Des bêtes ! balbutiait-il. Elles tombent du plafond, de gros cafards noirs... J'en ai un dans l'oreille ! Il faut l'enlever, vite !

De son oreille lacérée coulait du sang. Le Guillou se précipita et lui saisit la main.

— Arrêtez, vous êtes en train de vous déchirer !

— Il faut l'enlever ! Il va me dévorer le cerveau !

Fou de terreur, Démosthène balança un coup de poing maladroit à l'acrobate qui l'esquiva et appela Victor à la rescousse.

Le garçon de café immobilisa le possédé.

— Allons, du calme !

— Ne lui faites pas de mal, implora Berthe entrée sur les talons de Victor.

— Lâchez-moi ! hurla Démosthène.

Dans un sursaut, il parvint à se redresser et à se libérer de l'emprise des deux hommes.

Victor jura. Le Guillou poussa un cri de douleur. Cette fois, il n'avait pu éviter le poing du Grec.

— Chope-le, nom de Dieu !

— T'en as de bonnes, toi ! Il se tord comme une anguille...

En quelques instants, la chambre de Démosthène fut transformée en champ de bataille. Dans leur lutte confuse, les trois hommes renversaient les meubles, se cognaient dedans. Enfin Le Guillou, excédé, assomma le forcené avec une chaise. Le Grec tomba à genoux et piqua du nez sur la carpette.

— Vous ne l'avez pas tué ? gémit Berthe en se précipitant sur le gisant.

— Juste un petit coup derrière les étiquettes, dit Le Guillou. Victor, on va l'allonger sur son lit. Il faut appeler une ambulance. S'il se réveille, la corrida risque de recommencer...

Un quart d'heure plus tard, Démosthène n'avait pas repris conscience. Un fourgon sanitaire capitonné s'arrêta devant l'hôtel. Deux infirmiers en blouse en descendirent et se rendirent dans la chambre.

— L'alcool ? demanda l'un d'eux.

— Oui, hélas... Traitez-le avec ménagements. C'est un monsieur.

Les infirmiers échangèrent un clin d'œil goguenard.

— Seigneurs ou loquedus, tous égaux dans la déglingue...

Après le départ du fourgon, Berthe se laissa tomber sur le lit ravagé de Démosthène. Du tiroir fracassé de la table de nuit dépassait un gros registre relié en toile verte. Elle le ramassa, l'ouvrit et le feuilleta. Sans doute une nouvelle version de la pièce éternellement inachevée. Une photographie glissa sur les genoux de la logeuse. Elle la prit et l'examina sous le bec de gaz miraculeusement intact. Elle représentait une femme d'une beauté inouïe. Pas une simple femme : une dame, une grande dame. Sa robe devait bien valoir une année de chiffre d'affaires de la pension Chamuche, mais l'étoffe elle-même n'était rien à côté de l'éclatante carnation de celle qui la portait, de l'opulence soyeuse de sa chevelure. Berthe contempla longuement l'ovale parfait du visage de l'inconnue, sa bouche petite, délicatement ourlée, ses pommettes hautes, son nez modelé par un sculpteur inspiré. Enfin, elle retourna la photo. Inscrits à l'encre violette, d'une écriture élégante et décidée, elle lut ces quelques mots en français :

A mon cher Démosthène, sa femme et son amante,
Diane, le 8 juin 1896

Berthe replaça la photo dans le registre et, le serrant contre elle, quitta la pièce. En passant devant l'office, elle ordonna à Louise Bécu, la souillon qui faisait les chambres, de nettoyer sans tarder celle de Démosthène. Elle mit le registre à l'abri dans sa propre chambre, puis elle monta au grenier. Là, elle chercha longtemps de quoi remeubler le 7. Quand elle eut terminé, elle appela Victor et Le Guillou pour leur demander de descendre les meubles qu'elle avait choisis.

— Tout de suite, m'ame Berthe... Et les affaires du Grec, qu'est-ce qu'on en fait ?

— Elles restent là. C'est sa chambre. Il la retrouvera à sa sortie de l'hôpital.

Le Guillou lui lança une petite pointe ironique teintée de jalousie.

— Dites donc, il vous ravage tout, et vous passez l'éponge... Vous auriez pas un petit béguin pour lui ?

— A mon âge ?

— Oh, j'en connais qui diraient pas non, à sa place... Vous voulez savoir qui ?

— Non, je veux pas le savoir, compris ?

L'acrobate se le tint pour dit, et retroussa ses manches.

— Bon ! Victor, au boulot... Il nous aura fait suer, aujourd'hui, le Grec !

Un mois plus tard, Démosthène quitta l'hôpital. Il avait l'air d'un spectre. Pâle, amaigri, il était parfois saisi de tremblements incoercibles. Mais il était sevré. Pour combien de temps ? Berthe ne se faisait guère d'illusions. Des alcooliques, elle en avait connu beaucoup. La plupart étaient allés jusqu'au bout du voyage. La cirrhose, la démence chronique, l'hémorragie stomacale, l'étouffement par les vomissures, le suicide... Elle ramena Démosthène en taxi et le réinstalla au 7. Elle ne s'était pas contentée de changer les meubles. Elle avait aussi fait retapisser les murs, et avait cousu de nouveaux rideaux. Elle avait même acheté un petit bureau à un brocanteur du quartier.

— Voilà, dit-elle en s'effaçant devant Démosthène pour le laisser entrer. S'il vous plaît, ne cassez pas tout, cette fois-ci.

Il fit quelques pas dans la chambre et embrassa d'un regard le nouveau décor dans lequel il allait vivre. Sur le sous-main de cuir à peine éraflé du bureau, il reconnut le registre vert. Il se tourna vers sa logeuse et effleura sa joue d'une caresse tremblante.

— Merci. Pour tout. Rassurez-vous... J'ai eu peur. J'ai encore peur ! J'ai cru que j'étais devenu fou pour toujours. Mourir, ça me serait égal. Mais je veux terminer cette pièce avant. Je ne vous promets pas d'arrêter. Mais pour achever mon œuvre, j'essaierai.

Il désigna le manuscrit :

— J'ai enfin trouvé le titre. Un simple prénom.

— Diane ?

Il plongea ses yeux dans les siens.

— Oui... Diane...

Le régime auquel Démosthène s'astreignit après sa crise de delirium n'aurait pas produit beaucoup de centenaires. Il constituait pourtant une nette amélioration par rapport au précédent. Auparavant, il buvait jusqu'à deux bouteilles et demie de cognac par jour, sans compter les verres de n'importe quoi avalés au comptoir. Il ne s'accorda plus qu'un flacon de cognac. Il pensait avoir remporté une victoire sur lui-même quand il ne l'avait pas terminé en s'endormant. Bien entendu, pour fêter ce triomphe de la volonté, il buvait le fond de la bouteille en s'éveillant, avant de s'attaquer à celle du jour.

Berthe Chamuche n'était pas dupe. Comme il le lui avait promis, son protégé se tuait désormais à petit feu. C'était toujours ça de gagné. L'essentiel n'était pas que Démosthène récupère une hypothétique « santé », ni qu'il retrouve la joie de vivre, mais qu'il vienne à bout de cette satanée pièce. Berthe ne s'était jamais vraiment intéressée à la littérature, mais le combat du Grec, auquel elle assistait jour après jour, devint le sien. Elle partagea désormais ses instants — nombreux — de découragement, ses doutes, ses fureurs, ses rares moments de joie. Tout ça à l'aveuglette, par pure sympathie, car l'auteur du présumé chef-d'œuvre ne se donnait pas la peine de le lui traduire. A peine lui en avait-il dévoilé l'argument. Au XVIe siècle, pendant un soulèvement du peuple grec contre l'oppresseur turc, un jeune marin de Rhodes, capturé par les soldats du sultan, choisit de trahir ses amis pour revoir la femme qu'il aime. Mais a-t-il trahi par amour, ou par lâcheté ? Ce doute le torture jusque dans les bras de sa fiancée, et le pousse à lui avouer son crime. Horrifiée, la jeune fille le dénonce. Au dernier moment seulement, face au bourreau, il aboutit à la certitude que l'amour a commandé sa décision, et il meurt apaisé.

Berthe ne comprenait pas grand-chose à cette histoire. Elle ne parvenait pas à établir le lien entre ce marin du XVIe siècle et le Démosthène qu'elle hébergeait. Elle aurait été surprise d'apprendre que la ressemblance entre le créateur et sa créature était parfaite et totale.

En tout cas, la pièce avançait. Par ses dimensions, c'était un monstre. Démosthène envisageait des représentations de quatre heures ! Quand Berthe lui demandait comment il ferait pour monter ce monument, et quel directeur de théâtre accepterait d'en assumer les risques, il lui répondait de ne pas s'inquiéter. S'il la terminait, s'il en était satisfait, la pièce serait jouée, quelle que soit sa durée.

— Mais vous ne connaissez personne à Paris... Vous ne comptez pas sur les bons à rien que vous fréquentez pour vous aider, j'espère ? Ils ne savent que picoler et bavasser !

— Je ne me fais aucune illusion sur eux. Non, j'ai un ami... Il s'occupera de tout... Mais je ne le solliciterai que si je suis sûr de moi, de ma pièce.

— Il faut qu'il soit bien riche ! répondit Berthe, peu convaincue. Louer un théâtre pour y jouer l'œuvre d'un inconnu...

Démosthène s'abstint de la détromper.

— Mon ami est très riche. Si je lui demande de financer ma pièce, il le fera. *Il me le doit !*

Sans en dire plus, Démosthène se remit au travail.

Une année passa ainsi. Berthe ne voyait pas approcher l'achèvement de la pièce sans inquiétude. En cas d'échec, la déception de Démosthène serait à la mesure de ses ambitions. Il replongerait avec une fureur décuplée dans l'alcool. Ou bien il emmènerait ailleurs son spleen et son dégoût de la vie. Berthe s'était attachée à lui, sans se l'avouer. Elle essayait de se consoler en se disant qu'une fois la pièce terminée, il faudrait encore la traduire. Mais peut-être Démosthène prendrait-il conscience de son échec avant même d'en arriver à ce stade ? Berthe souhaitait qu'il recommence tout depuis le début, il l'avait fait si souvent. Ainsi il resterait auprès d'elle. Il n'y avait rien de charnel entre eux. Elle avait conscience de sa propre déchéance. Elle avait beau limiter, elle aussi, sa consommation de guignolet et de vin doux, et soigner son aspect, elle ne pensait pas exercer le moindre attrait sur un homme habitué à des conquêtes nombreuses et faciles. Le départ de Démosthène sonnerait comme un glas. Sans lui, elle n'aurait plus devant elle que la perspective d'une vieillesse maussade, interminable.

L'événement eut lieu à la fin de l'été 1904. Démosthène mettait la dernière main à son œuvre.

En cinq années de séjour sur la Butte, il n'avait jamais reçu la moindre visite d'une personne appartenant à ce que Berthe appelait sa « vie d'avant ». Hormis sa bande de noceurs et les petites greluches qu'il levait sur les boulevards, il ne fréquentait personne, personne ne lui écrivait. Il touchait chaque mois, en provenance de Vienne, un mandat d'un montant très confortable, et c'était tout. Et puis un jour, il reçut une lettre. En triant le maigre courrier destiné à ses locataires, Berthe reconnut au premier coup d'œil l'écriture de la femme de la photo.

Son cœur se mit à battre. Ainsi, Diane n'était pas morte, comme elle l'avait supposé en cherchant à s'expliquer la situation de Démosthène. L'enveloppe était timbrée de Paris, du quartier de l'Opéra. Berthe n'hésita pas longtemps. Elle s'enferma dans sa cuisine, et mit de l'eau à bouillir. Quand la vapeur commença à s'échapper de la bouilloire, elle soumit précautionneusement l'enveloppe à son action, puis, retenant son souffle, elle l'ouvrit et en sortit la lettre.

Elle se mordit les lèvres de dépit : la missive était écrite en grec ! Elle la tourna et la retourna longtemps entre ses mains avant que la solution du problème ne se présente à son esprit. Ducaillé ! Ce fainéant de Ducaillé ! Un professeur de lettres passé à la bohème, qui vivotait d'articles et de piges, en attendant l'heure, très improbable, où ses poèmes lui vaudraient gloire et fortune. Il avait vécu un temps chez Berthe avant de s'installer à l'auberge du Potiron à quelques rues de là. Ce n'était pas moins cher que chez elle, mais il payait sa logeuse en nature, ce que Berthe avait refusé. Ducaillé savait le grec. Le grec ancien, évidemment, mais enfin, aux yeux de Berthe, c'était toujours du grec.

Elle cacha au fond d'un tiroir le courrier du jour, à l'exception de la lettre de Diane, qu'elle glissa dans son livre de comptes pour ne pas la froisser, et se rendit immédiatement au Potiron. Elle ne doutait pas de trouver Ducaillé au nid ; il se laissait vivre, sous prétexte de poésie. Elle ne fut pas déçue. Lucienne, la propriétaire du Potiron, une petite femme entre deux âges, déjà desséchée et ridée comme une vieille pomme mais toujours ardente, lui indiqua non sans réticence le numéro de la chambre de son galant locataire.

— Ne t'inquiète pas, Lucienne, je ne vais pas te le prendre... J'ai juste un service à lui demander.

— Je ne m'inquiète pas, c'est un homme de goût, lui rétorqua aimablement Lucienne.

Berthe se retint de lui tordre le cou et s'engagea dans l'étroit escalier.

L'homme était à sa toilette. Il la fit entrer sans façons, torse nu, les bretelles lui battant les fesses, les joues enduites de savon à barbe.

— Vous m'excusez, Berthe ? Je continue à me raser, sans ça la mousse va sécher... Quel bon vent vous amène ?

— C'est pour une traduction. Vous parlez le grec ?

Le rasoir à la main, il se détourna une seconde du miroir pour la dévisager.

— Le grec ancien, oui. Plus exactement, je le lis. Le grec ancien ne se parle pas.

— Ce n'est pas de grec ancien qu'il s'agit.

— Je ne garantis rien. Vous savez, entre le grec d'Homère ou de Pindare et celui d'aujourd'hui !...

— Vous devriez quand même arriver à déchiffrer...

— On va voir.

Il acheva de se raser. Il avait beau ne pas être son genre d'homme, il était plaisant, comme ça, avec son torse poilu et ses bras puissants à la peau très blanche. Tout de même, cette Lucienne...

— Alors, montrez-moi ça !

Il finissait de s'essuyer les joues. Il posa la serviette et tendit la main.

— Séchez-vous les mains ! Vous allez mouiller la lettre !

Il s'exécuta.

— Qu'est-ce que c'est que cette lettre, au fait ?

— Peu importe. Je veux seulement que vous la traduisiez... Et que vous n'en parliez à personne.

— Une affaire de femme ?

Berthe rougit.

— Vous mêlez pas de ça, Ducaillé. Lisez, c'est tout ce que je vous demande. Je vous paierai.

— Bon, bon...

Il prit la lettre, et fronça les sourcils.

— Alors ?

— Pas commode. L'alphabet aussi a changé... Et puis moi, je n'ai jamais lu que du grec imprimé ! Attendez... Heureusement, c'est très court !

Il consulta un dictionnaire, réfléchit un moment, puis, revenant vers Berthe, il lui rendit la lettre.

— Voilà ce que ça dit, à peu près :

Mon cher Démosthène,

Si tu as envie de me voir après toutes ces années, je serai au Grand Café de l'Opéra le 12, de quinze à seize heures. En souvenir de Salonique...

Là, il y a quelques mots que je ne comprends pas, une allusion à des enfants, à des rues ou à des ruelles ensoleillées... Et ça ce termine par :

Je t'embrasse, Diane.

— Au Café de l'Opéra, le 12, à quinze heures, c'est bien ça ?

— C'est ça.

— Et c'est tout ?

— C'est tout.

Berthe replaça soigneusement la lettre dans l'enveloppe.

— Combien je vous dois ?

Ducaillé haussa les épaules.

— Rien. Vous m'en auriez apporté quelques pages, je dis pas, mais là...

— Alors, merci.

Berthe rentra sans s'attarder. De retour chez elle, elle recolla l'enveloppe et mit la lettre à sécher entre deux chiffons propres. Quand elle estima que rien n'était plus décelable, elle distribua le courrier comme d'habitude. Démosthène était sorti. Dommage. Elle aurait aimé voir sa réaction en reconnaissant l'écriture. Tant pis. Elle glissa l'enveloppe sous sa porte. Le 12 était le surlendemain. Peut-être pourrait-elle lui demander ce que c'était que cette lettre ? Elle secoua la tête : elle n'oserait jamais. Elle soupira. Il ne lui restait qu'à attendre le jour fatidique.

Le 12, à treize heures trente, Berthe laissa l'hôtel à la surveillance de Louise Bécu. En la voyant s'apprêter à partir, vêtue de sa meilleure robe noire, coiffée et pomponnée comme elle ne l'avait plus été depuis des années, Louise ne put réprimer sa curiosité.

— C'est-y que vous avez un rendez-vous galant, m'ame Berthe, pour vous être faite belle comme ça ?

Berthe, qui se poudrait, leva un instant les yeux vers elle.

— Oui, si on veut !

— Bravo ! Amusez-vous bien, surtout ! Moi, à votre place, j'hésiterais pas à m'en donner. La vie est courte, et pas toujours drôle pour les femmes...

— C'est ça, c'est ça ! acquiesça Berthe distraitement.

Elle examina le résultat dans le miroir de son poudrier d'écaille (le seul cadeau que lui eût jamais fait Sébastien), haussa les épaules devant la vanité de ses efforts, et referma l'accessoire d'un geste sec.

— Mais pourquoi que vous y allez en noir, m'ame Berthe ? Moi, je craindrais plutôt que ça refroidisse un homme, tellement ça fait deuil.

— Détrompe-toi, Louise, il y en a que ça excite.

— Les hommes, quels cochons !

— A tout à l'heure, Louise. Je serai de retour en fin d'après-midi.

— A tout à l'heure, m'ame Berthe... et bon après-midi ! répondit Louise en assortissant ces mots d'un clin d'œil fripon.

Dans la rue, Berthe ouvrit son sac à main pour s'assurer qu'elle n'avait pas oublié sa voilette. Une voilette de deuil, en tulle noir, qui masquait totalement le visage. Elle l'avait achetée la veille. La voilette était bien là. Elle referma son sac. Elle la mettrait le moment venu.

En descendant de l'omnibus place de l'Opéra, elle acheta au kiosque à journaux un quotidien : *Le Temps*. Le genre de journal qu'on devait lire dans des établissements élégants.

Par chance, il ne pleuvait pas, et les terrasses des cafés étaient ouvertes. A quatorze heures trente, le visage dissimulé par sa voilette, elle s'installa à celle du Coq d'Argent, face au Café de l'Opéra. Un garçon s'approcha d'elle, et lui demanda ce qu'elle désirait avec une sollicitude légèrement appuyée. Elle faillit lui commander un guignolet, mais cela ne faisait pas sérieux pour une veuve. Elle se contenta d'un chocolat chaud. Elle consulta sa montre, ouvrit machinalement *Le Temps* et ne tarda pas à le refermer. Il y était surtout question d'économie, de politique et de guerre, sujets qui l'ennuyaient profondément. Elle regretta de n'avoir pas choisi quelque chose de plus lisible. Mais le journal servait surtout de paravent.

Le garçon lui apporta son chocolat. Elle le régla tout de suite, s'indignant intérieurement du prix des consommations dans ces endroits à la mode. Cependant, le chocolat était bon : une mousse onctueuse, aux reflets chauds, qui coulait délicieusement dans sa gorge. Elle le savoura, tout en surveillant les deux hautes portes vitrées qui donnaient accès à la salle du Café de l'Opéra.

A quatorze heures cinquante-cinq enfin, la femme qu'elle attendait apparut. Berthe ne l'avait vue qu'en photo, mais elle la reconnut immédiatement. Comment oublier ces traits, cette silhouette, cette prestance ? Le visage de la femme confirmait sa certitude : la reine qui s'avançait sur le boulevard, laissant derrière elle un sillage de regards admiratifs, ne pouvait être que Diane.

Elle était plus belle encore au naturel qu'en photo. Malgré tout son talent, le photographe n'avait pu rendre intégralement l'incroyable douceur du grain de sa peau, l'éclat du teint, la délicatesse frémissante des paupières. Berthe pensa à Démosthène, et son cœur se serra. Quel homme ayant eu cette femme et l'ayant perdue n'en aurait gardé un regret inguérissable ?

Diane se dirigeait vers la grande porte du Café de l'Opéra. Berthe détailla sa toilette. La jeune femme portait une robe très simple, mais la simplicité peut être le summun de la sophistication. A côté de ces lignes pures, épousant étroitement le corps parfait de celle qu'elles habillaient, les robes pourtant élégantes des passantes ressemblaient à des haillons assemblés et cousus à la hâte. Berthe eut une conscience aiguë de son propre corps, épaissi, alourdi par l'âge et l'alcool, boudiné dans cette robe noire qu'elle n'avait pas mise depuis longtemps. Elle baissa les épaules. Elle n'avait jamais songé sérieusement à rivaliser avec cette autre femme. Tout ce qu'elle voulait, c'était savoir... Elle ne savait au juste quoi. Ce qui s'était passé entre eux, pourquoi ils s'étaient séparés, comment lui, Démosthène, allait vivre cette entrevue ? Une immense curiosité la possédait, la tenaillait. Qu'allaient-ils se dire ? Pourquoi avait-elle voulu le revoir ? Tout était-il terminé entre ces deux êtres comblés, pétris de dons, semblables à des dieux ? Et pourquoi Démosthène était-il redevenu un homme, un pauvre hère, alors que Diane continuait à planer au-dessus des cimes ?

L'apparition se fondit dans le décor indistinct du Café de l'Opéra. Berthe empoigna son sac, son journal, et se leva. Son plan était simple. Elle suivrait Diane à l'intérieur de l'établissement, et elle irait s'asseoir près d'elle, de façon à saisir des bribes de sa conversation avec Démosthène. Elle ne craignait pas qu'il la reconnaisse en arrivant. Il ne l'avait jamais vue qu'en tablier et en pantoufles, à peine coiffée. Sous sa voilette, il ne distinguerait pas ses traits. Et d'ailleurs, il n'aurait d'yeux que pour Diane.

Elle se rassit précipitamment. Démosthène venait d'apparaître à son tour sur la place. Lui aussi avait fait des frais de toilette. Elle ne lui connaissait pas ce costume bleu clair, divinement coupé, ces bottines de chevreau qui luisaient au soleil, ni ce chapeau, un canotier flambant neuf. Qu'il était beau, ainsi ! Il paraissait dix ans de moins. Elle discerna pourtant les stigmates de l'alcool et des nuits blanches. Cette jeunesse retrouvée n'était qu'une illusion. Mais un instant, Berthe imagina le jeune homme vigoureux que Démosthène avait dû être avant de s'abandonner à ses démons. Un examen plus attentif révélait la vérité poignante des rides précoces, de l'affaissement des chairs du visage, de la voussure du dos, de l'épaississement de la taille, du tremblement discret des mains. Et comme s'il avait senti au même moment que Berthe se dissiper le sortilège qui l'avait fugitivement transfiguré, Démosthène s'immobilisa sur le trottoir, à quelques mètres de l'entrée du café. Il pâlit, hésita, s'approcha enfin de la vitrine doublée à l'intérieur de rideaux ajourés, et y colla son front. Il resta quelques instants dans cette posture, puis il se retourna, et contempla d'un air égaré le flot des automobiles et des attelages qui descendaient vers le Palais-Royal. Il avait dû apercevoir Diane. Il était blême, à présent. Ses yeux glissèrent sans la voir sur Berthe, pétrifiée, assise face à lui à la terrasse du Coq d'Argent. Ses mains étreignaient à le broyer le pommeau d'ivoire de sa canne. Il chancela. Berthe eut le sentiment qu'il allait s'écrouler là, sur le trottoir, terrassé par la violence de son émotion. Il passa une main tremblante sur son front emperlé de sueur. Berthe faillit courir vers lui, l'entraîner... l'entraîner où, mon Dieu ? Chez elle ? Dans la tanière minable ? Son cœur se serra. Si elle avait été plus jeune, plus sûre de ses charmes, elle l'aurait emmené vers un des hôtels de luxe qui abondent autour de l'Opéra. Elle se serait donnée à lui sans un mot, sans même retirer sa voilette... Elle ne bougea pas. Il était trop tard. Ces deux mots résonnaient en écho dans sa tête, comme une musique infiniment triste.

De l'autre côté de la rue, il aspira une grande goulée d'air tel un plongeur regagnant la surface après une trop longue immersion. Puis il baissa la tête, et partit à grandes enjambées vers Saint-Lazare. Berthe se leva et lui emboîta le pas. Il marchait vite, indifférent aux passants qu'il manquait de heurter à chaque instant. Elle devait presque courir pour le suivre. Il traversa le boulevard. Elle faillit le perdre de vue dans la foule qui piétinait devant un grand magasin. Il s'engagea dans une rue plus étroite, et tout à coup s'arrêta devant un bistrot. Il en poussa la porte d'une main décidée, ou peut-être faudrait-il dire désespérée ? Il allait boire à tomber, pour oublier qu'il n'avait pas eu le courage d'affronter le regard de celle qui avait été sa femme, ce regard qui symbolisait tout son passé, tous ses espoirs déçus. A travers la vitre du bistrot, Berthe jeta un coup d'œil en direction du comptoir. Il était là, le dos rond, accoudé au zinc. Une silhouette de vaincu, de condamné à mort consentant, tendant son cou à la lame. Devant lui, le patron posa un verre et une bouteille de cognac.

Berthe poursuivit son chemin en pleurant.

Il ne rentra à l'hôtel que le surlendemain. Hâve, le visage hérissé de barbe, les yeux injectés de sang, la démarche incertaine. Il avait perdu, ou s'était fait voler son canotier et sa canne. Ses belles bottines étaient sales et éraflées, et un brin de cuir détressé rebiquait au bout de la droite. Son costume bleu clair n'était pas en meilleur état : froissé, déchiré en deux endroits, taché de graisse et de vomissure. Il avait dû se colleter avec d'autres ivrognes. Un hématome bleuâtre marquait sa joue gauche, et les phalanges de sa main droite étaient écorchées et douloureuses.

Sans un mot, Berthe l'aida à se coucher, puis elle reprit ses occupations. A son réveil, il chercherait probablement les deux registres reliés constituant le manuscrit de sa pièce. Pour les détruire. Il les chercherait longtemps avant de les lui réclamer. Elle lâcha un soupir. Saurait-elle l'en dissuader ?

Dix heures du matin à la pension Chamuche. Tout était calme. Les locataires qui travaillaient de jour étaient partis et les nuiteux dormaient. Louise Bécu faisait les chambres des absents à son rythme, lent au point d'exaspérer Berthe. On pouvait compter sur Louise pour ne réveiller personne : elle manipulait son balai et son seau comme s'ils avaient été en cristal.

Dans leur cage suspendue au-dessus du petit bureau de la réception, les mandarins se chamaillaient. Berthe, en pantoufles avachies et en tablier de serge par-dessus sa robe de chambre, reprisait un drap. Combien de draps avait-elle ravaudés et ravauderait-elle encore d'ici la fin de sa chienne de vie ? Elle haussa les épaules ; les draps, ça coûtait cher, il fallait les faire durer.

Le bruit de la sonnette de l'entrée la fit sursauter. Qui cela pouvait-il être ? Elle connaissait par cœur les horaires de son petit monde, et le facteur était déjà passé... Soudain, une odeur suave embauma l'atmosphère, parfum à la fois délicat et fort, pareil à des fleurs fraîchement coupées. Berthe leva la tête. Son cœur se mit à battre la chamade. De saisissement, elle lâcha son aiguille.

La voix était mélodieuse. Un léger accent chantant trahissait sa qualité d'étrangère.

— Bonjour madame. M. Démosthène Sophronikou habite ici, je crois ?

Berthe fut d'abord incapable de répondre. Elle ouvrit la bouche, la referma, rougit, parvint enfin à maîtriser son trouble.

— M. Démosthène... Oui, oui, c'est ici.

— Pourrais-je le voir ?

— C'est que...

— Il est sorti ?

— Non... Mais il dort !

— Sans doute me pardonnera-t-il de le réveiller. Nous sommes de vieux amis, et nous ne nous sommes pas vus depuis longtemps... Je suis de passage à Paris, je dois repartir cet après-midi, et je crains de ne pouvoir revenir d'ici là, comprenez-vous ?

— Je comprends... C'est au premier, chambre 7, l'avant-dernière au fond du couloir.

De la main, Berthe indiqua l'escalier.

— Je vous remercie beaucoup, madame.

La visiteuse à peine hors de vue, Berthe se leva et empoigna son passe-partout. Sans prendre la peine d'ôter son tablier, elle quitta la réception, sortit dans la rue, et s'engouffra sous le porche de l'immeuble voisin. Le pâté de maisons, très ancien, constituait un véritable labyrinthe. On pouvait accéder au premier étage de l'hôtel à partir d'une courette sombre, en empruntant un escalier de secours étroit et branlant. Berthe se gardait bien de révéler ce détail à ses nouveaux locataires. A la grande fureur de l'hôtelière, il arrivait qu'ils le découvrent par eux-mêmes et qu'ils en profitent pour déménager à la cloche de bois. Elle aurait fait murer cette issue depuis longtemps, si un article du contrat de copropriété de l'immeuble ne le lui avait interdit. Aujourd'hui, elle se félicitait de n'avoir jamais obtenu gain de cause auprès du syndic.

Par une heureuse disposition des lieux, la porte de la chambre 8 donnait sur le couloir après un coude, ce qui la mettait à l'abri des regards d'une personne se tenant devant le 7. A cette heure-ci, le locataire du 8 devait être chez lui, mais Berthe était prête à tout pour le déloger de son repaire. C'était le plongeur de restaurant du nom de Laviolette. Sa jeunesse et ses traits réguliers et fades causaient parmi la gent féminine du quartier presque autant de ravages que le charme romantique et maladif de Démosthène. Berthe le trouva au lit avec Mado, une petite apprentie fleuriste. Mado poussa un cri effarouché et couvrit sa poitrine opulente. Laviolette, lui, resta bouche bée, exhibant sans malice une anatomie digne d'éloges.

— Habillez-vous et filez par la sortie de secours, leur lança Berthe à mi-voix. J'ai besoin de la chambre. Je vous expliquerai pourquoi...

Pour couper court aux protestations de Laviolette, Berthe jeta un billet sur le lit.

— Allez vous régaler dans un bon restaurant, dit-elle.

— A c't'heure-ci ? Mais on n'a pas faim ! s'exclama le plongeur.

— Chut ! Fichez-moi le camp, c'est tout ce que je vous demande !

Laviolette considéra le billet. Vingt francs ! Avec vingt francs, on mangeait une semaine.

— Bon, bon... Mais c'est un peu cavalier quand même !

Berthe le fusilla du regard.

— Cavalier toi-même, sauteur ! Et remballe-moi toute cette marchandise !

Laviolette piqua un fard, et enfila prestement un caleçon.

— Vous direz rien à ma patronne, hein, m'ame Berthe ? pleurnicha Mado.

— Non, rassure-toi, mais filez, pour l'amour du ciel !

D'impatience, Berthe avait rugi. Elle se mordit les lèvres. Elle les poussa dehors à demi nus, une partie de leurs vêtements dans les bras, et leur montra le chemin de la courette d'un geste impérieux. Ils disparurent dans l'escalier. Avant de s'enfermer dans la chambre, elle s'approcha à pas feutrés de l'angle du couloir et tendit l'oreille. Comme tous les ivrognes, Démosthène avait le sommeil lourd. Devant le 7, Diane attendait toujours.

Rassurée, Berthe regagna le 8. Elle attrapa un escabeau qu'elle plaça contre la cloison séparant les deux chambres et s'y jucha. La plupart des hôtels passent au cours de leur histoire par des phases plus ou moins glorieuses. Celui de Berthe n'échappait pas à la règle. Il n'avait pas toujours été voué au repos des travailleurs honnêtes. En débarquant à Montmartre, Berthe et Sébastien l'avaient racheté à une maquerelle bien connue des services de police, et les lieux conservaient certains aménagements particuliers ; la chambre 8 s'appelait naguère la « chambre des voyeurs ».

A deux mètres du mur de droite, et à cinquante centimètres environ sous la ligne du plafond, Berthe tâta du bout des doigts le papier peint bon marché dont elle avait fait retapisser la pièce lors de son arrivée. Elle trouva bientôt ce qu'elle cherchait : une zone légèrement incurvée, de la taille d'une pièce de cent sous, qui ployait sous la pression. Elle tira de sa poche ses ciseaux de couture, et découpa avec précaution le papier à l'endroit qu'elle avait repéré. Elle prit soin de ne pas détacher entièrement de la tapisserie la rondelle ainsi obtenue. Après l'avoir écartée délicatement, elle retint son souffle et colla son œil à l'ouverture.

Démosthène venait seulement de se lever. A la faible clarté qui lui parvenait à travers les volets mal fermés, Berthe l'aperçut de dos. Il titubait en direction de la porte.

— Qui est là ? grommela-t-il.

Il y eut un bref instant de silence, puis la voix émue de la visiteuse s'éleva.

— ... C'est moi, Diane.

Dans la pénombre, la silhouette de Démosthène se figea. Quand il sortit de son immobilité, il se tourna de droite et de gauche comme un animal pris au piège cherchant par où s'enfuir. Un instant, refusant l'évidence, il voulut croire qu'il avait mal entendu.

— Qui est là ?

— C'est moi, Diane !

Abasourdi, Démosthène n'esquissa pas un geste. La voix de Diane se fit plus pressante.

— Je t'en prie, ouvre-moi... Tu refuses de me voir ?

Sans répondre, Démosthène se dirigea vers la fenêtre, l'ouvrit et écarta les volets. Le jour entra à flots dans la pièce. Ébloui, il cligna les yeux. Quand il se fut accoutumé à la lumière, il embrassa d'un regard le décor de sa chambre. Malgré les efforts de Berthe pour améliorer le mobilier de son locataire favori, l'ensemble exhalait une médiocrité dont Démosthène eut honte pour la première fois. Ce lit défait, ce tapis élimé, la bouteille de cognac vide qui gisait par terre, ce bureau encombré de brouillons raturés, l'odeur de fumée froide qui planait sur tout cela... Il haussa les épaules. Après tout, c'était sa vie, ce qu'elle, Diane, avait fait de sa vie en l'abandonnant, en le trahissant...

— Démosthène ?...

— J'arrive, dit-il d'une voix morne. J'enfile un vêtement...

Il mit une robe de chambre, passa la main dans ses cheveux en désordre, et se décida enfin à ouvrir. A la vue de Diane, il chancela et recula d'un pas, comme s'il avait reçu une balle dans la poitrine.

De son poste d'observation, Berthe ne put distinguer l'expression de Démosthène, mais celle de Diane la frappa tant qu'elle dut s'appuyer à la cloison. Les yeux brillants, au bord des larmes, Diane contemplait le spectre de l'homme qu'elle avait aimé autrefois. Ce n'était pas de l'amour qu'on lisait dans ses yeux, mais une immense, une déchirante pitié. Quand elle parla, ce fut à voix basse, comme si elle avait craint, en s'exprimant trop haut, de ne pas maîtriser l'émotion qui l'habitait.

— Je peux entrer ?

Incapable de prononcer un mot, il se contenta de l'inviter d'un geste à entrer. Il ferma la porte derrière elle, et débarrassa un fauteuil des vêtements qu'il y avait jetés à la diable.

— Merci, dit-elle sans s'asseoir. Tu n'as pas reçu ma lettre ?

Ils s'exprimaient tous les deux en français. Peut-être le choix de cette langue les protégeait-il l'un et l'autre, en gommant leur passé commun ? C'était en grec qu'ils s'étaient aimés, en grec qu'ils s'étaient murmuré, balbutié des mots d'amour. L'emploi d'une langue étrangère, à l'instant des retrouvailles, installait autour d'eux une sorte de terrain neutre.

Il hésita.

— Ta lettre ?... Si.

— Et tu n'es pas venu au rendez-vous...

Il secoua la tête.

— J'y suis allé. Je t'ai vue. Tu étais... trop belle. Je me suis enfui. J'ai eu peur de souffrir encore. A quoi bon ?

Il se tut. Elle ne répondit pas. Elle se rendait compte que sa visite exacerbait le tourment qu'il tentait en vain d'oublier, tantôt dans l'alcool et tantôt dans le travail.

— Pourquoi es-tu venue ?

— Je voulais te voir.

— Tu me vois ! Tu me vois dans ma gloire ! Un paria, un exilé... et un ivrogne !

Diane baissa les yeux.

— Je sais.

— Qu'est-ce que tu sais ? Est-ce que tu sais ce qu'on ressent quand des cafards vous dévorent le cerveau ?

Sa voix se brisa.

— Oh, Diane, Diane ! Pourquoi es-tu là ? J'étais arrivé à... à me supporter ! J'avais atteint une sorte d'équilibre. Un peu d'alcool, beaucoup de travail. Je n'avais rien oublié, au contraire. J'examinais le gâchis de ma vie avec le recul d'un vieillard se remémorant sa jeunesse enfuie, ses erreurs. Et tu réapparais ! La fiction de ma vieillesse vole en éclats. Il y a seulement sept ans, j'étais heureux... Sept ans ! C'est hier ! Les plaies que je croyais cicatrisées s'ouvrent et saignent à nouveau !

Bouleversée, Diane tendit la main et effleura le visage en sueur de Démosthène.

— Pardonne-moi. Ce n'est pas ce que je voulais. Je voulais... Oh, je ne sais plus ! Je voulais te voir, t'entendre. Je voulais me rassurer. J'espérais te trouver consolé, heureux peut-être...

— *Heureux ?*

— Heureux ? répéta Démosthène. Mais tu es inconsciente, ma parole ! Comment pourrais-je être heureux, alors que j'ai tout perdu en un jour, par ta faute !

Diane frémit.

— Par ma faute...

Il lui coupa la parole.

— Oh, je ne nie pas mes torts ! J'aurais admis que tu me quittes définitivement... En renonçant à ton estime, j'avais renoncé à ton amour, mais je ne pouvais imaginer que tu révélerais ma confession aux journaux, à la populace, à la jubilation de mes ennemis politiques. J'ai voulu mourir... Périclès m'en a empêché. Pendant des années, j'ai regretté de n'avoir pas obéi à mon impulsion. J'ai traîné ma vie comme un boulet, et c'était à cause de toi, que j'avais tant aimée, que je ne pouvais m'interdire d'aimer encore, malgré tout !

— Mais de quoi parles-tu, à la fin ?

Diane avait crié. Elle ne comprenait rien aux propos de Démosthène. Bien sûr, dès que la presse grecque avait publié la vérité sur son prétendu passé de héros, sur ses rapports avec les Turcs, elle l'avait haï et méprisé. Elle s'était sentie souillée d'avoir partagé la couche d'un homme assez lâche, assez veule pour vendre ses compagnons d'armes et son pays. Elle s'était détournée de lui. Mais ses aveux, elle les avait découverts dans le journal en même temps que des millions de leurs compatriotes.

— De quoi je parle ? De cette lettre où je me livrais à toi sans restriction, où je t'avouais toutes les bassesses commises pour l'amour de toi ! Cette lettre que tu as confiée aux journaux afin de me perdre !

Diane se laissa tomber sur le fauteuil.

— Démosthène, cette lettre, je ne l'ai jamais reçue ! déclara-t-elle d'une voix blanche.

— Que dis-tu ?

— Jamais ! Quelle opinion as-tu de moi ? Comment peux-tu penser que je t'aurais dénoncé ?

Démosthène scrutait le visage de Diane d'un air égaré.

— Ce n'est pas possible !

— Crois-tu que j'aurais essayé de te revoir, si j'avais divulgué une telle lettre ?

L'argument ébranla Démosthène.

— Mais alors qui ?

Il s'interrompit, effrayé par l'énormité du soupçon qui venait d'effleurer son esprit.

— Tu vivais déjà avec Basile, à l'époque, n'est-ce pas ? reprit-il.

Diane fronça les sourcils.

— Tu t'égares ! Basile est un être complexe. Il s'estime au-dessus des lois. La vie humaine ne compte guère à ses yeux. Mais jamais il ne trahirait le pacte qui nous lie tous les quatre. Toi, moi, Périclès, nous sommes sa famille, nous sommes sacrés... Il n'y a plus que cela de pur en lui. Ça ne peut être lui ! Et d'ailleurs, qui subvient à tes besoins depuis sept ans ?

— Basile, répondit Démosthène avec amertume. Chaque mois, je reçois un mandat de l'homme qui m'a volé ma femme...

— Souviens-toi, tu m'avais déjà perdue.

Accablé, Démosthène baissa la tête.

— Tu as raison. Mais qui d'autre ?

— Tu ne manquais pas d'ennemis...

— Encore aurait-il fallu qu'ils aient connaissance de cette lettre ! Non, il faut chercher ailleurs, plus près de nous... Ghélissa !

Il releva la tête.

— C'est elle, ça ne peut être qu'elle ! Elle seule savait ton adresse ! Elle seule, à part Périclès, a pu avoir la lettre entre les mains avant Basile. Et Périclès est insoupçonnable. Si Ghélissa a lu la lettre, elle a appris que j'avais livré Hélianthios Coïmbras aux Turcs. Hélianthios, son amant, le père de sa petite fille...

— Ghélissa maudit ton nom chaque fois qu'on le prononce devant elle. Mais cela ne prouve rien.

Démosthène haussa les épaules.

— Je dois savoir d'où est venu le coup !

— Il faut oublier, dit Diane. Te refaire une vie...

— Ma seule vie, c'était toi. Toi et ma carrière... Quelle dérision ! je t'ai sacrifiée à cette illusion alors que toi seule comptait. Je suis un mort vivant.

— Tu continues à écrire, pourtant, dit Diane en montrant les brouillons épars sur le bureau.

Les traits de Démosthène s'éclairèrent.

— J'ai recommencé à travailler. Mon écriture est différente aujourd'hui. Plus grave, plus ambitieuse... Enfin, j'essaie...

— Un roman ?

Il hocha la tête.

— Une pièce de théâtre. Ma vie, ta vie... Masques et vérité. Bonheur et souffrance. J'ai voulu la détruire, après notre rendez-vous manqué. Heureusement, ma logeuse l'avait mise en sûreté. C'est une femme merveilleuse. Sans elle, j'étais perdu... Pour toujours.

Derrière la cloison, Berthe sentit ses yeux s'embuer, sans pouvoir distinguer ce qui l'emportait dans son émotion, le plaisir d'entendre Démosthène reconnaître ses mérites, ou la tristesse de n'être pour lui qu'une brave femme secourable.

— Quand cette pièce sera jouée, peut-être me rendra-t-on justice... Pas mes ennemis mais les autres, ceux qui n'ont pas d'idée préconçue et qui comprendront ce que j'ai vécu. Mon destin deviendra exemplaire, comme celui d'Hamlet ou du Cid, et je pourrai mourir en paix.

— Qui parle de mourir ? Pourquoi ne pas espérer une longue vie ?

— Je sais ce que je dis. Depuis sept ans, j'ai brûlé la chandelle par les deux bouts. Mais laissons cela ! Es-tu heureuse, au moins ? Comment va ton fils ?

— Alexandre est un privilégié. Basile s'est beaucoup attaché à lui. Il a pris son éducation en main. Avec passion. Il faut que le petit soit le meilleur partout. Pas seulement en classe ! Sur le stade aussi, et dans la cour, dans les bagarres entre élèves... Il veut en faire son héritier. Pesant héritage ! Deux des plus énormes firmes d'armements d'Europe, celle de Basile, et celle de mon oncle Démétrios. Il disposera d'un pouvoir inouï. Il sera un des maîtres du monde, il décidera de la paix et de la guerre, plus que n'importe quel chef d'État. Saura-t-il user de cette puissance pour le bien commun ? J'essaie de lui inculquer le respect de la vie humaine, mais il est fasciné par Basile. Il m'échappe peu à peu. J'aurais voulu le garder près de moi. Basile l'a inscrit dans un collège en Suisse, qui n'est fréquenté que par des fils de magnats...

Berthe décolla son visage de l'œilleton, rabattit sur le trou la rondelle de papier peint et descendit de son perchoir. Elle en savait assez, et jugeait indélicat d'écouter plus longtemps. Elle avait craint que la rencontre ne débouche sur une réconciliation, mais il n'en était rien. Ces deux êtres qui s'étaient aimés, qui s'étaient déchirés, effectuaient un pèlerinage mélancolique. Le destin de chacun se déroulait ailleurs, désormais.

Berthe regagna la réception et reprit son ravaudage. Un inconnu entra d'un pas pressé. C'était un homme d'une quarantaine d'années. Bien vêtu, rasé de près, les cheveux et les ongles soignés. Berthe établit instinctivement un lien entre l'apparition de cet inconnu et la présence de Diane.

— Excusez-moi, madame, dit-il d'une voix qui trahissait une certaine nervosité, j'ai aperçu la voiture de Mme Apostolidès garée près de votre hôtel. Son chauffeur m'a dit qu'elle était encore ici... Pourrais-je lui parler ?

Le nom d'Apostolidès ne disait rien à Berthe, mais sa consonance la persuada qu'il s'agissait bien de Diane. Pourtant, redoutant un esclandre ou même un drame — l'homme était peut-être un mari jaloux —, elle hésita à lui indiquer la chambre de Démosthène.

— Quel nom, dites-vous ?

L'homme ne put réprimer une grimace d'impatience.

— Mme Apostolidès... Elle est venue rendre visite à un de vos locataires, son ex-époux, M. Sophronikou. Je comprends votre prudence, mais il faut que je voie cette dame immédiatement. Il s'agit d'un événement grave. Je suis M. Delaunay, son conseil financier.

Ce disant, il sortit un portefeuille de la poche intérieure de sa redingote et l'ouvrit sous les yeux de Berthe. Elle déchiffra le nom de Marcel Delaunay sur une carte professionnelle de la chambre des agents de change français.

— Êtes-vous rassurée ?

— Tout à fait. M. Sophronikou occupe la chambre 7, l'avant-dernière sur la droite, au premier étage.

— Merci beaucoup...

L'agent de change s'inclina brièvement et s'engouffra dans l'escalier. Dévorée de curiosité, Berthe essaya en vain de s'absorber dans son travail. Un bruit de pas dans l'escalier lui fit lever la tête. Très pâle, son beau visage décomposé par l'angoisse, Diane apparut, soutenue par Delaunay. Berthe entendit la jeune femme balbutier : « C'est ma faute ! S'il meurt, je me tuerai ! » La réponse de Delaunay se perdit dans le brouhaha de la rue.

De la fenêtre où elle s'était ruée, Berthe vit le juriste conduire Diane jusqu'à une luxueuse automobile. Un chauffeur en livrée se précipita pour leur ouvrir la portière. Diane monta. Delaunay l'imita après avoir fait signe à son propre chauffeur de partir de son côté. Les deux voitures démarrèrent. Berthe resta debout, les bras ballants, incapable de se résoudre à reprendre son ouvrage. Quel drame venait de se jouer devant elle ? Elle faillit s'apitoyer sur elle-même, sur sa solitude de femme vieillissante, désormais vouée à ne vivre que de la vie des autres. Là-haut, Démosthène était seul. Sans doute avait-il besoin de réconfort. Elle emplit une petite cafetière qu'elle fit réchauffer au bain-marie, puis elle disposa deux tasses sur un plateau, un sucrier, et un paquet de petits gâteaux. Accepterait-il seulement de la laisser entrer ?

Rien, ni personne, n'impressionnait le professeur Eugène Grandin-Plantier accoutumé depuis des décennies à voir les grands de la terre s'incliner devant eux. L'énormité de son pouvoir l'effrayait parfois.

Il s'en était ouvert un jour auprès d'un de ses plus brillants collaborateurs et disciples. « Nous autres, mandarins, lui avait-il dit, sommes considérés comme des demi-dieux. C'est un aspect grisant, mais dangereux, moralement parlant, de notre métier. Nous pourrions commettre à peu près n'importe quelle excentricité, voire des crimes, on nous ficherait tout de même une paix royale, car nous sommes irremplaçables ! Je ne plaisante pas : souvenez-vous des rumeurs qui ont couru au sujet de la véritable identité de Jack l'éventreur. A quoi devait-il son impunité, à votre avis ? C'était un grand chirurgien... Savait-il faire ce que personne d'autre n'était capable de faire, et dont un personnage très haut placé avait un besoin vital ? »

Aujourd'hui, en tout cas, le professeur Grandin-Plantier avait perdu toute son assurance. La personne qui se tenait devant lui n'était pas un homme politique, un magnat de la finance, ou une gloire du monde artistique venue mendier son aide et ses soins. C'était un homme de petite taille, âgé d'une cinquantaine d'années, au nez busqué, aux cheveux poivre et sel coupés très court, vêtu correctement mais sans recherche aucune. Il s'exprimait en anglais, un anglais pauvre, avec un accent très prononcé. D'ailleurs, il parlait peu. L'essentiel de son propos consistait en un revolver de gros calibre qu'il braquait sur le ventre rondelet de son interlocuteur.

— Vous êtes fou ! protesta le professeur. Ce n'est pas ainsi que vous me convaincrez de...

— Si, c'est comme ça ! répondit l'inconnu. Vous enfilez un manteau et vous m'accompagnez. Ou je vous abats comme un chien.

Le professeur poussa un soupir accablé. Sa gouvernante et secrétaire mise à part, une respectable personne de dix ans plus âgée que lui et dont il n'avait aucun secours à espérer, il était seul dans son luxueux appartement du boulevard des Invalides. Il lui fallait obéir.

— Puis-je savoir où nous allons ?

— En Suisse.

— En Suisse ? Maintenant ? Ce soir ?

— Ce soir. Nous roulerons toute la nuit.

— Mais mon cabinet ! Mes patients ! Mon service à la Salpêtrière !

— Plus tard, tout ça. Pour l'instant vous n'avez qu'un malade, et il vous attend en Suisse.

La lumière se fit dans l'esprit du professeur. Ce richissime marchand de canons qui lui avait proposé par téléphone une somme énorme pour examiner un enfant près de Genève... Après s'être enquis de l'établissement dans lequel l'enfant avait été hospitalisé, le professeur lui avait expliqué que le blessé était en très bonnes mains, et qu'un tel déplacement était hors de question dans l'immédiat. L'homme avait insisté. Le professeur, qui était d'Action Française, avait fini par l'envoyer promener, et avait raccroché en pestant contre ces métèques qui se croient tout permis.

— En Suisse, hein ? grommela-t-il. Alors je crois deviner...

L'homme de main fronça les sourcils.

— Nous perdons du temps !

Le professeur haussa les épaules et alla chercher son manteau dans la penderie de son bureau.

— Puis-je au moins prendre un peu de linge ?

L'homme secoua la tête.

— En route !

A l'aube, les deux puissantes voitures approchaient de la frontière suisse. Le professeur s'éveilla sur la banquette de cuir où il avait dormi tant bien que mal. Il but la tasse de café chaud versée d'un thermos, et grignota la brioche que lui tendit son ravisseur. Il reprit confiance. Pas de frontière sans douaniers... Pas de passage en Suisse sans passeport. Or, son rugueux compagnon n'avait pas pensé à lui faire emporter le sien...

Ses espoirs s'évanouirent quand, au bout d'une demi-heure de route, il aperçut un panneau indicateur helvète. Ils étaient entrés en Suisse sans franchir aucun poste frontière ! Le pouvoir de l'argent était donc sans limites ?

Enfin, le convoi s'engagea sur une route forestière qu'il suivit pendant quelques kilomètres, puis s'arrêta devant une magnifique demeure du siècle dernier. Le petit homme au nez busqué sortit le premier et ouvrit la portière de Grandin-Plantier, qui s'extirpa de la voiture en jurant. Ce voyage interminable l'avait rompu, en dépit du confort de la banquette capitonnée.

— Monsieur le professeur...

Le professeur leva la tête. Un homme descendait les marches du large escalier de marbre et s'avançait à sa rencontre. Le professeur le toisa sans aménité, tout en appréciant sa prestance en connaisseur de l'animal humain. Un homme superbe, entre trente et quarante ans. Grand, svelte, les épaules puissantes, il portait un costume impeccablement taillé. Mais son visage était encore plus remarquable. Un mélange d'harmonie et d'autre chose, de moins aisément définissable. Sous les cheveux blonds, extrêmement drus, le front était haut. Des lèvres minces, un nez fort. Le menton légèrement prognathe et les maxillaires carrés affirmaient une volonté implacable. La complexité du personnage était lisible dans ses yeux d'un bleu très pâle. Grandin-Plantier y lut une intelligence aiguë, et une confiance en soi proche de cet orgueil farouche, démesuré, dont les Anciens disaient qu'il était inspiré par les dieux aux mortels dont les triomphes trop éclatants les indisposaient. Il y lut aussi quelque chose de désespéré et de dur. Cet homme-là était marqué par une fatalité. Sa force et son audace aveuglantes étaient le résultat d'une initiation précoce à la férocité humaine.

Grandin-Plantier dissimula de son mieux sa surprise. Il s'était attendu à un « Levantin huileux », et il rencontrait un demi-dieu.

— Monsieur, si vous êtes le responsable de mon enlèvement, je ne vous salue pas ! siffla-t-il de son ton le plus glacial, celui qui faisait rentrer sous terre les internes en faute et les infirmières maladroites.

L'inconnu eut un sourire désarmant.

— Monsieur le professeur, je comprends votre colère. Croyez bien que je n'aurais jamais usé d'un procédé aussi cavalier avec un homme de votre valeur, si l'urgence n'avait été totale. Je vous présente toutes mes excuses sans grand espoir de les voir agréées ! Votre dédommagement sera proportionnel au désagrément que mon... « insistance », disons, aura pu vous occasionner. Mais vous comprendrez lorsque vous aurez examiné le blessé. Son état est désespéré. Vous seul...

A cet instant, l'incroyable aplomb du personnage se lézarda. Ce fut très fugitif : une brève hésitation sur une syllabe, mais elle permit au professeur de mesurer l'angoisse qui habitait son ravisseur.

— Vous m'aviez parlé d'un hôpital fédéral, bougonna-t-il. Ce transfert m'a l'air très imprudent. D'autre part, si je dois opérer, croyez-vous que je me contenterai d'un couteau de cuisine et d'une pince à sucre ?

— Vous trouverez dans cette maison une salle d'opération dotée des équipements les plus modernes, et vous serez assisté par un des praticiens les plus compétents du pays. De même, l'anesthésiste et les infirmières sont hautement qualifiés.

— Nous verrons. Puis-je savoir où nous sommes ?

— Chez moi, professeur. Dans un de mes petits pied-à-terre.

— Je vois... Eh bien, puisque je suis là, ne perdons pas de temps. Il s'agit d'un jeune garçon, n'est-ce pas ? Quel âge a-t-il ?

— Sept ans.

— Une chute de poney, c'est bien ça ?

— En effet. Il ne semble pas que la moelle épinière soit directement lésée, mais seulement comprimée par le déplacement d'une partie d'un disque brisé...

— Vous êtes médecin ?

— Non, mais...

— Alors taisez-vous. Je suis ici contre mon gré, je vous prie de vous en souvenir. Si en plus vous prétendez poser le diagnostic à ma place !...

L'homme eut un haut-le-corps. Il n'était manifestement pas habitué à ce qu'on lui parle de cette manière. Mais il avait besoin du savoir de son hôte involontaire, et il sut prendre sur lui.

— Veuillez m'excuser, dit-il en invitant de la main le professeur à le suivre.

En ôtant son masque et sa blouse, le professeur Grandin-Plantier poussa un soupir de soulagement. Il se sentait un peu dans la peau d'un explorateur sommé par un chef de tribu cannibale d'opérer son fils d'une appendicite aiguë à l'aide d'un canif à la lame ébréchée. Il avait toutefois disposé des plus modernes bistouris suédois. L'intervention avait été plus longue et délicate qu'il ne s'y attendait. Ce foutu disque n'était pas brisé en deux, mais en trois morceaux, sans compter une myriade d'infimes esquilles qu'il avait fallu extraire une à une sans abîmer le cordon nacré et fragile de la moelle épinière. Il y avait passé un temps fou, sous les regards admiratifs de son assistant et des infirmières.

Tel un boxeur sortant du ring, il se laissa tamponner le visage à l'aide d'une serviette chaude par la plus jolie des deux infirmières. La seconde, moins avenante, mais dont il avait pu apprécier le haut degré de qualification, lui retira ses gants et lui massa les mains à l'aide d'une pâte décontractante.

Il se tourna vers l'anesthésiste.

— Pour vous, ça va ?

— Parfaitement, monsieur.

— C'est bien... Je crois que nous avons fait pour le mieux !

L'assistant, le docteur Thibaudeau, un brillant chirurgien de Genève, finit de suturer l'incision et céda la place à la panseuse.

— Monsieur, ça a été un honneur pour moi de vous seconder. Je n'ai jamais vu une telle maîtrise !

— Depuis quarante ans que je décortique des moelles épinières, je me suis fait la main ! Bon, vous vous occupez du plâtre. Moi, j'ai deux mots à dire à un certain « gentleman »...

Pendant l'intervention, il s'était totalement absorbé dans sa tâche. Il n'y avait plus eu devant lui qu'un enfant menacé de paralysie, au service duquel il mettait toute sa science. A présent, il redevenait un vieux monsieur couvert d'honneurs et fort conscient de sa valeur, une diva du bistouri dotée d'un caractère épouvantable et fermement décidée à exprimer sa façon de penser à son ravisseur.

Le « gentleman » attendait derrière la porte, en compagnie de son épouse. Le professeur ignora délibérément le premier pour s'adresser d'abord à la seconde.

— Madame, sauf complication infectieuse, toujours possible hélas, je crois pouvoir affirmer que tout s'arrangera désormais.

— Oh ! professeur, merci !

Les larmes aux yeux, Diane prit entre ses mains blanches et parfumées celles, tavelées et ridées, du vieil homme, et les embrassa sans honte.

Il se dégagea avec douceur, et toisa Basile.

— Quant à vous, monsieur, commença-t-il d'une voix aussi tranchante qu'un scalpel, je ne me priverai pas plus longtemps de vous dire...

Un éclair de joie brilla dans les yeux de Basile.

— Après, professeur ! coupa-t-il.

— Après ? Après quoi, s'il vous plaît ?

— Après la petite formalité, répondit Basile en lui tendant un chèque.

Le professeur posa sur le rectange de papier un regard hautain. Pour qui le prenait-on ?

Il était riche. Alors, l'argent... Tout de même, il compta les zéros. Il fronça les sourcils. Il devait s'être trompé ! Il recommença, et cette fois se frotta les yeux. Oui, cela faisait bien... Tant que ça ! Un certain embarras (c'était la seconde fois depuis ce matin) se lut sur son visage. Allait-il perdre la face ? Il en eût été ulcéré. Mais entre perdre la face et la conserver en renonçant à un chèque de ce montant libellé en francs suisses, il était humain d'hésiter. Le professeur avait le sens de la formule. Ce don le sauva, en lui permettant d'empocher le chèque sans compromettre sa dignité.

— Monsieur, lâcha-t-il, pour un butor, vous savez vivre ! C'est la seule raison pour laquelle je ne porterai pas plainte contre vous !

Puis, raide comme la justice, il s'enquit de l'heure du premier train pour Paris. Un quart d'heure plus tard, l'homme qui l'avait arraché, l'arme au poing, de son paisible cabinet de consultation à son domicile parisien l'emmenait en voiture jusqu'à la gare la plus proche.

L'infirmière se leva du fauteuil près du lit où dormait Alexandre, et quitta la pièce en silence. Diane vint s'asseoir à sa place. A la lumière dorée que dispensait la lampe à abat-jour posée sur la table de chevet, elle admira les longs cils noirs qui frangeaient les paupières closes de son fils. Dieu soit loué, bientôt, il se lèverait, il retrouverait peu à peu une vie normale. Elle repensa au grand chirurgien à qui il le devrait, et un sentiment de gratitude lui souleva la poitrine. Elle pensa aussi à l'autre artisan du miracle, Basile. Devant le refus initial du professeur, il avait réagi selon sa nature, en pirate : « Content ou pas content, il faudra qu'il vienne et qu'il opère, puisqu'il est le seul capable de le faire sans risque ! » Et il avait donné ses instructions à Eliaki, son âme damnée.

Diane remonta machinalement le drap sur les épaules d'Alexandre, et soupira de fatigue. Depuis trois jours, depuis la seconde où Delaunay, son agent parisien, lui avait appris l'accident dont l'enfant avait été victime au cours d'un entraînement de polo dans sa pension suisse, elle ne vivait plus. Folle d'inquiétude, elle avait pris congé de Démosthène pour suivre Delaunay. Annulant son départ pour Londres, où elle devait rejoindre Basile, elle avait gagné Genève. Basile l'y avait rejointe très vite, et avait tout organisé, le transfert d'Alexandre de l'hôpital à cette propriété et l'enlèvement du professeur, avec la brutale efficacité dont il avait le secret.

A présent, Alexandre était sauvé. La tension nerveuse se relâchait. Basile était reparti pour Londres, où il avait amorcé d'importantes négociations avec un émissaire officieux du gouvernement chinois. Il saurait bientôt si ces négociations devaient déboucher sur un éventuel voyage à Pékin.

Dans le tourbillon de ces journées d'angoisse, Diane n'avait même pas songé à lui parler de la lettre que Démosthène disait lui avoir envoyée sept ans plus tôt, à l'époque de leur séparation, et qu'elle n'avait jamais reçue. Elle se promit d'écrire à Démosthène pour lui donner des nouvelles d'Alexandre, et aussi pour corriger ce que leur entrevue avait eu d'inachevé en raison de son départ précipité. Un long moment, tout en surveillant la respiration paisible de son fils, elle évoqua cette rencontre. Pauvre Démosthène, son ami d'enfance et son premier amour ! Comme il avait vieilli ! Un perdant au jeu de la vie. Alors que ses compagnons de jeunesse sous le ciel de Salonique avaient volé de succès en succès — Basile en se taillant un empire industriel, et Périclès en se constituant un conglomérat de mines de métaux précieux —, Démosthène, après un fulgurant début de carrière, n'avait connu que des déboires. Viendrait-il jamais à bout de la pièce dans laquelle il plaçait désormais tous ses espoirs, à laquelle il consacrait ce qui lui restait de forces ? Diane en doutait. Son cœur se serra. Il finirait probablement sa vie dans un hôpital, à Paris ou à Londres, rongé par l'alcool. Comment tromper une femme qui vous connaît comme elle le connaissait ? Ils avaient été mari et femme. Le Démosthène qu'elle avait aimé, beau, fougueux, comblé de dons de tous ordres, apte à saisir le bonheur et à le dispenser autour de lui, n'avait rien de commun avec l'épave qu'elle avait vue à Paris. Elle se remémora ses pommettes couperosées, la chair de ses joues amollie et distendue, les veinules de buveur, encore discrètes, qui commençaient à déformer les ailes de son nez, et surtout l'expression de fatigue immense, de renoncement à la vie. Démosthène était passé dans le camp des vaincus. Serait-il capable de faire machine arrière, de rompre le sortilège qui avait transformé son existence en un naufrage, un désastre ?

Quand elle se fit remplacer par l'infirmière, elle crut d'abord qu'elle s'endormirait aisément. Mais les pensées virevoltaient dans son esprit comme des papillons autour d'une lampe. Qui avait achevé Démosthène, en rendant publique la lettre qu'il lui avait adressée ? Cette lettre n'aurait sans doute rien changé à leurs rapports. En 98, elle ne l'aimait plus. Et surtout, il avait insulté l'amour qu'elle portait à Alexandre, ce fils né d'un viol collectif durant la guerre gréco-turque. Elle était déjà la maîtresse de Basile, dont elle devint la femme au lendemain de son divorce. Mais la révélation de sa trahison avait ruiné sa carrière et couvert son nom de boue. Il n'avait échappé à une arrestation et à une condamnation à mort inéluctable qu'en choisissant l'exil. Le désespoir et l'alcool avaient fait le reste.

Diáne ne croyait pas Ghélissa capable d'avoir détourné la lettre pour venger la mort d'Hélianthios. Ghélissa aurait abattu Démosthène de sa propre main plutôt que de le livrer à la vindicte populaire. Mais alors, qui ? Ossip Mykriamnos, le préfet de police d'Athènes, qui poursuivait de sa haine Démosthène devenu ministre de l'Intérieur alors qu'il avait lui-même convoité ce poste ? Ce n'était pas impossible. Tous les régimes violent des correspondances privées et les utilisent à des fins tenant parfois de la raison d'État, et parfois à des règlements de comptes personnels... Mais voilà, Démosthène avait assuré Diane que la lettre n'était pas passée par la poste royale. Seuls Périclès et Ghélissa, et peut-être des employés de Basile, l'avaient eue en main.

Diane fit sa toilette et enfila une chemise de nuit. Puisque, selon toute probabilité, le sommeil se ferait attendre longtemps, elle décida d'aller chercher un livre dans la bibliothèque. Elle dut faire un effort pour se rappeler à quel étage se trouvait cette pièce aux murs entièrement recouverts de rayonnages fermés, dont les rideaux protégeaient du soleil de précieuses éditions originales. Elle eut un sourire légèrement triste à la pensée des dix ou douze demeures que Basile possédait en Europe. Il y avait quelque chose de burlesque dans cette méconnaissance qu'ils avaient tous deux de la disposition des pièces dans chacune d'entre elles. Voyons, était-ce dans la maison de Monte-Carlo ou dans celle de Capri que le cabinet de toilette donnait bizarrement sur le fumoir, ou bien dans celle de Lisbonne ?...

Elle finit par se repérer. Une des bibliothèques avait été mal refermée, et elle en écarta machinalement les portes grillagées et tendues de tissu vieil or. A sa surprise, au lieu des alignements de livres auxquels elle s'attendait, elle découvrit entre deux piles de volumes un petit coffre-fort mural. Sur la pile de droite était posée une clef. Ce n'était pas le genre de Basile de laisser ainsi les choses traîner... Mais peut-être le coffre était-il vide ? Ou bien était-ce à Haussermann, l'homme de confiance de Basile, qu'il fallait imputer cette négligence ? Elle prendrait cette clef et la rendrait à Basile. Mais sa curiosité fut la plus forte. Elle engagea la clef dans la serrure et la tourna. Avec un chuintement discret, la porte s'ouvrit.

La tablette du haut supportait deux grosses boîtes à biscuits en fer-blanc. La première renfermait des liasses de billets de banque de la plupart des pays d'Europe, en grosses coupures. Elle la remit en place. La seconde contenait des bijoux anciens, en vrac. Diane les examina rapidement et les reposa dans la boîte. Une quincaillerie sans doute coûteuse, mais qui n'était pas de son goût. Trop lourd. Trop baroque. Où Basile avait-il déniché cela ? Une « occasion », sans doute. Bien que le commerce des armes fût sa principale activité, il ne dédaignait pas les petites rapines. Elle sourit. Il y avait de la fourmi chez ce grand fauve !

Une pile d'enveloppes brunes reposait sur la tablette inférieure. Diane la tira à elle. Oublieuse de sa fatigue, elle se sentait tout à coup l'âme d'une petite fille curieuse fourrageant dans les affaires de son grand frère. Elle ne cherchait rien de particulier, et ne craignait pas de tomber sur des lettres de femmes. Basile la trompait, elle le savait, mais elle était si sûre de lui et d'elle qu'elle n'y attachait guère d'importance. Quand on partage la vie d'une force de la nature, il faut s'attendre à des secousses telluriques. Dès qu'il était loin d'elle, Basile assouvissait comme il lui plaisait sa sensualité exigeante.

Elle en avait souffert, puis elle s'y était faite. Tout ça n'était que de la physiologie.

Le contenu de la plupart des enveloppes était sans intérêt pour elle. Des noms, des chiffres, des états bancaires, des reconnaissances de dette, des statuts de sociétés, des contrats, des reçus de commissions... Chacun de ces documents avait sans doute une histoire, âpre ou sordide. Un peu partout dans le monde, des hommes se mordaient les lèvres à l'idée qu'ils étaient entre les mains de Basile. Diane ne put réprimer un bâillement. Elle ne s'amusait pas autant qu'elle l'avait espéré, elle ferait mieux d'aller se coucher. Elle ouvrit une dernière enveloppe, et sursauta en reconnaissant l'écriture de Démosthène. Démosthène ? Elle commença à lire, sans oser comprendre tout d'abord. Mais bientôt elle dut se rendre à l'évidence. Elle avait sous les yeux la lettre que Démosthène lui avait envoyée sept ans plus tôt pour se confesser à elle, et en outre un montage photographique de la même missive, expurgée de toute allusion à sa destinataire et réduit aux passages les plus accablants pour son signataire. A n'en pas douter, c'était ce document qui, à l'époque, avait circulé dans les salles de rédaction de la presse grecque et avait fait de Démosthène un paria.

Diane eut l'impression qu'un abîme s'ouvrait sous ses pieds. Tout semblait accuser Basile. Elle ne pouvait y croire. Il devait y avoir une autre explication. Basile était en possession de la lettre et du montage. Point. Rien ne prouvait qu'il soit responsable de l'élaboration du montage et de sa divulgation. Jusqu'à preuve du contraire il s'était toujours montré d'une fidélité sans faille vis-à-vis des membres du pacte de Salonique. Implacable pour ses ennemis, il défendait ses amis bec et ongles. Pourtant...

Pourtant, il n'avait jamais soufflé mot de cette lettre à Diane. Avait-il craint que les accents déchirants dont elle était pleine ne la persuadent de renouer avec Démosthène ?... Et d'abord, depuis quand détenait-il ces documents ? Il y avait forcément une version des faits qui innocentait Basile du pire crime qu'un homme comme lui pouvait commettre : trahir un de ses compagnons d'enfance, un de ceux qui avaient partagé avec lui l'épreuve terrible de son incarcération à l'âge de dix ans dans la sinistre prison de Kanly-Koula — la tour du Sang —, où son père avait été égorgé sous ses yeux par une bande de souteneurs.

Diane finit par échafauder une hypothèse répondant à cette exigence. Dieu sait comment, Basile s'était procuré la lettre et le montage dans le but de confondre un jour le véritable traître et de venger l'honneur perdu de Démosthène. Peut-être même cette vengeance était-elle déjà accomplie ?

Bouleversée, Diane relut le passage où Démosthène plaidait désespérément sa cause :

Comme tu dois me mépriser en lisant cette lettre ! Mais ce que j'ai fait là-bas, c'était pour toi, pour te revoir, pour ne pas mourir sans t'avoir tenue dans mes bras. Lâcheté ? Non ! C'était du courage au contraire ; tu valais bien plus pour moi que la patrie, que l'honneur, que tous les idéaux dont les hommes s'enivrent. Je n'avais plus qu'une cause, toi ! Je t'ai aimée assez pour tout te sacrifier, y compris l'estime de moi-même. Et mon amour n'a pas changé. C'est en son nom que je te livre aujourd'hui ce que je devrais cacher au plus profond de mon âme. Je n'ai plus que cela à t'offrir : la vérité... Je ne suis pas un héros, ni un poète, ni un politicien ! Je ne suis qu'un homme qui t'aime...

Une larme coula lentement sur sa joue. Comment aurait-elle réagi si elle avait reçu cette lettre ? Bien sûr, Démosthène avait eu des torts envers elle comme envers le monde entier. Il avait vendu ses compagnons d'armes, il avait trahi son pays, il mentait, il buvait, il s'était montré odieux avec Alexandre qui n'était alors qu'un bébé... Mais il l'avait aimée, elle, comme peu d'hommes savent aimer : totalement, absolument !

Elle replia avec soin les feuillets, et les remit en place dans l'enveloppe, avec le montage. Puis elle reposa la liasse d'enveloppes sur l'étagère du coffre qu'elle referma. Elle laissa la clef sur la pile de livres et quitta la bibliothèque. Avant d'aller s'étendre, elle passa voir Alexandre. L'infirmière la rassura. Le souffle et le pouls de l'enfant étaient réguliers, la température restait stable.

Diane se coucha. A peine eut-elle éteint la lumière, que les questions sans réponses recommencèrent à l'obséder. Lasse, elle se décida à avaler un somnifère. Elle finit par sombrer dans un sommeil miséricordieux.

Le lendemain, la joie d'assister au réveil d'Alexandre apaisa son tourment. Ce réveil fut pourtant pénible, comme il est courant après une anesthésie générale, mais Alexandre était un petit bonhomme courageux. Il affronta les redoutables nausées avec stoïcisme. Un peu plus tard, quand l'effet de l'anesthésique fut entièrement dissipé, il tourna vers Diane des yeux inquiets.

— Je pourrai remonter en selle, maman ?

Diane regarda le docteur Thibaudeau. Le médecin eut un sourire rassurant.

— Avant l'intervention du professeur Grandin-

Plantier, je ne t'aurais pas donné une chance sur mille... Mais à présent, je crois qu'on peut envisager l'avenir avec optimisme. A ton âge, la croissance des os est si rapide qu'aucun espoir n'est interdit.

— Tu entends, mon chéri, dit Diane, tu mèneras bientôt une vie normale. Mais il faudra être prudent, cette fois. Tu me promets que tu ne joueras plus les casse-cou ?

Alexandre fit la moue.

— J'ai promis à Basile de remporter la coupe de polo.

— Ce sera pour l'année prochaine. Et puis, n'écoute pas trop Basile ; d'après lui, il faudrait être le premier partout... Ce n'est pas si important que ça.

— Si ! Basile est un homme, et moi aussi je suis un homme ! Un homme, ça gagne !

Thibaudeau ne put réprimer un sourire amusé.

— Je ne me fais pas d'illusions, fit Diane, soucieuse. Dès qu'il sera sur pied, je recommencerai à trembler.

A compter de ce jour, le rétablissement d'Alexandre fut spectaculaire. Après la période d'immobilisation indispensable, l'enfant fit ses premiers pas et s'astreignit aux séances de rééducation avec acharnement. Diane suivait de près ses efforts et ses progrès. Elle avait engagé un précepteur à demeure en attendant qu'Alexandre soit en mesure de retourner au collège. Elle se chargeait elle-même de consolider chez son fils l'apprentissage du grec. Si l'incertitude touchant au rôle de Basile dans l'affaire de la lettre n'était venue la préoccuper, elle aurait été aussi heureuse qu'on peut l'être : elle jouissait de la compagnie d'Alexandre, et ce plaisir trop rare la comblait.

Pour l'instant du moins, elle avait renoncé à l'idée de demander des explications à Basile. Il était à Londres et elle n'aborderait le sujet que de vive voix. Le voyage en Chine, dont l'éventualité se précisait, fournirait sans doute une occasion propice. Diane n'aimait guère l'idée de laisser Alexandre poursuivre seul sa rééducation, mais Basile tenait à ce que Diane l'accompagne, et un tel voyage aurait été prématuré pour l'enfant.

En écrivant à Démosthène pour lui annoncer le succès de l'opération d'Alexandre, Diane n'avait pas fait allusion à la lettre. Dieu sait quelles conclusions hâtives il aurait pu tirer d'une telle découverte ! Mais profondément émue par les accents de sa confession, elle espérait avoir trouvé à son tour ceux qu'il fallait pour adoucir le tourment intérieur dans lequel il vivait. Un matin, le facteur apporta à Alexandre un volumineux paquet posté de Paris. C'était une énorme boîte de soldats de plomb de l'Empire, avec un superbe album retraçant les principales campagnes de Napoléon. Une lettre était jointe à cet envoi, dans laquelle Démosthène se présentait comme un vieil ami de Diane, désireux d'égayer la convalescence du jeune garçon.

Jean-Jacques Rousseau a décrit le charmant bourg de Clarens, situé au bord du lac de Genève, près de Montreux. Quand il s'y rendit au début de l'année 1903 pour y rencontrer le président Kruger en exil, Périclès Hespéra se souvint de ce passage de *La Nouvelle Héloïse*. Il trouva les lieux en tout point semblables à la description qu'en avait donnée le grand écrivain un siècle et demi plus tôt. Un rêve champêtre, un minuscule éden sur lequel le temps paraissait ne pas avoir de prise.

Périclès avait rencontré à plusieurs reprises le célèbre « *Oom* Paul », l'oncle Paul, comme l'appelaient ses partisans. A l'époque, il dirigeait sur place la mine de diamants de Sonnenfontein, non loin de Kimberley, dans la province britannique du Natal. Les relations entre la couronne et le président du Transvaal étaient déjà détestables. Elles avaient depuis lors dégénéré en guerre ouverte, la fameuse guerre des Boers, officiellement achevée un an plus tôt, et qui pourtant défrayait encore la chronique des journaux du monde entier. Après des succès éclatants, l'armée de paysans du président Kruger avait dû s'incliner devant le puissant corps expéditionnaire anglais. Le 20 octobre 1900, à Lourenço

Marques, Paul Kruger, espérant obtenir des appuis à l'étranger, avait pris le chemin de l'exil. Il s'était embarqué à bord du croiseur hollandais *Gelderland* et avait débarqué à Marseille. Les opinions publiques européennes anglophobes et favorables à la cause des Boers avaient contraint les gouvernements à l'accueillir en héros. Reçu à Paris par le Président Émile Loubet, et à La Haye par la reine Wilhelmine, il croyait être parvenu à ses fins. Mais les égoïsmes nationaux gouvernaient la réalité politique. Le kaiser Guillaume II, qui avait pourtant promis d'autoriser la création d'un corps de volontaires, découragea Kruger de poursuivre sa tournée jusqu'en Allemagne. L'Europe n'avait à lui offrir que des marques de sympathie. Après trois années de guerre, le traité de Vereeniging sanctionnait le rattachement du Transvaal et de l'État d'Orange à l'Angleterre.

Déçu, miné par le chagrin et la maladie, l'homme pour lequel des milliers de combattants afrikaners avaient pris le maquis achevait sa vie en Suisse.

Périclès et Paul Kruger avaient été alliés contre le même ennemi : Cecil Rhodes, le roi du diamant, l'implacable artisan de l'hégémonie britannique en Afrique. Périclès, à Sonnefontein, s'était heurté à ses méthodes brutales et à sa concurrence féroce. Cecil John Rhodes était mort le 26 mars 1902, quelques semaines avant la capitulation des chefs boers. Mais l'Afrique australe, à l'instant de sa mort, ressemblait fort à ce dont il avait rêvé. La région était devenue la chasse gardée du mercantilisme anglo-saxon. Le caricaturiste français Caran d'Ache avait représenté Rhodes fumant un cigare sur un tas de cadavres ensanglantés, avec pour légende : « L'argent, c'est le sang des autres. »

Périclès avait détesté Cecil Rhodes, qui symbolisait à ses yeux tout ce contre quoi un homme doit lutter, mais il ne se faisait guère d'illusions sur son adversaire malheureux. Kruger était un homme sincère, pas un libéral ou un démocrate. Nationaliste avant tout, attaché à des valeurs rigides, autoritaire, volontiers paternaliste, il se comportait en despote rétrograde. Pourtant, il incarnait la volonté de résistance d'un peuple. Il appartenait à cette race des *voortrekkers* qui s'étaient mis en marche avec leur fusil et leur bible vers un paradis terrestre à conquérir. Dès l'âge de onze ans, il avait participé, l'arme au poing, à l'épopée du Grand Trek. Entré en politique à trente-cinq ans en voyant les Anglais envahir un pays fondé au prix de dures souffrances, il avait été, avec Joubert et Pretorius, un des organisateurs de la résistance en 1877. Devenu le premier président du Transvaal en 1883, il avait sans cesse été réélu depuis. Après l'échec du raid Jameson commandité par Cecil Rhodes, il avait été l'artisan de l'alliance entre la République du Transvaal et celle de l'État libre d'Orange, unis pour affronter l'impérialisme anglais. Les Afrikaners lui vouaient une admiration sans limites, tandis que les Noirs et les *uitlanders*, les étrangers installés au Transvaal, savaient ne rien avoir à attendre de son sectarisme.

Tel était l'homme auprès duquel un domestique introduisit Périclès, dans le salon d'une confortable maison bourgeoise. Assis dans un fauteuil, face à une grande cheminée où brûlait une flambée, il invoqua l'état de ses jambes pour s'excuser de ne pas se lever, et l'accueillit avec amitié.

— Entrez, mon cher Périclès, mon *uitlander* favori !

Entrez donc ! Comme c'est gentil de votre part de me rendre visite dans cet exil !

— Je vous présente mes respects, monsieur le Président. De passage en Suisse, je me suis permis...

— Vous avez bien fait ! Nous allons trinquer à la mort de cette canaille de Rhodes. A cette heure, il rôtit en enfer, sans aucun doute. Puisse-t-il y demeurer jusqu'à la fin des siècles... Asseyez-vous, Martha va nous apporter à boire.

La jeune femme qui lui faisait la lecture à l'arrivée de Périclès se leva et sortit. Périclès tira une chaise à lui et s'installa près du vieil homme, à l'angle de la cheminée.

— Comment vont les affaires, Périclès ? Vous avez accompli du chemin, depuis le temps de Sonnenfontein ! Vous possédez des mines dans le monde entier... C'est heureux, car la guerre a dû ruiner Sonnenfontein. On s'est battu farouchement autour de Kimberley.

— L'exploitation a beaucoup souffert des combats, en effet. Le général Buller s'est fait un plaisir de ravager tout ce qui n'appartenait pas à la De Beers, à Rhodes ! Je n'ai pu encore y retourner. Je compte le faire prochainement, et je remettrai la mine en route, avant de m'embarquer pour la Corée.

— C'est au diable ! Qu'allez-vous faire là-bas ?

— Prospecter. C'est plus fort que moi, je ne peux voir un champ sans chercher une pioche du regard...

La dame de compagnie de Kruger posa sur une table basse un plateau chargé de verres et de bouteilles.

— Servez-vous, mon ami, dit l'Afrikaner. Moi, je n'ai plus droit qu'à des tisanes infectes ! Je me fais vieux, je suis malade, je me sens las de tout... Si ce n'était pour mon pauvre pays, que je voudrais continuer à servir, j'accueillerais la mort comme une délivrance. Les dernières nouvelles de là-bas sont terribles. Cette brute de Kitchener a fait mourir de faim quelque vingt mille personnes, hommes, femmes et enfants, dans ses camps. Aujourd'hui les camps se sont ouverts sur les survivants, qui meurent une fois libérés. Cet homme est un monstre ! En livrant combat sur les champs de bataille, contre un adversaire supérieur en nombre et en armement, j'ai commis une erreur terrible. Une série d'actions terroristes sur les hauts responsables anglais aurait été plus efficace. C'est Rhodes, c'est Lord Roberts, c'est Kitchener, qu'il fallait tuer, plutôt que les milliers de soldats britanniques qui sont tombés pour leur grande gloire. Leurs successeurs auraient peut-être renoncé à poursuivre leur entreprise...

Le vieil homme se tut. Saisi, Périclès retrouvait dans ses paroles un écho de celles de Puïk Honendael, ce Hollandais à la fois inquiétant et irrésistiblement sympathique, dont la philosophie lui sembait toujours contestable. Au nom de quoi pouvait-on juger du bien-fondé d'une élimination physique et de la légitimité de ceux qui la décideraient ? Le souteneur qui égorge son rival n'agit pas autrement, et il n'est qu'un misérable assassin...

— Justement... commença Périclès.

Il s'interrompit pour se servir un verre de porto.

— Justement quoi ? demanda Kruger en le regardant faire avec une pointe de mélancolie.

— Je ne suis pas venu seulement pour vous saluer, dit Périclès, mais aussi pour vous mettre en garde. Vous êtes en danger.

— Les Anglais ne sont pas assez fous pour assassiner un vieux bonhomme comme moi... Ils ont obtenu ce qu'ils voulaient à Vereeniging !

— Les Anglais, non... Mais, vous n'avez pas que les Anglais pour ennemis.

— Rhodes est mort, grâce au Ciel !

— Les hommes qu'il avait chargés d'attenter à votre vie ne le sont pas. Les successeurs de Rhodes n'ont pas annulé ses consignes... Faute, peut-être, d'en avoir eu connaissance. Et aujourd'hui, l'équipe de tueurs est injoignable.

— Comment savez-vous cela ?

Périclès eut un geste évasif.

— J'ai des alliés partout dans le monde. Y compris au sein de la De Beers. Je vous conjure de me croire, monsieur le Président. Votre vie est en danger !

Kruger haussa les épaules.

— Je n'en ai plus pour très longtemps. Alors, un peu plus tôt, un peu plus tard...

— Vous acceptez de succomber à un coup porté par Cecil Rhodes par-delà la mort ? !

Kruger fronça les sourcils.

— J'en mourrais très en colère, dit-il avec un petit rire. Possédez-vous plus de détails ?

— Très peu, hélas. Un repris de justice anglais est à leur tête. Un certain Abe Mac Glower. Une trentaine d'années, plutôt petit, blond, affligé d'un fort accent cockney... Il porte un minuscule tatouage sous le sein gauche... Une petite étoile, un souvenir de prison.

— Alors c'est très simple, dit Kruger en riant. Dorénavant, je prierai tous mes visiteurs de me montrer leur sein gauche. Et à la moindre petite étoile, je leur brûle la cervelle !

— Vous avez des gardes du corps ? s'enquit Périclès.

— Mon vieux maître d'hôtel veille sur moi...

— Cet excellent homme ne vous sera d'aucun secours. Vous devriez engager quelques jeunes Afrikaners en exil... pour votre sécurité.

— J'y réfléchirai. Et je vous remercie de m'avoir averti ! A présent, laissons de côté ce sujet de conversation déplorable, si vous le voulez bien. Parlons plutôt du bon vieux temps, et du cher vieux pays... Si vous saviez comme l'Afrique me manque !

Ravi de cette visite, le vieil Oom Paul garda Périclès à dîner. Le repas fut très simple. Le mode de vie du président était celui d'un grand malade. Sa cuisinière africaine avait improvisé à l'intention de l'hôte du jour un plat plus consistant que les compotes du maître de maison, et Kruger fit ouvrir une bonne bouteille en son honneur.

Après le dîner, une jeune femme se présenta à la porte de la salle à manger. Le président s'excusa auprès de Périclès : c'était l'heure de sa piqûre.

— Je vous suis, mademoiselle Legree, prêt à la torture !

Kruger se retira quelques instants dans la pièce voisine. Quand il fut de retour, Périclès lut sa lassitude sur son visage.

— Il est tard, monsieur le Président. J'espère que ma visite ne vous a pas trop fatigué ?

— Non, non, elle m'a fait du bien, au contraire ! Mais chaque soir à cette heure-ci, j'ai un terrible coup de barre... Sans doute l'effet du traitement que m'administre cette jeune personne ! Au fait, si vous partez, pourriez-vous la raccompagner ? Vous êtes venu en voiture ?

Périclès acquiesça.

— Aucun problème. Vous habitez Montreux, mademoiselle ?

— Oui, tout près de la gare. Si cela ne vous dérange pas, je vous indiquerai le chemin. Les tramways ne passent plus, à cette heure-ci...

Elle était plaisante, sans être très jolie. Une peau fraîche, un visage un peu trop rond, des yeux légèrement saillants. Sa tenue d'infirmière corsetait un petit corps replet, agréable, mais qui s'alourdirait vite.

Périclès prit congé de Paul Kruger. Il le voyait probablement pour la dernière fois. L'homme était à bout de forces. Et les voyages incessants de Périclès le tenaient en général éloigné d'Europe. Impossible de dire quand il aurait à nouveau l'occasion de faire un saut à Clarens. Le président exilé dut lire dans ses pensées, car il lui serra la main en le regardant avec émotion.

— Peut-être nous reverrons-nous ? Quoi qu'il arrive, merci d'être venu. Vous savez quelle estime j'ai pour vous... Je ne mets personne au-dessus de mes Afrikaners, mais vous auriez été digne de combattre à leurs côtés !

— Merci, monsieur le Président, répondit Périclès. Et prenez garde à vous !

— N'ayez crainte, je n'ai aucune envie de faire plaisir au fantôme de mon ennemi ! Martha va vous raccompagner jusqu'à la porte du jardin... Vous êtes prête, mademoiselle Legree ?

— Oui, monsieur, dit l'infirmière en saisissant la trousse qu'elle avait posée sur un fauteuil. A demain, pour la dernière piqûre.

— C'est ça ! C'est ça ! fit Kruger avec une grimace.

Périclès conduisait à vive allure dans la nuit froide. A côté de lui, Mlle Legree ne tarissait pas d'éloges sur la Mercedes Simplex 1901 qu'il avait louée à Genève.

— Qu'elle est belle ! Et comme elle est silencieuse ! La voiture de mon ami fait un bruit d'enfer, à côté... Combien ça coûte, un engin pareil ?

— Je l'ignore, je l'ai louée. Je vis la plupart du temps dans des pays dépourvus de routes. Alors quand je rentre en Europe, je loue des voitures... Ainsi, vous avez un ami ?

— Oui... Cela vous étonne ? demanda-t-elle d'un air de défi.

— Certes non, mignonne comme vous êtes ! Il a bien de la chance, ce gaillard !

— Vous êtes bien aimable, minauda Mlle Legree. Mais attention, hein ? Je suis sérieuse : je n'ai qu'un ami à la fois !

— C'est tout à votre honneur. Qu'est-ce qu'il fait ?

— Il est voyageur de commerce... C'est un Anglais, et il m'a promis qu'il m'emmènerait là-bas, un jour. Je ne dirais pas non... Il m'apprend sa langue. Il dit que je suis douée. Ça sera utile, si on se marie... L'ennui, c'est qu'un voyageur de commerce, c'est comme un marin, toujours absent !

Périclès ne put s'empêcher de sourire à ce récit ingénu.

— Nous approchons du centre de Montreux ? Où est la gare ?

— Monsieur...

Mlle Legree hésita une seconde, puis elle se jeta à l'eau.

— Je ne rentre pas chez moi, reprit-elle. Je ne voulais pas le dire devant le président, mais je vais retrouver mon ami à l'hôtel... Ça vous choque ?

— Pas le moins du monde. Indiquez-moi le chemin de l'hôtel.

— Prenez là, tout de suite à droite. Ce n'est pas très loin.

Quelques minutes plus tard, Périclès arrêtait la Mercedes devant la porte d'un hôtel modeste, mais de bonne apparence — on était en Suisse — et descendait pour ouvrir la portière de sa passagère.

— Vous voilà arrivée. Bonsoir... Et soignez bien le président Kruger. C'est un grand homme, vous savez.

— Vous croyez ? Mon ami dit que c'est un vieux fou, responsable de dizaines de milliers de morts !

— Votre ami est anglais. Chacun voit midi à sa porte...

A cet instant, un homme sortit du café qui faisait face à l'hôtel, et s'approcha de la voiture.

— *Hullo, Rosie, you found a car on your way back home ?*

Mlle Legree accueillit le nouveau venu avec un sourire.

— *As you can see, Abie !* C'est Abie, mon ami, poursuivit-elle à l'adresse de Périclès. Il m'attend comme ça tous les soirs ; c'est gentil, non ?

— *Who's that guy,* Rosie ?

L'Anglais était méfiant. Simple jalousie d'amoureux ? Mais il se prénommait Abie, déformation familière d'Abe, et Périclès avait assez fréquenté Londres pour reconnaître l'accent cockney, cet accent qui vous classait un homme à tout jamais, aux yeux d'un Britannique.

— *He is a friend of the old man,* répondit Mlle Legree.

— *Yeah ? Well, come on, it's late !*

Mlle Legree prit hâtivement congé de Périclès.

— Encore merci, c'était très gentil à vous...

— C'était tout naturel, dit Périclès.

Il remonta en voiture, tandis que Mlle Legree

traversait la rue et rejoignait Abie qui l'entraîna aussitôt à l'intérieur du café.

Perplexe, Périclès démarra et s'engagea à petite vitesse dans une rue adjacente. La coïncidence était plus que troublante. L'infirmière qui faisait au Président Kruger sa piqûre quotidienne avait pour amant un Anglais. Jusque-là, rien que de très banal. Mais cet Anglais se prénommait Abie et s'exprimait avec l'accent de l'East Side...

Le Grec jura et freina brusquement. Il lui fallait en avoir le cœur net. Il poussa un soupir. Abie n'avait pas l'air commode. Et il s'agissait du tueur engagé par Rhodes, il devait être très dangereux.

Laissant le moteur tourner, Périclès sortit une cigarette turque d'un étui d'argent et l'alluma posément. Tout concordait : les éléments du puzzle qu'il avait découverts par hasard s'assemblaient à merveille. Abe Mac Glower était intelligent. Plutôt que d'agir lui-même, il commençait par séduire cette gentille idiote de Rose Legree. Il l'éblouissait avec sa voiture, il lui tournait la tête en lui promettant la lune, le mariage, l'Angleterre... Le moment venu, elle accepterait sans doute de remplacer le produit qu'elle injectait à Kruger par un autre. Ou bien... Le front de Périclès se mouilla de sueur. Peut-être lui injectait-elle déjà du poison à petites doses ? Peu à peu, l'état de santé de Kruger se délabrerait, et il mourrait sans que cette mort provoque le moindre soupçon... Périclès réfléchit. Rien, dans le comportement de Rose, ne laissait supposer qu'elle fût de mèche avec le tueur. Elle était amoureuse de lui, voilà tout. Sinon, elle n'aurait pas parlé de lui à Périclès.

Il jeta sa cigarette par la fenêtre et, effectuant une marche arrière suivie d'un demi-tour, alla se garer au croisement de la rue dans laquelle il s'était engagé et de celle de l'hôtel. De là, il voyait parfaitement l'entrée de l'hôtel et celle du café où Rose et Abie s'étaient engouffrés. Il coupa le moteur, remonta sur ses joues le col de sa lourde houppelande d'automobiliste, se carra sur les coussins de cuir de la Mercedes, et attendit.

Sans doute eût-il été moins risqué de retourner à Clarens sur-le-champ afin d'avertir Kruger des fréquentations suspectes de son infirmière. La police aurait alors pris les choses en main. Mais le tempérament impulsif de Périclès le portait à agir seul et sans tarder. Il n'aurait pas l'esprit tranquille tant qu'il ne serait pas fixé sur l'identité réelle de l'amant de Rose.

Il n'eut pas à attendre très longtemps. Abie et sa conquête ne restèrent qu'une vingtaine de minutes au café. Il les vit en sortir et traverser la rue déserte pour gagner l'hôtel. Il leur laissa encore un quart d'heure, puis il prit un petit revolver dans la boîte à gants. Il le fourra dans la poche de son ample manteau, quitta sa voiture et se dirigea à son tour vers l'hôtel.

Périclès ignorait sous quel nom Abie s'était inscrit, mais son pouvoir de conviction et un généreux pourboire eurent raison des réticences de la réceptionniste. Elle lui indiqua le numéro de la chambre sans difficulté.

— Qui êtes-vous ?

Le ton était rogue. L'œil mauvais, les cheveux en bataille, les bretelles de son pantalon lui battant les fesses, l'homme se tenait face à Périclès dans l'encadrement de la porte. Selon toute apparence, à l'instant où Périclès avait frappé, le dénommé Abie s'apprêtait à honorer Rose, laquelle, assise au bord du lit en petite tenue, pressait contre sa poitrine sa robe roulée en boule.

— C'est le monsieur qui m'a ramenée... *The friend of president Kruger !* dit-elle en reconnaissant Périclès. Qu'est-ce qu'il veut ?

— Je ne sais pas, grommela Abie sans se retourner, mais il va nous le dire très vite, sans ça...

— Je vais vous le dire, en effet !

Périclès sortit son revolver de la poche de son manteau et le braqua sur Abie. Repoussant l'Anglais à l'intérieur de la chambre, il referma la porte derrière lui.

— *You son of a bitch !*

Rose poussa un cri aigu.

— Du calme ! intima Périclès d'une voix coupante. Je dois me livrer à une petite vérification. Si je me suis trompé, je vous ferai mes excuses...

— Mais vous êtes fou ! glapit Rose. Qu'est-ce que...

— *Shut up, you dumb !* gronda Abie.

Ses yeux brillaient de rage contenue. Quand Périclès tendit la main vers le col de sa chemise déjà à demi déboutonnée, il recula, pas assez vite cependant pour esquiver le geste du Grec. Deux boutons sautèrent, et le tissu se déchira en crissant. La poitrine de l'Anglais apparut. En dépit de sa petite taille, il était musclé. Sa peau était presque glabre ; elle avait la pâleur terne, malsaine, des habitués des prisons. Sous son sein gauche, une minuscule étoile bleutée, aux branches irrégulières, était parfaitement visible.

— Mademoiselle Legree, sous quel nom cet

homme s'est-il présenté à vous ? demanda Périclès sans quitter Abie du regard.
— Abe Wilson, répondit-elle.
— Il vous a trompée. Il s'appelle en réalité Abe Mac Glower. Il est chargé d'assassiner le président Kruger, et il avait l'intention de se servir de vous pour remplir son contrat ! Pas vrai, Abie ?
— *It's a lie !* cracha Abie. Ne l'écoute pas, Rose, il ment ! *You can't prove it, bastard !* lança-t-il à Périclès.
Celui-ci ne se laissa pas démonter.
— Je ne peux pas le prouver, en effet. Mais il me suffit d'en avertir le président. Rose, vous avez perdu votre emploi auprès d'Oom Paul ! Quant à vous, Mac Glower, la Suisse va devenir très insalubre pour vous. La police fédérale va s'intéresser de très près à vos activités. Sans parler des amis du président... Quand comptiez-vous agir ? Vous n'étiez pas encore assez sûr de Rose pour la décider à assassiner Kruger, n'est-ce pas ?
— Moi, assassiner le président ?
De saisissement, Rose avait porté ses mains à son visage, dévoilant ses seins.
— C'était son plan. Vous étiez admirablement placée pour empoisonner Kruger. Il n'a fait votre conquête que dans ce but...
— *Fuck you !*
Le visage tordu de haine, Mac Glower saisit sur la table, dont il s'était insensiblement rapproché, un gros cendrier en verre et le lança à la tête de Périclès. Celui-ci se baissa instinctivement et évita de justesse le lourd projectile. Mais ce faisant, il n'avait plus Abie dans sa ligne de tir. L'Anglais fit un bond prodigieux par-dessus le lit, ce qui mit Rose entre Périclès et lui. Au passage, il avait attrapé sa veste et plongé sa main à l'intérieur d'une poche

avant même de retomber sur ses pieds. Devinant ce qu'il y cherchait, Périclès sauta de côté et s'agenouilla en criant à Rose de s'écarter. Les deux coups de feu éclatèrent presque simultanément, assourdissants dans cet espace exigu. La balle de l'Anglais transperça la porte de la chambre, à la hauteur où se trouvait la tête de Périclès une seconde auparavant. La balle de Périclès ouvrit sur la courtepointe grenat une longue balafre laineuse et atteignit Abie à la naissance du cou. Le tueur hoqueta, lâcha son arme, et tomba contre le mur. Périclès se releva, courtourna vivement le lit, et pointa son arme sur la forme maintenant tassée à terre. Abie n'était pas mort, mais sa blessure était grave. Les mains crispées sur son cou, il s'efforçait en vain de contenir le sang qui giclait entre ses doigts. Recroquevillée sur le lit, Rose hurlait.

Périclès ramassa l'arme de son adversaire. Puis il tendit l'oreille en direction du couloir. Les détonations et les cris de Rose avaient réveillé tout l'hôtel. Des voix effrayées s'interpellaient, et une cavalcade effrénée retentit dans l'escalier. Périclès rangea son revolver avec une grimace. Les ennuis allaient commencer, la justice helvétique n'était pas commode... Il n'était pas vraiment inquiet, Abe Mac Glower étant fiché par les services de police britanniques, mais il devait s'attendre à d'interminables formalités policières et judiciaires avant de voir sa bonne foi reconnue.

— Qu'est-ce qui se passe ici ? Ouvrez la porte et jetez votre arme dans le couloir... Je vous préviens, je suis armé !

Le patron de l'hôtel forçait la voix pour tromper sa propre peur. Il n'en était pas moins capable d'appuyer sur la détente.

— Ne vous énervez pas, cria Périclès. Appelez la police et une ambulance, il y a un blessé...

— D'accord, mais rendez-vous immédiatement !

— Très bien... Ne tirez pas, j'ouvre la porte !

Périclès fit glisser son revolver et celui de son adversaire malheureux par l'entrebâillement, et revint vers le lit où Rose sanglotait désespérément.

— Allons, calmez-vous, il n'est pas encore mort. Un médecin va venir... On le sauvera peut-être.

A cet instant, un homme fit irruption dans la chambre et lui braqua le double canon de son fusil entre les deux yeux.

— C'est de la chevrotine ! Si vous bougez un cil, je vous éparpille !

Les heures suivantes furent extrêmement fastidieuses pour Périclès. Allez expliquer à un policier suisse que vous aviez d'excellentes raisons de loger une balle dans la gorge d'un inoffensif voyageur de commerce ! Fort heureusement, son entregent et son assurance impressionnèrent les policiers. Il obtint d'être entendu conjointement par un haut responsable de la police et par un représentant du ministère des Affaires étrangères. Au petit matin, alors que les médecins de l'hôpital de Montreux confirmaient qu'Abe Mac Glower était hors de danger, Périclès fut transféré à Genève sous bonne garde.

Joachim Cornevin, le délégué du gouvernement helvétique, était un homme d'une soixantaine d'années, représentatif de la haute bourgeoisie calviniste. Grand, mince, d'aspect austère, vêtu avec une élégance discrète, il s'exprimait comme s'il avait craint à chaque détour de phrase de commettre un impair irréparable.

— Bien entendu, monsieur Hespéra, votre éminente position sociale nous incline à accorder à votre version des faits une forte présomption de vraisemblance... Cependant un homme a été grièvement blessé, et l'ordre a été perturbé. Votre... victime, je crois qu'on peut tout de même l'appeler ainsi, n'est pas en mesure de répondre à un interrogatoire. L'enquête déterminera quelle suite il convient de donner aux événements.

— Mon intention n'est pas de faire obstacle à l'enquête, monsieur le Délégué, répondit Périclès. Je voudrais seulement attirer votre attention sur l'aspect gênant que pourrait prendre cette affaire pour votre gouvernement, si elle venait à la connaissance de la presse...

Joachim Cornevin fronça les sourcils.

— Mais mon gouvernement n'y est pour rien, que je sache !...

— Permettez ! Le président Kruger a choisi la

Suisse pour terre d'asile. Étant donné sa stature politique et son immense popularité dans son pays et en Europe continentale, il me semble qu'il eût été judicieux d'assurer sa sécurité. Le fait qu'un assassin comme Mac Glower ait pu monter un attentat en toute tranquillité contre un hôte aussi illustre pourrait ternir l'image de votre pays ! D'autre part, j'imagine que la Grande-Bretagne apprécierait, elle aussi, qu'on n'accorde pas à cet incident plus d'importance qu'il n'en mérite.

— Si je comprends bien, vous estimez que nous devrions enterrer toute cette histoire ?

— Pour parler franc, oui. Cela m'arrangerait personnellement. Une enquête prend du temps, et mes affaires m'attendent, en Afrique et ailleurs dans le monde. De plus, à quoi bon susciter des polémiques dans les journaux, des échanges de notes aigres-douces entre États, bref, toute une agitation nuisible à l'image de neutralité de votre pays ?

L'homme de la police n'avait encore rien dit. Petit et jaune, il était une caricature de fonctionnaire, dans sa redingote un peu fripée, avec son col cassé et ses lunettes cerclées de fer.

— Comme vous y allez, monsieur Hespéra ! Laissons de côté les questions politiques, qui ne sont pas de votre ressort, et occupons-nous de l'affaire. Jusqu'à plus ample informé, vous êtes un citoyen étranger accusé de tentative de meurtre. Je trouve effarant que vous en veniez à donner des conseils à un représentant du gouvernement fédéral !

— Il me semble m'être assez longuement expliqué sur les faits eux-mêmes, répliqua Périclès d'un ton las. J'ai voulu vérifier l'identité réelle du supposé Abe Wilson, car je le soupçonnais d'être en réalité Abe Mac Glower et de préparer un attentat sur la personne du président Kruger. Démasqué, il a essayé de m'abattre. J'ai été plus rapide que lui. Allons-nous ressasser cela pendant des jours ?

Le policier le prit de haut.

— Nous le ressasserons aussi longtemps qu'il le faudra ! Vous débarquez en Suisse, vous forcez la porte d'un paisible représentant de commerce étranger, vous lui tirez une balle dans la gorge, et vous croyez que nous allons vous laisser attraper le prochain train pour quitter le pays ?

La moutarde commençait à monter au nez de Périclès. A mesure qu'il parlait, le policier s'était échauffé, et son ton était de moins en moins courtois. Périclès parvint à garder son calme.

— Je vous le répète : Abe Mac Glower n'est pas un paisible représentant de commerce, mais un tueur à gages.

— Nous verrons bien !

— C'est tout vu. Je vous ai donné les coordonnées du divisionnaire Angus Broadhurst, qui m'a communiqué le signalement de Mac Glower lors de mon passage à Londres. Un simple échange de télégrammes vous le confirmera... En outre, vous auriez déjà pu joindre le président Kruger, qui vous aurait fourni toutes garanties à mon sujet...

La voix de Périclès se fit plus mordante :

— ... Mais peut-être préférez-vous pratiquer une sorte de police à l'ancienne : on commence par boucler les gens puis on s'occupe d'autre chose...

Le policier se rebiffa.

— Changez de ton, s'il vous plaît ! Ces métèques levantins se croient tout permis ! dit-il, hors de lui, en prenant le diplomate à témoin.

Périclès le toisa avec un mépris écrasant.

— Monsieur, j'ai rencontré des gens de votre espèce sous toutes les latitudes. Vous grouillez comme des larves partout où il y a des bureaux...

Certains hommes sont le sel de la terre, vous, vous en êtes la merde !

— Monsieur !

Outré, le diplomate s'était levé. Quant au policier, il avait blêmi.

— Cette injure va vous coûter cher !

— Je m'en moque, je suis riche ! Je ne parle même pas d'argent ; je suis né dans la misère, mais dès le premier jour de mon existence j'étais infiniment plus riche que vous, parce que je suis un esprit libre !

Joachim Cornevin lui adressa un regard plein de reproche.

— Monsieur Hespéra, ce n'est pas en injuriant un fonctionnaire de police que vous hâterez la conclusion de votre affaire. Ces vulgarités sont regrettables, et tellement inutiles !

Ce disant, d'un geste lent, Cornevin passa sa main droite dans ses cheveux clairsemés. Périclès sursauta. A l'annulaire de Cornevin luisait une grosse chevalière en or qu'il reconnut aussitôt. Il crut avoir rêvé. Déjà, le Suisse avait changé d'attitude. Sa main était retombée le long de son corps, dissimulée au regard de Périclès par le plateau du bureau-ministre qui les séparait.

— Je crois, reprit Cornevin, que vous devriez présenter des excuses à M. le Commissaire.

— Je suis tout prêt à le faire, s'il me présente les siennes. Le double qualificatif de métèque et de levantin, utilisé hors de tout contexte historique et géographique, constitue bel et bien une insulte, dit Périclès tout en guettant un geste de son interlocuteur qui lui permettrait de voir à nouveau sa bague.

— Monsieur le Commissaire ?

— Je regrette d'avoir traité M. Périclès Hespéra de métèque levantin, grinça le policier en accentuant délibérément les sonorités exotiques du nom de Périclès.

— Alors je regrette d'avoir traité M. le Commissaire de merde de la terre... Notre bonne vieille planète n'a pas mérité cela ! lâcha Périclès en fixant le commissaire droit dans les yeux.

— Messieurs !

Malgré la longue pratique de maîtrise de soi d'un diplomate de haut niveau, Joachim Cornevin explosa de colère. Il abattit avec force son poing fermé sur le plateau du bureau. Abasourdi puis honteux de cette brève flambée de violence, il se figea, son poing se desserrant peu à peu. Alors le cœur de Périclès se mit à battre : la lampe de bureau éclairait très nettement le motif gravé sur la chevalière que portait Cornevin : un glaive et un épi de blé entrecroisés sur une balance romaine.

Un visage revint à la mémoire de Périclès. Un visage qui le considérait avec un sourire amical et ironique... le visage de Puïk Honendael.

Périclès se revit attablé devant un plateau de fruits de mer dans un petit salon du Ritz, à Paris, en compagnie d'Honendael et de ses amis. Il avait conservé la chevalière qui lui avait été offerte alors. Non qu'il eût décidé d'accepter la proposition d'Honendael. Mais il répugnait à retourner le bijou, ne désirant pas rompre tout lien avec cet étonnant personnage qui le fascinait.

Honendael et ses amis n'exagéraient pas en s'alarmant de la montée des risques de guerre générale. Bien qu'il eût feint alors de les minimiser afin de se ménager une porte de sortie, Périclès ne les ignorait pas. Si ses affaires accaparaient son temps et mobilisaient toute son énergie, il n'excluait pas d'agir un jour ou l'autre dans le sens de la paix si l'occasion lui en était donnée.

— Monsieur le Conseiller, dit le policier suisse, cet individu vous fait perdre votre temps. On va le ramener en cellule et l'enquête suivra son cours !

Joachim Cornevin hocha la tête et se tourna vers Périclès.

— Monsieur Hespéra, avez-vous quelque chose à ajouter ?

— Oui, monsieur le Conseiller, mais à vous seul.

Joachim Cornevin eut un haut-le-corps.

— C'est une affaire criminelle, et la présence

d'un responsable de la police me semble indispensable...

— Permettez-moi d'insister, dit Périclès. Je suis sûr que vous reconnaîtrez après coup le bien-fondé de ma requête. Je regrette de m'être abandonné à quelques outrances verbales vis-à-vis de M. le Commissaire. Mais il est capital que vous m'entendiez sans témoin.

— Eh bien... soit ! Veuillez avoir l'obligeance de nous laisser seuls un moment, monsieur le Commissaire.

La fureur à peine contenue du policier était évidente. Il se leva, s'inclina avec raideur, et quitta la pièce sans un mot.

— Allons, je vous écoute, monsieur Hespéra ! dit Cornevin quand ils furent seuls.

— Il s'agit plutôt de regarder, dit Périclès en glissant la main dans sa poche.

Par un sentiment irraisonné, qui s'avérait aujourd'hui presque prémonitoire, il gardait sur lui la bague qu'Honendael lui avait remise. Il la posa sur la table, tout en observant la réaction du diplomate. Cornevin, sans rien manifester, prit l'objet pour l'examiner de plus près.

— Quel curieux bijou, dit-il enfin.

— Il me semble que vous avez le même. Pure coïncidence, probablement.

Instinctivement, Cornevin ramena sa main baguée contre sa poitrine.

— Curieuse coïncidence, en effet, reconnut-il prudemment. Puis-je savoir d'où vous le tenez ?

— Il m'a été offert. Mais vous-même, d'où provient votre chevalière ?

— C'est un cadeau.

— Peut-être ces bagues nous ont-elles été offertes par la même personne ?

— Peut-être... Dites toujours...
Périclès comprit qu'il fallait se lancer.
— Puïk Honendael, dit-il à mi-voix.
Une expression de soulagement se peignit sur les traits de Cornevin.
— Alors ce n'est sans doute pas une coïncidence... Pouvez-vous me donner votre parole, d'homme à homme, que votre rôle dans cette affaire a été conforme à... au pacte moral qui lie à travers le monde les détenteurs d'une telle bague ?
— J'ai dit toute la vérité.
Cornevin hocha la tête.
— Je vous crois. Pourquoi ne portez-vous pas cette bague ? Si je n'avais pas mis la mienne, vous ne m'auriez pas reconnu, et je n'aurais rien pu faire pour vous.
— C'est juste. Je ne porte aucun bijou, c'est comme ça... Pensez-vous pouvoir arranger cette affaire ?
— Sans doute. Le commissaire vous relâchera à regret, mais il obéira, quand je lui aurai signifié qu'on sait, en haut lieu, apprécier la souplesse chez les fonctionnaires...
— Croyez à ma reconnaissance... Je suppose que ma bonne foi aurait été reconnue tôt ou tard, mais j'aurais perdu un temps précieux.
— Que faut-il faire d'Abe Mac Glower ?
— Il est recherché pour meurtre en Grande-Bretagne.
— Alors nous l'enverrons s'y faire pendre, à moins que le gouvernement britannique ne soit son employeur ?
Périclès secoua la tête.
— Non. Son employeur est un fantôme. Le très distingué fantôme de Sir Cecil John Rhodes !
— Je vois ! L'infirmière doit-elle être arrêtée ?

— C'est inutile. Mac Glower n'en était encore qu'à la phase de séduction. Moins on parlera de cette histoire, mieux cela vaudra.

— Vous avez raison. Faites mes amitiés à ce cher Puïk quand vous en aurez l'occasion. Et puis, reprenez votre bague. Je vais appeler le commissaire ; il n'est pas souhaitable qu'il remarque que nous avons le même joaillier...

— Monsieur le Commissaire, dit Joachim Cornevin, lorsque celui-ci les eut rejoints, l'affaire est éclaircie. M. Hespéra m'a informé de certains de ses aspects qui en font indubitablement une affaire d'État. En pareil cas, vous le savez, la plus grande discrétion est de rigueur.

Stupéfait, le policier dévisageait tour à tour Périclès et Cornevin.

— Que voulez-vous dire ?

— Que l'affaire doit être soustraite à toute curiosité intempestive de la presse et de... Et de qui que ce soit d'autre ! En clair, nous allons l'étouffer, voilà exactement ce que je veux dire.

— Mais les déclarations de l'accusé ont déjà été enregistrées... Il y a des témoins, il existe un dossier.

— Vous allez m'arranger cela immédiatement. Le prétendu Abe Wilson sera soigné dans un hôpital dépendant des services spéciaux de mon ministère, puis reconduit avec la plus grande discrétion en Angleterre. Les gens du Yard seront ravis de l'accueillir. Vous convoquerez Rose Legree et lui flanquerez une peur bleue, hein ? Qu'elle n'ose même pas penser à Abe Mac Glower toute seule dans son lit.

Le policier prit son courage à deux mains.

— Monsieur le Conseiller, ce que vous me demandez est totalement illégal...

Joachim Cornevin le foudroya du regard.

— Vous m'avez mal compris : je ne vous le demande pas, je vous l'ordonne ! Et s'il vous prenait la fantaisie de m'objecter que vous n'avez d'ordres à recevoir que de votre hiérarchie, je ferais intervenir votre ministre en personne, il vous rappellera où se trouve l'intérêt supérieur de la Confédération...

Blême, le commissaire s'inclina.

— J'obéirai à vos instructions, monsieur le Conseiller.

— Parfait. Je comprends vos réticences. Mais la raison d'État...

Une heure plus tard, Joachim Cornevin, qui avait tenu à raccompagner Périclès à la gare, lui faisait ses adieux sur le quai.

Dans sa cabine Pullman, le Grec contempla longuement la bague. Il n'avait jamais douté de la véracité des dires d'Honendael et il venait d'avoir une éclatante confirmation de l'efficacité de la chevalière. Il frémit à l'idée de ce que pourraient accomplir ensemble les affiliés du club d'Honendael, s'ils exerçaient leur pouvoir dans un but pervers. Il referma l'écrin et hocha la tête. Pour cela aussi, il n'était peut-être pas inutile de conserver ce signe de reconnaissance. Une organisation secrète potentiellement aussi puissante devait être surveillée.

Il sonna et commanda une langouste froide et une salade qu'il dévora à belles dents. Puis, exténué par sa nuit de détention, il s'allongea tout habillé sur son lit et s'endormit comme une masse.

Dans la Cité interdite, enclose au cœur de la ville impériale et ceinte de hautes murailles violettes, les gongs de bronze avaient déjà sonné le couvre-feu. Cependant l'avenue de l'Est était encore animée. Des chaises à porteurs, des chariots, des attelages de mulets et de chameaux se croisaient sur les dalles usées par les siècles.

Déjà, aux intersections, les *ti-pao* chargés de la police avaient placé les barrières à claire-voie. Engoncés dans leurs vestes de fourrure, s'éclairant de lanternes qui projetaient sur la chaussée défoncée des ombres de géants, les derniers passants se hâtaient.

Parfois, venant d'une ruelle obscure, un son aigre de crécelles troublait le silence. C'était le signal des gardes qui avaient entendu un bruit de pas ou de voix. On n'échappait pas à leur vigilance. Prévenus, les *ti-pao* de faction aux barrières arrêtaient le rôdeur. Malheur à lui s'il ne disposait pas de la poignée de sapèques, seule susceptible de le tirer de ce mauvais pas. Ni plus ni moins corruptible que toute autorité en Chine, la garde se montrait intraitable envers l'intrus insolvable. Hormis la garde et les eunuques omniprésents et tout-puissants, aucun individu n'avait le droit de se trouver dans la Cité après la tombée de la nuit. Tout contrevenant était passible de la peine de mort.

Les deux hommes qui venaient de pénétrer dans l'enclave sacrée, en cette froide nuit de décembre 1904, ne manifestaient aucune inquiétude. Ils étaient sûrs de n'avoir pas été suivis. Pourtant, à l'instant où ils franchissaient l'enceinte après avoir montré patte blanche, des yeux les épiaient depuis un humble kiosque de planches près du poste de garde. Quand ils furent entrés, deux ombres se glissèrent hors du kiosque. La première, massive, se pencha avec déférence pour écouter les ordres de l'autre, beaucoup plus menue et gracile en dépit de l'épaisse pelisse de fourrure dont elle était emmitouflée. Quand celle-ci eut terminé, un sourire glacé éclaira un instant les yeux d'Asiate de la brute. Il s'inclina, puis s'éloigna d'une foulée infiniment plus souple que ne l'aurait laissé soupçonner sa corpulence. L'autre se coula à nouveau dans l'obscurité du kiosque.

Pendant ce temps, les deux hommes marchaient d'un bon pas dans la Cité interdite. Le plus petit, en familier des lieux, connaissait par leur nom les responsables des patrouilles. Il savait qui il fallait acheter, et combien il convenait d'offrir pour poursuivre son chemin sans encombre, compte tenu de la personnalité très particulière de son compagnon.

Celui-ci était vêtu à la chinoise, d'une robe commune en coton piqué et d'un manteau de loutre du Kamchatka, mais en raison de sa haute taille et de sa carrure athlétique, il n'aurait pu donner le change un seul instant à la garde : c'était un Occidental. L'un guidant l'autre, ils franchirent un nouveau barrage, prix de plusieurs taels d'argent.

— Je vous coûte une fortune, mon cher Li-Ping ! souffla le Blanc quand ils furent assez éloignés des soldats dont les pertuisanes accrochaient les lueurs écarlates des lanternes du carrefour.

Il s'exprimait dans un anglais teinté d'un léger accent levantin.

— Ce n'est rien, monsieur Apostolidès, vraiment rien... En regard de ce que votre générosité m'accordera en retour ! répondit l'Asiatique.

— Vous pouvez compter sur ma reconnaissance, Li-Ping.

— Dépêchons-nous, je n'ai pas que des amis dans la garde. Certains capitaines inféodés à Yuan Chek'ai ne demanderaient pas mieux que de me surprendre ici après le coucher du soleil... en compagnie d'un « diable étranger » qui plus est ! Je joue ma tête, et vous la vôtre...

Les deux hommes hâtèrent le pas. Devant eux s'étendait le *Da Nei*, ou Grand Intérieur, une suite de six magnifiques salles d'audience orientées au sud et reliées entre elles par des ponts et des volées d'escaliers aux balustrades de marbre. Tout autour, au milieu des jardins, se dressait un ensemble de palais, de temples et de pavillons. A cette heure tardive, le *Da Nei* était vide. Tandis qu'ils le contournaient par les jardins, le Blanc ne pouvait s'empêcher d'admirer les toits de tuiles incurvées qui coiffaient les édifices et dont la silhouette se détachait sur le ciel.

Ils étaient à présent au cœur de la Cité tartare. Il songea aux cinq siècles d'histoire sanglante dont les fantômes hantaient ce lieu et, malgré son audace, un frisson lui parcourut l'échine. Nulle part ailleurs on ne s'était disputé le pouvoir suprême avec une telle férocité ; nulle part, on n'avait goûté avec une telle fougue et un tel raffinement à tous les plaisirs de la vie. Chacun de ces pavillons, chacune de ces cours avait été le théâtre d'atrocités, d'orgies et de splendeurs inouïes. Ici même, quelques années auparavant, la princesse Perle, une des plus belles femmes que la terre ait jamais portées, avait été précipitée dans un puits sous les yeux de l'empereur, son amant. Et c'était la responsable de ce forfait, parmi cent autres, que l'étranger allait rencontrer cette nuit grâce à Li-Ping : Ts'eu Hi, l'impératrice douairière, un monstre d'intelligence et de froide cruauté, la femme qui régnait depuis cinquante ans par l'intrigue, le mensonge et le meurtre, sur le plus vaste empire du monde. Un sourire éclaira les traits de l'aventurier. Il allait affronter une rude joueuse, une femme de sa trempe. Comme elle, il s'était fait à la force du poignet. Ts'eu Hi était née loin du trône. Elle était arrivée à la cour en simple courtisane : une des cinquante concubines impériales. Ses talents et son implacable ambition avaient fait le reste. Lui aussi, Basile Apostolidès, était né dans le ruisseau, trente-cinq ans auparavant, à l'autre bout du monde, dans les faubourgs grouillants de Salonique. Et comme elle, il s'était taillé un empire sans lésiner sur le choix des moyens. Pour réaliser son rêve, il avait tué, il avait fait tuer. A la différence de Ts'eu Hi, il n'y prenait aucun plaisir.

Quand ils parvinrent à proximité du palais de la Vieillesse Tranquille, Li-Ping dut montrer à nouveau patte blanche. Cette fois-ci, il ne s'agissait pas d'argent, mais d'une amulette de jade représentant un lion ailé. A la vue de ce sauf-conduit, l'officier mandchou qui commandait le corps de garde s'inclina et introduisit les arrivants dans le saint des saints.

— Ts'eu Hi est d'origine mandchoue, expliqua Li-Ping à Basile tandis qu'ils attendaient dans une antichambre. Elle s'est toujours appuyée sur les

Mandchous. D'où son inquiétude devant le tour que prend la guerre. La base russe de Port-Arthur est sur le point de tomber aux mains des Japonais. Le tsar veut étendre le conflit à la Chine. En remportant contre elle une victoire facile, il sauverait la face et se paierait sur la bête. L'affaire se solderait par le dépeçage de la Mandchourie...

— Si j'ai bien compris, dit Basile, Ts'eu Hi s'apprête à armer des bandes d'irréguliers mandchous contre l'avis de son généralissime ?

— C'est là que vous intervenez. Yuan Che-k'ai joue la prudence. Il craint que les Russes ne prennent prétexte de tels préparatifs pour nous déclarer la guerre... Mais si le tsar se résout à nous attaquer, rien ne pourra l'en détourner. Ts'eu Hi a donc décidé de passer outre : une guérilla mandchoue bien organisée pourrait précipiter la défaite russe face aux Japonais.

— Mais l'expansionnisme nippon n'inquiète pas l'impératrice ?

Li-Ping poussa un soupir.

— La Chine est un mastodonte exténué, en butte au harcèlement avide de charognards de toute espèce. Il y a la Russie, le Japon, les nations d'Occident... Chacun veut sa part de chair ou d'entrailles ! L'impératrice douairière pare au plus pressé ; elle tente d'écarter les plus entreprenants de ces vautours...

Li-Ping se tut. Un long moment, Basile médita ses paroles. Bien entendu, il connaissait dans ses grandes lignes la situation décrite par son compagnon. Il ne se dissimulait pas que l'Asiatique le comptait lui-même au nombre des charognards. Car il n'y avait pas que des États pour se presser autour du grand corps pourrissant de l'empire chinois. Des aventuriers, des affairistes, des commerçants, venus de tous les coins du monde, entendaient bien prélever eux aussi leur lambeau de charogne.

Basile Apostolidès accourait partout où l'on s'entretuait ; il vendait aux adversaires les accessoires du massacre. C'était là son fonds de commerce : la mort violente d'autrui. Fructueux négoce ; il avait amassé en quinze ans une fortune colossale. Dans le conflit en cours, il avait déjà fourni aux soldats d'Alexandre II une partie des obus qu'ils déversaient sur ceux du mikado, et réciproquement. Il n'était pas le seul marchand de canons à jouer à ce jeu, mais une fois sur trois, lorsqu'un marin nippon ou un artilleur russe tombait, tué net, ou volait en charpie, Basile Apostolidès touchait un petit quelque chose. Et si l'impératrice Ts'eu Hi, la Maternelle et Protectrice, le « Vénérable Bouddha », désirait financer la participation chinoise à cette fête macabre, il n'y voyait aucun inconvénient. Il était en mesure de fournir à la demande n'importe quelle arme de guerre en n'importe quelle quantité, du couteau de tranchée à la pièce d'artillerie de marine de 405.

En l'occurrence, la difficulté principale résiderait dans l'acheminement du matériel à pied d'œuvre. Dès les premières avances de Li-Ping, au cours d'un dîner à l'ambassade de Grande-Bretagne, Basile avait envisagé ce problème sous l'angle le plus concret. Puisqu'il s'agissait de jouer contre les Russes, il devrait être possible de s'entendre avec le Japon pour approvisionner les irréguliers mandchous par la mer Jaune... De toute façon, le Grec savait par expérience que les armes, comme l'eau dans un terrain poreux, trouvent toujours leur chemin vers les mains qui les attendent. Il suffisait de payer. Ts'eu Hi puiserait dans sa cassette.

Un eunuque vint avertir Li-Ping que l'impératrice consentait à recevoir l'étranger.

— A vous de jouer, monsieur Apostolidès.

— Mais... Je pensais que vous assisteriez à l'entretien !

Li-Ping secoua la tête.

— Je le pensais aussi, mais le Vénérable Bouddha en a décidé autrement. Une manière comme une autre de vous placer en situation d'infériorité à l'instant de négocier.

Le Grec apprécia la manœuvre en connaisseur.

— C'est de bonne guerre. Quant à me placer en situation d'infériorité, c'est une autre affaire !

Il quitta son fauteuil de bois de santal ouvragé, et suivit l'eunuque d'un pas décidé.

Quelques instants plus tard, Basile fut introduit dans une vaste pièce dont le centre était éclairé par de lourds candélabres de bronze, tandis que sa périphérie baignait dans une demi-pénombre.

Agenouillée sur un épais tapis à l'intérieur du cercle de lumière délimité par les candélabres, une très jeune fille paraissait jouer de la flûte. Cependant, aucun son ne sortait de l'instrument. Basile ne comprit la raison de ce silence qu'en s'approchant un peu plus. Il ne s'agissait aucunement d'une flûte, mais d'un phallus de jade olivâtre sur lequel la jeune fille mimait une figure de l'art érotique chinois.

Sans lever les yeux vers le nouvel arrivant, elle poursuivit ses émouvantes variations jusqu'à ce qu'une voix autoritaire lui intimât de les interrompre.

Basile se souvint alors de la profession de l'impératrice douairière aux temps lointains où elle s'appelait encore Yé Honala. C'était grâce à son habileté dans les jeux de l'amour qu'elle avait subjugué l'empereur et qu'elle s'était frayé son chemin vers le pouvoir suprême. Apparemment, les années n'avaient pas épuisé son intérêt pour cet art auquel les injures de l'âge l'avaient fait renoncer.

Hormis le pouvoir, Ts'eu Hi n'avait aimé que le

général Jung Lu, auquel elle s'était promise quand elle avait été choisie pour devenir une des concubines de l'empereur Hsien-Feng, plus de cinquante ans auparavant. Son vieux chevalier servant l'avait servie toute sa vie et avait été un des plus sûrs instruments de sa politique. Il était mort en avril 1903. L'impératrice en souffrit pour la première et la dernière fois.

Quand la voix se tut, l'élève s'inclina et se remit à l'œuvre avec une application accrue. Basile détourna les yeux. D'un geste, l'eunuque l'invita à le suivre jusqu'à l'endroit où se tenait Ts'eu Hi.

La femme qui régnait sur le peuple le plus nombreux du globe, car l'empereur n'était qu'une marionnette de chiffon entre ses mains, n'aurait guère payé de mine si on l'avait dépouillée de ses luxueux oripeaux. Le temps avait dégradé sa chair jadis éblouissante. Mais le visage ravagé pétillait d'intelligence.

Basile frissonna. Cette femme avait vécu pour dix ! Elle avait survécu à plus d'embûches et de complots, elle avait déjoué plus de révolutions de palais qu'aucun autre despote au monde. Dans l'ombre, agenouillé auprès d'elle, Basile aperçut l'homme le plus puissant du palais, Li Lien-Ying, le chef des eunuques. Un concentré de haine et de perversité, comme seule à ce jour la civilisation chinoise avait été capable d'en produire.

Li Lien-Ying n'était encore qu'un adolescent misérable, presque un enfant, quand, voyant passer son prédécesseur dans un somptueux équipage, il s'était juré de marcher sur ses traces et de devenir son égal. Après s'être châtré de ses propres mains, il s'était présenté à An-Te-Hai comme un de ses lointains parents. La coutume chinoise obligeant un individu puissant à venir en aide à sa famille, le chef eunuque l'avait pris sous sa protection. A la mort d'An-Te-Hai, décapité sur l'ordre du prince Kung, le vieil ennemi de l'impératrice douairière, Li Lien-Ying avait pris sa succession auprès d'elle. C'était un être retors et avide, aigri et cruel, qui exécutait avec une habileté diabolique les intrigues nées de l'esprit inventif de sa maîtresse. Il avait organisé la rencontre entre elle et Basile par l'intermédiaire de Li-Ping, et ce détail n'était pas fait pour rassurer le Grec.

Sur un signe du jeune eunuque, Basile s'avança vers l'impératrice. Elle tourna son regard vers lui. Li Lien-Ying murmura quelques mots, et Ts'eu Hi hocha imperceptiblement la tête. Alors le chef des eunuques frappa dans ses mains. Avec une incroyable célérité, les dames de compagnie et la jeune courtisane à la flûte de jade se levèrent et sortirent. L'eunuque qui avait introduit Basile les imita. Il n'y eut plus dans la pièce, face à l'étranger, que l'impératrice et son âme damnée.

Le Grec avait bien appris sa leçon. Il s'agenouilla et fit le *kowtow*. Ce salut consistait à se prosterner face contre terre neuf fois de suite. Selon l'étiquette mandchoue, il n'était dû qu'au Fils du Ciel en personne, mais Ts'eu Hi, dans son orgueil dévorant, l'avait imposé à l'empereur lui-même. Le *kowtow* avait été prétexte à de longs débats diplomatiques. Les représentants des puissances occidentales devaient-ils ou non consentir à ces humiliantes prosternations ? Basile était passé maître dans la foire aux vanités. Si c'était ainsi qu'il fallait saluer Ts'eu Hi, il était prêt à le faire autant de fois que nécessaire. Partout en Europe, ses usines d'armement attendaient des commandes. Le marché chinois valait bien un *kowtow*.

L'impératrice prit la parole. Li Lien-Ying traduisait ses phrases en anglais d'une voix nasillarde et grinçante.

Li-Ping avait prévenu Basile : Ts'eu Hi n'aimait pas les vains bavardages. Elle s'informait et donnait ses ordres comme si toute autre considération n'avait été que perte de temps de sa part et effronterie de la part de son interlocuteur. Avec ses conseillers les plus haut placés, elle allait droit au but et gourmandait sèchement ceux qui s'attardaient en discours superflus.

— Pouvez-vous armer quatre-vingt mille hommes d'ici un mois ?

Li Lien-Ying traduisit en chinois la réponse de Basile.

— Je peux leur fournir de quoi se battre. Mais sauront-ils se servir de leurs armes ?

Ts'eu Hi fronça les sourcils.

— Les Mandchous sont des guerriers. Ils savent se battre en naissant.

— Même avec des pièces d'artillerie lourde ?

— Il ne s'agit pas d'artillerie lourde ; des fusils, des mitrailleuses, quelques centaines de pièces légères.

Basile s'inclina.

— Le matériel peut être livré dans les délais, si le Japon accepte de le laisser transiter par l'île de Cheju Do et le golfe de Corée.

— Nous ferons en sorte que les nains acceptent.

Les « nains », dans la terminologie chinoise, c'étaient les Japonais.

— Il faut agir dans le plus grand secret, reprit l'impératrice. Les Russes doivent tout ignorer aussi longtemps que possible. Les Russes... et le généralissime Yuan Che-k'ai !

— Il en sera fait selon votre volonté.

— Voyez les détails avec mon serviteur.

Ts'eu Hi ferma les yeux. L'entretien était terminé. Basile répéta le *kowtow* et sortit de la pièce à reculons.

Dès qu'ils furent dans l'antichambre, Li Lien-Ying entra dans le détail des désirs de Sa Majesté... et des siens. Le chef des eunuques toucherait sur le montant de la commande d'armes une commission des plus confortables. Basile avait une longue expérience des pots-de-vin versés à des intermédiaires, mais il n'en avait jamais rencontré qui fassent preuve d'une telle impudence. Li Lien-Ying se souciait comme d'une guigne du type et de la qualité des armes que recevrait la guérilla mandchoue. Tout ce qui l'intéressait, c'était sa part. Basile n'hésita pas à la calculer avec générosité. Il se rattraperait largement sur la concurrence, les malheureux irréguliers qui affronteraient l'armée du tsar avec de vieilles pétoires déclassées.

En quittant le palais en compagnie de Li-Ping, Basile n'avait plus aucune illusion sur l'avenir de l'Empire céleste. Cela prendrait encore quelques dizaines d'années peut-être, car l'animal était énorme, mais il s'effondrerait un jour ou l'autre. Son corps entier était pourri, miné de l'intérieur par des parasites de l'espèce de Li Lien-Ying. Un vague sentiment de pitié à l'égard de la vieille impératrice douairière envahit le Grec. Aussi hautaine et inhumaine qu'elle pût être, elle incarnait un peuple menacé dans son existence par les appétits insatiables des autres nations. Par-delà son goût du pouvoir, c'était pour son peuple qu'elle luttait, et son combat était perdu d'avance.

Basile haussa les épaules et chassa ces pensées inhabituelles. Depuis longtemps il avait accepté de se salir les mains. Depuis qu'enfant il avait assisté à l'assassinat de son père, il avait compris que la vie n'était qu'une guerre de tous contre tous, et il avait décidé de n'en pas perdre la moindre bataille.

— Tout s'est-il passé comme vous l'espériez, monsieur Apostolidès ?

— Tout s'est passé pour le mieux, mon cher Li-Ping. Je vous remercierai comme il convient.

— Agissez en toute justice, monsieur Apostolidès... Disons qu'autour de 2,5 % de la facture, je jugerai ma rémunération décente !

Basile trouva que Li-Ping ne se mouchait pas du coude. Li Lien-Ying avait exigé 10 %, mais rien ne pouvait se faire sans lui, tandis que Li-Ping n'avait joué qu'un rôle subalterne. 2,5 % d'un marché d'un million de taels, c'était beaucoup pour l'avoir simplement accompagné du quartier des légations au cœur de la Cité interdite.

— Nous y réfléchirons, dit prudemment Basile.

— Pourquoi ne pas y réfléchir maintenant ? demanda Li-Ping. Nous aurions l'esprit plus tranquille...

L'Asiatique avait prononcé ces mots alors qu'ils approchaient d'un poste de garde tenu par des soldats du clan mandchou *Nurhachu*, reconnaissables à leurs ceintures jaunes.

Basile le savait, Li-Ping était apparenté à ce clan rival de celui des *Yehonola*, auquel appartenait Ts'eu Hi. Décidément, les négociations commerciales dans l'empire du Milieu réservaient des surprises jusqu'à la dernière seconde !

— Vous avez raison. Votre intervention vaut bien 2,5 %.

— Votre générosité me bouleverse de reconnaissance, monsieur Apostolidès.

— Ce n'est rien, mon cher, ce n'est rien... dit Basile.

Puis, en turc, il traita Li-Ping d'un certain nombre

de qualificatifs particulièrement orduriers, souvenirs inoubliables de Salonique.

— Pardon, que disiez-vous ?

— C'est un poème de mon pays, qui exalte l'amitié et la confiance mutuelle... Je me le récitais en votre honneur !

Flanqué de Li-Ping, Basile franchit sans encombre l'ultime porte. La tension nerveuse qui ne l'avait pas quitté depuis son entrée dans la Cité interdite se dissipa.

L'automobile que son correspondant à Pékin avait mise à sa disposition était garée dans une ruelle, à quelque distance de l'enceinte. S'il n'était pas question de passer inaperçu en voiture dans les rues de Pékin, du moins pouvait-on garer son véhicule en toute sécurité. Aucun voleur n'avait encore appris à conduire ces machines pétaradantes qui suscitaient une admiration mêlée de frayeur chez les coolies et les enfants. De plus, Eliaki Moenim, le garde de corps de Basile, était resté au volant.

— Voici ma voiture, dit Basile. Puis-je vous déposer quelque part ?

L'Asiatique déclina l'offre.

— Je vous remercie, monsieur Apostolidès, je préfère marcher un peu...

— Comme vous voudrez. Je reprendrai contact avec vous d'ici quelques jours. Je serai alors en mesure de vous confirmer les délais de livraison.

— N'oubliez pas nos conventions, monsieur Apostolidès.

— Elles sont gravées dans mon cerveau : 2,5 %.

— Alors bonsoir, monsieur Apostolidès.

— Bonsoir.

Les deux hommes se séparèrent. Li-Ping s'éloigna rapidement. Basile poursuivit seul sa route en direction de la De Dion garée à une centaine de mètres. La nuit glacée était calme. On avait peine à imaginer les terribles événements dont Pékin avait été le théâtre quatre ans auparavant. La ville entière était alors en révolution, et le sort des légations étrangères, assiégées par des foules d'émeutiers qu'avaient fanatisés les sociétés secrètes nationalistes, tenait le monde entier en haleine. Tout au long de ces cinquante-cinq jours d'horreur, l'impératrice avait joué double jeu. Elle avait encouragé à la fois la révolte des *Boxers*, et n'avait cessé de donner des gages de fidélité aux puissances occidentales. Pendant ce temps, le sang des Chinois christianisés coulait à flots dans les rues. On avait dépecé vifs des femmes et des enfants dans les églises où ils s'étaient réfugiés...

Basile, perdu dans ses pensées, n'était plus qu'à une cinquantaine de mètres de la voiture, quand la mince silhouette d'Eliaki se détacha et lui adressa des signes incompréhensibles. Son garde du corps porta sa main à sa poche et fonça droit sur lui. Alerté, Basile se retourna juste à temps pour affronter un groupe d'hommes armés qui se précipitait sur lui. Leurs armes courbes accrochaient les rayons de la lune.

Tueurs à la solde du généralissime Yuan Che-k'ai ou d'une quelconque faction princière opposée à la politique coréenne de l'impératrice ? Simples voyous alléchés par la bourse d'un passant solitaire, ou Boxers hostiles aux étrangers ? Peu importait ! Il s'agissait de sauver sa peau.

Le premier des agresseurs levait déjà son arme avec un rictus triomphant. Puissamment bâti, habitué des salles de gymnastique et d'arts martiaux, Basile était, à quarante ans, un homme au sommet de sa vigueur. Son bras se détendit, sa main agrippa le poignet de son adversaire. Au même instant, d'un coup de pied décoché de toutes ses forces, il écrasa les parties sexuelles d'un assaillant. Celui-ci poussa un cri sourd. Basile le saisit au collet, et se fit de lui un écran protecteur contre l'assaut du deuxième assassin. Ce dernier, surpris et distinguant mal dans la pénombre la position respective de son complice et de l'étranger, ne put retenir à temps son coup de couteau. La lame s'enfonça dans le dos du premier Chinois. Basile sentit mollir le corps qu'il étreignait désespérément. Il le lâcha, et l'homme s'affaissa dans la boue gelée de la ruelle.

Le Grec n'eut pas le loisir de se féliciter. Comme une harde de loups furieux, les autres se ruaient sur lui. Il essaya de prendre son arme, un superbe revolver nickelé sorti de ses ateliers, mais ses agresseurs ne lui laisseraient pas le temps de s'en servir. Il lui fallait déguerpir vers la voiture. Il esquiva un coup de sabre, fit volte-face, et détala.

— Plongez !

Basile obéit. Eliaki arrivait à sa rencontre, l'arme au poing. Basile n'avait pas encore touché le sol qu'Eliaki faisait feu à trois reprises, arrêtant en plein élan les plus proches poursuivants de son patron.

Basile effectua un roulé-boulé dans la gadoue et se redressa à la hauteur d'Eliaki.

— Filons, ils sont trop nombreux ! lui cria Eliaki en foudroyant un quatrième attaquant.

Basile obéit aussitôt, à la vue de la petite troupe qui s'élançait à leur poursuite.

— Qui sont ces Indiens-là ? lui demanda Eliaki tout en courant.

— Sais pas ! Un comité d'accueil engagé par la concurrence !

Eliaki siffla entre ses dents.

— On ne lésine pas sur la main-d'œuvre !

— Elle est bon marché, par ici... Tu as laissé le moteur en marche ?

— Oui, souffla Eliaki.

— Alors on s'en tirera peut-être... Tu prends le volant, et moi, je mitraille, dit Basile en dégageant enfin son revolver de l'étui dissimulé sous son manteau chinois.

Talonnés par la meute silencieuse, les deux hommes galopaient avec l'énergie du désespoir. Ils n'étaient plus qu'à une vingtaine de mètres de la De Dion quand un cri de rage leur échappa : une silhouette venait de jaillir de l'ombre et démarrait au volant de la voiture, leur unique espoir de salut.

— Sainte Vierge ! C'est fini pour nous ! haleta Eliaki. Que le sexe de ce salaud tombe en pourriture avant ce soir, ajouta-t-il.

— Tais-toi ! Cours !

Les deux hommes accélérèrent encore l'allure, dans l'espoir insensé de rejoindre la De Dion. Ils eurent un instant l'illusion d'y parvenir. Mais l'écart se creusa irrésistiblement. Eliaki se mordit les lèvres. C'était fichu ! Il allait falloir mourir. Il restait deux balles dans le barillet de son revolver. Un homme moins dur que lui, dans une telle circonstance, s'en serait réservé une afin d'éviter d'être lardé de coups de sabre et de poignard. Mais Eliaki Moenim se moquait de la façon dont il passerait de vie à trépas. Il se promit d'abattre un des assaillants avec chacune des balles restantes. Et s'il avait la moindre chance de sortir son couteau, ces foutus fils du Ciel verraient comment un ancien videur de poissons de Salonique se servait d'une lame !

— Eliaki ! A droite, là !

Plus pragmatique, Basile se préoccupait de survivre plutôt que de finir en beauté. Il avait repéré un passage dans l'alignement des façades ténébreuses entre lesquelles ils filaient. Derrière un portail ouvert il distingua une petite cour intérieure baignée de lune. Peut-être un cul-de-sac. Il ne leur resterait alors qu'à vendre leur peau le plus chèrement possible. Mais sait-on jamais ? Depuis le drame qui l'avait privé trop tôt de son père et qui avait fait de lui un homme de proie, Basile Apostolidès avait la conviction qu'une étoile brillait au-dessus de lui. Qu'il avait un destin.

— Vu ! lui cria Eliaki.

Avec un parfait ensemble, les deux hommes obliquèrent brusquement sur la droite et s'engouffrèrent dans la cour. Ils rabattirent avec violence les vantaux du portail derrière eux. Un choc retentissant, suivi d'un cri de douleur, leur arracha un bref sourire de satisfaction : le nez d'un de leurs poursuivants devait avoir changé de volume.

— Et maintenant ? interrogea Eliaki d'une voix essoufflée.

Arc-bouté contre le portail, Basile hésita un instant. La cour était exiguë. Quelques fenêtres non éclairées et deux portes basses donnaient sur cet espace grossièrement pavé. Basile désigna la porte la plus proche.

— Là.

Il se détacha du portail et fonça comme un taureau. La porte n'était peut-être pas fermée à clef. Il ne prit pas la peine de s'en assurer. Sous son formidable coup d'épaule, elle vola en éclats. Eliaki se jeta à sa suite dans l'ouverture béante. Un concert de cris apeurés, de jurons et de pleurs d'enfants les accueillit dans l'obscurité. Ils avaient fait irruption dans la chambre à coucher d'une famille chinoise, c'est-à-dire nombreuse. Basile fourra son revolver dans sa poche, et alluma frénétiquement son briquet. A la lueur de la flamme, il distingua un tas d'hommes, de femmes et d'enfants vêtus de haillons, recroquevillés contre le mur et tournant vers lui des yeux épouvantés. Guère plus rassuré, mais assumant tout de même son rôle de protecteur, le père de famille se détacha de cet amas humain, et vint se camper devant Basile, un chasse-mouches de bambou au poing. Le pauvre homme tremblait des pieds à la tête.

— Pas peur ! Pas méchant ! La sortie, vite, vite ! lui cria Basile en chinois.

Sans un mot, les yeux exorbités, le maître de maison lui montra du bout de son chasse-mouches une échelle contre le mur. L'extrémité supérieure de l'échelle disparaissait dans l'ombre. Sans doute était-ce l'escalier menant à l'étage supérieur. Peut-être parviendraient-ils à gagner les toits.

— Merci ! lança Basile en entraînant Eliaki vers l'échelle.

Derrière eux, les tueurs venaient de faire irruption dans la courette. Avant de suivre Basile sur l'échelle branlante, Eliaki lâcha un coup de feu au jugé dans l'encadrement de la porte.

Une demi-heure plus tard, éreintés, hors d'haleine, les fuyards arrivaient à un poste de garde qui protégeait l'accès du quartier des légations depuis les troubles de 1900. Ce quartier était situé au sud-est de la ville tartare. Une haute muraille, surmontée d'un véritable boulevard de circulation, la séparait de la ville chinoise, tandis que la Cité interdite s'étendait au nord-est. Dominé par deux hautes portes fortifiées, Ha-Ta-Men à l'est et Tsien-Men à l'ouest, cet ensemble de villas entourées de jardins, largement découvert sur son flanc septentrional par le parc du prince Sou, était difficile à défendre et à contrôler.

A la vue de ce grand escogriffe vêtu à la chinoise qui se ruait vers lui un revolver à la main, le factionnaire arma son mousqueton et faillit ouvrir le feu. Par chance, Basile reconnut l'uniforme de l'infanterie de marine française, et s'adressa à l'homme dans sa langue.

— Ami ! Ami ! Ne tirez pas ! Nous sommes des Européens !

Le soldat retint son coup, mais demeura sur la défensive. Peut-être avait-il compté parmi les assiégés de la légation britannique, à l'intérieur de laquelle la plupart des étrangers étaient restés retranchés pendant presque deux mois sous les obus chinois.

Où même avait-il été un des quarante-trois héroïques défenseurs de la cathédrale, marins français et italiens regroupés autour de l'évêque Favier et de ses ouailles terrorisées. Dans ce cas, il ne devait pas porter les Chinois dans son cœur. A l'été 1900, les puits de la capitale étaient bouchés par les cadavres des jeunes filles catholiques qui s'étaient suicidées de honte après avoir été violées par les Boxers...

— Alors pourquoi êtes-vous armés ?

Basile n'avait pas lâché son revolver durant leur fuite éperdue sur les toits et le long des rues.

— Oh, ça ?... Nous avons fait une mauvaise rencontre !

Le visage du fusilier marin prit une expression alarmée.

— Des Boxers ?

— Peut-être. En tout cas, nous avons eu chaud !

Basile rengaina son arme et tendit son porte-cartes à la sentinelle.

— Ayez l'obligeance de vérifier mes papiers et de nous laisser entrer. Je suis attendu chez M. l'Ambassadeur de France.

Le soldat le dévisagea attentivement, sa curiosité en éveil. Était-on à la veille d'un nouveau soulèvement ?

— Je vois... Il va y avoir du vilain ? Les ambassadeurs tiennent un conseil de guerre ?

Basile eut un sourire.

— Un conseil de guerre ? C'est bien plus important que ça, mon ami ! Il s'agit d'une soirée dansante !

Et sous les yeux médusés du soldat, il se débarrassa de son lourd manteau de loutre et le remit à Eliaki. Dessous, il était en frac.

— Tiens, j'étouffe là-dedans ! Rapporte-le au consulat. Et procure-toi une voiture pour venir nous chercher à la sortie du bal. Diane détesterait marcher par ce froid.

— Une chose est certaine, reprit-il à voix basse après que le fusilier lui eut rendu ses papiers, nous n'avons pas eu affaire à de simples détrousseurs, ni à des Boxers en maraude. L'affaire était préparée à l'avance... Mais par qui ? Je donnerais cher pour le savoir ! Nous verrons cela demain. L'heure est à la fête. A tout à l'heure, Eliaki !

Sur ces mots, il escalada d'un pas conquérant le perron de l'ambassade de France, tandis qu'Eliaki, le lourd manteau de fourrure sous le bras, poursuivait son chemin vers le consulat grec où Basile et son épouse avaient leur pied-à-terre.

Dans le vestibule, face à un immense miroir, Basile remit un peu d'ordre dans sa coiffure. Puis il baissa les yeux ; les bottes de feutre assorties au manteau de loutre qu'il avait enfilées avant son incursion à l'intérieur de la Cité interdite n'étaient pas faites pour danser. Il avait d'abord pensé retourner chez lui prendre ses chaussures vernies, mais les événements de la soirée avaient bouleversé ses plans. Embarrassé, contrarié, il hésitait sur la conduite à tenir, quand un jeune attaché français de sa connaissance vint le saluer.

— Monsieur Apostolidès, je suis heureux de vous accueillir ! Madame votre épouse commençait à s'inquiéter...

— Monsieur de Rochereau, je suis bien aise de vous rencontrer ! Une distraction stupide m'a fait oublier mes escarpins au consulat... Je ne peux tout de même pas inviter Mme l'Ambassadrice à danser en bottes de feutre ! Pourriez-vous m'arranger cela ? Je fais un bon 44...

— Malheureusement, je ne chausse que du 42 ! Mais il me semble que la pointure de M. l'Ambassadeur est un bon 43. Cela ira ?

— Ce sera mieux que rien, en tout cas... C'est tout de même un peu délicat...

— Pensez-vous ! Je m'en charge ; attendez-moi un instant.

Quelques minutes plus tard, Rochereau réapparaissait, une superbe paire de souliers à la main.

— N'oubliez pas de me les rendre en partant, sinon j'aurai toutes les peines du monde à expliquer leur disparition à mon patron !

— Comptez sur moi... Et sur ma reconnaissance !

En un clin d'œil, Basile échangea ses bottes crottées contre les escarpins de l'ambassadeur. Il s'y sentit un peu à l'étroit.

— Alors ?

— A la guerre comme à la guerre ! Mon ami, vous me sauvez la vie !

Rochereau s'inclina en souriant.

— C'est beaucoup dire... Mais venez. On vous attend avec impatience...

Basile emboîta le pas à son sauveteur, et ils entrèrent dans le grand salon illuminé par d'énormes lustres.

— Basile, enfin te voilà !

Diane s'était détachée du petit groupe d'hommes et de femmes avec lequel elle conversait. Basile la trouva plus belle que jamais, dans sa robe du soir vert d'eau. Pourtant, son expression n'était pas exactement celle qu'on aurait pu escompter d'une épouse inquiète de savoir son mari dehors, la nuit, dans une ville étrangère réputée dangereuse. Elle paraissait agacée. Elle n'avait pas eu peur pour lui. Elle le savait capable de se tirer de n'importe quelle situation. Elle n'appréciait pas d'être publiquement délaissée : Basile lui avait promis de la rejoindre dès le début de la soirée, et une bonne heure s'était déjà écoulée.

— Pardonne-moi, ma chérie... Un léger incident m'a retardé. Mais j'ai moins de remords à te voir en si bonne compagnie, dit Basile en saluant le colonel de Larquier, l'attaché militaire de l'ambassade, et son épouse, une petite femme au visage ingrat.

Larry Hummingbird, un Yankee de haute stature, aux tempes grisonnantes, dont tout le monde savait qu'il dirigeait les services de renseignement américains en Chine, menaça Basile du doigt.

— Monsieur Apostolidès, vous êtes bien imprudent ! On n'abandonne pas une aussi jolie femme dans la jungle d'une ambassade qui grouille de jeunes attachés célibataires...

— ... et de vieux maris volages ! ajouta Basile que les manières de Larry Hummingbird énervaient depuis leur première rencontre.

Fasciné par la beauté de Diane, l'Américain lui faisait une cour éhontée, sous les yeux de sa propre épouse, une aristocrate de Boston mûrissante et blasée. Le Yankee piqua un fard. Basile lui tourna délibérément le dos et, s'excusant auprès des autres invités, entraîna Diane et Rochereau.

— Le bal n'a pas encore commencé, semble-t-il. Il faut que j'aille saluer nos hôtes.

— Je les aperçois là-bas, à l'entrée de l'autre salon, dit le jeune Français. Pardonnez-moi, j'ai à parler au chiffreur de la légation italienne. A tout à l'heure. N'oubliez pas, pour les chaussures...

— N'ayez crainte !

— Qu'est-ce que c'est que cette histoire de chaussures ? demanda Diane quand Rochereau se fut éloigné.

— Secret d'État ! souffla Basile.

— Peut-on savoir où tu étais, pendant que je m'évertuais à empêcher cet imbécile d'Hummingbird de me tripoter ?

— Je m'entretenais avec l'impératrice douairière... et accessoirement avec une vingtaine de tueurs armés de coupe-coupe !

— Vraiment ?

— Vraiment.

Basile hocha la tête d'un air persuasif, mais le regard de Diane se déroba. Depuis leur départ de Londres, elle n'était plus la même. Il se crut de nouveau à la période la plus difficile de leur union, quand elle avait découvert ses infidélités. Humiliée, malheureuse, elle l'avait quitté et s'était enfuie en Irlande avec Alexandre. Il avait remué ciel et terre pour la retrouver. Il l'avait difficilement convaincue de reprendre la vie commune. Comprenant que l'amour d'une seule femme ne pourrait jamais suffire à un homme habité d'une telle fureur de vivre, qu'il avait besoin d'aventures comme les autres ont besoin de se nourrir, elle avait accepté de revenir et l'avait délié de son serment de fidélité, le plus beau gage d'amour qu'elle pouvait lui donner. Depuis lors, il avait pris soin de lui cacher ses incartades, non par hypocrisie ou par crainte, mais par égard pour elle. Le sujet n'avait plus jamais été abordé.

Réfléchissant à l'attitude de Diane, il écarta donc cette cause éventuelle, et s'efforça d'en trouver une autre. S'inquiétait-elle à propos d'Alexandre ? Les nouvelles qui leur parvenaient de Suisse étaient excellentes. L'enfant avait recouvré l'usage de ses membres. Cet épisode terrible n'aurait pratiquement aucune séquelle. D'ailleurs, Diane n'aurait pas entrepris un aussi long voyage s'il en avait été autrement. Il devait y avoir autre chose, mais quoi ? Il la sentait préoccupée, absente, ne jouissant plus des plaisirs de cette escapade en Asie. Il finirait bien par apprendre de quoi il retournait. Diane n'était pas une dissimulatrice, elle lui parlerait... Pourtant, il avait déjà tenté à plusieurs reprises de l'interroger et s'était heurté à un silence obstiné.

Une idée lui traversa l'esprit. Bien qu'elle fût la nièce de Démétrios Mascoulis, fabricant et marchand d'armes, Diane n'avait jamais apprécié le métier de Basile. A plusieurs reprises, elle lui avait demandé de renoncer à ses activités. Il était immensément riche et talentueux. Il serait devenu le meilleur dans n'importe quelle autre entreprise. Mais il aimait ce qu'il faisait. Il prenait plaisir à fournir aux hommes le moyen de s'entre-tuer. Le globe terrestre était pour lui un immense échiquier, sur lequel il s'amusait à pousser des pièces — des pièces d'artillerie, de préférence. Il avait ainsi l'impression d'être le véritable meneur de jeu, dans l'ombre derrière les chefs d'État, dont plusieurs n'étaient entre ses mains que des marionnettes.

— Mon métier n'est pas de tout repos, mais le jeu en valait la chandelle. Je rapporte une jolie commande. Cela te choque ? dit-il afin de voir comment elle réagirait.

— Ces Chinois sont pleins de bon sens, répondit-elle d'un ton détaché. Quand ils localisent un fauteur de guerre, ils tentent de l'abattre, c'est tout naturel.

— Ma chérie, ta sollicitude me réchauffe le cœur !

— Parlons-en ! Le tien doit être en acier.

— Nous avons déjà abordé ce sujet...

— Mais c'est toi qui l'abordes à nouveau ! J'ai renoncé à faire de toi un humaniste... L'homme qu'on aime peut avoir quelques petits défauts. Certains ronflent, d'autres se curent le nez de façon agaçante, toi, tu confectionnes des morts et des blessés.

Elle eut un sourire narquois mais tendre.

— Je t'aime quand même, reprit-elle. Et je t'aimerai aussi longtemps que...

Elle s'interrompit. Piqué, il voulut en savoir plus long.

— Aussi longtemps que quoi ?

Elle hésita.

— Ce n'est pas le moment d'en discuter, dit-elle. Et ce moment, c'est moi qui le choisirai, d'accord ?

Avec Diane, il aurait été vain d'insister.

— Comme tu voudras.

Ils mirent brutalement fin à leur conversation. L'ambassadeur de France les avait vus et se dirigeait vers eux.

— Monsieur l'Ambassadeur, madame, je vous présente mes respects.

— Bonsoir, monsieur Apostolidès ! Très heureux de vous compter parmi nous, ainsi que votre charmante épouse... Madame, votre présence me donne l'illusion d'être de retour à Paris, le Paris des élégances et de la mode, qui nous manque tant !

Diane s'inclina en souriant.

— Vous êtes trop aimable, monsieur l'Ambassadeur. Mais je vous trouve injuste vis-à-vis de la communauté de Pékin !

— Tout le monde se connaît ici. Sans doute, nous serions entre collègues de bureau... Disons, de bureaux parfois concurrents, ajouta l'ambassadeur en saluant de loin, avec réserve, le ministre plénipotentiaire d'Allemagne.

— C'est le successeur du malheureux baron Von Ketteler ? demanda Basile.

L'ambassadeur de France hocha la tête.

— Von Ketteler était un homme d'un grand courage... et une épouvantable tête de lard ! dit-il. Voilà comment les choses se sont passées, en cette fatale matinée du 20 juin 1900. Nous étions en conférence, les onze ambassadeurs des puissances étrangères, et nous attendions la réponse du ministère chinois, le Tsungli Yamen, à une demande de rendez-vous commun. La situation était alors extrêmement tendue. Tientsin s'était déjà soulevée, et les Boxers commençaient à commettre toutes sortes d'exactions à Pékin ! Nous avions exprimé le souhait d'être reçus à neuf heures du matin. A neuf heures et demie, toujours rien. La majorité d'entre nous décida de rester sur place, bien qu'indignés de devoir se plier au bon vouloir des princes... Mais voilà que le baron pique une colère, frappe du poing sur la table, et déclare qu'il va se rendre tout seul au Tsungli Yamen. Il ferait beau voir que des « Chinetoques » fassent poireauter un ministre allemand ! Malgré nos conseils de prudence, il part seul dans sa chaise diplomatique verte et rouge. A peine arrivé à destination, un soldat chinois, un certain En Hai, qui fut d'ailleurs exécuté ultérieurement par les Allemands, lui brûla d'un coup de fusil le peu de cervelle qu'il avait. C'est triste à dire, mais Von Ketteler est mort de bêtise.

Le récit de ce drame conduisit Basile à s'enquérir auprès de l'ambassadeur de l'activité des sectes dont l'action avait été prépondérante lors de cette sanglante révolte.

— L'article 10 du protocole de paix du 7 septembre 1901 est toujours en vigueur, répondit le Français. Il interdit, sous peine de mort, à qui que ce soit de faire partie d'une société xénophobe. Mais pourquoi cette question ?

— Simple curiosité ! Ces groupes pourraient-ils exercer encore à Pékin leurs coupables activités ?

— A Pékin, c'est hors de question. Dans certaines villes de province, ma foi, je ne dis pas... La Chine est si vaste qu'un contrôle total de la population n'est guère envisageable. La capitale a été purgée de ses fauteurs de troubles par les troupes alliées, il y a quatre ans.

La réponse de l'ambassadeur confortait la conviction de Basile : les hommes qui l'avaient agressé n'étaient pas des Boxers. Mais alors, qui ? Basile se connaissait des ennemis... Ou des concurrents déterminés. Mais il en avait trop pour deviner lequel avait cédé à la tentation de se débarrasser de lui une fois pour toutes.

— Vous connaissez M. Jean-Maurice de Cadensac, je crois ? dit l'ambassadrice en se tournant vers Diane. Il arrive de Mandchourie, où *Le Temps* l'avait envoyé enquêter. Quand j'ai mentionné votre présence à Pékin, il s'est fait une joie de vous revoir.

— M. de Cadensac est à Pékin ? Quelle bonne surprise ! Nous avons été présentés à Athènes. Nous nous sommes retrouvés dans des circonstances dramatiques, pendant la guerre gréco-turque. J'étais alors infirmière sur le front de Thessalie.

— Il nous a raconté cet épisode héroïque. Venez, il sera ravi de vous voir... Vous connaissez également M. de Cadensac, monsieur Apostolidès ?

— Il ne peut en être autrement quand on participe à la vie politique d'Athènes ! Nous avons souvent bavardé à la buvette du Parlement. J'ignorais qu'il avait délaissé nos rivages pour ceux de la Mandchourie.

— L'actualité est un maître inconstant ! C'est à Port-Arthur que le monde s'agite, à présent. M. de Cadensac a manqué l'attaque japonaise de janvier. Il ne manquera pas la reddition de la base, qui selon lui ne devrait plus tarder...

— Ce serait un grave revers pour le tsar ! dit Basile.

— Que voulez-vous ? Alexandre II s'entoure d'imbéciles ! Il joue très mal sa partie, et il risque d'y perdre beaucoup plus que son prestige... Ah ! monsieur de Cadensac ! Je tiens mes promesses : M. et Mme Apostolidès sont parmi nous ce soir !

En voyant Diane, le journaliste fut transporté près de huit années en arrière, le jour de leur rencontre dans les rues bombardées de Larissa. Ce jour-là, Diane était épuisée, sale, dépeignée. Elle venait (il l'ignorait) d'être violentée par trois éclaireurs turcs, mais il n'en avait pas moins gardé d'elle un souvenir lumineux. Sa beauté était tout aussi émouvante, qu'elle fût vêtue de haillons malpropres ou, comme ce soir, d'une robe créée pour elle par un grand couturier parisien. Afin de baiser la main parfaite qu'elle lui tendait, Jean-Maurice de Cadensac s'inclina avec un empressement presque comique. Il ne s'était jamais rien passé entre eux — elle n'avait d'ailleurs pas la réputation d'une femme facile — mais il aurait donné sans marchander plusieurs années de sa vie pour qu'elle lui ouvre ses bras.

— Chère Diane ! J'aurais parcouru d'un cœur plus léger les quelques milliers de lieues qui nous séparent d'Athènes, si j'avais su que j'aurais le plaisir de vous revoir !

Un sourire moqueur se peignit sur les traits de Diane.

— Cher Jean-Maurice ! Vous êtes le Français le plus flagorneur qui soit. Mais prenez garde, mon mari est jaloux comme un tigre !

— C'est bien naturel ; à sa place je le serais comme trois ! Comment allez-vous, monsieur Apostolidès ? Quel mauvais vent vous amène en Chine ?

— Mon cher Cadensac, dans mon métier on appelle bon vent la tempête des autres. Je suis là pour affaires, vous vous en doutez bien !

Le journaliste eut une mine gourmande.

— Vous aurez bien un petit écho pour moi ?

— Écrivez que je suis là pour vendre des armes. Mais ne comptez pas que je vous dise à qui !

— Je ne suis pas assez naïf pour l'espérer. En tout cas, votre présence est un signe : ça va chauffer.

— Peut-être... Peut-être pas ! « Si tu veux la paix, prépare la guerre. » Les marchands d'armes sont calomniés. Pourtant, nous aidons à maintenir la paix dans le monde.

Jean-Maurice de Cadensac feignit de s'étrangler.

— Pardonnez-moi, mon cher Apostolidès, mais je n'ai jamais rien entendu de plus hypocrite !

— Alors pourquoi ne l'écrivez-vous pas dans votre journal ?

— Cette question ! Parce que *Le Temps* est un journal respectable, et qu'une telle prise de position me vaudrait un renvoi immédiat.

— La vérité n'est donc pas respectable ? Bravo !

Le marchand de canons et le journaliste étaient trop bien élevés pour s'envoyer des bourrades, mais ils éclatèrent de rire, sous le regard amusé du diplomate.

— Savez-vous qui j'ai croisé à Port-Arthur ? reprit Cadensac. Je vous le donne en mille ! Un de vos amis... Allons, devinez !

Le cœur de Diane se mit à battre. Pouvait-il s'agir de Démosthène ? Mais il était à Paris, perdu de honte et d'alcool. En outre, Cadensac n'aurait pas fait allusion à lui devant elle et en public... Mais alors, si ce n'était pas Démosthène, ce ne pouvait être que...

— Vous donnez votre langue au chat ? Périclès Hespéra !

Diane gardait de l'époque — où avec Périclès, Démosthène et Basile ils formaient dans leur Salonique natale la plus joyeuse bande de garnements qu'on puisse imaginer —, un souvenir que rien ne ternirait. Elle en rêvait souvent et se réveillait les larmes aux yeux, hantée de visions ensoleillées. Depuis quelques mois ces rêves la visitaient plus fréquemment encore, et Périclès seul lui apparaissait.

Le dernier de ces songes lui revint en mémoire. La scène se passait au coin de la rue Ktétia, à l'endroit même où une vieille marchande de citronnade tenait jadis son éventaire. Diane avait très soif. Elle avait hâte d'échanger un gobelet de la délicieuse citronnade contre une des deux pièces de monnaie que lui avait données Loutra, sa gouvernante. Mais à la place de la vieille dame, elle trouva Démosthène et Basile. La marchande était allée faire une course, lui expliquèrent-ils, et ils la remplaçaient. Un peu étonnée qu'elle ait confié la buvette à de pareils chenapans, la fillette tendit une pièce à Démosthène. Il l'empocha, et versa cérémonieusement le contenu d'un broc d'émail dans un quart en fer-blanc. Diane le remercia et porta le quart à ses lèvres. Elle poussa un cri d'horreur et recracha la gorgée de liquide. C'était amer comme le fiel.

— Méchant ! Tu m'as fait une farce !

Elle jeta le contenu du quart sur le pavé et le rendit à Basile.

— Rince-le, s'il te plaît, et verse-moi de la citronnade de cet autre broc.

— D'accord, mais je te préviens, il faudra payer à nouveau, dit Basile tandis que Démosthène riait sous cape.

— Comment ? Mais j'ai déjà payé, voleurs !

Basile ne voulut rien entendre. Il avait bien rincé le quart dans une bassine puis il l'avait empli au second broc, mais il tendait obstinément la main. Diane, furieuse, hésitait. Cependant, la soif la taraudait, et le goût affreux du fiel lui soulevait le cœur.

Vaincue, elle lui remit sa deuxième pièce. Cette fois, la citronnade avait le goût atroce du jus de poisson. La colère et la détresse envahirent le cœur de Diane. Des larmes embuèrent ses yeux.

— Méchants ! Méchants !

Les deux compères la narguaient en se bourrant les côtes de coups de coude.

— Mademoiselle est bien délicate ! La citronnade de la rue Ktétia n'est pas assez bonne pour elle !

— Hé ! prétentieuse ! Va donc en demander à ton père, le frère de Tyran pacha !

Affolée d'entendre son secret divulgué en pleine rue — elle n'apprit que bien des années plus tard, qu'elle était la fille naturelle de Bohumil bey, le fringant cadet du pacha de Salonique —, la fillette s'enfuit.

Dans sa course, à demi aveuglée par les larmes, elle alla se jeter contre la poitrine de Périclès qui arrivait des collines, les bras chargés de fruits superbes. Splendide arbitraire des rêves ! Périclès, enfant, passait la majeure partie de ses journées dans les collines de l'arrière-pays de Salonique, mais celles-ci étaient si arides et caillouteuses qu'aucun fruit ne pouvait y pousser.

— Madame Apostolidès ?...

La voix du journaliste résonna aux oreilles de Diane. Plongée dans l'évocation de son rêve, elle avait perdu la notion de la réalité. Elle rougit et s'excusa :

— Pardonnez-moi, Jean-Maurice, j'ai eu un étourdissement !

— Rien de grave, j'espère ! Voulez-vous respirer des sels ?

— Non, non, c'est passé à présent...

— La chaleur, peut-être, dit l'ambassadrice. Ces locaux sont déplorablement humides. Voulez-vous boire quelque chose de frais ?

— Merci, tout va très bien, je vous assure. Mais que disiez-vous ? Périclès Hespéra est à Port-Arthur ?

— Je l'y ai rencontré il y a quatre jours ! Il a ouvert là-bas un comptoir de prospection minière... Il gagne de l'argent gros comme lui, selon l'expression de mes compatriotes, même s'il est un « homme aux semelles de vent ». Il ne tient pas en place. Il parcourt le monde au gré de son caprice. Cet homme-là est le plus authentique et le plus sympathique aventurier que je connaisse.

Diane était suspendue aux lèvres de Cadensac. Périclès. Elle ne l'avait pas revu depuis des années, depuis qu'elle avait définitivement abandonné Démosthène pour Basile. Elle avait été très déçue qu'il n'assiste pas à son remariage. Une lettre d'excuses était arrivée du fin fond du Nebraska, quelques jours après la cérémonie. Diane était songeuse. Son rêve en savait-il plus long qu'elle sur ses sentiments ? Pouvait-on cesser d'aimer sans s'en douter ? Elle eut peur, tout à coup, de découvrir une vérité à laquelle, pour se protéger, elle serait volontairement restée aveugle. Elle s'efforça de chasser cette pensée, et pressa le journaliste de questions.

— Mais vous ne nous dites rien, Jean-Maurice ! Comment va-t-il ? Vous a-t-il parlé de moi... de nous ?

Basile tiqua. Lui aussi était un vieil ami de Périclès. Elle s'en aperçut, et se mordit les lèvres. Ce lapsus confirmait le doute qui l'avait saisie... et la peur. Un espoir se levait en elle. Cette peur, qui était aussi une promesse, elle l'avait ressentie adolescente devant les premiers émois de l'amour. Si vraiment elle n'aimait plus Basile, il fallait bien qu'un jour son cœur engourdi se remette à battre pour un autre homme.

— Il se porte à merveille... Je l'ai pourtant trouvé un peu... comment dire ? Nostalgique ! C'est curieux, il déploie une activité formidable, et pourtant on dirait un homme endormi, un somnambule qui accomplirait mille tâches difficiles tandis qu'une part de lui-même demeurerait en retrait, en Dieu sait quelle vie intérieure... Mais il n'a pas oublié ses amis de toujours, rassurez-vous. Il m'a posé d'innombrables questions sur vous deux, pendant notre entretien !

— Cher vieux Péri ! dit Basile. Sous ses dehors d'homme des bois, c'est un sentimental... Avez-vous discuté ensemble du sort probable de Port-Arthur ?

— Il sait parfaitement à quoi s'en tenir quant aux capacités de résistance des Russes, répondit Cadensac. Il pense que Port-Arthur est fichu !

— L'avez-vous engagé à quitter la ville avant l'entrée des troupes japonaises ?

— Il ne s'inquiétait pas outre mesure... Il connaît bien le pays et les différents dialectes qui s'y parlent. D'ailleurs, il me semble qu'il est toujours citoyen turc ?

— Non, il a pris la nationalité grecque. C'était nécessaire pour travailler pour la compagnie Kavarkallos et Pamondias, à l'époque où il dirigeait une mine de diamants en Afrique du Sud, dit Basile.

— Si les Japonais gagnent, il ne fera que changer d'interlocuteurs. Il entend mener à bien certaines négociations avant de quitter la Corée.

Quelques mesures de valse, jouées par l'orchestre international qui se partageait encore les différentes ambassades occidentales, mirent fin à la conversation.

— Ah ! s'écria l'ambassadeur de France, le bal va commencer... Madame Apostolidès, me ferez-vous l'honneur de l'ouvrir avec moi ?

Diane esquissa une révérence, et prit avec grâce le bras que l'ambassadeur lui tendait.

Basile s'inclina devant l'épouse de l'ambassadeur.

— Madame, me permettez-vous ?...

— Mais je vous y engage vivement et je plains votre femme... En matière de danse, mon époux est un redoutable lourdaud ! Mais... Vous boitillez ! reprit l'ambassadrice.

— Ce n'est rien, cela passera en valsant avec vous !

Curieuse, l'ambassadrice avait baissé les yeux et regardait les pieds de Basile.

— Tiens, vous vous fournissez chez le même chausseur que mon mari ! Je reconnais ce petit motif surpiqué... Frangielli, rue Saint-Honoré ?

— Gagné, répondit Basile, sans pouvoir réprimer un sourire. Un excellent bottier...

Pour ses affaires « sensibles » l'ambassade de Russie à Pékin disposait d'une annexe située à l'extérieur du quartier des légations et ne bénéficiait pas de la protection de la force internationale. Composé exclusivement de sujets russes natifs des provinces asiatiques et parlant parfaitement le chinois, son personnel n'attirait guère l'attention des voisins.

L'avenue Hong, bordée de vastes demeures vétustes appartenant pour la plupart à des fonctionnaires en poste en province, était peu fréquentée. Les propriétaires ne regagnaient que rarement leur pied-à-terre de Pékin, à l'occasion d'audiences impériales ou de consultations avec de hauts dignitaires. Un petit peuple de concierges et de jardiniers constituait donc l'essentiel de la population.

T'san Gourlian, le directeur de ce « Comptoir commercial du Sud-Est », car telle était la dénomination aussi floue que rassurante de cette victime, était originaire d'Oulan Bator. Il vivait en Chine depuis une quinzaine d'années. Il ne serait venu à l'idée de personne de soupçonner en ce petit homme affable et d'aspect inoffensif un des plus brillants officiers des services de renseignement et d'action clandestine de l'armée tsariste. En raison de l'implication évidente de la Chine dans un conflit dont une partie se déroulait sur son sol, l'antenne de

Pékin était devenue une des plus actives du continent asiatique depuis le début de la guerre russo-japonaise.

Quand il avait appris qu'il allait devoir mettre sa logistique et son réseau au service de deux agents spéciaux que leur physique de Slaves rendait aisément identifiables, Gourlian avait pesté contre la désinvolture de ses supérieurs. Alors qu'il s'ingéniait depuis des années à fondre son organisation dans l'environnement ethnique et culturel chinois, on lui envoyait deux Grands-Russiens blonds aux yeux bleus ! Mais un soldat ne discute pas un ordre. Maîtrisant sa mauvaise humeur, il avait facilité le plus possible à ses hôtes l'accomplissement de leur mission.

Le premier, Oleg Nedelkowitch, était manifestement un militaire de carrière. Il en avait la raideur, les manières un peu brusques, et le sens de la discipline. Gourlian ne faisait pas grand cas de la beauté masculine. En matière de grâce corporelle, il avait ses idées bien à lui : rien ne valait les petites femmes mongoles à lourdes tresses luisantes. Plus elles avaient les jambes torses, plus il les appréciait. Aussi ne fut-il guère impressionné par le physique d'Oleg Nedelkowitch. Mais cela ne l'empêcha pas d'apprécier le physique du deuxième agent, Nastassia Kostroïevna. Oleg représentait l'archétype du charme slave. Grand, souple, magnifiquement découplé, des cheveux blonds et ras et de larges yeux bleus dans un visage aux traits d'une pureté presque enfantine, il paraissait sortir tout droit d'une légende caucasienne. Nastassia aussi était belle, elle était même éblouissante. Seulement, elle avait bien vingt ans de plus qu'Oleg et elle l'aimait de cet amour âpre où les femmes sur le déclin s'engagent tout entières. Nul ne pouvait douter qu'ils étaient amants, et que dans ce rapport Oleg se laissait adorer.

Ce matin-là, avenue Hong, dans le petit bureau encombré de dossiers poussiéreux où les deux agents s'entretenaient, ce n'était pas tout à fait la romance. La voix coupante, ses yeux bleus luisants de colère, Oleg adressait à Nastassia d'aigres reproches auxquels elle s'efforçait de répondre sans perdre son calme, alors qu'une véritable panique s'emparait d'elle.

— Incapable ! Tu es une incapable ! A l'heure qu'il est, cette affaire devrait être réglée... Par ta faute, tout est à recommencer !

— Ce n'est pas ma faute, Oleg ! Ces abrutis de Chinois ont manqué leur coup. Je t'avais prévenu : Apostolidès ne se laisserait pas égorger comme un poulet. Je connais cet homme depuis longtemps : sous ses dehors d'industriel respectable, c'est un aventurier, un tueur ! Qu'est-ce que tu crois ? Il a commencé sa carrière en vendant des armes aux tribus danakils, en Afrique... Ces choses-là ne se traitent pas au bar d'un palace, en sirotant du champagne.

Oleg la fit taire d'un geste brusque.

— Je sais ! Je sais aussi qu'Apostolidès a été ton amant, et qu'hier, à l'instant d'agir, tu as flanché ! Et tu lui as permis de filer... En souvenir du bon vieux temps, sans doute !

Nastassia Kostroïevna se défendait pied à pied.

— Tu es injuste ! Quand j'ai vu que son chauffeur descendait pour voler à son secours, j'ai sauté au volant et j'ai démarré, les privant de tout moyen de s'enfuir. Souviens-toi, je n'étais là que pour leur couper la retraite, et je l'ai fait. Si les hommes de Gourlian n'étaient pas aussi maladroits, ils les auraient tués tous les deux. Ils étaient combien ? Quinze ? Et à quinze ils n'ont pas été fichus de...

— Assez ! Je vais prendre les choses en main. Tu vas rentrer en Russie. Je n'ai plus besoin de toi.

Nastassia lui lança un regard implorant.

— Oleg ! Je t'en prie ! Garde-moi...

— Pourquoi ? Pour faire l'amour ? Tu fais très bien l'amour, mais nous ne sommes pas en vacances. J'ai une mission à remplir, éliminer cet Apostolidès avant qu'il ne fournisse aux bandes mandchoues les armes qui leur permettraient de se soulever contre nos troupes comme si les Japonais ne nous suffisaient plus. Si tu ne m'aides pas dans cette tâche, ta présence à Pékin est inutile.

Nastassia sentit les larmes lui monter aux yeux. Elle ne supportait pas qu'il puisse la renvoyer à Moscou comme une employée incompétente. N'était-elle que cela pour lui ? Elle se doutait qu'il ne l'aimait pas, qu'il se servait d'elle, à la fois pour avoir la peau de Basile, et pour satisfaire aux exigences de sa sensualité, comme on saute une femme de chambre complaisante. Mais elle s'aveuglait délibérément. Il se servait d'elle, sans doute, mais il l'aimait aussi. C'était sa façon à lui d'aimer, une façon exigeante et cruelle, voilà tout ! Elle repensait à leurs étreintes brutales et douces, et elle oubliait ses rebuffades et ses mots durs. Elle sentait son corps s'émouvoir malgré elle, elle fondait, elle renonçait à toute résistance, à son orgueil de femme naguère courtisée et adulée par des hommes infiniment plus riches et puissants que ce petit commandant des services spéciaux. Tout Saint-Pétersbourg à ses pieds, elle avait rendu fous des ducs, des généraux, de gros industriels, des artistes, des membres de la famille impériale... Rien de tout cela n'existait plus face aux caresses de cet ange blond qui savait la faire gémir de plaisir des heures durant. Il la tenait par les sens, comme elle avait manipulé auparavant les pantins chamarrés qu'elle faisait alors danser au profit de Basile. Mais elle haïssait désormais Basile, depuis qu'Oleg lui avait prouvé qu'elle n'avait été qu'un instrument entre ses mains. Sa rancune vis-à-vis de l'amant d'hier, l'envoûtement qu'exerçait sur sa sensualité celui d'aujourd'hui, la peur de la vieillesse qui pointait sournoisement à travers la moindre ride, tout se mêlait dans son esprit. Seuls le sourire d'Oleg, les éclairs de tendresse qu'elle croyait saisir parfois dans son regard, la fougue de ses étreintes parvenaient à dissiper son angoisse. Elle était prête à tout pour renouveler ces miracles.

— Donne-moi une chance ! Dis-moi ce qu'il faut faire, je t'obéirai !

Oleg alluma une cigarette. Les yeux plissés, la bouche mauvaise, il fuma quelques instants sans répondre. Nastassia se mordit les lèvres en maudissant le jour où ils s'étaient rencontrés pour la première fois, dans une soirée à Saint-Pétersbourg. Ils avaient quitté le bal ensemble, et elle l'avait entraîné dans sa chambre à l'hôtel Korpolski. Ils avaient fait l'amour jusqu'à l'aube. Elle s'était endormie, rompue, heureuse, rassurée sur sa beauté et son pouvoir... L'idiote ! Elle avait cru le séduire ! Quatre mois avaient passé, et elle en était réduite à le supplier de ne pas la chasser de cette ville qui la terrifiait, à attendre, suspendue à ses lèvres, que tombe sa sentence.

— D'accord.

L'étau qui écrasait la poitrine de Nastassia se desserra instantanément. Il la gardait ! Ce n'était qu'un répit. Un jour ou l'autre, il l'abandonnerait pour de bon, pour toujours. Mais pas maintenant, Seigneur ! Pas maintenant !

— Il faut en finir, reprit Oleg. Tu vas le tuer toi-même.

— Moi ? Mais...

— C'est la meilleure solution. Vous êtes restés en bons termes ?

— Oui. Quand tu m'as montré cette lettre adressée à un de ses hommes de paille à Moscou, dans laquelle il me traitait de « bonne baiseuse qui pouvait encore être utile », j'ai cessé de le voir et de travailler pour lui sans lui fournir aucune explication. Il a dû penser qu'un autre homme était entré dans ma vie...

— Alors tu vas lui envoyer un mot pour lui fixer rendez-vous. Il viendra. La curiosité... Et là, tu l'abattras.

— Moi-même ?

— Toi-même. Il ne se méfiera pas.

— Mais je ne saurai pas ! Je n'ai jamais touché une arme !

— C'est facile, je t'apprendrai. Tu n'as pas le choix. C'est ça, ou bien...

Nastassia ne lui laissa pas le temps d'achever sa phrase.

— Je le ferai.

Ils déjeunaient dans le petit salon quand elle lui posa la question. Elle fut plus surprise que lui. A l'instant où elle ouvrit la bouche, elle n'avait pas d'autre intention que de s'enquérir de son emploi du temps de la journée. Ses lèvres prononcèrent d'autres mots. Elle n'avait rien préparé et pourtant les mots s'organisèrent en phrases et les phrases en piège. Et parce qu'il était encore mal réveillé, parce qu'il ne se tenait pas sur ses gardes, il tomba dans le piège. Il répondit non à la question.

Non, il n'avait aucune idée de la façon dont le scandale avait éclaté huit ans auparavant, il ne savait pas qui avait eu la peau de Démosthène. Certainement un adversaire politique, mais il ignorait lequel. Il en avait tant, le pauvre ! Sa réussite foudroyante, sa triple célébrité, de poète, de héros, d'homme d'État enfin, avaient tellement agacé ses rivaux ! Il était fatal qu'on tente de l'abattre, et Dieu sait s'il était vulnérable, après cette terrible affaire qui s'était soldée là-bas par vingt-trois exécutions capitales, par sa faute... Mais qu'est-ce qui lui prenait de repenser à tout cela ? C'était de l'histoire ancienne.

Elle ne répondit pas à sa question. Elle en posa une autre au contraire. La même qu'elle avait déjà posée en fait, mais d'une autre manière. Elle voulait être sûre. Être sûre qu'il mentait.

— Les fac-similés publiés par la presse... Ce n'était pas des faux, on en est sûr ?

— Malheureusement, oui. Cette confession était bien de sa main. Les experts en graphologie se sont montrés formels. Tu en doutes ? demanda Basile avec étonnement.

— Non, là n'est pas le problème.

— Alors quel est-il ?

— Celui de la source. Démosthène s'est confessé par écrit, bon, mais à qui destinait-il cette lettre ? Et qui l'a rendue publique ?

— Est-ce que je sais ? Les Turcs, ce n'est pas impossible, par l'intermédiaire d'un de ses ennemis ! Cette confession leur donnait peut-être prise sur lui. Quand il ne leur a plus servi à rien, ils ont pu se dire qu'ils porteraient un rude coup au gouvernement grec en dévoilant la trahison d'un de ses membres...

Tout en parlant, Basile beurrait nerveusement un toast. Il s'interrompit. Les yeux brillants, un pli amer au coin des lèvres, Diane le dévisageait.

— Eh bien ?... Qu'est-ce qu'il y a ?

— Tu mens !

— Qu'est-ce qui te fait croire...

— La maison de Genève. Le coffre. J'ai trouvé les documents. La lettre qui m'était destinée et le montage de certains paragraphes... Qu'as-tu à répondre à cela ?

Sa voix était dure. Elle assenait les mots comme des coups de hache plus qu'elle ne les prononçait. Il feignit la colère, pour gagner du temps.

— Comment ? Tu as fouillé...

— Je suis tombée par hasard sur un coffre-fort, chez moi puisque je suis ta femme. J'y ai découvert des documents qui ne devaient pas, qui ne pouvaient pas y être. J'attends tes explications ! Comment sont-ils entrés en ta possession ? Pourquoi ne m'en as-tu jamais parlé ? Pourquoi m'as-tu menti à l'instant ? Si tu les détiens, tu connais leur provenance, tu sais qui a vendu Démosthène à la presse.

Basile laissa tomber le toast à demi beurré sur le plateau d'argent aux armes de l'ambassade. Comme un cerf forcé par un chasseur implacable, il était aux abois. Cette situation lui était insupportable. Jamais personne ne l'avait dominé ainsi. Une colère folle l'envahit. Depuis toujours, il menait le jeu, tous les jeux. C'était lui qui forçait les êtres à subir sa volonté, et voilà que Diane renversait les rôles. Elle n'avait pas encore lancé l'accusation fatale, elle ne lui avait pas attribué la responsabilité de la publication du montage. Il fallait absolument éviter qu'elle le fasse. Il maîtrisa la fureur qui grondait en lui et déclara d'une voix ferme :

— J'ai acheté ces documents il y a trois ans. Je voulais savoir, comme toi. J'ai mené mon enquête. Elle a fini par aboutir. Voilà. Ça te suffit ?

— Oh, non ! A qui les as-tu achetés ?

Avec la même assurance, Basile avança le premier nom qui lui vint à l'esprit. Il avait l'impression de jouer au tennis avec un adversaire terriblement rapide et déterminé, et l'enjeu de la partie était non pas exactement sa vie, mais ce qui en faisait tout le prix : l'amour de Diane et son estime.

— A Archias Sphari, l'homme de main de Lambdallos, l'ancien député de Corinthe. Tu te souviens qu'Hélianthios avait tué en duel son fils Évguéni ? Faute de pouvoir se venger d'Hélianthios, le vieux Lambdallos avait reporté sa haine sur Démosthène. J'ai dû acheter moi-même la propriété du Lycabette, quand Lambdallos a tenté de l'arracher à Démosthène pour l'humilier...

— Et alors ?

— J'ignore comment la lettre de Démosthène est parvenue entre les mains de Lambdallos... Chez nous, les députés sont de véritables potentats locaux, de vrais chefs de bande ! En tout cas, c'est Lambdallos qui a communiqué aux journaux un montage de cette lettre.

— Et Archias ? Sa loyauté envers la famille Lambdallos était proverbiale...

— Archias n'est qu'un homme comme les autres, soupira Basile. Il s'est brouillé avec son maître. Il a été chassé de la petite maison qu'il habitait, et qui appartenait à Lambdallos. Bien entendu, il en a gardé rancune à l'homme qu'il avait servi toute sa vie... Il a volé la lettre, le montage, et un certain nombre d'autres documents sans rapport avec cette affaire, établissant que la gestion de Lambdallos à Corinthe n'a pas été irréprochable, c'est le moins qu'on puisse dire. Bref ! J'ai eu la lettre en prime, dans le lot.

— Que comptais-tu en faire ? Venger Démosthène ?

— Accessoirement. J'espérais surtout couper la route au gendre de Lambdallos. Il fait obstacle à certains de mes projets. Le lot d'Archias était une excellente affaire. J'avais barre sur le gendre en le menaçant de dévoiler les magouilles de son beau-père !

Diane eut un sourire amer.

— Tu ne perds jamais de vue tes intérêts !

— Jamais. Tu voulais la vérité. Tu l'as.

— Pas tout entière. Pourquoi ne m'as-tu rien dit de tout cela ?

Basile secoua la tête d'un air embarrassé.

— Je ne voulais pas remuer le passé. C'est aussi le tien. Nous étions heureux comme ça...

Il releva la tête et plongea son regard dans celui de Diane. Sur ce point-là au moins, il était sincère.

— Je t'aime. Je souffre que tu te préoccupes de Démosthène. M'imaginerais-tu capable d'enfreindre notre pacte ? Comment peux-tu envisager une seule seconde que je te mente... A toi...

Diane resta quelques instants silencieuse.

— Je te crois, dit-elle enfin. J'ai eu peur, voilà la vérité. J'ai pensé un moment que tu avais...

Vivement, il lui ferma la bouche du bout des doigts.

— Je t'en prie ! Il y a certains mots qui creusent entre les êtres un fossé que rien ne peut plus combler.

Elle hocha la tête et baisa ses doigts avant de les écarter de ses lèvres.

— Tu as raison... Pardonne-moi !

Il se leva et se pencha sur elle, par-dessus la table basse qui les séparait. Elle se laissa faire. Les lèvres de Basile avaient un goût de thé de Chine.

Plus tard, quand elle fut seule, elle se coula dans l'eau du bain avec délices. Elle était soulagée. Basile n'avait pas trahi. Divulguer une lettre qui lui était adressée eût été la trahir aussi, même si les passages publiés avaient été soigneusement expurgés de tout élément personnel. Elle se reprocha d'avoir soupçonné Basile. Ce n'était pas un ange, mais en lui le culte du passé et de l'amitié était inaltérable.

Elle sortit du bain, se sécha et s'habilla. Elle sonna la femme de chambre. Absorbée par l'interrogatoire qu'elle avait fait subir à Basile, puis par les jeux amoureux qui avaient suivi leur réconciliation, elle n'avait pas déjeuné.

On lui apporta une collation, elle se versa une tasse de thé et grignota une brioche. Elle s'interrompit et alla chercher dans sa valise l'enveloppe contenant les documents. Sur le point de quitter Genève pour rejoindre Basile à Londres, elle les avait repris dans le coffre et les avait emportés afin de le forcer à s'expliquer, mais les choses avaient tourné autrement. Elle décida de relire une dernière fois la lettre de Démosthène. Ensuite, elle n'y reviendrait plus. Elle la brûlerait. Cette lettre et les souvenirs qu'elle évoquait, sa vie commune avec Démosthène, les circonstances dramatiques de leur séparation, tout cela appartiendrait définitivement au passé.

Elle ouvrit l'enveloppe et en retira le contenu. La lettre elle-même, quatre feuillets serrés, le montage beaucoup plus court, et l'enveloppe d'origine, déchirée et jaunie. Son regard glissa distraitement sur la suscription qu'elle portait. Elle n'y avait pas pris garde à l'instant de la découverte. Elle ne s'était souciée que de la lettre. Cette fois-ci, son esprit enregistra un détail insolite : deux noms y étaient inscrits, de deux écritures différentes, mais qu'elle reconnut immédiatement. Son nom de femme mariée — elle s'appelait à l'époque Diane Sophronikou — était de la main de Démosthène. Au-dessus, le pseudonyme qu'elle empruntait lors de sa liaison avec Basile, Bérénice de Parnay, et l'adresse de l'Hôtel de Paris à Monte-Carlo étaient de celle de Ghélissa.

Abasourdie, Diane tournait et retournait l'enveloppe entre ses mains. Ghélissa lui avait donc fait parvenir la lettre. Phaïos Lambdallos n'était pas impliqué, car Ghélissa savait quelle haine il portait à la mémoire d'Hélianthios, qui avait tué son fils, son seul héritier mâle !

L'esprit de la jeune femme se mit à fonctionner très vite. Ghélissa n'avait sans doute pas lu cette lettre. Elle s'était contenté de la faire suivre. Elle ignorait encore que Démosthène avait trahi Hélianthios. Elle n'avait rien à lui reprocher. Elle avait simplement observé les consignes de secret que Diane lui avait transmises. Mais alors... Diane ne put réprimer un cri. Alors la lettre était arrivée à l'Hôtel de Paris et là, c'était Basile qui l'avait reçue dans la liasse de courrier qu'on lui envoyait chaque jour du monde entier ! Il l'avait lue et y avait vu l'occasion de se débarrasser définitivement de Démosthène. Diane essuya les larmes qui coulaient sur ses joues. Larmes de rage et d'humiliation. Basile venait encore de la tromper, comme il trompait tout le monde depuis toujours. Sommé de s'expliquer, il avait improvisé à toute vitesse l'histoire de la brouille d'Archias et de Lambdallos. Un mensonge de plus, un mensonge de trop. Et elle, pauvre idiote, qui ne demandait qu'à croire à son innocence ! Le souvenir de leur étreinte, quelques instants après ce mensonge, la dégoûtait.

Hors d'elle, elle se leva et parcourut la pièce en se tordant les mains. Basile lui faisait horreur. Elle ne supportait pas l'idée de le revoir, de continuer à vivre auprès de lui. Elle quitterait cet homme qui pervertissait tout ce qu'il touchait. Mais où aller ? Elle était à Pékin ! A des milliers de kilomètres de l'Europe, de sa famille, de son fils... Soudain, l'image d'un visage apparut dans son esprit, tel un soleil rayonnant. Le visage de l'homme qui n'avait jamais menti. En cette même seconde, sa décision fut prise.

Dans les jours qui suivirent la réception à l'ambassade de France, Basile bombarda de télégrammes pressants les responsables des stocks et de la fabrication des armements Müsenfeldt, dont il était le principal actionnaire. Ces messages codés transitaient par le siège de Vienne avant d'être retransmis aux différentes usines du holding situées dans plusieurs pays. Enfin, il fut en mesure de confirmer à Li-Ping que les fournitures commandées seraient disponibles à la date requise. Li-Ping, dans le plus grand secret, avait obtenu des Japonais l'autorisation de faire transiter les armes par leurs eaux territoriales.

Basile avait demandé à son correspondant à Pékin, le riche Hui-San, d'enquêter sur la tentative de meurtre dont il avait été l'objet la nuit de sa rencontre avec l'impératrice douairière. Hui-San eut beau lancer sur cette affaire les innombrables informateurs qu'il entretenait dans la pègre et ailleurs, tous revinrent bredouilles. Cet échec troubla le vieux renard chinois.

— C'est mauvais signe, dit-il. Il faut que le serviteur ait grand-peur, pour garder ainsi les secrets de son maître, ajouta-t-il d'une voix sentencieuse.

— L'homme qui a commandité cet attentat doit être redoutable ! Je saurai vite qui il est. Mais mon séjour à Pékin touche à sa fin. Il ne manque plus que l'accord des services secrets japonais.

— Rentrez-vous directement en Europe ?

— Oui. J'ai de grands projets. Un champ d'activités tout neuf s'ouvre aux industries d'armement.

Une expression de curiosité se peignit sur les traits de Hui-San.

— Peut-on savoir ?...

— La guerre sous-marine, mon cher ! L'Allemagne, qui a longtemps hésité, est en train de sauter le pas. Elle équipe sa flotte. La plupart des problèmes techniques ont été résolus... par d'autres ! Les grandes sociétés d'armement naval ont pris quelque avance sur notre groupe, spécialisé jusqu'ici dans la fabrication d'artillerie de marine. Cependant, l'expansion de la construction navale ne fait que commencer. Le gâteau n'est pas encore sur la table, mais il sera succulent. Songez à cela, Hui-San : les grandes nations ont déjà des navires de surface. En temps de paix, elles les renouvellent au fil du temps par de nouvelles unités ; quelques croiseurs, quelques corvettes. Dans le domaine des submersibles, tout est à créer. On ne vend pas vingt cuirassés d'un coup, comme on le ferait avec les sous-marins. Voilà l'avenir ! Dès que l'affaire mandchoue sera sur les rails, je m'embarque à Shanghai et je file à Toulon et à Barrow débaucher les meilleurs ingénieurs. Et nous nous lançons dans l'aventure... Le voyage aurait été plus court par la Corée et la Russie, mais les hostilités en cours m'en ont dissuadé... Sans parler d'éventuelles indiscrétions chinoises quant à nos transactions, et des ennuis qu'elles pourraient me causer en Russie. D'ailleurs, en ce qui concerne l'attentat, la piste russe n'est pas à écarter... Déjà dix heures ! Je dois vous quitter. Vous savez où me joindre.

Quelques instants plus tard, Basile quittait le palais de Hui-San par une porte dérobée. Dans la petite rue déserte qui longeait l'arrière de la propriété, Eliaki l'attendait au volant de la De Dion, retrouvée intacte dans un quartier excentrique.

— Tout va bien ?

— Apparemment, dit l'homme de main en démarrant vivement.

Près de lui, à peine dissimulé sous une pelisse, un fusil chargé de chevrotines reposait sur le siège de cuir capitonné.

— Où allons-nous ? Retour au consulat ?

— Pas encore. J'ai un rendez-vous. Mais rassure-toi, c'est tout près du quartier des légations, et c'était avec la personne que j'aurais pensé le moins rencontrer ici !...

Songeur, Basile sortit de sa poche le message qui lui était parvenu quelques heures plus tôt. Il déplia la feuille de vélin bleuté, la porta à ses narines et en huma le parfum. C'était bien le parfum de naguère, celui qu'il avait respiré sur le cou de Nastassia dans leurs instants d'abandon. Il relut la missive.

Cher Basile,

J'apprends que tu es à Pékin. Tu y es en danger. Voyons-nous ! Je serai au petit kiosque du Printemps dans le jardin du prince Sou, aujourd'hui à partir de six heures.

Nastassia

Basile replia la lettre. Le petit kiosque du Printemps était situé dans la partie la plus isolée du parc du prince Sou, sous le contrôle de la force internationale depuis la défaite des Boxers. C'était là que les émeutiers avaient fondu sur le quartier européen. Basile s'étonnait que Nastassia eût choisi cet endroit. Mais il était préférable qu'elle le rencontre en un lieu discret, si elle devait lui révéler des faits appris au sein de la communauté russe de Pékin. Il soupira. Nastassia ! Il ne l'avait pas vue depuis combien de temps au juste ? Cela devait bien faire six ans ! Elle avait longtemps été sa maîtresse, et sa meilleure introductrice dans les milieux politico-militaires russes et dans l'entourage du tsar. Elle avait rompu avec lui sans préavis ni explications. A l'époque, Basile, tout à ses amours avec Diane, y avait à peine pris garde. Il avait simplement déploré la défection d'une alliée aussi influente. Un petit cousin du star, homosexuel notoire mais très écouté du clan des ducs et par conséquent de l'état-major, avait pris la relève de Nastassia. L'impérial cousin avait de gros besoins d'argent, car ses éphèbes lui revenaient cher. Basile pourvoyait aux dépenses. En échange, le cousin pesait de tout son poids dans les commissions d'achat de l'armée.

— Arrête-toi là... Tu m'attendras dans cette allée.

— Est-ce bien prudent ? Il n'y a pas un chat dans ce parc !

— Détrompe-toi ! Chaque légation y envoie une patrouille à tour de rôle.

— Peut-être... Mais un tireur embusqué vous allumerait tranquillement ! Je préférerais vous accompagner.

Basile secoua la tête.

— J'ai rendez-vous avec une dame... Et tu sais comment sont les dames. L'entretien peut prendre un cours qui rendrait ta présence inopportune.

Eliaki s'inclina à regret.

— Comme vous voudrez, mais je n'aime pas ça !

Basile descendit de la voiture et s'engagea sous les branches dénudées de leurs frondaisons par l'hiver. Naguère soigné par une armée de jardiniers, l'endroit avait été dévasté par les foules qui y avaient campé pendant la révolte. Aujourd'hui interdit aux Chinois et contrôlé par les Occidentaux, il reflétait l'abandon. Les arbres et les massifs n'avaient plus été taillés, ni les allées ratissées, et les frêles ponts de bois par-dessus les ruisseaux qui le sillonnaient n'avaient plus été repeints depuis les événements de 1900. Le sol gelé sonnait sourdement sous les pas de Basile. Ce parc ressemblait étrangement à ses amours avec Nastassia : un lieu autrefois plaisant, à présent désolé, livré à l'herbe folle de l'oubli. Il haussa les épaules. Avait-il jamais aimé Nastassia ? Il avait aimé lui faire l'amour. Il s'était servi de son corps, et de ses relations. Au fond, il n'avait jamais aimé que Diane, et cet amour lui-même battait de l'aile. Qu'avait-il donc dans le corps pour brûler ainsi les êtres comme un combustible qu'on jette dans la gueule béante d'une chaudière ? La rage de vivre qui le possédait était trop âpre, trop dévorante pour lui laisser le temps de goûter vraiment au bonheur...

Il contourna un dernier massif, hérissé de tiges grises et nues tel le squelette d'un animal fabuleux, et aperçut le kiosque du Printemps. C'était un édifice élégant, théâtre d'innombrables rendez-vous galants du temps de la splendeur du parc. A présent, la peinture violine des murs s'écaillait, et le toit de tuiles d'un jaune pâle s'affaissait inexorablement. Au pied du petit escalier se tenait une silhouette féminine, encapuchonnée de fourrure et enveloppée d'un manteau chinois orné de broderies dorées. Périclès reconnut les pommettes hautes de Nastassia, ses yeux en amande, sa bouche ourlée. Et son cœur s'émut au souvenir des soirées brillantes qu'ils avaient passées ensemble à danser dans les palais de Saint-Pétersbourg et de Moscou, et des nuits au long desquelles ils avaient été amants.

Il marqua un temps d'arrêt, puis reprit sa marche.

— Basile...

— Chère Nastassia !

Il s'élança vers elle. Il vit que ses joues étaient baignées de larmes. Elle baissa les yeux et sortit d'une pochette de cuir un objet noir qu'elle leva dans sa direction. Il comprit qu'elle ne l'avait fait venir que pour le tuer. Elle allait l'abattre comme un chien... Mais comme un chien qu'on a beaucoup aimé, puisqu'elle pleurait. Il entrevit une faible lueur d'espoir. Cette femme dressée devant lui tel un juge ou un bourreau, il l'avait serrée maintes fois dans ses bras, il l'avait fait gémir de plaisir, il avait obtenu d'elle tout ce qu'une femme peut donner. Elle ne pouvait pas avoir tout oublié. S'il voulait vivre, c'était ces souvenirs qu'il devait évoquer.

Il ne tenta pas de s'enfuir. Il n'essaya même pas de fléchir la volonté de Nastassia. Il ralentit seulement sa marche, les bras ballants, une expression de surprise et de légère tristesse sur le visage.

— Arrête-toi ! cria-t-elle.

Il ralentit encore, mais ne s'arrêta pas. Surtout, ne pas s'arrêter ! Il fallait s'approcher d'elle, au contraire. Jusqu'à la toucher, jusqu'à mêler son haleine à la sienne. Dans la proximité et la chaleur des corps retrouvés, elle ne pourrait pas tirer, elle en serait physiquement incapable. Mais le pari était risqué. Elle pouvait aussi prendre peur, s'affoler...

— Ainsi, il fallait que ce soit toi ? Que la vie est étrange !

Il avait parlé d'une voix grave et calme, sur le ton de la constatation.

Elle cria à nouveau.

— Tais-toi ! Arrête-toi !

Le canon de l'arme tremblait. Basile imagina le doigt crispé sur la détente. A tout instant, le coup pouvait partir. Elle le manquerait, ou bien... Ou bien il roulerait au sol avec un trou dans la poitrine, ou la moitié de la boîte crânienne emportée, et c'en serait fini de son aventure sur la terre.

Surtout ne pas l'effrayer ! L'apaiser, la rassurer. Devenir le seul point du monde rassurant à ses yeux, le dernier être qu'elle eût envie de tuer. L'homme qu'on menaçait d'un revolver, et qui vous apportait encore réconfort et confiance.

Il ouvrit les bras.

— Pauvre Nastassia ! Ma chérie ! Que t'ont-ils donc fait ?

— N'approche pas, salaud ! lui lança-t-elle dans un sanglot.

Basile atteignit le bas de l'escalier juste à temps pour recevoir Nastassia dans ses bras. Le revolver qu'elle avait lâché rebondit sur les marches de marbre du kiosque. Le coup partit. La balle miaula dans l'air glacé et se perdit entre les arbres.

— Nastassia chérie ! Tu n'aurais pas pu... Tu t'en rends compte, à présent ?

Le visage appuyé sur l'épaule de Basile, Nastassia pleurait.

— J'ai essayé, pourtant ! Je te jure que je voulais le faire... lui dit-elle d'une voix entrecoupée de hoquets.

— Calme-toi... C'est fini ! Nous sommes réunis, maintenant. Tout ira très bien, tu verras.

— Non !

Elle se redressa, les yeux pleins d'une haine impuissante.

— Non ! reprit-elle. Rien n'ira bien... Tout ira très mal, au contraire ! Tu n'as pas compris... Je suis incapable de tuer, mais je ne t'aime plus, j'en aime un autre ! Et il ne me pardonnera pas de t'avoir épargné. Une fois de plus, tu as fait mon malheur !

— Ainsi, c'était pour obéir à un autre ?...

— Oui ! Oh, si j'avais été vraiment sûre de son amour, je n'aurais pas hésité, crois-moi ! Mais à l'instant d'appuyer sur la détente, je me suis dit : « Et après ? Est-ce qu'Oleg m'aimera pour de bon, après ? »

— Oleg. Et comment as-tu répondu à cette question ?

Nastassia haussa les épaules.

— Tu es vivant !... Il ne m'aime pas... Il me baise et il se sert de moi, comme tu l'as fait pendant des années. Mais à cette époque j'avais encore des illusions ; j'étais jeune, j'étais belle. Si tu n'étais pas un monstre d'égoïsme et d'ambition, tu m'aurais aimée vraiment. J'étais la plus belle femme de Saint-Pétersbourg ! Des hommes se sont entretués pour moi. Et il a fallu que je tombe amoureuse de toi, et plus tard d'Oleg, un type de ton espèce. Mais avec lui, je ne dispose plus des mêmes atouts. Il a vingt-cinq ans, et moi, je suis vieille !

Basile éclata de rire.

— Vieille ! Mais tu es éblouissante ! Même en larmes, même en pleine crise de nerfs ! Cet Oleg est un petit con, c'est tout. Qu'est-ce qu'il fait, au juste ?

— Il est officier de renseignement. Il veut ta peau, c'est sa mission. L'état-major du tsar veut t'empêcher d'armer les bandes mandchoues. Tu as poussé le bouchon trop loin, cette fois-ci. Que tu fournisses les armées japonaises, bon, ça allait, du moment que tu approvisionnais aussi les nôtres, le ministre Pleve l'admettait. Mais un soulèvement mandchou sur nos arrières serait catastrophique pour le corps expéditionnaire russe. Le pays bouge. Les ouvriers sont mécontents. Les paysans aussi. La bourgeoisie s'impatiente. Une défaite, et le gouvernement saute ! Raison d'État : on a chargé Oleg de t'éliminer.

— Et il t'a refilé le bébé. Joli monsieur !

Nastassia eut une moue désenchantée.

— C'est un salaud, comme toi ! Pourquoi faut-il que je n'aime que des hommes tels que vous ?

— Parce que les autres t'ennuient. Un mot de toi un peu cruel, et ils se suicident : tu les méprises. Tu es une panthère ; il te faut des dompteurs !

— Une panthère !... Une brebis apeurée, oui. Oleg va me renvoyer à Moscou. Je ne le verrai plus... Par ta faute !

Nastassia chercha des yeux le revolver. L'arme avait roulé aux pieds de Basile. Il se baissa et l'empocha.

— Je ne te laisserai pas m'abattre pour faire plaisir à Oleg. A part ça, demande-moi ce que tu veux.

— Tu ne peux rien pour moi ! Pour suivre Oleg, je me suis engagée dans les services secrets. Et je viens de trahir... Si je rentre en Russie, ils me tueront !...

— Alors je peux t'aider. Oublie ce petit espion de merde ! Je t'ouvre un crédit illimité. Refais ta vie en Amérique, en France, où tu voudras... Ou bien travaille à nouveau pour moi. Une femme de ton expérience me serait précieuse.

— Il faudrait encore que je couche avec des généraux pour te décrocher des contrats ? Désolée, Basile, je vieillis, j'ai les seins qui tombent et mon ventre se ride... D'ici quelques années, je ne trouverai même plus preneur derrière les casernes !

— Ton petit adjudant t'a fait du mal, Nastassia ! Il a détruit ta confiance en toi, alors que tu es toujours la plus belle et la plus désirable des femmes... Veux-tu que je le brise ? C'est facile ! les gouvernements ont des mouvements d'humeur, mais sur le long terme, ils ont toujours besoin des marchands d'armes. Je me réconcilierai avec Treve, ou avec son successeur. Et je t'apporterai la tête d'Oleg sur un plateau. Question de temps.

A nouveau, les yeux de Nastassia lancèrent des éclairs.

— Ne touche pas un cheveu de sa tête, Basile !

— Comme tu voudras ! Alors envisageons le problème sous un autre angle... Tu retourneras en Russie quand j'aurai obtenu ta grâce. Cet Oleg doit être ambitieux. On lui fera prendre du galon... Colonel, général, pourquoi pas ? Et un général de vingt-cinq ans peut bien épouser une comtesse de... trente-cinq !

— Tu es un démon !

— Un gentil démon. Je comble mes amis de bienfaits...

— Oleg n'est pas ton ami. Tu n'as pas d'amis, tu n'as que des clients, des complices, des valets... Oleg est un soldat, tu comprends ? Un de ceux qui tuent ou se font tuer avec les armes que tu fabriques. S'il te tenait à sa merci, il t'abattrait comme une bête malfaisante !

— Un soldat. Un cœur pur ! C'est beau... Mais pourquoi t'a-t-il chargée de la besogne ?

Vaincue, Nastassia ne sut que répondre.

— L'attentat d'hier, c'était lui, n'est-ce pas ?

— C'était moi, sur son ordre. J'étais chargée d'éliminer ton garde du corps pour t'empêcher de rejoindre ta voiture. Quand j'ai vu qu'il s'en éloignait, j'ai préféré la voler...

— Eliaki n'est pas seulement mon garde du corps. C'est... une sorte de souvenir d'enfance ! Si tu l'avais tué, je ne te l'aurais pas pardonné. Le voici !

Eliaki arrivait, hors d'haleine, brandissant son fusil.

— Qui a tiré ?

Basile s'apprêtait à lui répondre quand une

patrouille de soldats japonais jaillit à son tour des fourrés, l'arme au poing. Un sous-officier se détacha du groupe et, rectifiant la position, s'adressa à Basile en anglais.

— Monsieur, nous avons entendu un coup de feu. Que s'est-il passé ?

Soulagé, Basile lui rendit son salut.

— Rien de grave, sergent. Je manipulais mon revolver quand le coup est parti accidentellement. Personne n'a été blessé, par chance...

A l'appui de ses dires, il sortit de sa poche le revolver de Nastassia et le montra à la ronde.

— Regrettable maladresse de ma part, mais elle m'aura permis de juger de votre vigilance. J'en féliciterai votre ambassadeur.

Le sergent s'inclina.

— La nuit va tomber... Le parc est sous notre contrôle, mais s'y promener à cette heure tardive n'est pas très prudent.

— Vous avez raison, nous allons regagner le quartier des légations. Mes respects, sergent.

Sur une dernière courbette, le sergent fit demi-tour et entraîna sa section.

Basile prit Nastassia par le bras.

— Viens, lui dit-il. Tu vas demander l'asile politique à l'ambassade de Grèce. Là, tu seras en sécurité. Puis tu t'embarqueras pour l'Europe, ou pour les États-Unis...

— A quoi bon ? Ma vie est fichue ? Je me sens vieille, vieille ! Oh, Basile, je suis si lasse !

Basile ordonna à Eliaki d'aller les attendre à la voiture. Puis, saisissant Nastassia par les épaules en un geste protecteur, il entreprit de l'apaiser. Il sut être convaincant et lui faire miroiter l'espoir de rentrer un jour en Russie pour y reconquérir Oleg, car elle finit par accepter sa proposition. Quand ils montèrent dans la De Dion, elle était presque rassérénée.

De retour à la légation, Basile persuada l'ambassadeur de Grèce d'accorder sa protection à Nastassia. Le diplomate n'avait rien à refuser à un homme aussi puissant et généreux. Quelques heures plus tard, munie d'un passeport grec flambant neuf, la belle transfuge, épuisée par les émotions de la journée, s'endormait dans la luxueuse chambre mise à sa disposition.

Cette affaire réglée, Basile gagna ses appartements. Il avait juré à Nastassia de ne rien tenter contre Oleg, mais il n'était pas homme à pardonner deux tentatives d'assassinat. Un tragique accident mettrait fin à la carrière d'Oleg Nedelkowitch dès que Nastassia aurait quitté la Chine. La vie d'espion est pleine de dangers. Nastassia pleurerait beaucoup à l'annonce de la mort de son bel amant blond. Et puis elle l'oublierait dans les bras d'un autre homme.

Adolf Haussermann, le jeune et brillant associé et secrétaire particulier de Basile, l'attendait dans son bureau avec une liasse de télégrammes. Basile se jeta dans un fauteuil et l'écouta lui en faire la lecture, lui dictant les réponses à donner. L'empire industriel qu'il avait bâti en une quinzaine d'années poursuivait son expansion. Les usines tournaient, les engins de mort qu'elles produisaient sans discontinuer gagnaient leur destination finale par les chemins les plus divers, tantôt officiels, tantôt secrets, camouflés en machines-outils ou en inoffensive quincaillerie. Des difficultés se présentaient, qu'il fallait résoudre au jour le jour, à des milliers de kilomètres de distance.

— Ah ! dit Haussermann en extrayant un télégramme de la liasse, c'est dommage, Mme Apostolidès aurait été heureuse de lire celui-là !

— Hum ? de quoi s'agit-il ?

— Le jeune Alexandre vient de s'inscrire à la prochaine coupe de polo junior de l'institution Foggartey, à Genève ! Sans doute est-ce encore prématuré, et il sera toujours temps de le dissuader d'y participer, mais les médecins qui s'occupent de lui n'ont pas jugé utile de lui enlever tout espoir...

— Parfait ! Ce gosse en veut. J'aime ça !... Mais pourquoi dites-vous que Diane aurait été heureuse de le lire ? Je le lui communiquerai tout à l'heure.

La stupéfaction se peignit sur le visage d'Haussermann.

— Mais... Mme Apostolidès est partie ce matin pour la Mandchourie... Elle m'a affirmé que vous étiez au courant !

Basile se leva d'un bond, répandant autour de lui la pile de télégrammes.

— Qu'est-ce que c'est que cette histoire ?

— C'est la vérité. Diane est en route pour Port-Arthur en compagnie de Jean-Maurice de Cadensac.

— Elle n'a pas laissé de message ?

— Non, monsieur. Puisque vous le saviez...

— Je ne savais rien ! explosa Basile. Port-Arthur ! C'est de la folie ! Comment va-t-elle franchir le blocus ?

— C'est bien ce que j'ai pensé ! Mais la présence de Cadensac...

— Cadensac connaît sans doute des passeurs, mais... Au nom du Ciel, pourquoi Diane est-elle allée se...

Basile n'acheva pas sa phrase. La vérité venait de se faire jour dans son esprit. Cette décision était le résultat de leur conversation de l'autre nuit. Il n'avait pas réussi à la convaincre de son innocence.

Lui d'ordinaire si maître de lui, il sentit l'affolement le gagner. Elle n'avait plus confiance en lui ! Il pressentit que ce qu'elle lui reprochait cette fois était infiniment plus grave que lors de leur première séparation. Diane était capable de pardonner des infidélités physiques. En revanche, le sentiment d'une trahison spirituelle ne pouvait que la détacher de lui à jamais. Si elle n'aimait plus Démosthène d'amour, elle l'aimait encore d'amitié. Pour elle, il était redevenu comme un frère, un jeune frère, un des gamins de Salonique. Aux yeux de Diane, c'était leur enfance commune que Basile avait bafouée en le trahissant, le lien mystique qui rendait leurs existences indissociables, quoi qu'il pût arriver... Mais pourquoi la Mandchourie ? Pourquoi Port-Arthur ? Il se frappa le front. Lors de la réception à l'ambassade de France, Cadensac avait fait état de la présence de Périclès à Port-Arthur. Il serra les poings. Un sentiment de jalousie brutal, incontrôlable, l'envahit. Cette femme qu'il trompait distraitement depuis des années lui redevint brusquement l'être le plus précieux au monde.

— Haussermann, débrouillez-vous, trouvez-moi un guide... Quelqu'un qui parle couramment le chinois... et le japonais, si possible.

— Mais, monsieur...

— Faites ce que je vous dis ! Je pars pour la Corée.

— Mais les affaires en cours... L'accord japonais sur les livraisons en Mandchourie...

— Vous réglerez tout ça. Je n'emmène qu'Eliaki. Allez, Haussermann. Remuez-vous, nom de Dieu ! Chaque minute compte !

Le résultat de la bataille navale du 10 août 1904 déciderait de l'issue du conflit. C'était sur l'eau que se jouerait la partie. La maîtrise de la mer était indispensable aux Japonais. Sans elle, leurs opérations terrestres étaient vouées à l'échec. Leurs troupes, massées devant Port-Arthur où les soldats du général Kondratenko résistaient héroïquement à leurs assauts furieux, risquaient de se trouver prises dans une souricière si les Russes parvenaient à rassembler leurs deux escadres à Vladivostok. De plus, le 30 avril, le Cabinet impérial avait annoncé qu'une troisième flotte, pompeusement baptisée 2e escadre du Pacifique, se préparait dans la Baltique à rejoindre la mer Jaune. Les Japonais devaient donc vaincre avant son arrivée.

La marine impériale japonaise avait connu des jours sombres. Les 14 et 15 mai, avec le *Yoshino* et les avisos *Myako* et *Tatsuta*, les cuirassés *Yashima* et *Hatsude*, elle avait perdu cinq des unités qui assuraient le blocus de Port-Arthur, soit le tiers de sa flotte de ligne.

L'amiral Vitheft, chargé du commandement de la flotte de Port-Arthur depuis la mort au combat du brillant amiral Makarov, n'avait pas su mettre à profit le renversement des forces en présence. Ce marin de salon n'avait cherché ni à achever l'adversaire affaibli, ni à tenter une sortie pour gagner Vladivostok. Ce ne fut que le 23 juin qu'il essaya timidement de forcer le blocus. Mais malgré l'indignation de ses officiers, il fit demi-tour en apercevant au loin les fumées de la flotte japonaise. Pendant ce temps, les troupes de Nogi resserraient leur étreinte autour de la rade. Le 7 août, les premiers obus nippons tombaient sur les cuirassés acculés dans cet abri illusoire. Pour éviter la catastrophe, Nicolas II enjoignit Vitheft de se dégager de la nasse et de rallier Vladivostok.

Le 10 août, la flotte russe, composée de six cuirassés et de trois grands croiseurs, appareilla enfin. Ses équipages, démoralisés par la pusillanimité de leur chef, sentaient planer sur eux l'ombre de la défaite. Elle fut terrible. A midi dix, à proximité de la presqu'île du Chan Tong, les canonniers de l'amiral Togo ouvrirent le feu en employant, pour la première fois dans les annales guerrières, des gaz toxiques. L'issue de la bataille fut longtemps indécise, mais à dix-huit heures vingt un obus de 305 éclata sur le *Tsesarevitch*, désemparant le navire et tuant l'amiral russe. Le prince Oukhtomsky, qui avait naguère prédit la défaite des « exaltés », prit le commandement à bord du *Peresvet*, bientôt atteint à son tour. Quand il donna l'ordre de regagner Port-Arthur, le *Tsesarevitch*, l'*Askold*, le *Diana*, le *Gromoboy* et le *Rurik* étaient perdus. Désormais l'escadre de Port-Arthur et celle de Vladivostok, réduites à un croiseur et quelques torpilleurs, ne participeraient plus à aucun combat. La 2e escadre du Pacifique n'entrerait dans les eaux coréennes qu'en mai de l'année suivante, pour se faire massacrer à Tsushima. Les Japonais avaient désormais les mains libres.

Il fallut des mois et des milliers de morts avant

qu'ils ne s'emparent de la base navale. Les canons et les mitrailleuses russes fauchaient les soldats nippons lancés à l'assaut du retranchement. Les troupes de Nogi ne progressaient plus qu'au moyen de sapes et de mines placées sous les fortifications. Le 26 novembre, leur attaque sur la montagne Haute échouait encore, mais dès le lendemain, jetant toutes leurs forces dans la bataille, elles enlevaient cette position clef au corps à corps. Le 6 décembre, le général Nogi pilonnait la rade et anéantissait enfin l'escadre russe. Dès lors, la reddition n'était plus qu'une question de jours.

Telle était la situation quand Diane persuada Jean-Maurice de Cadensac de la laisser l'accompagner dans sa dangereuse équipée. Le journaliste hésitait. Sa profession exigeait qu'il regagne Port-Arthur pour assister à sa chute et la relater aux lecteurs du *Temps*, et non qu'il s'embarrasse d'une compagne de voyage moins habituée que lui aux aléas et aux rudesses de la guerre. Il aurait refusé s'il ne s'était agi de Diane. Ils avaient affronté ensemble la débâcle de l'armée grecque en Thessalie, et il avait pu juger de son courage et de son endurance. Le charme de la jeune femme fit le reste.

Partis de Pékin le 24 décembre au matin, ils furent à Tsinhouangtao le 26. De là, ils longèrent la côte du golfe de Liaotong jusqu'au petit port de Piaimiaotseu, où, moyennant une somme astronomique, un pêcheur accepta de leur faire traverser le golfe. Ils débarquèrent près de Foutchéoutcheng, à quelque cent vingt kilomètres de Port-Arthur. Là commençait réellement l'aventure. Sans son statut de correspondant de guerre, Cadensac et Diane auraient sans doute été mis en état d'arrestation par l'armée japonaise qui contrôlait toute la région. Heureusement, le journaliste put convaincre les officiers nippons de les autoriser à poursuivre leur voyage, et même de les aider. Pour la première fois dans l'histoire, un peuple asiatique était en passe de remporter une éclatante victoire militaire sur une grande nation européenne. Il ne déplaisait pas aux artisans de cette revanche que le monde entier en soit informé. L'état-major délivra à Cadensac un sauf-conduit lui permettant de se rendre sur la ligne de feu, et, le moment venu, d'entrer dans Port-Arthur avec les vainqueurs.

Le 30 janvier, Diane et Cadensac étaient les hôtes du général Koyne, dont les troupes tenaient Daïren, à une trentaine de kilomètres de Port-Arthur. Là, en dépit des objurgations du Français, Diane lui fit ses adieux.

— N'insistez pas, Jean-Maurice, je tiens absolument à gagner Port-Arthur avant la reddition. Dieu sait ce qu'il adviendra lors de l'entrée des troupes japonaises dans la ville. Périclès peut être emprisonné, s'enfuir, ou se cacher pendant les premiers jours de l'occupation. J'ai une chance raisonnable de le trouver maintenant à l'adresse que vous m'avez indiquée.

— Diane ! Vous me parlez de raison, alors que votre projet est le plus fou qu'on puisse imaginer ! Vous n'entendez pas le canon ? En ce moment précis, l'artillerie lourde japonaise écrase les positions russes... Savez-vous ce qu'est un obus de marine ? Port-Arthur est en feu, et vous allez vous précipiter dans cette fournaise, alors que vous pourriez attendre tranquillement la fin des combats.

— Attendre tranquillement ? Mais Périclès est là-bas, sous le bombardement !

— Vous ne l'en préserverez pas en l'y rejoignant.

Pensez à la difficulté de franchir les lignes japonaises et russes... Croyez-moi, des deux côtés, on tire sur tout ce qui bouge. Vous allez vous faire tuer !

Diane secoua la tête.

— J'ai des choses à accomplir. Avec un peu de chance... J'ai survécu à la débâcle de Tyrnavo. Et puis j'ai déniché un guide, le neveu du trafiquant chinois qui approvisionne Port-Arthur en vivres grâce à des complicités généreusement rétribuées. Je lui ai donné cinq mille francs-or, et je lui en ai promis autant si j'arrivais saine et sauve à Port-Arthur.

— Il vous abandonnera à votre sort au premier pépin ! répondit Cadensac en haussant les épaules.

— Nous verrons, dit Diane. Quel que soit notre avenir, croyez à ma reconnaissance pour l'aide que vous m'avez apportée...

Le journaliste comprit qu'il serait vain de tenter de fléchir la volonté de Diane. Une fois qu'elle avait pris une décision, cette femme apparemment faite pour les dîners mondains et les premières à l'Opéra devenait inébranlable.

Il soupira.

— Si Dieu le veut, nous nous reverrons avant peu... La reddition devrait intervenir d'ici quelques jours. Ce qui rend votre décision d'autant plus regrettable...

— A bientôt, Jean-Maurice !

Il s'inclina pour lui baiser la main.

— A bientôt, Diane. Vous êtes la femme la plus courageuse... et la plus séduisante que j'aie jamais rencontrée !

Elle lui sourit, rabattit sur son front la capuche de fourrure de son lourd manteau de loutre, et quitta la tente mise à leur disposition par le commandement japonais. Elle rejoignit son guide. Il s'appelait Li-Po. C'était un Chinois de dix-huit ans, mince et souple, l'homme de confiance de son oncle Tien-Shuen, un de ces charognards qui sont de tous les fronts, de toutes les guerres.

— Je suis prête, Li-Po, dit-elle en anglais.

— Alors nous aller, répondit-il en pidgin.

Li-Po semblait parler — très mal, mais suffisamment pour les entendre et se faire entendre — à peu près toutes les langues de la planète, y compris quelques rudiments de grec ! Mais son anglais, l'anglais basique baragouiné dans tout l'Orient, était tout de même meilleur.

La nuit tombait. Diane emboîta le pas au jeune Chinois. Ils gagnèrent la sortie du village de toile. Les sentinelles ayant vu Diane en conversation avec le général Koyne ne lui posèrent aucune question. A quelque distance du camp, Li-Po montra à Diane une fermette dont le toit de chaume était seul visible de la route.

— Là, cheval pour nous.

Diane hocha la tête, non sans souhaiter que ce singulier ne soit que l'effet de l'anglais approximatif de son compagnon. Quelques instants plus tard, elle put constater qu'il en allait bien ainsi : deux chevaux sellés piaffaient dans la cour de la ferme.

— Madame savoir cheval ?

Pour toute réponse, Diane sauta en selle avec une assurance d'écuyère accomplie.

Dans l'ombre, un sourire de satisfaction se peignit sur les traits de Li-Po.

— Bien, bien... Nous, longtemps cheval. Pas trop vite, mais longtemps. Passer ligne demain matin, pas encore jour...

Il s'assura que les enveloppes bourrées de billets de banque froissés destinés à acheter les policiers militaires japonais étaient bien à leur place dans les fontes de sa selle, puis il éperonna sa bête. Diane l'imita. Dans la nuit glacée, les sabots de leurs petits chevaux nerveux claquaient sur le sol durci par le gel. Le ciel était parfaitement dégagé. Diane leva les yeux vers la voûte silencieuse, où brillaient des millions d'étoiles. Au bout de cette route, elle imaginait Périclès, ses yeux clairs et rieurs, ses mains énormes, sa voix de basse, ses intonations chantantes évocatrices de leur ville natale, accent dont elle-même s'était peu à peu débarrassée au contact des Grecs d'Athènes. Ainsi que Basile et Démosthène, il avait vécu plus longtemps qu'elle à Salonique. Il lui semblait entendre son rire. Un rire grave, paisible et rassurant d'homme que rien ne pouvait effrayer. Elle sentit battre son cœur dans sa poitrine, comme à l'instant où, à Pékin, Cadensac avait prononcé devant elle le nom de Périclès.

Ils firent une brève halte à dix kilomètres de Port-Arthur, dans un petit village dévasté et vidé de ses habitants par les bombardements. Le convoi de vivres destiné à la base navale assiégée, une douzaine de mules chargées de riz, de sel, de thé et de tabac, les attendait là. Quatre muletiers aux mines farouches, des contrebandiers vêtus de haillons, encadraient ces bêtes misérables. Diane en examina une à la lueur d'une torche et elle fut effrayée par son aspect. C'était un animal âgé, d'une maigreur squelettique, couvert de plaies.

— Croyez-vous que ces mules atteindront Port-Arthur avec de telles charges ? cria-t-elle à Li-Po, qui conversait à quelques mètres avec un des convoyeurs.

Le Chinois haussa les épaules.

— Pas grave ! ricana-t-il. Elles, pas revenir. Mangées en arrivant. Russes, très faim ! Alors, pourquoi donner mules en bon état ?

Diane caressa furtivement le museau de la mule et remonta en selle.

— De toute façon, reprit Li-Po en passant à sa hauteur alors qu'il prenait la tête de la colonne, dernier convoi, sûrement. Port-Arthur se rendre bientôt. Peut-être demain, peut-être aujourd'hui. Si madame vouloir espérer... Argent perdu, pas rendre... Mais moins dangereux retourner Daïren...

Diane secoua la tête.

— Je dois aller à Port-Arthur maintenant.

Li-Po sourit.

— Madame, très courageuse !...

Il lança un ordre aux muletiers. Ils éteignirent leurs torches et le convoi s'ébranla dans la nuit.

A vol d'oiseau, la distance à couvrir n'était pas très longue, mais ils empruntèrent un itinéraire si compliqué et sinueux, afin d'éviter les unités japonaises chargées de verrouiller les abords de Port-Arthur, qu'il leur fallut plusieurs heures pour en venir à bout. Lors de la halte, Li-Po avait fait emmailloter les sabots des chevaux de chiffons, comme l'étaient déjà ceux des mules, de façon à en étouffer le bruit. De même, les sacs et les caisses de vivres étaient arrimés avec un soin extrême. Ces précautions étaient efficaces. On n'entendait presque rien, sinon le souffle saccadé des malheureuses bêtes de somme.

Les incendies de Port-Arthur devenaient visibles, ombres rougeâtres planant bas sur l'horizon. Parfois, comme la quinte de toux rageuse d'un géant malade, la canonnade reprenait brièvement. Les canons des derniers navires russes en état de tirer répondaient aux batteries japonaises de la montagne Haute. Des fleurs pourpres naissaient sous la nuée ardente qui recouvrait le port, ou sur les contreforts tenus par l'armée du Mikado. Bientôt, des tirs de mitrailleuses, des coups de feu isolés furent perceptibles. On s'entre-tuait encore, individuellement, alors que tout était joué. Diane imagina les marins russes, hâves et exténués, réglant leurs derniers comptes, de tranchée à tranchée, avec les petits soldats jaunes qui leur menaient la vie dure depuis des mois. Le sort de la bataille n'avait plus d'importance. On continuait chacun pour soi, pour l'honneur ou par simple rancune. On mourait sur un coup de mauvaise humeur, pour prouver à celui d'en face qu'il avait seulement plus de chance.

Le jour commençait à poindre quand le convoi s'engagea dans un étroit défilé.

— Nous, limite lignes japonaises, souffla Li-Po. Plus loin, soldats russes... Officier japonais, ami ! conclut-il en tapotant la fonte de sa selle pleine de billets de banque.

Il se retourna et fit signe au convoi de s'immobiliser. Dans le demi-jour charbonneux, les mules étiques tremblaient de fatigue.

Li-Po sauta à terre, parcourut quelques mètres pour se dégourdir les jambes, et s'assit sur une pierre. Les muletiers l'imitèrent. Eux, depuis le départ du village, allaient à pied, guidant les mules pas à pas sur le sol cahoteux.

Diane hésita. Quoique bonne cavalière, elle se sentait si lasse qu'elle doutait de pouvoir se remettre en selle si elle en descendait. Elle allait s'y résoudre quand un ordre claqua en japonais. Des silhouettes vêtues de bleu, l'arme au poing, se dressèrent sur les hauteurs. Diane regarda Li-Po. Inquiet, il se leva et interrogea d'un mouvement de tête le plus proche des muletiers. Celui-ci ne sut que lui répondre. Lui aussi paraissait mal à l'aise.

— Que se passe-t-il ? demanda Diane.

— Pas savoir, répondit Li-Po. Mais... Pas bon ! Pas normal !

A l'extrémité du défilé apparut un petit groupe de

soldats japonais. Li-Po plissa les paupières pour accommoder sa vision à la distance et il se mordit les lèvres.

— Aïe-Aïe ! Autre officier... Pas ami !

Diane comprit en un éclair : le détachement qui gardait habituellement la passe avait été relevé. Tout était perdu, à moins que le nouvel officier en poste ne se laisse acheter lui aussi...

Les Japonais étaient tout près, à présent. Autour d'un officier râblé, au visage dur, les soldats tenaient en joue les muletiers. Li-Po debout les bras ballants, et Diane toujours en selle.

Le gradé aboya quelque chose. Avec une stupéfiante volubilité, Li-Po se lança dans des explications interminables. En vain, semblait-il ; le gradé posait sans cesse d'autres questions, d'un ton rogue et méfiant. Pendant ce temps, un de ses hommes avait éventré un des sacs de riz d'un coup de baïonnette. Un filet de grains s'écoulait lentement, et tombait en tintant sur les cailloux du chemin. Diane ferma les yeux malgré elle. La cause était claire. Contrebande... Fourniture de vivres à l'armée ennemie... Ils allaient tous finir fusillés !

Li-Po plaidait désespérément sa cause. D'une main tremblante, il ouvrit la fonte de sa selle, et déchira une des enveloppes, dévoilant les liasses de billets. Il fit de même avec les autres enveloppes, puis montra les mules. Diane ne connaissait pas un mot de japonais, mais il était évident que Li-Po jouait son va-tout. L'argent et le convoi tout entier contre la vie sauve.

Une moue de mépris tordit les traits de l'officier. Sa main s'abattit sur le visage du Chinois. Le nez en sang, Li-Po voulut continuer à argumenter. Un second coup le fit taire. S'adressant aux soldats postés au-dessus d'eux, l'officier leur ordonna de descendre à leur tour. En un clin d'œil, les contrebandiers furent empoignés et collés contre la muraille. Diane sentit le regard du gradé s'arrêter sur elle. D'un ton sec, il lui demanda en anglais quelle était sa nationalité.

— Je suis grecque, monsieur l'Officier. Je me rends à Port-Arthur, pour y rejoindre un de mes amis, citoyen grec, lui aussi, et donc neutre !

— Désolé, madame... Nous sommes dans la zone de guerre. L'accès de Port-Arthur est interdit à quiconque. Je suis obligé de vous traiter comme un ennemi potentiel.

— Mais puisque je vous dis que je suis citoyenne grecque ! La Grèce n'a rien à voir dans l'affrontement russo-japonais...

— Vous avez enfreint cette neutralité en vous joignant à ces canailles. Les trafiquants qui ravitaillent Port-Arthur doivent être exécutés !

— Ce n'est pas possible, voyons ! Écoutez, mon mari est un homme très important qui entretient les meilleures relations avec votre gouvernement... Je vous en prie, permettez-moi de rencontrer vos supérieurs ; je connais très bien le général Koyne, qui commande la région de Daïren... Il m'a reçue à dîner hier soir. Vous allez commettre une erreur terrible !

L'officier fronça les sourcils. Il avait naguère servi sous les ordres du général Koyne, avant d'être muté dans une autre unité. Embarrassé, il dansait d'un pied sur l'autre.

— Le général Koyne, vraiment ?

Diane entrevit une lueur d'espoir.

— Oui ! Nous étions ses hôtes à Daïren, avec un correspondant de presse venu assister à votre victoire pour en rendre compte au public français !

Soudain, tentant sa chance pour son propre compte

dans un geste fou, un des muletiers réduisit à néant les effets de la plaidoirie de Diane. L'homme voyant sa dernière heure arrivée, sortit un poignard de dessous ses haillons et le plongea dans le ventre du soldat le plus proche. Puis, sautant sur le cheval de Li-Po, il l'éperonna désespérément et partit au grand galop vers l'entrée du défilé. Il n'alla pas loin. Une fusillade nourrie l'arracha de ses étriers. Il rebondit sur le sol gelé tel un pantin désarticulé. Furieux, un des compagnons du blessé acheva le fuyard d'un coup de baïonnette dans la gorge.

L'officier se pencha sur le soldat. La blessure était très grave. L'homme geignait, les mains crispées sur son abdomen ensanglanté.

— Laissez-moi faire, dit Diane ! J'ai été infirmière en Thessalie...

D'un sec revers de la main, l'officier la gifla. La tragédie avait balayé ses velléités d'indulgence. Quand un soldat empoigna Diane par le bras et fit mine de la pousser avec les autres contre la muraille, il n'intervint pas.

Un brutal sentiment de désespoir envahit la jeune femme. Elle allait peut-être mourir en ce lieu désolé, fusillée avec les muletiers de Li-Po comme une vulgaire contrebandière. Elle ferma les yeux, et pensa à son père selon l'état civil, le bon et tendre Kostas Mascoulis, et à son père par le sang, l'élégant et désinvolte Bohumil. Elle pensa aux hommes qu'elle avait aimés, Démosthène et Basile, et à celui qui, sans avoir jamais été son amant, avait été son ami le plus cher, Périclès. Elle pensa à son fils Alexandre, qui l'attendait dans un pensionnat de la lointaine Europe, et son cœur se brisa. Sa vie avait été trop brève, inachevée, non seulement dans sa durée, mais dans l'accomplissement de son destin. Un sanglot la secoua. Mais son orgueil était intact.

Elle refusa cette faiblesse. Diane, la fleur sauvage et fière de Salonique, ne donnerait pas le spectacle d'une femme effondrée, qui pleure et qui supplie ! Elle se redressa, et toisa les hommes qui allaient l'abattre.

Déjà, ils étaient en position. L'officier s'était éloigné de quelques pas, abandonnant la sale besogne à un caporal. Celui-ci dégaina son sabre et le brandit. A l'instant où il allait l'abaisser, libérant les douze balles meurtrières, un sifflement aigu se fit entendre. Les hommes du peloton hésitèrent, puis, le sifflement s'accentuant, ils lâchèrent leurs armes et se jetèrent au sol. Diane les imita. Une explosion d'une violence extraordinaire se produisit et la jeune femme perçut une lueur jaune à travers ses paupières fermées. L'onde de choc la catapulta contre un corps tassé au pied de la muraille, tandis qu'une fumée suffocante empuantissait l'air. Quand elle rouvrit les yeux, d'abord elle ne vit rien. La fumée noirâtre obscurcissait tout le défilé. Puis une pluie de débris, pierraille, objets déchiquetés, fragments humains et animaux mêlés, retomba en crépitant. La tête grimaçante du caporal, détachée de son tronc, roula à quelques mètres d'elle. Un nouveau sifflement se fit entendre. Terrifiés, les survivants cherchaient des yeux un abri quelconque, une faille dans la paroi afin de se soustraire au coup de grâce qui s'annonçait. Une ombre se dressa devant Diane. C'était son cheval, couvert de sang mais miraculeusement vivant, les pattes indemnes. Fou de peur, l'animal se cabrait. Diane se leva d'un bond, saisit la bride qui pendait et sauta en selle. L'animal reconnut sa cavalière et comprit qu'elle lui apportait peut-être le salut. Elle tourna vers les lignes russes et piqua des deux talons. Le souffle du deuxième obus faillit les renverser. Diane eut la vision fugitive de plusieurs corps tournoyant au-dessus d'elle, d'un mulet démembré allant s'écraser contre les rochers. Elle baissa la tête et exhorta le cheval à grands cris. Il s'élança. Un troisième obus vrillait le ciel de sa chute stridente.

Quand les premiers obus étaient tombés sur le défilé dont une section de marins en haillons interdisait le débouché, le quartier-maître Tchelebienski avait échangé un regard las avec le sergent mécanicien de marine Lebedev. Les artilleurs nippons cherchaient leurs marques. D'ici quelques minutes, s'il n'avait pas été réduit en confettis par les salves de ses compatriotes, l'observateur qui se terrait quelque part dans les éboulis de la passe allait corriger le tir. Alors, pour la plupart des vingt et un spectres qui composaient la section, ce serait la fin du voyage.

Tchelebienski décida d'allumer son dernier cigare, un superbe havane que lui avait offert le sous-lieutenant Belenov pour le remercier de lui avoir sauvé la vie. Sursis inutile : lors de la deuxième attaque japonaise, un petit fantassin jaune lui avait enfoncé sa baïonnette, à trois reprises, dans le bas-ventre. Depuis trois semaines, Tchelebienski trimbalait le cigare dans sa musette, protégé par son bel étui en fer-blanc. Il avait dit aux gars qu'il ne l'allumerait qu'au moment ultime.

Il haussa les épaules, et plongea dans la musette sa main noire de crasse, aux doigts crevés d'engelures, pour en retirer l'étui. Il l'ouvrit, en sortit le cigare et le huma d'un air gourmand. Lebedev le considéra avec inquiétude.

— Hé ! Oh ! T'excite pas ! T'as la vie devant toi.

Tchelebienski secoua la tête.

— Envoie-moi ton briquet. C'est pour nous, cette fois ! Gros, gros calibre. Du 380. On va tous y passer.

Lebedev obéit en avalant sa salive.

— Tu me laisseras tirer une bouffée, au moins ? Moi aussi, j'aimerais bien mourir comme un milord !

Tout en battant le briquet, Tchelebienski grogna quelque chose qu'on aurait pu prendre pour un assentiment. Une étincelle jaillit sous la molette d'acier et un point rouge s'alluma à l'extrémité de la mèche d'amadou. Tchelebienski souffla dessus pour l'attiser. Ce n'était vraiment pas le meilleur moyen pour allumer un havane de cette taille, mais à la guerre comme à la guerre, à la mort comme à la mort, pensa-t-il. Le point rouge gagna lentement en surface. Tchelebienski s'apprêtait à en approcher l'extrémité du cigare lorsque Lebedev lui donna un coup de coude.

— Par la Vierge, Tchelebienski ! Regarde ça !

Tchelebienski leva la tête. De saisissement, il lâcha le cigare. A moins de trente mètres d'eux, entre les nuages de fumée vomis par la gueule du défilé bombardé, un cavalier venait de surgir. Mais ce cavalier ressemblait tellement à une cavalière, et cette cavalière à une gravure de mode, que Tchelebienski se crut d'abord victime d'une hallucination. Il ferma les yeux et les rouvrit : l'apparition était toujours là. Une blonde ! Une blonde superbe, ici, sur le front de Port-Arthur ! Stupéfait et émerveillé, le quartier-maître fixait l'opulente chevelure libérée de la capuche en fourrure de cette créature improbable, et qui flottait comme un étendard sous le vent de sa chevauchée. Un geyser de feu fusa presque sous les sabots du cheval. Adieu, rêve étrange, sans doute né de la faim, de la tension nerveuse et de l'épuisement ! Tchelebienski sentit quelque chose lui brûler la cuisse. C'était le bout incandescent de la mèche du briquet, qu'il avait laissé tomber en même temps que le cigare et qui s'attaquait à son pantalon. Il le chassa sur le sol gelé d'un revers de la main, puis se tourna vers l'endroit où l'obus était tombé. Incroyable ! La cavalière n'avait pas été déchiquetée par l'explosion. Échevelée, couverte de poussière mais apparemment indemne, courbée sur sa monture lancée au grand galop, elle approchait de la ligne de barbelés, de sacs de sable, de gravats amoncelés, derrière laquelle les vingt et un marins russes se tenaient recroquevillés. Elle prit un virage serré pour contourner une charrette en ruine, évita de justesse une poutrelle de fer, sauta à terre et se reçut avec souplesse au terme d'un spectaculaire roulé-boulé.

Tchelebienski bondit hors de son trou comme un diable, attrapa la jeune femme par le bras, et la fit basculer dans la tranchée. Celle-ci n'était pas bien profonde, en raison de l'incroyable dureté du sol gelé, mais c'était toujours un réconfort psychologique, à l'instant où l'impact des explosions s'allongeait dangereusement.

— Eh bien, princesse, on ne peut pas dire qu'un bon vent vous amène... Qu'est-ce que vous faites chez nous ?

— Si elle cherche un fiancé, elle arrive trop tard ! lança le petit Bouliat, un fusilier marin de seize ans, en se signant. Dans dix minutes, on sera tous morts...

Diane rassembla le peu de russe qu'elle avait

appris lors de ses séjours à Saint-Pétersbourg en compagnie de Basile.

— J'ai franchi les lignes japonaises avec Li-Po, un caravanier chinois, expliqua-t-elle. Les Japonais nous ont capturés. J'ai pu m'enfuir.

Tchelebienski eut une grimace.

— Mauvaise nouvelle, les gars : Li-Po s'est fait coincer. Qu'est-ce qu'on va manger, maintenant ?

Au fond, la mort ou la capture de Li-Po n'avaient guère d'importance, puisque ses hommes et lui vivaient probablement leurs derniers instants. Il chassa cette triste pensée et revint à la jeune femme. Bon dieu, qu'elle était belle !

— Qui êtes-vous ? Qu'allez-vous faire à Port-Arthur ?

— Rendre visite à un ami.

Tchelebienski faillit s'étrangler.

— Rendre visite à un ami ? Au cas où vous ne l'auriez pas remarqué, c'est la guerre. Vous avez mal choisi votre...

Une explosion toute proche couvrit la fin de la phrase. Tchelebienski rentra la tête dans les épaules. Une pluie de pierraille crépita sur la tranchée, sur les dos courbés des marins.

— Ça se rapproche...

Le quartier-maître réfléchissait à toute vitesse. S'il ne prenait pas une décision rapide, d'ici quelques minutes cette créature de rêve ne serait plus qu'un morceau de viande, comme eux tous. Cela le choquait, c'était un gaspillage consternant. Eux, bon, c'était leur métier...

— Vous ne pouvez pas rester ici, dit-il. Je vais vous faire évacuer. Votre interrogatoire se poursuivra à l'arrière.

Il regarda autour de lui. Le dos rond, le visage déformé par un rictus incontrôlable, Bouliat se mordillait l'ongle du pouce. Va pour Bouliat, il était le plus jeune.

— Bouliat !

— A vos ordres, quartier-maître !

— Tu vas accompagner cette dame à l'arrière. Tu la remettras entre les mains de la police militaire, qui vérifiera son identité et sa situation.

Bouliat hésita. Il avait compris la gravité de la situation et il avait peur, mais il ne voulait pas avoir l'air d'abandonner la section, sa seule famille au monde.

— C'est que...

— C'est un ordre !... Et ne te presse pas de revenir, t'as compris ? Ça aussi, c'est un ordre.

Bouliat saisit son fusil, et fit signe à la dame de le suivre. Avant de partir, il adressa un sourire timide à Tchelebienski. Le quartier-maître le foudroya du regard.

— File, abruti !

Il avait ramassé son cigare et se l'était planté dans la bouche. Avec son teint cireux, les cernes bruns qui soulignaient ses yeux injectés de sang et la barbe de dix jours qui hérissait ses joues, il avait l'air d'un fou furieux. Bouliat le salua et entraîna la dame. Ils ne s'étaient pas éloignés de cent mètres qu'une salve de 380 parfaitement ajustée écrasait la position, mettant un terme au calvaire de Tchelebienski, de Lebedev, et des dix-huit fusiliers marins.

Le chef du poste de police militaire rendit ses papiers à Diane et demeura un moment silencieux. Une espionne à la solde des Japonais ? Il haussa les épaules. Il n'y avait plus rien à espionner à Port-Arthur. C'était la fin. Lui-même s'apprêtait à un baroud d'honneur avec ses derniers hommes, si l'ordre de capitulation ne lui parvenait pas avant la ruée ultime des terribles petits soldats du mikado. Et puis pourquoi une citoyenne grecque, appartenant à la meilleure société, se serait-elle amusée à jouer les espionnes japonaises ? Elle disait sans doute vrai. Elle allait voir un ami. Un amant, oui ! L'officier envia cet inconnu. Celui-là pouvait se vanter d'être aimé !

— Vos papiers sont en règle, dit-il enfin. Je vais vous établir un sauf-conduit. Mais prenez garde : la base va tomber aux mains des Japonais dans les heures qui viennent. Une femme comme vous ne sera pas vraiment en sécurité... Vous voyez ce que je veux dire ?

— Je vois, capitaine. Je serai en sécurité dès que j'aurai retrouvé mon ami.

— Je vous le souhaite.

Le capitaine rédigea le sauf-conduit et le lui tendit d'un geste las.

— Quant à vous, matelot, rejoignez votre unité, dit-il à Bouliat.

— C'est que mon unité... Il y en a plus, d'unité, mon capitaine. On gardait la passe de Liu-Teong... On a pris une bordée de 380.

— Alors escortez cette dame jusqu'à sa destination, rue Houang, à côté de l'hôpital principal.

— A vos ordres, mon capitaine. Et après ?

— Après, planquez-vous quelque part, attendez la reddition, et tâchez de vous rendre sans vous faire tuer.

— A vos ordres, mon capitaine.

Et ce fut le 20 décembre 1904. Après les prodiges d'héroïsme qu'ils avaient accomplis depuis des mois, les marins et les soldats russes survivants de Port-Arthur avaient dans la bouche le goût amer de la défaite. Les bureaux des statistiques l'établiraient plus tard : avant de succomber, ils avaient mis à mal quatre-vingt-deux mille Japonais. Mais trente-deux mille des leurs ne reverraient jamais la Sainte Russie.

La reddition ne faisait plus de doute. Les rescapés ne pensaient plus qu'à tirer leur épingle du jeu. Il était désormais inutile de mourir. Dans le port en ruine, dans la vieille ville qui n'avait pas été épargnée, on se préparait à se rendre. Il faut un dernier mort à toute bataille, mais c'est un honneur que tout le monde décline. Ceux qui avaient fait leur devoir jusqu'alors étaient déjà intérieurement des déserteurs. C'étaient ceux-là, les irréguliers débandés et démoralisés, qu'il s'agissait d'éviter, se disait Diane en suivant Bouliat dans le dédale des ruelles. Dans cette atmosphère de débâcle, de terribles souvenirs lui revenaient en mémoire. A Tyrnavo pendant la guerre gréco-turque, dans des circonstances semblables, un groupe d'éclaireurs turcs avait abusé d'elle...

Heureusement, la présence du brave Bouliat la

rassurait. En dépit de son jeune âge, il était très dissuasif, avec son air farouche et son fusil Mossine modèle 91 muni de la vieille mais toujours redoutable baïonnette à douille du temps de Louis XIV. Diane l'avait étonné en lui prouvant qu'elle connaissait cette arme — et pour cause : Basile la fabriquait pour l'armée impériale !

Ils cheminaient avec difficulté par les rues étroites encombrées de monceaux de gravats, de véhicules abandonnés, de cadavres d'hommes et d'animaux. Depuis les hauteurs environnantes, des obus japonais s'abattaient sporadiquement sur la cité. Désormais sûr de sa victoire, l'ennemi se contentait de maintenir la pression sur les assiégés. Cette ville bondée de réfugiés paraissait vide. La population était entassée dans les caves. A l'exception des patrouilles chargées d'assurer un minimum d'ordre, Diane et Bouliat n'avaient croisé que quelques silhouettes furtives, se glissant comme des rats d'un abri à l'autre, de porche en porche. Pourtant, jusque dans ce monde de mort, la vie conservait ses droits sous ses formes les plus instinctives. Diane en eut la preuve quand une salve d'obus les contraignit, son guide et elle, à chercher refuge dans une maison aux fenêtres barrées de gros madriers de bois. On refusa d'abord de leur ouvrir, mais devant l'insistance de Bouliat, un sous-officier russe au visage empourpré par l'alcool finit par les laisser entrer. A la vue de Diane, il poussa un cri de triomphe.

— Hé, les gars ! C'est une femme ! Une Blanche !

Dans la pénombre, un concert de braillements avinés lui répondit.

— Une Blanche ? Qu'elle entre, par Saint-Vadim ! C'est exactement ce qu'il nous faut.

Diane faillit rebrousser chemin, mais déjà le sous-officier avait refermé la porte.

— Avance, mon petit oiseau, bredouilla-t-il. N'aie pas peur... Il fait meilleur ici que dehors, tu vas voir !

S'accrochant à la manche de Bouliat, Diane obéit. Au fond de cette caverne puante et sombre, quelques petites lampes à huile délimitaient une zone de lumière. Ce qu'elle aperçut alors mit son inquiétude à son comble. C'était une orgie, ni plus ni moins. Une quinzaine de soldats s'étaient réfugiés là en compagnie de la lie des filles à matelots de la base. Retroussées, dépoitraillées, elles subissaient — sans déplaisir, semblait-il — leurs assauts collectifs. Un artilleur gigantesque, le pantalon aux chevilles, debout devant une forme indistincte agenouillée devant lui, leva une bouteille de vodka à demi vide pour accueillir les nouveaux arrivants.

— Hourrah ! C'est une blonde, ça nous changera de ces femelles jaunâtres ! Par ici, ma belle, le caporal Plouïev hisse le drapeau pour toi !

Ce disant, il écarta sans ménagements la femme devant lui, et exhiba son membre luisant.

Ce fut sans doute la débandade la plus spectaculaire de la campagne de Port-Arthur. Bouliat braqua sa baïonnette droit sur l'instrument dont le caporal Plouïev était si fier. Presque instantanément, la chose perdit toute son orgueilleuse rigidité et piqua du nez.

— Hé ! Qu'est-ce qui te prend, petit ?

— Vous devriez avoir honte, caporal ! cracha Bouliat. C'est une dame, pas une pute ! Et vous vous conduisez comme un porc !

Instinctivement, le caporal avait porté ses mains à son bas-ventre. Sur sa face hébétée par l'alcool se lisaient des sentiments mêlés : la colère et l'incrédulité.

— Une « dame » ? A Port-Arthur ? Qu'est-ce qu'elle

y ferait ?... Ici, y a que des putes, dit-il en désignant les femmes que les soldats avaient cessé de besogner pour ne rien perdre de la querelle.

— Des putes et des lâches ! lui lança Bouliat.

— Quoi ? Des lâches ? Dis donc, morveux !

— Des lâches ! répéta Bouliat. Il y a pas une heure, toute ma section s'est fait hacher devant le défilé de Liu-Teong. Et vous, pendant ce temps, vous faites la foire à l'arrière !

Le caporal eut un geste méprisant.

— Écoute, petit con, la guerre, je viens de donner pendant trois mois. Et c'est fini. On est battus. C'est pas en me faisant trouer la peau au dernier moment que j'y changerai quelque chose... Alors fous le camp avec ta dame, et laisse-nous avec nos pouffiasses avant que les Japonais se pointent !

Les compagnons du caporal l'approuvèrent à grands cris :

— Plouïev a raison ! La dame choisit : c'est à poil ou dehors !

Diane tira Bouliat par la manche.

— Allons-nous-en, vite ! Je préfère encore le bombardement !

Le petit marin hocha la tête et amorça une retraite prudente, en tenant les ivrognes en respect.

Diane et Bouliat sortirent sous les huées des fêtards. Dehors, la canonnade continuait. Ils parcoururent une centaine de mètres à vive allure et s'arrêtèrent pour reprendre haleine. A cet instant, un obus de gros calibre traversa le toit de la maison où Plouïev et ses acolytes s'étaient barricadés, et éclata au milieu d'eux. Les lourds madriers qui fermaient les fenêtres volèrent comme des fétus. Une boule de feu souleva la toiture. Quelques minutes plus tard, une forme émergea en titubant de la bâtisse éventrée. C'était Plouïev. Ils le reconnurent à sa haute taille et au pantalon qui entravait ses chevilles. Il n'était plus qu'un spécimen anatomique : un écorché vif. Il demeura un moment immobile, hurla quelque chose, puis s'effondra sur la chaussée.

Diane voulut se porter à son secours. Bouliat la retint. Il en savait au moins autant qu'elle sur les blessures de guerre.

— Inutile, madame... Il n'a plus de peau. Quoi qu'on fasse, il mourra !

Ils reprirent leur marche haletante. Les Japonais paraissaient à présent décidés à en finir. L'acte de reddition du commandement russe tardait-il ? Les salves se succédaient à intervalles de plus en plus rapprochés.

— Nous sommes encore loin de la rue Houang ? demanda Diane.

Bouliat se gratta le front. Il connaissait mal la ville. Après la destruction de l'*Oblomov*, on n'avait pas convié les rescapés à visiter les lieux, on les avait affectés presque immédiatement au secteur le plus menacé... Il se guidait sur les pancartes indiquant l'hôpital, mais sous le déluge de fer et de feu qui s'abattait sur Port-Arthur, certaines d'entre elles avaient disparu. Lasse d'errer dans ce décor chaotique, Diane pressait son compagnon de se repérer une bonne fois.

— Me repérer à quoi ? Et puis, lorsqu'on aura trouvé la rue Houang, on ne sera pas plus en sécurité ! A moins que votre ami soit magicien.

Bouliat avait raison. Ils auraient mieux fait de se terrer dans une cave et d'attendre la fin du bombardement. Mais sa hâte de revoir Périclès était telle qu'elle préférait risquer sa chance sous les obus. Il lui semblait qu'auprès de lui, elle serait en sûreté.

L'idée qu'il pût arriver quelque chose à Périclès ne l'effleurait pas. Il ne pouvait pas mourir.

— Ah ! s'écria Bouliat, une pancarte ! C'est par là...

Peu de temps après, ils débouchaient sur une place naguère bordée de beaux arbres, aujourd'hui ravagés par les éclats d'obus. Là se dressait l'hôpital des Missions, réquisitionné par les Russes dès le début du siège. Juste devant la porte, une ambulance foudroyée achevait de brûler avec son chauffeur, ses infirmiers et son blessé. Diane détourna le regard des statues goudronneuses assises dans les flammes.

Bouliat déchiffra une plaque en caractères cyrilliques apposée à l'entrée d'une rue qui longeait l'hôpital.

— Rue Houang ! C'est ici ! Cherchons la Compagnie minière Hespéra. Il y aura bien une enseigne.

— Il y en avait une... La voilà, dit Bouliat en donnant un coup de pied dans un panneau de bois portant cette inscription en une demi-douzaine de langues.

Arrachée par le souffle d'un obus, elle gisait devant une boutique dont le rideau de fer, gondolé et noirci, témoignait lui aussi de la violence de l'explosion qui s'était produite une trentaine de mètres plus loin.

— Enfin ! Périclès !

Diane se mit à marteler le rideau de fer de ses poings gantés, tout en criant le nom de son ami. Au bout de quelques minutes, un bruit de volets, au-dessus d'elle, lui fit lever la tête. Un visage apparut dans l'encadrement d'une fenêtre.

— Périclès ! C'est moi...

— Mon Dieu ! Diane ! Je descends !

Diane remercia le Ciel et s'appuya contre le

rideau déformé. Périclès était là ! Le cauchemar était terminé. Tout irait bien, désormais.

Elle entendit une porte s'ouvrir. Périclès, vêtu d'un énorme chandail de laine noir et bleu et d'un pantalon de cuir usagé, apparut sur le seuil.

— Diane !

Elle courut vers lui. Elle le vit amorcer le même mouvement.

— Toi, ici ! Mais c'est...

Un sifflement aigu couvrit ses paroles. Diane poussa un cri. Elle voulut franchir les derniers mètres qui les séparaient. Il n'y eut pas d'instant suivant.

Le plafond était blanc. D'un blanc éblouissant, comme un champ de neige au soleil. Longtemps, Diane laissa errer son regard sur cette surface parfaite. Il s'était passé quelque chose. Quelque chose de grave. Mais tant qu'elle garderait les yeux fixés sur cet espace idéal, l'événement n'aurait aucune importance : un simple mauvais rêve.

Une porte s'ouvrit. Diane comprit qu'elle allait devoir affronter la réalité. Un bruit de pas, un cliquetis d'instruments métalliques, un bref silence, encore des pas, très proches à présent. Diane battit des paupières et se tourna vers la forme qui se profilait sur sa droite, à la limite de son champ de vision.

— Où suis-je ? demanda-t-elle en anglais.

L'infirmière, une petite femme jaune sanglée dans un uniforme de toile bleue, lui fit signe d'attendre. Elle disparut. Diane se réfugia dans l'espace immaculé et rassurant du plafond. Ce répit fut trop bref à son gré. Quelques minutes à peine, puis la porte s'ouvrit de nouveau, et cette fois deux formes se détachèrent sur le mur blanc.

— Où suis-je ? répéta-t-elle.

Une voix d'homme, énergique, aimable, lui répondit dans un anglais aux intonations nasales.

— Vous êtes à bord du *Kashegaru*, un navire-hôpital de la marine impériale japonaise. Je suis le médecin-capitaine Matsuma. Je suis heureux de vous informer que vous ne souffrez que de contusions sans gravité. Un miracle ! Une patrouille vous a ramassée inconsciente dans une rue de Port-Arthur, il y a quelques heures.

Port-Arthur. Rue Houang. Périclès. L'explosion. Diane poussa un cri et se dressa sur son lit de fer.

— Périclès !...

— Pardon ?

— A-t-on secouru un homme de très grande taille... Un Européen ?

Le médecin-capitaine Matsuma devait avoir trente-cinq ans. Son visage sérieux, doublement barré d'une petite moustache et d'une paire de lunettes cerclées d'acier, n'était pas déplaisant.

— On m'a parlé d'un soldat russe, très jeune... On le soigne à terre. Il est intransportable. Son état est désespéré.

Pauvre Bouliat ! Mais Périclès ? Périclès seul comptait. De toutes ses forces, Diane refusait d'envisager la terrible hypothèse.

Il devait y avoir quelqu'un d'autre, un Grec... Très grand, très fort... Il était près de moi quand l'obus a explosé. Il a dû s'en tirer, lui aussi.

— Je l'ignore. Mais j'ai vu des choses bizarres. Dans une casemate hermétiquement close, un obus peut tuer dix hommes et en épargner un, on ne sait pas pourquoi. Si votre ami avait été blessé, on l'aurait sans doute amené ici. Le *Kashegaru* est entré en rade dès l'annonce du cessez-le-feu. Je ne veux préjuger de rien, cependant il y a peu d'espoir...

— Impossible !

Diane écarta le drap qui la couvrait et bondit hors

du lit. A peine debout, elle chancela et se rattrapa au mur.

— Recouchez-vous tout de suite ! ordonna le docteur Matsuma, perdant son calme. Je suis responsable de votre santé devant l'autorité militaire !

Les dents serrées, Diane maîtrisa ses muscles flageolants.

— En tant que ressortissante d'un État neutre, j'exige d'être conduite à terre immédiatement, parvint-elle à articuler. Je veux savoir ce qui est arrivé à mon ami !

— C'est de la folie ! Vous ne vous rendez pas compte de la chance que vous avez eue... A l'heure qu'il est, vous devriez être morte, ou sourde, ou paralysée ! Vous avez subi un très grave traumatisme. Si vous quittez cette chambre, je ne réponds de rien.

— Je vous signerai une décharge ! Mais je dois retourner à terre sans délai.

Matsuma secoua la tête d'un air désapprobateur.

— Je dois en référer aux autorités.

— Tout ce que vous voudrez, mais faites vite, je vous en supplie.

Matsuma s'inclina et sortit de la cabine.

Il réapparut accompagné d'un officier de renseignement. Après un assez long interrogatoire, celui-ci accepta de ne pas la retenir et lui établit un laissez-passer. De son côté, Diane rédigea un document déliant la marine japonaise de toute responsabilité vis-à-vis d'elle. Elle remercia le docteur Matsuma pour ses soins. Admiratif en dépit de sa mauvaise humeur, il lui conseilla de consulter un médecin au premier signe de vertige, de céphalée ou de saignement de nez, puis il lui fit restituer son manteau. Un quart d'heure plus tard, elle montait à bord d'une navette et regagnait la terre ferme.

En quelques heures, l'aspect de la ville avait considérablement changé. Dans le port, des unités de la marine japonaise étaient venues s'amarrer près des vaisseaux russes aux superstructures déchiquetées et noircies. Sur les quais, de longues files de prisonniers en guenilles se constituaient sous la surveillance des soldats nippons. Partout, on hissait des drapeaux frappés du soleil levant, on piétinait les bannières tsaristes. De nombreux incendies n'étaient pas encore maîtrisés. Un peuple hâve, ébloui par la pâle lumière du soleil d'hiver, s'extirpait des caves et des maisons encore debout. Les vainqueurs rassemblaient ces survivants et les conduisaient à des centres de tri. Guidée par un soldat japonais, Diane croisait avec tristesse ces colonnes d'hommes au dos voûté, sales, barbus et amaigris. Tous les soldats vaincus se ressemblent, et Diane se souvint de ses compatriotes écrasés par la défaite, en 97, sur le front de Thessalie. Ceux-là étaient de grands blonds efflanqués, mais ils traînaient les pieds de la même façon, et leurs yeux reflétaient la même humiliation, la même lassitude immense. Des brancardiers japonais convoyaient des blessés vers des antennes médicales improvisées. Poussant des charrettes à bras, des Chinois réquisitionnés parcouraient les rues à la recherche des cadavres. Malgré le froid, flottait une odeur écœurante de chair putréfiée ou grillée, de fumée froide, de cordite, de bois calciné. Un coup de feu isolé claqua au loin. Un malentendu, un geste de désespoir, un meurtre gratuit... Une fois amorcée, la source de sang ne se tarit pas si facilement.

Le cœur de Diane se mit à battre avec violence. Elle avait reconnu la place de l'hôpital. Elle se mit à courir. Le soldat qui l'escortait la suivit, les pièces de son équipement s'entrechoquant au rythme de ses pas. Rue Houang, elle s'arrêta devant les ruines de l'agence. La bâtisse avait disparu. Il n'en restait qu'une sorte d'abcès géant, une cavité fumante aux bords boursouflés, hérissés de poutrelles tordues et de débris informes. Alors seulement elle prit conscience de la violence de l'explosion, et l'espoir vacilla en elle comme une flammèche exposée au vent. Comment avait-elle pu survivre à cette apocalypse ? Et surtout, comment croire que Périclès ait survécu ? Fiévreusement, elle essaya d'interroger les Chinois qui fouillaient les décombres, mais elle se heurta à la barrière des langues. Elle se tourna en vain vers son guide : il n'était chargé que de l'escorter jusqu'ici et ne parlait aucune langue européenne. En désespoir de cause, elle se rendit à l'hôpital tout proche, et demanda à rencontrer les médecins russes qui continuaient à opérer en accord avec leurs confrères japonais nouvellement arrivés. Elle s'informa si un Grec, du nom de Périclès Hespéra, n'avait pas été admis à l'hôpital en début de matinée. Ils répondirent par la négative, mais, dans cette formidable pagaille, avec ces blessés et ces agonisants qui ne cessaient de déferler sur l'établissement, comment être sûr de quoi que ce soit ? Enfin, un homme put lui donner au moins l'assurance que Périclès n'avait pas été hospitalisé ici. Il s'appelait Antonov. C'était un chirurgien militaire, un vieux routier de la douleur, qui connaissait bien Périclès. Il avait disputé avec lui, en voisins, quelques parties d'échecs, en buvant du thé dans une auberge proche de l'hôpital.

— Je me changeais les idées ainsi, quand j'en

avais assez de charcuter des pauvres bougres, dit-il. Son bureau a sauté ? C'est dommage, un type bien, et un redoutable joueur d'échecs ! Je lui avais pourtant dit de filer pendant qu'il le pouvait encore. Mais c'était une tête de bois. En tout cas, on ne l'a pas amené ici, j'en suis sûr. Vous avez... vraiment fouillé les ruines ?

Diane eut les larmes aux yeux. Elle n'avait pas osé, de peur de ce qu'elle aurait pu y trouver. Elle voulait espérer, même contre tout espoir.

Le chirurgien hocha la tête.

— Je comprends. Mais il faudra quand même vous y résoudre, sinon comment savoir ? Puis-je faire quelque chose pour vous ?

— Oui. Est-ce qu'un soldat russe du nom de Bouliat est chez vous ? Il a été blessé ce matin, devant l'agence. Les Japonais m'ont dit qu'il était intransportable...

— Je l'ignore. Pour moi, les blessés ne sont plus que des corps. Récupérables, ou non récupérables... C'est atroce, mais c'est comme ça...

— Je sais, docteur, j'ai été infirmière militaire.

— Dans ce cas, venez avec moi !

Il entraîna Diane dans une vaste salle bondée de blessés et de mourants. L'endroit dépassait en horreur tout ce que Diane avait vu en Thessalie.

— J'étais à court de médicaments et de matériel, expliqua le chirurgien. Heureusement, avec l'arrivée des Japonais, ça va s'arranger un peu... Ils m'ont promis de la morphine, des antiseptiques, des bandes, du catgut... Voilà, les entrants de ce matin sont là. Vous reconnaissez votre Bouliat ?

Diane dévisageait les blessés un à un. Devant certains, qui n'avaient plus de visage ou dont les traits étaient dissimulés par un pansement, aucune identification n'était possible. Tout à coup, elle poussa un cri.

— C'est lui ! Oh, mon Dieu !

Les yeux clos, la bouche ouverte aspirant l'air sur un rythme irrégulier, Bouliat avait le visage presque intact, mais ce qu'on devinait de son corps, sous un drap taché de sang, ne laissait guère d'espoir : les deux jambes avaient été sectionnées à mi-cuisse, et le bras droit au-dessus du coude.

— Celui-là ?

Le chirurgien consulta rapidement la fiche accrochée au drap.

— Il vivra peut-être, grâce aux médicaments japonais, dit-il. Mais je ne suis pas sûr qu'il nous en remerciera. En tout cas, il n'est pas question de l'interroger maintenant. Qu'allez-vous faire ?

— Retourner à l'agence.

— Alors, courage... Revenez me voir, si vous voulez. Nous avons besoin d'infirmières expérimentées.

— Quoi qu'il arrive, docteur, je reviendrai.

Pendant la première semaine de l'occupation japonaise, Diane travailla comme infirmière à l'hôpital principal de Port-Arthur. Tâche exténuante, mais tout valait mieux que l'inaction. Quand elle était retournée voir Antonov, le chirurgien russe avait compris sa situation et l'avait mise au travail aussitôt. De l'aube à la nuit, elle s'épuisait délibérément, ne rechignant devant rien. Ainsi elle sombrait dans un sommeil de brute à l'instant où elle s'arrêtait de laver, de panser, de réconforter les blessés des deux camps. Cela lui évitait de penser à l'instant terrible où l'un des coolies coréens qui fouillaient avec elle les décombres de l'agence lui avait apporté un lambeau ensanglanté du chandail noir et bleu de Périclès. On n'avait pas retrouvé son corps. Avait-il été volatilisé lors de l'explosion, ou bien une équipe de fossoyeurs avait-elle emporté ses restes pendant le bref séjour de Diane à bord du *Kashegaru* ? Elle ne le saurait sans doute jamais. Les fosses communes creusées par les Japonais à la sortie de la ville étaient déjà refermées.

Elle consacrait beaucoup de temps à Bouliat. Malgré ses blessures et les trois amputations qu'il avait subies, le jeune homme s'accrochait désespérément à la vie. Les médecins japonais et russes assistaient stupéfaits à ce combat. Ils perdaient quotidiennement des blessés beaucoup moins atteints que lui. Ils le baptisèrent « trompe-la-mort ». Sous le cynisme de leurs propos perçait une admiration de professionnels pour un cas hors du commun. Ils avaient fini par confier à Diane la quasi-totalité des soins appliqués à Bouliat. Après de graves alarmes, il sembla en passe de l'emporter. Mais une septicémie se déclara. Diane était à son chevet quand il expira, à l'aube, dans un délire confus où se mêlaient les noms de Tchelebienski, du tsar et de son père. Diane lui ferma les yeux et tira le drap sur son visage d'enfant. Puis, infiniment lasse, elle gagna la salle de garde des médecins.

Le docteur Antonov dormait d'un sommeil lourd, sur un lit de camp. Elle hésita à le réveiller, mais la mort de Bouliat était le coup ultime porté à sa résistance nerveuse.

Elle l'appela doucement.

— Docteur... Docteur Antonov !

— Ah, c'est vous ? Que se passe-t-il ?

— Bouliat est mort, docteur.

Le chirurgien se redressa sur sa couche, et frotta ses paupières rougies par de trop longues veilles.

— Je le craignais, soupira-t-il. C'était trop beau... Sans la septicémie, on aurait pu surmonter la phase critique... Mais bon ! Vous êtes triste ?

— Plus que cela, docteur. J'ai l'impression que je vais tomber en morceaux ! Tous ces efforts pour rien... Je n'en peux plus. Je ne supporte plus l'hôpital, les odeurs, le sang, les gémissements, la mort...

Antonov posa la main sur le bras de Diane.

— Je comprends. Vous en avez assez. Vous voulez vous en aller ?

Elle hocha la tête.

— Oui. J'ai honte, mais... Je ne pourrais pas

recommencer avec un autre blessé. Ils attendent tant de nous, et nous pouvons leur donner si peu !

— Vous avez beaucoup donné à Bouliat et à d'autres. Il est temps de vous occuper de vous-même, de réapprendre à vivre... Ici, la situation redevient normale. Le service de santé japonais prend les choses en main. Dans quelques jours, nous serons envoyés dans un camp de prisonniers. Vous pouvez partir.

— Vous ne me méprisez pas ?

— De quel droit ? Vous avez subi deux chocs émotionnels très graves, vous avez lutté une grande semaine à nos côtés, alors que rien ne vous y obligeait. Pensez à vous, maintenant. Reposez-vous, et regagnez l'Europe. Oubliez Port-Arthur et son odeur de mort !

— Je crois que je ne l'oublierai jamais. Merci, docteur. Puis-je faire quelque chose pour vous, rassurer votre famille, par exemple ?

— Oui... merci. Qui peut savoir quand les Japonais nous relâcheront ? Je suis de Moscou. Je vais écrire une lettre. Vous la posterez pour moi...

Une heure plus tard, dans le réduit où elle couchait, Diane bouclait son maigre bagage. Antonov lui avait confié une lettre destinée à sa femme, et elle en avait elle-même rédigé une à l'intention du père de Bouliat. Elle s'apprêtait à quitter les lieux quand un sous-officier japonais apparut dans l'encadrement de la porte.

— Madame Apostolidès ? demanda-t-il en anglais.

— C'est moi.

— Une visite pour vous.

Le cœur de Diane se mit à battre. Une visite ? Un espoir irraisonné l'envahit. Est-ce que...

Le soldat s'effaça pour laisser entrer le visiteur. L'espoir de Diane s'évanouit. C'était Basile. Il était vêtu d'un lourd manteau de voyage en fourrure, et coiffé d'une chapka à la russe. Le visage tendu, une lueur d'inquiétude dans les yeux, il remercia le Japonais d'un signe de tête et pénétra dans la minuscule pièce, si basse de plafond qu'il dut se courber.

— Diane, enfin ! J'ai remué ciel et terre à ta recherche. J'étais fou d'angoisse... Qu'est-ce qui t'a pris ?

Diane soupira, posa son balluchon, et s'assit sur le lit de camp.

— Je voulais voir Périclès.

— Tu aurais pu attendre ! Tu aurais pu me le dire, je t'aurais facilité les choses.

— Je ne pouvais pas attendre, répondit-elle d'une voix âpre. J'avais besoin de le voir tout de suite !

Basile marqua une hésitation. Il avait en mémoire leur dernière conversation, à Pékin.

— Bon, tu avais besoin de voir Périclès, d'accord... Et alors, tu l'as vu ?

— Je l'ai entr'aperçu...

La voix de Diane se brisa.

— Il est mort, dit-elle en faisant un effort sur elle-même.

Basile blêmit. On aurait dit que le tonnerre était tombé à ses pieds.

— Ce n'est pas possible... Périclès ne peut pas mourir !

— Tout le monde peut mourir, même Périclès. Combien as-tu touché sur l'obus qui l'a tué ?

— Un obus ?...

— Un obus japonais. On n'a retrouvé qu'une loque ensanglantée. Cela s'est passé sous mes yeux. Je connaissais déjà la guerre, Basile, mais j'étais trop jeune pour comprendre. J'ai changé et surtout, Périclès est mort. Un de tes obus l'a réduit en poussière. J'ai réfléchi à tout cela, j'ai eu le temps dans cet hôpital, en aidant tes victimes à mourir.

— Mes victimes... Comme tu y vas !

— Tes victimes ! Des Japonais, des Russes, des Coréens... Périclès, le petit Bouliat, cent autres, les marins russes qui m'ont accueillie à la sortie du défilé de Liu-Teong, et tous les autres, déchiquetés, brûlés, écrasés, écorchés vifs. Ils sont morts pour que l'argent rentre dans tes caisses. Ils ont souffert et ils sont morts pour le plus grand profit des armements Müsenfeldt et de son président Basile Apostolidès, mon mari !

— Diane, tu déraisonnes, tu es épuisée...

— Tu me dégoûtes ! Tu es un parasite accroché au flanc de l'humanité, et tu lui suces le sang. Tu t'engraisses à ses dépens, jour après jour, guerre après guerre. Tu salis, tu détruis tout ce que tu approches. Pas seulement les peuples, chair à canon mais Démosthène, Périclès... Ils étaient tes amis d'enfance, tes frères. Tu as trahi Démosthène pour m'avoir, pour être sûr de me garder, et aujourd'hui c'est une épave bouffie d'alcool ! Tu sais ce que dit l'Écriture : « Toi, qu'as-tu fait de ton frère ? »

— Tu te trompes ! Je t'ai dit...

— Assez ! Assez de mensonges !

Diane avait hurlé. Ses nerfs la trahirent. Un sanglot lui déchira la poitrine. Elle cacha son visage entre ses mains et pleura sans retenue, sur la mort de Périclès, sur la vie gâchée de Démosthène, sur sa propre vie, gâchée elle aussi.

— Diane !

Bouleversé, Basile s'assit près d'elle et passa un bras autour de ses épaules secouées de spasmes.

— Diane, Diane... Tu sais quel homme je suis,

mais je t'aime. Comme Démosthène... Lui aussi a trahi. Sa seule excuse, c'était de t'aimer. Moi, j'ai fait fortune grâce aux armes, mais c'était pour toi. J'ai voulu être le plus puissant, le plus riche, pour te mériter. Si tu me quittes, qu'est-ce qu'il me restera ? Des jouets de mort, rien d'autre ! Tu ne peux pas m'abandonner, surtout maintenant que Périclès...

— Tais-toi ! Ne prononce pas son nom ! Tu n'en as plus le droit...

— Je t'en prie, calme-toi... Tu n'es pas dans ton état normal. Il faut te reposer, et tout s'arrangera. Nous serons heureux à nouveau, tu verras. Nous nous occuperons d'Alexandre.

— Non ! Je ne te laisserai pas modeler Alexandre à ton image, un oiseau de proie !

Diane releva la tête. Ses yeux étaient pleins de larmes, mais une détermination farouche se lisait sur son visage.

— C'est fini, dit-elle en se dégageant. Tout est fini entre nous. Je vais rentrer en Europe et prendre Alexandre avec moi.

Basile serra les poings. Il avait de grands projets pour Alexandre. Il comptait en faire son héritier. Une sorte de surhomme doté d'entrée de jeu de tous les atouts qui lui avaient manqué à lui, la naissance, la fortune...

— Tu oublies que tu es ma femme, et qu'Alexandre est mon fils adoptif ! On ne m'échappe pas aussi facilement... J'ai des droits, et des avocats pour les faire respecter.

Un éclair de rage brilla dans le regard de Diane.

— Des droits ? Sur moi et sur Alexandre ? Personne n'a jamais eu le moindre droit sur moi, hormis ceux que j'accordais moi-même ! Personne ne m'a jamais empêchée de faire ce que je voulais.

Tu devrais t'en souvenir ! Tu es riche ? Je le suis aussi. Tu es obstiné, opiniâtre ? Pas plus que moi. Tu as des avocats ? J'aurai ceux de mon oncle Démétrios. Il en sera enchanté. Si tu cherches un affrontement, tu l'auras !

Basile comprit qu'elle avait raison. Leurs caractères étaient de la même trempe. Si Basile la défiait, elle se battrait avec toutes les armes dont elle disposait. Elle aurait pour alliés Démétrios Mascoulis et son empire industriel et financier, dont le poids était colossal. Une bataille d'avocats risquait de s'éterniser, et ne résoudrait rien. Il voulait la garder, il voulait conserver la haute main sur l'éducation d'Alexandre. Il choisit de temporiser. Peut-être parviendrait-il à la fléchir, à la reconquérir ? De plus, Alexandre s'était attaché à lui. Pour l'amour de son fils, Diane était sans doute prête à de grands sacrifices...

— Ne nous déchirons pas inutilement, dit-il d'une voix plus calme. Rentrons ensemble en Europe. Tu réfléchiras à loisir, et tu prendras ta décision. Je la respecterai. D'accord ?

Elle le dévisagea avec méfiance.

— Ne te fais pas d'illusions. Ma décision est prise.

— Soit ! Mais partons, maintenant. Je dois m'occuper de mes affaires, et tu dois rejoindre Alexandre... Nous voyagerons par voie de terre, en contournant la zone des combats. Je voulais éviter de traverser la Russie, mais le temps presse. Avec un peu de chance, nous pourrons être à Saint-Pétersbourg avant quinze jours, et de là tu gagneras la Suisse. Qu'en penses-tu ?

— Tout ce qui m'intéresse, c'est de revoir Alexandre le plus tôt possible.

— Alors viens avec moi. Un retour en bateau serait interminable...

Le 8 janvier 1905, après un voyage épuisant à travers une partie de la Chine, la Mongolie et les monotones immensités russes, Diane et Basile débarquèrent à Saint-Pétersbourg. Tout au long de ces interminables étapes dans le crépuscule de l'hiver asiatique, ils s'étaient abstenus de revenir sur leur dramatique conversation. Une seule pensée habitait Diane, revoir son fils, le serrer contre elle, tenter d'oublier auprès de lui la mort de Périclès. Basile n'était pas plus loquace. Il se bornait à régler, avec l'aide d'Eliaki, les détails matériels du voyage. Il n'était pas facile de se déplacer en cette saison et dans ces régions. Mille obstacles naissaient continuellement, que l'énergie et l'argent de Basile parvenaient à aplanir. Basile avait l'habitude des voitures rapides et des trains spéciaux. Il bouillait d'impatience devant les lenteurs des tortillards russes. A chaque arrêt, il bombardait ses bureaux de télégrammes codés. Le reste du temps, il relisait *Le Prince* de Machiavel, ou contemplait d'un air morose le paysage enneigé qui défilait à la fenêtre.

En arrivant à Saint-Pétersbourg, Basile réussit à convaincre Diane de prendre quelques jours de repos. Les nouvelles d'Alexandre étaient excellentes ; et le climat d'incertitude politique qui régnait en Russie poussait Basile à s'y arrêter pour nouer de fructueux contacts.

Par ses liens avec les milieux d'affaires et la bureaucratie militaire impériale, Basile connaissait la fragilité du régime. Une dangereuse effervescence se développait depuis le début du siècle : agitation politique des libéraux, nombreux dans les assemblées régionales, les Zemstvos ; fièvre contestataire des étudiants tentés par le terrorisme sous l'égide du parti S.R., les socialistes révolutionnaires ; émeutes anarchistes paysannes contre la politique économique et fiscale du comte Sergueï Ioulevitch Witte... Depuis 1903, les grèves ouvrières étaient venues s'ajouter à ce tableau. Pour détourner le cyclone en formation, calmer les mécontents et cimenter l'unité du pays autour du trône, Nicolas II avait lancé la Russie dans la guerre contre le Japon. Les défaites de Mandchourie et la chute de Port-Arthur servaient de détonateur à la colère populaire.

En descendant du train, Diane et Basile avaient trouvé la ville en grève. Un banal incident avait déclenché un mouvement d'une ampleur inattendue. Quatre ouvriers des usines de constructions mécaniques Poutilov ayant été licenciés, les douze mille que comptait l'entreprise avaient cessé le travail. En quelques jours, sans même que les partis révolutionnaires aient décidé quoi que ce soit, la quasi-totalité des deux cent vingt mille ouvriers de Saint-Pétersbourg s'étaient joints à eux. Devant l'intransigeance du patronat, reflet du pouvoir, un homme avait pris l'initiative d'en appeler au tsar en personne, et de lui présenter une supplique exposant les revendications ouvrières.

Cet homme était le pope Jurij Gapone. Agé de trente-cinq ans, originaire de Poltava, fils d'un prêtre orthodoxe, séminariste, étudiant de l'Académie ecclésiastique puis aumônier d'une prison, son militantisme en milieu ouvrier, et peut-être aussi la bienveillance de la police secrète, l'Okhrana, avaient fait de lui un des principaux interlocuteurs du pouvoir en cette époque troublée.

Basile s'était renseigné sur Gapone. Le portrait qu'on lui en traça n'était guère flatteur. Outre qu'on le soupçonnait d'être manipulé par les services du ministre de l'Intérieur, le très réactionnaire V.K. Plehve, on disait Gapone immature, poseur et hâbleur, dépourvu d'une véritable pensée politique. Cependant son magnétisme et son ascendant sur les masses populaires étaient incontestables. Servi par sa voix chaude, sa jeunesse et par la croix d'argent brillant sur sa soutane, il avait aux yeux des humbles l'aura d'un rénovateur ardent, presque mystique.

Basile résolut de faire sa connaissance. Un jour ou l'autre, la vieille autocratie russe s'effondrerait, et des hommes nouveaux prendraient la relève du pouvoir. Gapone serait peut-être un de ceux-là... Très vite, il obtint un rendez-vous avec Gapone fixé au 10 janvier, le lendemain du jour où serait remise la supplique au tsar. Les S.R. avaient donné leur aval à ce document. Ils étaient divisés en « majoritaires », ou bolcheviks, et « minoritaires », ou mencheviks. Ces appellations étaient erronées. Les mencheviks étaient en réalité beaucoup plus nombreux que les bolcheviks. La participation des S.R. à la rédaction de la supplique en avait durci le ton. Les revendications politiques et constitutionnelles qu'elle comportait à présent la rendaient inacceptable par le tsar. Nicolas II avait d'ailleurs quitté la capitale pour Tsarskoïe Selo, sa résidence d'été, abandonnant face à face le peuple et la bureaucratie impériale. En effet, le jour de l'Épiphanie, à la suite d'une méprise, la famille impériale avait essuyé le feu d'un canon chargé de mitraille lors de la bénédiction des eaux de la Neva, le 6 janvier.

A la veille de la remise de la pétition, la ville privée d'électricité et de journaux retenait son souffle. Depuis le 6, la police s'était bornée à surveiller Gapone sans oser l'arrêter, de peur de provoquer une explosion populaire. Cependant le ministre de l'Intérieur avait proclamé l'état de siège, mis en alerte quarante mille hommes et ordonné l'occupation des ponts conduisant au centre de la capitale. Le 8 au soir, une délégation d'intellectuels conduite par Maxime Gorki avait tenté, sans grand succès, d'attirer l'attention des autorités sur les risques d'affrontement.

Le matin du 9, alors que Basile rencontrait de hautes personnalités militaires et niait avec un aplomb de bonimenteur de foire avoir fourni des armes aux Mandchous, Diane sortit seule. Ils faisaient chambre à part depuis Port-Arthur, et il n'avait pas eu l'occasion de l'avertir qu'il n'était pas prudent de se promener ce jour-là dans la « Venise du Nord ». Elle avait entendu parler de la situation, mais elle n'en soupçonnait pas la gravité. Qui aurait pu imaginer la tragédie qui se préparait ?

Il était onze heures trente quand elle quitta l'hôtel particulier du financier russe Alexis Golgotchine qui les avait accueillis, et s'engagea dans une des larges avenues de la cité. Aux carrefours, elle remarqua la présence de patrouilles en armes sans trop s'en inquiéter : c'était la routine du maintien de l'ordre, estima-t-elle. Nadia Golgotchine lui avait donné l'adresse d'un excellent fourreur qui habitait assez loin du centre, et elle n'avait pas l'intention de se laisser intimider par quelques cosaques, lesquels lui adressaient au passage des regards plus caressants qu'effrayants...

Telle était sa disposition d'esprit quand elle se heurta à l'un des cortèges venu des quartiers ouvriers et convergeant vers le palais d'Hiver. Elle tenta de poursuivre sa route, mais la foule était trop nombreuse, trop dense, pour qu'on pût espérer aller à contre-courant. Elle n'en avait plus envie. Cette foule la fascinait. Ouvriers et étudiants au coude à coude, mais aussi femmes, enfants et vieillards mêlés aux hommes en pleine force, flot humain paisible et digne, très éloigné de la bande d'émeutiers braillards à laquelle elle s'était attendue. Ces gens simples s'en allaient se plaindre à leur tsar bien-aimé en chantant des cantiques. A leur contact, Diane ressentit une émotion étrange, inconnue d'elle jusqu'alors, ou plutôt oubliée depuis longtemps, car elle l'avait déjà éprouvée enfant, à Salonique. C'était cela, le « peuple » : des familles paisibles, certes mécontentes de leur sort, mais confiantes en la bienveillance du Petit Père chamarré qui régnait sur leurs destinées. Au fond, les ouvriers russes de Saint-Pétersbourg et les petits boutiquiers grecs de Salonique se ressemblaient, au-delà des différences visibles, c'était la même humanité bon enfant, gouailleuse, mais pieuse, naïve...

Diane, entraînée, ne résista pas. Son voisin toucha sa chapka de fourrure bon marché et engagea la conversation.

— Comme vous êtes élégante, pour une manifestante !... L'aristocratie s'allierait-elle à nous ?

Il avait une trentaine d'années. Son sourire était éblouissant.

Elle rit.

— Je ne suis pas une aristocrate, et je ne manifeste pas ! Je suis le mouvement parce que je ne peux pas faire autrement...

— Vous êtes étrangère. Mais je ne parviens pas à situer votre accent... D'où êtes-vous ?

— Je suis grecque. De Salonique... Et ne croyez pas ceux qui affirment que Salonique est en Turquie. C'est le cœur battant de la Grèce, en réalité !

— Vous êtes la première Grecque que je rencontre. Quel beau pays !

— Qu'en savez-vous, si vous n'y êtes jamais allé ?

— J'en juge par ses ressortissants... par la seule ressortissante de ma connaissance !

— Vous êtes bien galant, monsieur... Monsieur comment ?

— Igor Liougatchev ! Journaliste, pour vous servir !... J'ajouterai journaliste d'autant plus prêt à vous servir qu'il n'a rien d'autre à faire, ayant été évincé de toutes les rédactions pétersbourgeoises pour raideur d'échine ! Je ne sais comment est la presse dans votre pays, mais ici elle est aux ordres, comme tout le reste. Les braves gens qui nous entourent l'ignorent, pourtant ils manifestent aussi pour cela : la liberté de la presse !

Diane faillit lui dire qu'une partie de la presse de son pays était aux ordres de son mari, et l'autre partie plus ou moins aux ordres de son oncle, mais elle s'en abstint.

— Croyez-vous que le souverain vous entendra ?

— Je crains qu'il ne soit sourd. Le pouvoir absolu produit cet effet-là... Et chez les Romanov, c'est une maladie héréditaire. En vérité, je ne suis qu'à moitié rassuré. Les traditions sont bien établies, en Russie. Quand le peuple lève la tête, la garde charge et tape dessus... Aujourd'hui, nous sommes un peu trop nombreux pour cela. On ne disperse pas trois cent mille personnes. A moins de...

Il s'assombrit, se mordit les lèvres, et ne termina pas sa phrase.

— Puis-je savoir quel est votre nom ? demanda-t-il.

— Diane Apostolidès. Je voulais visiter la ville et j'ai été prise dans cette marée humaine...

Il sourit à nouveau, de ce sourire irrésistible qui faisait pétiller ses yeux et creusait sur ses joues des fossettes incroyablement juvéniles.

— Alors laissez-vous porter par elle... Après la manifestation, si vous voulez, nous irons boire du chocolat chaud dans une brasserie près d'ici.

D'un geste naturel, il lui avait pris le bras. Elle ne s'y opposa pas.

— Pourquoi pas ?

— Alors c'est entendu, reprit-il joyeusement. Venez, je vais vous montrer le héros du jour, idole du peuple : le pope Gapone !

Ils hâtèrent le pas, dépassant les manifestants endimanchés qui brandissaient bannières religieuses et portraits de Nicolas II en une joyeuse anarchie.

— C'est une démonstration de loyalisme au tsar, pas une marche de protestation, observa Diane.

— Vous avez raison, dit Igor Liougatchev. Les Russes sont légitimistes. Ils aiment leur tsar comme les enfants aiment leur père, qu'il soit bon ou mauvais... Mais si cet amour est déçu, tout peut arriver.

Ils atteignirent bientôt la tête du cortège. Escorté de prêtres en vêtements de cérémonie, de porteurs de croix et d'icônes, le jeune pope conduisait ses ouailles. Sa barbe noire et drue encadrait un visage énergique, sur lequel se lisait une détermination paisible. Il allait du pas assuré de ceux qui savent qu'ils ont le droit avec eux.

— Eh bien, demanda Igor, qu'en pensez-vous ?

— Je comprends qu'il entraîne les foules, répondit-elle. Il est beau... Il émane de lui un sentiment de force, de pureté.

— Pour la pureté, tout le monde ne partage pas votre avis... Il a du charme. Mais a-t-il assez d'énergie pour exprimer et contenir à la fois les aspirations confuses de cette multitude ? Les Russes en ont assez de ce régime. Ils veulent à la fois du pain et des libertés, et c'est à celui qui les en prive qu'ils les réclament. C'est un peuple somnambule. S'il se réveille trop brutalement...

— Vous êtes un révolutionnaire ?

Igor hésita.

— J'appartiens au parti S.R., finit-il par avouer. Ni Gapone, ni aucun des prêtres progressistes qui l'entourent ne détiennent les clefs de la Russie future. Mais tout ce qui ébranle l'autocratie est bon pour le peuple. Aujourd'hui c'est Gapone, demain ce seront d'autres opposants, plus résolus, plus radicaux...

Diane crut entendre Démosthène une douzaine d'années plus tôt, à l'époque où il n'avait pas encore été perverti par l'exercice du pouvoir. La même fougue généreuse l'habitait. Elle se retint de dire à Igor que ces radicaux, s'ils accédaient aux postes de commande, y perdraient leur âme, et qu'une nouvelle génération de révoltés se dresserait un jour contre eux. Comme des millions de Russes, Igor accomplissait un voyage intérieur vers la Terre promise de la démocratie. Comment aurait-il pu admettre un tel discours ?

Ils approchaient du palais d'Hiver. D'autres cortèges opéraient leur jonction avec celui des usines Poutilov. Vers midi, la foule désormais énorme, innombrable, parvint à la porte de Narva et se heurta à la troupe qui avait reçu l'ordre d'empêcher toute progression au-delà de ce point. Les officiers signifièrent cette interdiction aux meneurs, mais dans l'aimable pagaille qui régnait parmi les rangs des manifestants, du brouhaha, des cantiques chantés à pleine voix, il fut impossible d'en avertir ceux qui se pressaient à l'arrière.

Après avoir piétiné quelque temps, l'hydre humaine

s'ébranla à nouveau, sans avoir compris les sommations. Il est probable qu'elle n'y aurait pas obéi. Place du Palais, Igor parut inquiet. Ils étaient à présent aux tout premiers rangs. Igor avait repéré le dispositif mis en place par les autorités, destiné à arrêter l'avance des ouvriers et non à la canaliser. L'expression qu'il lisait sur le visage des fusiliers et des cavaliers de la garde ne lui disait rien qui vaille : masques fermés, tendus, revêches. Ces soldats s'apprêtaient à exécuter des ordres désagréables.

Avec nervosité, Igor resserra son étreinte sur le bras de la jeune femme. Diane avait perçu elle aussi un changement d'atmosphère. L'air s'était électrisé soudain.

— Qu'y a-t-il ? demanda-t-elle.

— Un massacre se prépare...

La première salve couvrit sa voix.

Un vieil ouvrier au visage tanné porta ses mains à sa poitrine.

— Ah, Nicolas ! Empêche-les !...

Un flot de sang jaillit de sa bouche. Il tomba à genoux, puis s'affaissa lentement sur le côté. Diane voulut se pencher sur lui, mais la foule qui refluait l'emporta. Un homme la poussa en titubant. D'un trou rond à la base de son cou, le sang coulait en abondance.

— Ils ont tiré ! Ils ont tiré ! répétait-il d'un air hébété.

Il fit encore quelques pas avant de s'effondrer dans les bras d'une femme en l'aspergeant de sang.

— Attention !

Un corps s'abattit sur Diane, la jetant à terre.

La deuxième salve laboura à son tour les rangs des manifestants. Les balles sifflaient au-dessus de leur tête. Contre sa tempe, Diane sentait la chaleur d'une haleine.

— Ne bougez pas ! Laissez-vous piétiner, mais ne bougez pas !

C'était la voix d'Igor. Couché sur elle, il la protégeait de son mieux.

Autour d'eux, les gens qui tentaient de s'enfuir essuyaient de plein fouet le tir des soldats alignés devant les grilles. Diane serra les dents pour maîtriser l'angoisse qui l'envahissait. Pris de panique, les rescapés des premiers rangs les piétinaient, en effet. Elle ramena ses bras sur sa tête.

Contre son oreille, la bouche d'Igor murmurait des paroles d'encouragement.

— Nous avons une chance... Ils vont nous dépasser. Quand je vous le dirai, levez-vous et courez vers la droite !

Diane ouvrit les yeux. A une vingtaine de mètres, près des corps ensanglantés abandonnés telles des épaves sur une grève, se trouvait un kiosque en planches utilisé par la voirie. S'ils parvenaient jusque-là, ils seraient à l'abri des balles. Ce n'était qu'un pis-aller, mais cela valait mieux que d'être pris dans l'étau humain qui broyait tout sur son passage.

— Maintenant !

Igor sauta sur ses pieds, aida Diane à se relever et l'entraîna vers le kiosque en écartant brutalement un homme qui leur barrait le chemin. Diane apprécia son sang-froid. Dans l'effroyable cohue, ceux qui tombaient à terre étaient irrémédiablement écrasés ou étouffés. Du côté du kiosque, au contraire, la voie était libre, car nul ne cherchait à se rapprocher de la ligne mortelle des grilles devant lesquelles, rangés comme à l'exercice, se tenaient les tueurs.

En quelques bonds, Igor et Diane furent à l'abri.

— A plat ventre ! Vite !

Il s'allongea sur le sol gelé. Elle l'imita. Si elles les dissimulaient aux regards des soldats, les planches du kiosque n'étaient pas assez épaisses pour les protéger des balles, et, à la salve suivante, plusieurs projectiles les traversèrent.

Tapis derrière leur abri, Diane et Igor assistaient, impuissants, au massacre. La place était couverte de corps, les uns sans vie, les autres agités des derniers soubresauts de l'agonie. Quelques blessés rampaient, laissant derrière eux des traînées de sang. Des chapkas, des casquettes, des chaussures dépareillées, des cannes et des parapluies abandonnés jonchaient le sol.

Igor déclara :

— La garde à cheval va charger... Il faut filer d'ici. Un coup de sabre tue aussi bien qu'une balle.

— Mais ils tirent encore...

— Courons dans l'angle mort. Nous gagnerons au moins quelques dizaines de mètres. Vers cette avenue, là-bas.

— D'accord... On y va !

Igor s'élança. Diane le suivit. Ils filaient à demi courbés. Les balles continuaient à siffler. Les cris de la foule les avertirent que la garde à cheval allait charger. Les sabots des chevaux claquèrent sur les pavés.

Au coin de l'avenue surgit un détachement de cosaques. Menés par un officier aux yeux luisants d'excitation, les cavaliers brandissaient de longs fouets de cuir tressé. Quelques manifestants qui précédaient Diane et Igor se jetèrent dans les jambes des chevaux. L'officier cabra sa monture. Les sabots de l'animal fracassèrent la tête d'un ouvrier. L'officier éclata d'un rire triomphant, et lança un ordre. Debout sur leurs étriers, les cosaques chargèrent. Les fouets claquaient sur les dos courbés des victimes, crevant les vestes matelassées, cinglant les visages, ouvrant des plaies terribles où le sang affluait aussitôt. Igor fit un écart et évita de justesse un coup de fouet.

— A droite ! A droite !

Diane obéit. Igor obliqua vers un hôtel particulier dont une porte basse, près du grand portail hermétiquement clos, venait de s'ouvrir. L'un derrière l'autre, ils s'y précipitèrent désespérément. Sur le seuil, un petit homme au teint jaune, vêtu d'une livrée de concierge, les encourageait de la voix et du geste.

— Aïe-aïe-aïe ! Vite, vite ! Attention, là, le soldat !... Oui ! Vite, mes pauvres brebis ! Mes agneaux perdus dans la tourmente !

Hors d'haleine, les fugitifs franchirent enfin le seuil de la demeure. L'homme claqua le battant derrière eux.

Diane et Igor s'affalèrent sur le sol carrelé du couloir. Des coups furieux ébranlèrent la porte.

— Qu'est-ce que c'est ? s'enquit le concierge.

— Cosaques de la garde ! hurla une voix de reître. Ouvre cette porte immédiatement ! Tu abrites des ennemis du tsar !

Le petit concierge au teint bilieux ne se laissa pas démonter.

— Cet hôtel appartient à Son Altesse le prince Olontchine ! répliqua-t-il. Et Son Altesse demandera des comptes à vos supérieurs s'il faut repeindre cette porte ! Déclinez votre identité et votre unité !

Il y eut un instant de silence, suivi d'un formidable coup de pied dans la porte.

— Que Son Altesse aille se faire enculer, et toi avec ! vociféra le cosaque.

Le concierge adressa un sourire malicieux à Igor et à Diane.

— Ma parole, cette brute a un don de voyance, chuchota-t-il. Effectivement, Son Altesse préfère les garçons.

Derrière la porte, le bruit de sabots s'éloigna.

— Ne restez pas là, venez vous reposer. Tirer en pleine foule, comme ça... Tuer des hommes, des femmes, des enfants... Le tsar n'a pas pu ordonner cela !

Le brave homme entraîna ses protégés à travers un jardin intérieur, jusqu'au perron d'un superbe escalier de marbre.

— Maria ! cria-t-il. Maria ! Vieille buse !

Une grosse femme en tablier de serge bleue apparut en haut de l'escalier.

— Que se passe-t-il, Victor ? Je t'avais dit de ne pas ouvrir ! Si Son Altesse l'apprend, tu verras...

— Fiche-nous la paix, avec Son Altesse ! Occupe-toi plutôt de nos invités. Prépare-leur du thé, des brioches, fais quelque chose, enfin !

Maria dévisagea les nouveaux venus d'un air hostile et répéta :

— Tu n'aurais pas dû ouvrir. Si Son Altesse l'apprend !...

Victor la fusilla du regard.

— Et si Son Altesse apprend qui siffle son Pommard, hein, Maria ?

Maria eut une expression venimeuse, mais capitula.

— Ça va, ça va...

Et elle retourna à la cuisine.

— Quand je l'ai épousée, il y a quarante ans, expliqua Victor, c'était une fleur des champs. Maintenant, c'est un chardon... Suivez-moi. De la fenêtre du bureau de Son Altesse, on a une vue imprenable sur la place du Palais.

Il les précéda le long de l'escalier, puis les entraîna au deuxième étage de l'hôtel, dans une vaste pièce meublée avec le luxe tapageur, surchargé, qu'affectionnait l'aristocratie russe : lustres à pendeloques, divans profonds recouverts de tissus chatoyants, lourdes tentures écarlates, bronzes dorés, pendules tarabiscotées, tableaux équivoques montrant des scènes champêtres où les bergers étaient bien plus présents que les bergères.

— Les orgies, la chasse et les opérettes, voilà ce qui intéresse Son Altesse... Remarquez, chacun fait ce qu'il veut... Enfin, surtout les riches !

D'un geste sec, le concierge écarta les épais rideaux qui masquaient la fenêtre. Devant le spectacle qui se déroulait sur l'immense place, il cessa enfin son bavardage.

— Mon Dieu ! murmura Diane.

Depuis cet intérieur cossu et douillet, la scène avait quelque chose d'irréel que renforçait son caractère presque silencieux, car les doubles fenêtres étouffaient les sons venus de l'extérieur. Le massacre se poursuivait, à l'arme blanche, cette fois. Fendant la foule terrifiée, les cosaques s'en donnaient à cœur joie. A coups de fouet, à coups de sabre, ils chassaient les fuyards devant eux comme un troupeau, ramenant les égarés sous la terrible meule de chair des centaines de corps, vivants et morts entremêlés. Du côté du palais d'Hiver, la troupe à pied avançait en bon ordre, s'arrêtant parfois pour abattre quelques rescapés ou pour achever un blessé à la baïonnette. Diane, saisie d'horreur, ferma les yeux. Victor, éperdu, se signait en bénissant et en maudissant tour à tour le nom du tsar. Igor ne pouvait détacher son regard de la tuerie.

— C'est affreux, et c'est magnifique, balbutia-t-il.

Choquée, Diane sursauta.

— Magnifique ? Que voulez-vous dire ?

— Ce massacre est un suicide ! C'est le régime qui se suicide... L'attachement ancestral du peuple russe envers le tsar ne survivra pas à cette boucherie.

— Peut-être, mais ces malheureux ne se rendent sans doute pas compte de la chance qu'ils ont...

Igor rougit.

— Je me suis mal exprimé ! Ce que nous voyons prouve la nécessité de la révolution. Un pouvoir qui réagit ainsi se condamne à la face du monde entier.

Diane eut une grimace désabusée.

— Le monde entier en a vu d'autres.

Elle se détourna de la fenêtre.

— Je vous dois des remerciements. Sans votre présence d'esprit, je serais peut-être morte... Vous avez été très courageux.

Diane tira sa bourse de son manteau et tendit un gros billet au concierge.

— Nous vous devons la vie, monsieur Victor. Si vous n'aviez pas ouvert...

Le concierge prit un air outragé.

— Je ne veux pas d'argent ! Pas un kopeck ! Je gagne ma vie. Son Altesse est un bon à rien, mais elle est généreuse...

— Faites-moi ce plaisir, insista Diane en lui fourrant le billet de force dans la main et en lui souriant.

— Alors, j'accepte.

— Existe-t-il une sortie donnant sur l'arrière ?

— Ne partez pas maintenant. Les cosaques sont déchaînés ! Ici. Vous êtes en sécurité... Maria va vous apporter le thé.

Mais Diane n'était pas d'humeur à prendre le thé, alors qu'à quelques mètres le sang inondait le pavé de Saint-Pétersbourg.

— Merci, monsieur Victor. Heureusement, la Russie compte aussi des hommes comme vous ! Mais je vais essayer de rentrer. Que faites-vous, Igor ?

Le journaliste n'hésita pas un instant.

— Je vous accompagne.

— Ne vous croyez pas obligé...

— J'ai cent bonnes raisons de partir avec vous, mais je n'en citerai que deux : la première, c'est

qu'une vague d'arrestations va succéder à ce massacre. Je suis fiché comme militant S.R. La seconde...

Il s'interrompit.

— La seconde, c'est que... je n'ai pas envie de vous quitter, avoua-t-il dans un souffle.

Touchée, Diane effleura la main du journaliste.

— Alors, allons-y... Monsieur Victor ?

— L'arrière de l'hôtel donne sur la rue Mospolets. Soyez prudents, au nom du Ciel !

Igor poussa la porte, qui tourna sur ses gonds en grinçant.

— Voilà mon domaine ! dit-il en précédant Diane dans la pièce. J'espère que vous ne vous attendiez pas à l'hôtel particulier du prince Olontchine...

L'endroit était assez différent, en effet. C'était une partie du grenier d'un immeuble vétuste et mal tenu, aménagée en pièce d'habitation. Un petit poêle en fonte, un matelas posé à même le sol, quelques planches jetées sur des tréteaux en guise de table, un vieil élément de bibliothèque bourré de bouquins dépenaillés... Dans un coin, une tenture poussiéreuse carrément clouée au plafond dissimulait à demi quelques ustensiles de toilette. Le plancher était de bois cru, et le balai qui gisait au pied d'un mur ne devait pas avoir servi depuis plusieurs semaines. A chaque extrémité du local, une lucarne étroite et encrassée laissait filtrer une lumière chiche. Cela empestait le chou et le tabac.

— Ce maudit poêle s'est encore éteint !

Igor hocha la tête d'un air désolé, puis il s'agenouilla pour tenter de ranimer les braises.

— Ce n'est pas très reluisant... Oh, si j'écrivais dans les journaux des propos louangeurs sur la sollicitude du tsar envers ses sujets, j'habiterais aujourd'hui un bel immeuble donnant sur la Néva, j'aurais des domestiques, et cela sentirait bon chez moi... J'ai préféré dire ce que je pensais, et voilà : je vis dans un taudis, et je dois trois mois de loyer à ma logeuse. Heureusement, c'est une brave femme. Quand j'ai vraiment trop faim, elle me sert une assiette de bortsch.

— Et ces assiettes de bortsch, vous les payez comment ?

— En chaleur humaine, répondit-il. Je vous choque ?

— J'ai connu la misère, moi aussi... Peu de choses me choquent.

Une expression d'incrédulité se peignit sur le visage d'Igor.

— Vous avez connu la misère, vous ?

— Peu de temps... Mais qu'importe ! Il fait vraiment froid, chez vous.

— Laissez-moi quelques minutes. Ce poêle dégage une chaleur étonnante... quand il veut bien marcher ! dit Igor en bourrant la gueule du foyer de bûchettes et de boulets. Cet endroit vous déplaît, n'est-ce pas ? reprit-il. C'est sale, c'est laid, et en plus on s'y gèle ! Excusez-moi. Je vais vous raccompagner.

— Non, non. Occupez-vous du feu. Et trouvez un peu de thé...

— Du thé... Attendez !

Il se leva d'un bond, alla jusqu'à la table et agita contre son oreille une boîte en fer, puis une autre.

— Hélas ! Plus de thé, ni de sucre !

— Ça ne fait rien...

— Je n'ai pas dit mon dernier mot ! Je vais descendre voir ma logeuse. Je vous parie que je remonte dans cinq minutes avec une théière pleine et des petits gâteaux en prime !

Il revint au poêle et acheva de le rallumer.

— Pendant mon absence, tisonnez un peu et tout ira bien. A tout de suite !

Il s'éclipsa. Diane s'assit sur le bord du lit.

Le lit était disposé tout près du poêle. Elle ôta ses gants et tendit ses mains à la chaleur montante. Elle était brisée. Les dangers auxquels elle venait d'échapper grâce à Igor, les horreurs auxquelles elle avait assisté... Une intense lassitude la gagnait, un profond dégoût. A Tyrnavo naguère, en Chine hier, en Russie aujourd'hui, un seul principe destructeur et meurtrier paraissait régir l'univers. En perdant Périclès, peut-être avait-elle été intimement atteinte. Elle prenait conscience de l'incroyable inanité des violences dont elle avait été témoin. La terre n'était donc qu'un charnier sans cesse renouvelé ? Cadavres des juifs de Salonique lors des meurtrières descentes de la police turque du temps de son enfance, cadavres des soldats grecs et turcs de Thessalie, cadavres des marins russes de Port-Arthur, cadavres des ouvriers de Saint-Pétersbourg... L'histoire était généreuse en cadavres. Personne ne mettrait donc jamais fin à ces tueries ? A nouveau, l'image de Basile vint se superposer à celle de ces monceaux de corps sans vie. Elle se sentait souillée d'avoir appartenu à l'un des pourvoyeurs du charnier universel, d'avoir été caressée et prise par lui. Elle avait gémi de plaisir dans ses bras, et ce souvenir lui fit horreur.

La voix d'Igor la tira de cette rêverie morbide.

— Et voilà !

Triomphant, il déposa sur la table un plateau en bois orné de fleurettes, qui supportait une théière fumante, deux tasses, un sucrier, des cuillers et une pleine assiette de gâteaux marron marbrés de jaune.

— Vous allez voir, ces gâteaux sont un vrai régal !... Qu'avez-vous ? Vous pleurez ?

Diane porta la main à sa joue. Elle essuya ses larmes.

— Ce n'est rien. La fatigue.

— Une tasse de thé brûlant vous remontera.

— Oui, oui...

Il emplit les tasses et lui en offrit une.

— Merci.

Elle but avec avidité. C'était très chaud, et cette chaleur la ressuscitait.

— C'est bon !

— Servez-vous de gâteaux. Reprenez du thé bien sucré... Nous revenons de loin, n'est-ce pas ? Combien de personnes sont mortes devant le palais d'Hiver ? Des centaines, certainement !

— Qu'allez-vous faire ? Vous n'avez rien à vous reprocher.

Igor eut un sourire amer.

— Nous sommes en Russie. Il n'est pas nécessaire d'être coupable pour avoir peur ! Je vais me cacher. J'ai un ami, un blanchisseur, qui n'a jamais été inscrit à aucun parti politique. Il m'hébergera quelques jours. Après, je verrai. Je quitterai le pays. Sinon, je suis bon pour la Sibérie. Mais ne pensons pas à cela. Je vis mes derniers instants d'homme libre en votre compagnie. Ensuite, je plongerai dans la clandestinité. Alors, comment sont les gâteaux ?

— Ils sont excellents.

Le poêle commençait à chauffer pour de bon.

— Otez votre manteau...

Diane suivit ce conseil.

— Là, détendez-vous. Ne songez plus à ce que vous avez vu aujourd'hui. Demain, vous regagnerez votre pays ensoleillé, et ceci ne sera plus qu'un mauvais rêve... Vous ne m'avez rien dit de vous... Vous êtes mariée ?

— Oui.

— Votre mari... est un homme heureux ! Il doit être riche pour voyager ainsi. Que fait-il ?

— C'est un industriel.

— Ah ! Dans quelle branche ?

— La mort ! lâcha Diane après un temps de silence.

Igor sursauta.

— Que voulez-vous dire ?

— Il vend la mort. Des armes. Nombreux sont ceux qui ont été tués par des balles fondues dans une de ses usines et tirées par ses fusils... Mossine 1911. Il les fabrique pour l'armée russe. Le bois des crosses ne coûte rien en Pologne, et l'acier austro-hongrois de Slovaquie est bon marché. Igor, vous êtes un révolutionnaire, mais si vous saviez pourquoi les hommes meurent de mort violente sur toute la surface du globe, vous deviendriez un terroriste !

— Non. Chacun ses armes. Je suis journaliste.

Diane eut un sourire las.

— Vous avez raison. J'en ai trop vu, sans doute ! Mon oncle et mon mari sont des marchands de canons. Mon premier mari était ministre du gouvernement grec. Industrie ou politique, j'ai été témoin de trop d'horreurs, de cynisme...

Elle se tut, posa sa tasse au pied du lit, et s'allongea, épuisée.

— Vous n'aimez pas votre mari ?

— Je l'ai aimé, dit-elle au bout d'un instant. C'est fini. Je n'aimerai plus personne, jamais !

— Diane ! C'est impossible, une femme comme vous...

— Une femme comme moi !... soupira-t-elle. Une femme déçue, blessée, fatiguée à mourir.

Igor vint s'asseoir près d'elle.

— Vous êtes la plus belle femme que j'aie jamais

rencontrée ! Un jour, un homme vous réconciliera avec la vie. Si j'osais... Si j'étais assez présomptueux, assez fou pour oser...

— Eh bien ?

— Si j'osais, je rêverais d'être cet homme !

Il était très beau, avec ses yeux clairs et ses cheveux soyeux et blonds de Slave, ses fossettes juvéniles, attendrissantes dans ce visage d'homme et qui se creusaient sur ses joues quand il riait. Son visage n'était pas rasé de près, mais ce côté un peu rude ne déplaisait pas à Diane. Il inclina la tête vers la sienne. Elle sentit son souffle chaud, à l'odeur de thé. Un vertige la prit. Elle ne s'était jamais abandonnée à un inconnu. A part le viol dont elle avait été victime en Thessalie, elle n'avait connu que deux hommes, Démosthène et Basile. Mais aujourd'hui elle était si désorientée, si lasse, que les décisions lui échappaient. Allait-elle renoncer, si jeune, aux joies de l'amour, au réconfort de la tendresse ? Pourquoi ne saisirait-elle un instant de bonheur avec l'ingénuité de l'oiseau de passage ? Tout n'était-il pas bon pour oublier un seul instant le double deuil qui l'habitait ?

Elle ferma les yeux. Un souffle chaud effleura ses paupières. Elle sentait son cœur battre, son corps s'émouvoir. Les lèvres tièdes du Russe se posèrent sur sa joue, cherchèrent ses lèvres.

— Diane ! Diane ! murmura-t-il, sur un ton où se mêlaient la supplique et l'injonction, l'autorité du désir.

Sans ouvrir les yeux, elle enserra la tête blonde d'Igor entre ses mains.

Igor était un merveilleux compagnon de plaisir. Abandonnés l'un contre l'autre, à demi enveloppés dans la couverture, mais protégés du froid par la bonne chaleur qui irradiait du poêle, elle songea aux deux hommes de sa vie. Elle les compara à celui qui venait de lui faire l'amour. Démosthène était un amant nerveux, raffiné, presque féminin. Basile, lui, incarnait la force maîtrisée dont rêve toute femme. Son désir impérieux pouvait être tendre, et ces contrastes accentuaient encore son emprise sur sa partenaire. L'étreinte d'Igor était complicité, humour, fantaisie. Un instant, elle regretta que leur rencontre soit sans avenir. En d'autres circonstances elle ne se serait certainement pas donnée à lui. Il avait fallu les fusillades du palais d'Hiver pour qu'elle s'oublie aussi aisément entre ses bras. Elle ne devait rien regretter, profiter de l'instant et passer son chemin...

— Tu es bien ?

— Très, très bien.

— Je vais faire réchauffer le thé. Tu en veux une tasse ?

— Volontiers.

— Et puis je ferai mon balluchon et j'irai chez mon ami. Combien de temps comptes-tu rester à Saint-Pétersbourg ?

— Peu de temps. Mon fils m'attend en Suisse.

— Ah... Tu as un fils ? Quel âge a-t-il ?

— Huit ans.

Igor se leva et posa la théière sur le poêle.

— C'est drôle, dit-il en commençant à s'habiller.

— Qu'est-ce qui est drôle ? D'avoir un fils ?

— Non... D'ailleurs, le mot drôle n'est pas le bon. Je voulais dire : c'est triste, au contraire. Tu vas rejoindre ton fils en Suisse, et moi je vais rester là.

— C'est la vie, dit Diane. Nous aurions pu ne jamais nous rencontrer.

Elle se redressa.

— Passe-moi mes vêtements, veux-tu ?

Il s'agenouilla, ramassa les habits éparpillés autour du lit.

— Merci. Nous penserons l'un à l'autre et ça sera un bon souvenir.

Il hocha la tête.

— Tu vas avoir besoin d'argent.

— Oui... Mais non.

— Mais si !

Elle fouilla dans les poches de son manteau de fourrure, et lui donna tout l'argent qu'elle y trouva. C'était une somme considérable.

— Prends. Pour moi, ce n'est rien.

Il accepta avec une petite grimace d'excuse.

Ils finirent de s'habiller en silence. Il fourra dans un sac de toile quelques objets et quelques hardes.

On frappa à la porte.

— C'est vous, madame Alexeïa ? J'aurais rapporté le plateau...

— Police impériale ! Ouvrez !

— Bon dieu !

Igor tourna vers Diane un regard de bête traquée.

— Déjà !

Il se ressaisit, empoigna Diane par le bras, et la tira vers le rideau qui cachait une partie du grenier.

— On peut sortir par là ! souffla-t-il. Une trappe mène au toit. De là, on atteindra l'escalier de secours. J'espère que tu n'as pas le vertige !

Il monta sur un tabouret, fit sauter la trappe et exécuta un rétablissement acrobatique.

— Vite ! dit-il en tendant les mains à Diane.

Elle se retrouva sur le toit. Un vent glacé balayait le ciel de Saint-Pétersbourg. La nuit s'installait. Diane frissonna.

Igor referma la trappe et engagea une barre de fer dans deux anneaux disposés de part et d'autre de la plaque de fer.

Il eut un rire d'enfant.

— J'ai vissé moi-même les anneaux... Ils peuvent taper, ça n'est pas près de céder ! Filons, maintenant !

Il mit son sac en bandoulière et montra une échelle de fer rouillé qui s'enfonçait dans l'abîme noirâtre d'une cour intérieure.

— Tu as de la chance, c'est encore plus terrifiant quand il fait jour !

Le blanchisseur habitait à un quart d'heure de marche. Igor voulut raccompagner Diane avant de s'y rendre, mais elle refusa.

— Je suis une étrangère, j'ai un passeport en bonne et due forme. Si on m'arrête seule en chemin, ça n'a pas d'importance, tandis que toi...

— Oh, je ne suis qu'un tout petit poisson ! On n'a certainement pas diffusé mon signalement.

— Une patrouille peut contrôler ton identité. Il doit y avoir un fichier central, non ?

— Ce ne sont pas les fichiers qui manquent, dans mon beau pays !

— Alors c'est moi qui t'accompagne.

La population se terrait chez elle. Les rues étaient désertes, si l'on exceptait les patrouilles omniprésentes. En chemin, Igor et Diane furent arrêtés à trois reprises. Heureusement, le passeport étranger de Diane et son allure aristocratique impressionnèrent les policiers. A chaque fois, elle présenta Igor comme un employé de son ami Golgotchine, le financier bien connu, et chargé par son maître de veiller sur elle.

— Mais je vois que l'ordre est parfaitement assuré, monsieur l'Officier, ajouta-t-elle avec un sourire admiratif.

— En effet, madame. Cependant, ne vous attardez pas dans les rues, conseillait le sous-officier en lui rendant ses papiers.

— Tu es une véritable enjôleuse ! avait dit Igor.

— Pure et simple hypocrisie féminine ! avait répondu Diane. Un homme qui se croit admiré par une femme est prêt à avaler n'importe quoi.

Chez le blanchisseur, une cruelle déconvenue attendait Igor. Les tueries de la journée, suivies des rafles policières dans les milieux révolutionnaires, l'avaient terrorisé. Il ne laissa pas Igor franchir le seuil de sa maison, l'insulta, et menaça de le dénoncer.

— Pure et simple lâcheté masculine ! dit Igor en se tournant vers Diane.

— Que vas-tu faire ?

— Ma foi, je n'en sais rien ! Tous mes amis doivent être en cavale, ou en état d'arrestation... Je vais essayer de quitter Saint-Pétersbourg cette nuit.

— Comment ? En train ?

— Oh, non ! La gare grouille certainement de soldats et d'agents de l'Okhrana. A pied, tout simplement.

— Par ce froid ? Avec tous ces contrôles ?

— Je ne vois aucune autre solution.

— Moi, j'en vois une. Tu viens avec moi. Désormais, tu es sous ma protection !

La demeure de Golgotchine était le dernier endroit où la police politique eût songé à débusquer un journaliste socialiste-révolutionnaire en fuite. Quand Diane et Igor arrivèrent, le financier russe, sa femme, et Basile, son ami et associé de longue date dans diverses affaires, étaient tous trois très inquiets du retard de Diane.

— Vous voilà enfin, chère amie ! Nous nous faisions un sang d'encre...

Diane, suivie d'Igor, entra dans le salon où se tenaient les deux hommes. Elle présenta son compagnon.

— Cher Alexis, je me suis permis d'amener avec moi M. Igor Liougatchev. Je lui dois la vie. Grâce à son courage, j'ai pu sortir vivante de la fusillade du palais d'Hiver...

— Mon Dieu, vous y étiez ! s'exclama Nadia Golgotchine. Trois cents, quatre cents morts, on ne sait pas. Quelle horreur !

Basile prit Diane dans ses bras. Sur ses traits tirés, l'angoisse des dernières heures se lisait à livre ouvert. Touchée, elle ne se déroba pas. Basile se tourna vers Igor.

— Monsieur, croyez à ma reconnaissance.

Alexis Golgotchine serra les mains du journaliste.

— Et à la mienne ! Si je puis faire quelque chose...

— Vous pouvez, Alexis ! dit Diane. M. Liougatchev est recherché par la police en raison de ses opinions. Il ne sait où se réfugier. J'ai pensé que vous pourriez l'aider.

— Mais bien entendu ! Monsieur Liougatchev, cette maison est la vôtre. On va vous préparer une chambre. Je rencontre bientôt le ministre de l'Intérieur. Que vous reproche-t-on ?

— Mme Apostolidès vous a dit l'essentiel. J'ai écrit dans des gazettes le mal que je pensais d'un régime dont nous avons vu aujourd'hui le vrai visage. Voilà mon crime.

— Nous allons arranger ça... Laissons s'apaiser les premières fureurs de la répression.

Nadia Golgotchine tira un cordon de soie écarlate. Une femme de chambre apparut. La maîtresse de maison lui donna ses instructions, et revint à ses hôtes.

— Asseyez-vous, voyons ! On va vous servir une collation. Racontez-nous ce qui s'est passé, voulez-vous ? Nous avons entendu tant de choses contradictoires, imprécises...

— C'est le pire qui est vrai, commença Diane. Nous avons assisté à une horrible boucherie... révoltante...

Le lendemain matin, des précisions parvinrent à Alexis Golgotchine. Après le massacre de la mi-journée, de nouvelles scènes de panique s'étaient produites aux alentours du palais d'Hiver. Manifestants et curieux avaient été pris pour cibles par les soldats ou broyés contre des grilles. La tuerie s'était poursuivie une partie de l'après-midi en divers points de la capitale, sur les ponts de la Neva et dans l'île Basile. Des armureries avait été pillées par des manifestants que la férocité des représailles avait rendus fous furieux. Quelques barricades de fortune avaient été édifiées, qui n'avaient été enlevées par les forces de l'ordre que tard dans la soirée. La troupe n'avait subi aucune perte et avait obéi aux ordres sans broncher. Toute la nuit, des trains bondés de cadavres avaient quitté la ville pour des stations de la banlieue. Là, les corps avaient été enterrés au fond de fosses communes creusées à la dynamite dans les bois avoisinants. Le nombre des victimes était un secret d'État. Il allait être si bien respecté, qu'un demi-siècle plus tard on n'en aurait encore aucune idée.

Et le pope Gapone ? Entraîné à l'abri par son entourage dès les premières salves, il s'était coupé la barbe et avait abandonné son habit sacerdotal pour des vêtements civils. Il se cachait chez un ami, avocat libéral, et s'apprêtait à passer à l'étranger.

Une chape de plomb s'était abattue sur la ville. Les quartiers ouvriers pleuraient leurs morts. Si une partie de l'aristocratie se réjouissait qu'on eût écrasé ainsi ce qu'elle appelait la canaille, les plus lucides de ses membres, et avec eux la bourgeoisie, n'étaient pas dupes de cette victoire à la Pyrrhus. L'autorité morale du gouvernement avait sombré dans le sang répandu à flots. La répression éclaboussait la personne même de Nicolas II et portait atteinte, en Russie comme à l'étranger, à la légitimité du régime. Surtout, le pacte immémorial entre le peuple et le tsar était rompu.

Très vite, Alexis Golgotchine fit rayer Igor Liougatchev de la liste des S.R. recherchés par l'Okhrana. Cependant, Igor voulait fuir la Russie. Il avait pour cela deux excellentes raisons, dont il ne distinguait pas laquelle l'emportait sur l'autre. La première était que, même à l'abri des poursuites policières, il resterait en Russie un journaliste interdit de plume. La seconde avait un visage et un nom : Diane. Tout en elle le fascinait. Non seulement sa beauté, rendue plus bouleversante encore par la blessure qu'il sentait en elle, mais aussi l'aura de luxe et de raffinement qui l'entourait. Entre la vie médiocre qu'il mènerait en Russie, qu'il demeurât à Saint-Pétersbourg ou qu'il s'en éloignât, et celle qu'il rêvait d'avoir auprès d'elle, l'écart était immense. Mais même sans elle, car elle ne lui avait fait aucune promesse, il aspirait à s'évader du cadre intellectuel étroit de la Russie tsariste. Après tout, nombre de ses compatriotes vivaient à l'étranger et luttaient depuis leur patrie d'adoption contre ce régime honni. Il était journaliste, il connaissait personnellement la plupart des grandes figures de l'opposition en exil ; il trouverait à s'employer dans une des nombreuses feuilles par lesquelles cette opposition s'exprimait.

La veille du départ de Diane et de Basile pour la Suisse, Igor prit son courage à deux mains et demanda à Diane s'il pouvait partir avec eux.

Ils étaient seuls dans un petit salon. Il réprima son violent désir de la serrer contre lui. Elle n'aurait pas apprécié une telle attitude sous le toit de leur hôte.

— Vous êtes sûr de vous ? interrogea-t-elle. L'exil est bien souvent amer. Que ferez-vous dans un pays étranger ?

Depuis l'instant où ils avaient franchi le seuil de l'hôtel particulier d'Alexis Golgotchine, ils se vouvoyaient à nouveau, même en tête-à-tête.

— Je travaillerai. Ici, tout m'est interdit. M. Golgotchine m'offre un emploi dans un de ses journaux, mais sa presse appuie le tsar. Je ne peux pas accepter. Je veux continuer à lutter, et cela n'est plus possible en Russie. Et puis...

Il hésitait à poursuivre. Elle l'encouragea du regard.

— Et puis vous allez séjourner en Suisse pendant quelque temps. J'aurais le bonheur d'être près de vous... Même si vous souhaitez que nous oubliions ce qui s'est passé.

Elle avança la main et caressa sa joue.

— Igor... jusqu'à ce jour, je savais où était ma vie, qui j'aimais. Aujourd'hui...

— Vous n'aimez plus Basile.

— C'est vrai. Je vais le quitter. Nous sauvegardons les apparences, mais dès notre retour en Suisse nous nous affronterons.

— Quel sera l'enjeu ?

— Mon fils Alexandre, né d'un premier mariage. Basile veut faire de lui le futur héritier de son empire. Et il usera de tous les moyens pour détourner Alexandre de moi.

— Alors vous aurez besoin d'aide. Je veux dire d'une aide morale... Vous n'aurez qu'un mot à prononcer, je serai là... Et si vous vous lassez de moi, une parole suffira : je m'écarterai. J'en aurai le cœur brisé, mais je respecterai votre volonté, je disparaîtrai.

Diane contempla le visage d'Igor, ses traits qui continuaient à l'émouvoir depuis les instants qu'ils avaient partagés chez lui, dans son grenier misérable. Oui, elle aurait besoin d'une présence, oui, Igor lui plaisait, et elle ne repensait pas sans trouble à ses caresses. Mais elle ne l'aimait pas comme elle avait aimé naguère Démosthène, et hier encore Basile. Serait-elle jamais capable d'aimer ainsi à nouveau ? Elle en doutait. Alors, pourquoi pas Igor, ce compagnon agréable, cet amant délicieux ?

— Puisque c'est ton désir, accompagne-moi en Suisse, dit-elle en revenant au tutoiement. Et là-bas, laissons faire le destin.

Il saisit sa main et la couvrit de baisers.

— Je t'aime ! Je t'aime !

Un bruit de pas dans le couloir leur fit dresser l'oreille.

— C'est Alexis ! souffla Diane.

Igor abandonna sa main à regret et alla s'asseoir sur un sofa.

— Bonsoir, mes amis, dit Golgotchine en entrant dans la pièce. Basile n'est pas là ? Ah, c'est vrai, il devait régler une dernière affaire cet après-midi... Diane, je suis désolé de ne pas vous garder plus longtemps. Nadia vous adore. Mais je comprends que vous ayez hâte de revoir votre petit garçon. Vous prenez le train demain matin ?

— En effet, dit Diane. A ce propos, M. Liougatchev souhaiterait se rendre en Suisse. Il voyagerait avec nous. Malheureusement, il n'a pas de visa de sortie. Pourrions-nous abuser une fois encore de votre obligeance pour arranger cela ?

Golgotchine fronça les sourcils.

— Vous n'abusez jamais, ma chère ! Il est trop tard pour obtenir ce visa aujourd'hui. Voyons...

Il consulta sa montre.

— Seize heures. Hum ! Vous connaissez la lenteur de l'administration impériale ! Enfin, je vais voir ce qu'on peut faire. Donnez-moi vos papiers, monsieur Liougatchev, voulez-vous ?

Igor lui remit son passeport.

— Merci.

Golgotchine appela aussitôt son homme de

confiance et lui ordonna de se précipiter au ministère.

Quand il apprit qu'Igor prendrait avec eux le train pour Genève, Basile n'émit aucune objection. Bien au contraire, il prétendit qu'il s'en réjouissait. Puisque Igor n'avait rien à espérer ici dans l'immédiat... Cependant, Diane perçut dans ses yeux un éclair énigmatique. Ce fut très fugitif : une flamme qui illumine un instant la pupille d'un fauve.

Dans la soirée, les papiers d'Igor étaient en règle. Il pouvait quitter le pays.

On passa à table. En l'honneur de Basile et de Diane, Alexis et Nadia Golgotchine avaient convié quelques-uns de leurs amis appartenant à la haute bourgeoisie russe, ainsi que des membres de l'aristocratie, parmi les plus évolués de cette caste tragiquement aveugle à l'inéluctable évolution des rapports dans le pays. Basile se montra extrêmement brillant. Igor, tout à la joie de son prochain départ, sentait la tête lui tourner. Il dînait avec ces hommes importants, alors qu'il n'était, deux jours plus tôt, qu'un proscrit ! Diane laissait errer son regard de l'un à l'autre des deux hommes. Elle s'arrêta sur le visage de Basile, souriant, séduisant, insondable. Elle serra les dents. Qu'il essaie à nouveau de la manipuler, de la contraindre !... Elle triompherait de cette ultime épreuve. Par tous les moyens...

En regagnant l'Occident, Basile avait renoué avec ses habitudes de nabab. Pour arriver en Suisse, il avait affrété un véritable palace roulant constitué de deux wagons de grand luxe, dans lequel lui-même, Diane, Eliaki et Igor disposaient chacun d'une vaste chambre et d'un cabinet de toilette. Les repas étaient servis dans une salle à manger privée, par un personnel exclusivement attaché au service de Basile et de ses compagnons. Un fumoir complétait ce caravansérail monté sur boggies.

C'était là, confortablement assis dans des fauteuils de vieux cuir patiné, aux teintes douces et chaudes, que se tenaient Basile et Igor, alors que le train traversait la Pologne. Diane et Eliaki s'étaient retirés. La nuit tombait. Une lampe à abat-jour dispensait une lumière tamisée. Les deux hommes sirotaient un cognac en regardant la plaine enneigée sombrer rapidement dans la nuit.

Igor rompit le silence.

— On évoque des troubles en Pologne.

— Bien entendu, dit Basile. La Pologne partage, contre son gré, le lit de son énorme voisine russe. Celle-ci a la grippe. La Pologne l'attrapera... Avez-vous déjà voyagé à l'étranger ?

— Non, répondit Igor. Ce n'est pas le désir qui m'en a manqué. Je suis journaliste, donc curieux de tout ! Mais je n'en avais encore jamais eu l'occasion... ni les moyens.

— Parlez-moi de vous, dit Basile en lui tendant un étui à cigares

— Oh, dit le Russe après s'être servi et avoir remercié d'un hochement de tête, il y a peu à raconter... Je suis né à Saint-Pétersbourg. Mon père était ouvrier fondeur chez Poutilov, l'usine où est né le mouvement qui vient de s'achever dans un bain de sang. Ma mère est morte en me mettant au monde. J'ai été élevé par des voisines, et aussi par le pope du quartier. Il me trouvait doué et m'a inscrit dans une école confessionnelle. J'aurais pu suivre un chemin tout tracé : devenir pope. Au lieu de ça, j'ai préféré écrire dans les journaux... Une carrière suicidaire, en Russie, si l'on choisit l'opposition au régime.

— Vous appartenez au parti socialiste-révolutionnaire ?

— Oui. Depuis le jour où une plaque de fonte mal élinguée a écrasé mon père.

— Et vous êtes l'amant de ma femme.

Igor s'apprêtait à allumer son cigare. Il sursauta et éteignit l'allumette.

— Qu'est-ce qui vous fait croire une chose pareille ?

Face à lui, Basile semblait tout à fait paisible et serein. Mais son regard était d'une fixité difficilement soutenable.

— Ce serait trop compliqué, trop subtil à expliquer. Vous me comprendriez. Votre intelligence est remarquable, mais ce n'est pas cela qui importe. Disons que j'en suis certain. Vous êtes l'amant de ma femme. Le nieriez-vous ?

— Pourquoi prendrais-je la peine de nier, si vous êtes décidé à n'en pas démordre ? Et alors ? Quelles sont vos intentions ? M'abattre à coups de revolver ? Me jeter hors du train ?

— Rien de tel. Diane et moi allons nous séparer. Je suis forcé d'accepter qu'elle prenne un nouveau compagnon. Vous me paraissez apte à tenir ce rôle. Je suis donc disposé à vous accorder ma bénédiction, et peut-être beaucoup plus encore. Mais j'ai besoin de vous connaître mieux auparavant. Vous êtes intelligent, bon ! Diane ne pourrait vivre auprès d'un imbécile. Vous êtes bel homme, parfait ! Diane est elle-même si belle qu'un déséquilibre risquerait de naître d'une différence trop grande en ce domaine. Vous êtes libre de toute attache, tant mieux : Diane est un oiseau voyageur...

Basile marqua une pause, durant laquelle Igor demeura sans voix.

— Tout cela me convient, reprit Basile. Restent quelques points en suspens. Qu'allez-vous faire ? Chercher un emploi de journaliste dans un journal de l'opposition russe en exil, c'est ça ?

— Oui. Quelques-uns de mes compatriotes sont installés en Suisse et en France. J'irai les voir.

— Que feront-ils pour vous ? demanda Basile.

— J'espère qu'ils publieront mes articles.

— Ils le feront sans doute, mais à quel prix ? Le journalisme d'opinion est un métier de crève-la-faim...

— Je n'ai jamais eu la vie facile, répondit Igor. Cela m'indiffère.

— Eh bien, pas moi ! Il n'est évidemment pas question pour vous d'assurer la vie matérielle de Diane. Elle est richissime. Mais une femme de sa condition ne peut aimer, ou se figurer aimer, un petit journaliste qui rend sa copie contre quelques pièces de monnaie. Diane n'a jamais côtoyé que des gagneurs... Croyez-moi, n'écrivez pas dans les journaux des autres ; créez le vôtre !

Igor éclata de rire.

— Je ne souscris à aucun de vos propos. Ne considérons que ce conseil à mon sens aberrant : créer mon propre journal. Avec quoi ? Je dispose seulement de quelques centaines de roubles que votre femme m'a prêtées pendant notre fuite commune, quand nous allions nous séparer.

Basile esquissa un sourire.

— L'argent n'est rien. Des journaux, j'en possède plusieurs dans chacun des pays d'Europe... Je vous financerai. En partie, mais suffisamment pour que vous trouviez sans peine d'autres bailleurs de fonds. Et officieusement. Votre réputation de révolutionnaire demeurera sans tache. L'important est que vous soyez le patron, que vous *comptiez* !

Igor s'indigna.

— Je suis un militant ! Vous avez une fausse vision des choses et des êtres. Le monde pour lequel je me bats n'aura pas besoin d'individus comme vous... C'est le peuple qui compte !

— Cher ami ! Utilisez donc votre cerveau, au lieu de répéter ces formules ronflantes ! Dans ma position, on voit le monde, parce qu'on le surplombe. Le peuple ne compte pas. Il subit la volonté de quelques-uns, dont l'adresse consiste à leur faire croire qu'il est le moteur de l'Histoire. En réalité, il est un grand organisme dépourvu de système nerveux central aussi stupide qu'un dinosaure. L'histoire n'a jamais progressé que par l'action d'individus déterminés. Voulez-vous être l'un d'eux, ou rester un « militant », un grain de sable perdu entre des millions d'autres ? Après tout, cela vous regarde, mais Diane ne sera jamais la femme d'un tel homme. Si vous ne devenez pas un leader de l'opposition, elle se désintéressera de vous très vite.

— Selon vous, elle ne pourrait aimer qu'un statut social, et non un homme ? Quelle piètre opinion vous avez d'elle !

— Si Diane vous aimait, vous pourriez être un coolie chinois ou un hors-la-loi, cela ne changerait rien pour elle. Mais elle vous considère simplement comme plaisant, gentil, commode, voilà la vérité. Vous l'aidez à oublier un homme qui est mort. Il était le seul digne de me succéder auprès d'elle !

Le cœur d'Igor se serra. Il ne s'était donc pas trompé, Diane était sous le coup d'un choc ou d'un deuil terrible. Basile avait raison. Lui Igor, n'occuperait jamais la place qu'il ambitionnait dans le cœur de Diane, la première, la seule. Il en conçut une amertume qui le poussa à blesser Basile à son tour.

— Et vous, dans tout ça ? Quel rôle vous attribuez-vous ? Mari complaisant, cocu sublime, qui se sacrifie sur l'autel de l'amour conjugal ?

Les phalanges de Basile se crispèrent sur son verre de cognac. Mais il se maîtrisa, et parvint à répondre d'une voix calme.

— Mes motivations ne vous regardent pas. Dites-vous bien, une fois pour toutes, que c'est moi qui mène le jeu. Je peux faire de vous un homme qui compte dans le journalisme. Vous dirigerez un journal, des employés, des correspondants, des amis. Vous traiterez d'égal à égal avec les meneurs et les chefs de parti. Vous influerez sur l'opinion des milieux exilés. Vous travaillerez concrètement à la chute du régime. Vous existerez. Diane s'intéressera à votre personne et à votre action. Elle vous aidera à financer votre journal, tant les massacres dont elle a été témoin l'ont bouleversée et révoltée... Mon propre apport restera rigoureusement secret.

— Et en contrepartie ?

— En contrepartie, vous aiderez Diane. Vous la distrairez de son deuil, vous incarnerez pour elle le plaisir de vivre et d'agir, vous serez drôle, héroïque, aimant, fidèle...

— Quoi d'autre ?

— Vous me renseignerez sur l'état d'esprit et sur la stratégie des mouvements révolutionnaires dont votre journal sera devenu le carrefour obligé.

Igor eut un mouvement de révolte. Basile l'apaisa d'un geste.

— Rassurez-vous, ces renseignements ne seront destinés qu'à mon usage exclusif. L'Okhrana n'en saura jamais rien. Le régime impérial est condamné. Cela peut prendre cinq ans, ou vingt, mais la chute des Romanov est inéluctable.

— Sur ce point, j'aimerais vous croire... Qu'est-ce qui vous rend si catégorique ?

— Le dimanche rouge l'a prouvé, le pouvoir est vacant. Il n'y a personne, ni dans la famille régnante, ni dans le personnel politique, qui soit capable de faire face au mécontentement populaire !

— Il y a l'armée, la police.

— Des fusils, c'est-à-dire rien. De la ferraille et du bois. C'est moi qui les fabrique ! Il n'y a pas un esprit capable d'appréhender l'ensemble des problèmes et d'y répondre autrement que par la répression. Quand les soldats s'apercevront que c'est un ectoplasme qui leur donne des ordres, ils cesseront d'obéir.

— Mais où est votre intérêt ? Vendre des fusils aux successeurs des Romanov ?

— Des fusils, des mitrailleuses, des canons... Si vous étiez sorti de la Russie, si vous aviez voyagé en Europe, rencontré des responsables politiques et économiques, pris la température des peuples et des minorités qui s'y côtoient et s'y affrontent, vous sauriez comme moi qu'une grande guerre européenne est inéluctable dans les années qui viennent. La Russie y participera, avec ou sans Nicolas II.

— Mais c'est terrifiant ! Quel cynisme !

Basile haussa les épaules.

— Ne vous faites pas plus bête que vous n'êtes. Toutes les conditions sont réunies pour une guerre générale : les déséquilibres économiques et l'inextricable réseau d'alliances qui entraînera, les unes après les autres, les nations dans le conflit. Je ne suis pas responsable de cet état de choses, mais j'aurai à le gérer quand il entrera dans sa phase explosive... si je peux m'exprimer ainsi !

Igor dévisageait Basile comme un cafard qu'il aurait débusqué sous une pierre.

— Et bien sûr, il n'est pas dans votre intérêt d'empêcher l'explosion de ce conflit. Ce sera un bain de sang sans précédent !

— Ce sera horrible, effectivement, dit Basile d'une voix détachée. Mais ne vous méprenez pas. Cette guerre n'aura pas pour seul résultat de m'enrichir. L'Europe est une pétaudière. La guerre y remettra de l'ordre. Voyez-vous, les conflits armés ne sont pas seulement des mouvements d'humeur des peuples, des accès de fureur collective. Ils agissent tels des mécanismes de régulation de notre univers. Parfois, la grande machine aveugle qui règle les rapports entre les États grippe, patine, ça ne marche plus. Il faut donner un grand coup de pied dedans pour qu'elle reparte. Ce coup de pied, c'est Mars, le dieu de la guerre, qui le donne.

— Mais les massacres de vies humaines...

— L'humanité est immensément riche ! Elle peut jeter des millions de vies humaines par les fenêtres. Elle le doit, puisque ensuite elle s'en portera mieux... Jusqu'à la prochaine fois !

Igor considérait son interlocuteur avec une expression d'incrédulité.

— Ainsi donc, l'Europe a besoin d'une bonne

saignée, vous fournissez le scalpel, vous augmentez votre fortune. Et hop ! tout va pour le mieux dans le meilleur des mondes ! C'est bien ça ?

— Je dirais plutôt : tout va comme ça peut dans le seul monde possible. Seul ce monde-là existe, vous comprenez ? Il n'est pas parfait, loin de là. Mais sans un minimum de réalisme, impossible d'agir sur lui... Bon, assez philosophé. Je vous propose de devenir un de ceux qui ont accès à la réalité des choses. Je vous propose de l'argent, beaucoup d'argent. Et l'argent va à l'argent. Vous ne vous présenterez pas comme un mendiant aux investisseurs que je vous indiquerai, mais comme un partenaire cherchant des partenaires. Et puisque vous leur montrerez votre argent, ils sortiront le leur. Avec cet argent, vous convaincrez les plumes les plus brillantes de collaborer avec votre journal. Dans quelques semaines vous publiez votre premier numéro, et en quelques mois vous en faites l'organe principal de l'opposition.

— Et si je refuse ?

— Je trouverai quelqu'un d'autre... Pour le journal, et pour Diane !

— Vous êtes fou !

— Peut-être. Mais ma folie est accordée à la folie du monde. Elle « fonctionne ». Tout ce que je touche fonctionne, parce que je sais comment ça marche. Alors ? Vous acceptez ?

Un vertige avait saisi Igor. En quelques minutes, Basile avait fait vaciller toutes ses certitudes. Ses propos le choquaient, l'horrifiaient, mais il ne pouvait s'empêcher de songer qu'il disait vrai. Ce n'était pas possible ! Il devait y avoir une faille dans le raisonnement de Basile ! Ou bien... Une lueur se fit jour dans l'esprit d'Igor : le discours du marchand de canons avait une apparence de rigueur, mais à l'intérieur d'un système de pensée dont il avait lui-même fixé les normes. Il ressemblait à un joueur d'échecs qui aurait joué selon des règles de son invention, et qui aurait prétendu les imposer à son adversaire. Cette comparaison avait au moins le mérite de rassurer Igor, et de lui permettre de s'aveugler sur sa propre conduite. Pourquoi ne feindrait-il pas de suivre Basile sur ce terrain, tout en s'en tenant à sa propre règle du jeu et à ses objectifs ? Si Basile était assez fou et assez riche pour offrir un journal à l'amant de sa femme, pourquoi décliner cette offre ? Quand il serait à la tête d'un organe de presse, Igor le manœuvrerait sans trahir ses convictions. Mais en acceptant trop vite, il risquait d'éveiller la méfiance de Basile. Le journaliste engagé, le militant pur et dur ne pouvait se métamorphoser en quelques instants en informateur servile.

— Je dois réfléchir, déclara-t-il.

— Bien sûr ! approuva Basile d'un ton ironique. Réfléchissez, ou faites semblant.

Igor se cabra.

— Que voulez-vous dire ?

— Que vous me prenez pour un imbécile. Vous croyez avoir des atouts, et vous essayez d'en tirer parti. C'est sur la nature de ces atouts que vous vous méprenez. Ne les surestimez pas. Vous êtes joli garçon, et vous avez rencontré une femme blessée qui s'efforce de tromper son chagrin. Si vous vous contentez d'exploiter ces cartes-là au mieux de vos intérêts, je vous promets un avenir magnifique. Mais si vous essayez de vous jouer de moi, je vous briserai, tout simplement !

Basile avait accompagné ces mots menaçants d'un bon sourire d'oncle affectueux. Igor sentit un frisson courir le long de son échine. La force de

Basile résidait là, dans la simultanéité de cette menace et de ce sourire. En même temps, l'orgueil du journaliste était mis à rude épreuve. Il se mit à haïr son interlocuteur autant qu'il l'admirait malgré lui.

— Je vous apprécie à votre juste valeur, dit-il.

— Et moi, j'ai une haute idée de vos capacités. Sinon, je ne vous ferais pas cette proposition. Réfléchissez, et donnez-moi votre réponse quand nous arriverons en Suisse, conclut Basile.

Le voyage se poursuivit sans que les deux hommes reviennent sur le sujet. A chaque arrêt, Basile recevait des dépêches du monde entier et envoyait ses instructions par télégrammes aux diverses filiales de ses entreprises. Diane ne quittait guère sa chambre, ne rejoignant ses compagnons qu'au moment des repas. Igor eut tout de même l'occasion de la voir en tête-à-tête, et s'ouvrit auprès d'elle du projet de création d'un journal d'opposition au régime tsariste. Il le présenta comme son idée, et sans faire allusion à sa conversation avec Basile.

Ainsi que Basile l'avait prévu, la jeune femme accueillit favorablement ce projet.

— Je t'aiderai. Les atrocités auxquelles j'ai assisté durant ce voyage m'ont fait prendre conscience de la vanité de ma propre existence. J'avais déjà vu la guerre de près, en Thessalie, mais c'était autre chose. Je suis grecque, mon pays se battait, les morts et les destructions me semblaient inévitables et somme toute légitimes. Je ne me posais guère de questions... Ces dernières semaines j'ai rencontré le visage ignoble de la barbarie. Si je peux contribuer à la chute de ce régime, je le ferai. De quelle somme as-tu besoin ?

— Je ne le sais pas encore. Jusqu'à présent, je n'ai fait qu'écrire. Je ne connais rien à l'aspect financier des choses, à la gestion d'un journal. Mais je m'y mettrai.

Diane souleva un problème délicat.

— Il faudra que tu jouisses de l'entière confiance des milieux russes exilés... Or, mon nom apparaîtrait comme une provocation s'il figurait officiellement parmi tes mandataires. Je suis la femme et la nièce de deux marchands de canons connus dans le monde entier ! Et si j'achetais une imprimerie en sous-main, par exemple ? L'impression du journal s'y effectuerait et de simples jeux d'écriture permettraient de gommer la trace de mes investissements. Qu'en penses-tu ?

— Ce serait parfait. De toute façon, j'aurai d'autres partenaires, qui régleront les questions de salaires et de locaux... Avec ton appui, j'ai bon espoir. Les derniers événements dans mon pays ont dû émouvoir la conscience internationale. Si je dispose d'une imprimerie, le reste suivra.

En quelques heures, Diane fut entièrement acquise au projet. Enfin, elle avait trouvé le moyen de se déculpabiliser d'avoir joui d'une fortune bâtie sur le malheur des hommes. L'idée d'utiliser l'argent de la mort dans une œuvre de vie la séduisait. Elle ressentait toutefois une certaine angoisse, à l'instant de quitter Basile. Qu'allait-elle faire, désormais ? Bien sûr, il y avait Alexandre. Elle ne s'en séparerait plus et lui consacrerait le meilleur de son temps... Mais cela suffirait-il à effacer la souffrance qui s'était emparée d'elle depuis la mort de Périclès ? Un fils, un amant plaisant, à défaut d'une passion, une cause généreuse à laquelle se dévouer... Elle comptait ses atouts dans la difficile partie de cartes de l'existence.

Sur le quai de la gare, à Lausanne, en l'absence de Diane, Igor prenait congé de Basile. Il l'informa qu'il acceptait sa proposition.

— C'est bien, dit simplement Basile. Soyez après-demain à l'hôtel Excelsior, à treize heures ! En déjeunant, nous étudierons ensemble les modalités pratiques de notre accord. Et souvenez-vous : pas un mot à Diane. Sinon...

Il laissa la fin de la phrase en suspens.

Devant Moukden, le pays n'était qu'un immense camp militaire. Neuf corps d'armées russes, sur une ligne de front longue de trente kilomètres, faisaient face aux troupes japonaises galvanisées par la prise de Port-Arthur. En dépit de leur expérience du froid, les soldats russes étaient terriblement éprouvés par les rigueurs de l'interminable hiver mandchou. Dès les derniers jours d'octobre, la température était descendue à 15° au-dessous de zéro pendant la nuit. Puis beaucoup plus bas : – 30°, – 40°. On était en mars, et l'hiver semblait ne jamais devoir s'achever. Après un premier redoux, le Houn-ho avait à nouveau gelé en une nuit, permettant aux troupes japonaises de le franchir à pied sec et de s'enfoncer comme un coin entre les armées russes de Bilderling et de Linievitch.

Par ces températures effrayantes, les tentes n'étaient d'aucun secours. Les maisons chinoises étaient détruites. On avait commencé par en arracher les portes, puis les fenêtres, et enfin les poutres. Tout ce qui était combustible servait à alimenter les feux autour desquels la troupe se réchauffait et sur lesquels elle faisait bouillir des chapelets de gamelles de thé suspendues à de longs bâtons.

Pour survivre, les Russes avaient creusé des *zimlianka*. Pour comprendre ce qu'est une zimlianka, il suffit d'imaginer une taupinière. Une zimlianka est une taupinière dont l'homme est la taupe.

A l'heure où le commandant russe se résignait à évacuer Moukden pour échapper au désastre, un homme en veillait un autre au fond d'un de ces terriers humains. Le premier s'appelait Ts'ouang. Le second était Périclès. Inlassablement, Ts'ouang lui faisait boire du thé brûlant et épongeait son front ruisselant de sueur, à la lueur vacillante d'un lumignon malodorant, improvisé à l'aide d'un morceau de coton trempant dans une coupelle d'huile. En dépit de tous ses efforts, Ts'ouang commençait à douter de le sauver. Miraculeusement, au lieu d'être déchiqueté par l'explosion de l'obus qui s'était abattu sur son comptoir minier de Port-Arthur, Périclès avait été projeté à plusieurs mètres de distance. Ts'ouang, en revenant d'une course à quelques rues de là, l'avait découvert, inconscient et couvert de sang, dans les décombres du bâtiment. Il lui avait arraché son chandail, qui commençait à prendre feu, et l'avait porté à l'abri avec l'aide d'un soldat russe. Ts'ouang aurait pu s'en tenir là. Mais il vouait à l'homme qui l'avait tiré de sa condition de coolie une affection brute, muette, indéfectible. Au lieu d'abandonner Périclès aux soins expéditifs d'une équipe médicale russe débordée par l'afflux des blessés et des mourants et bientôt prisonnière des Japonais, il avait lui-même pansé ses plaies. La vie de Périclès n'était pas en danger. Sa constitution de fer aurait dû lui permettre de surmonter aisément cette épreuve. Cependant, quelque chose de profond en lui était atteint et peut-être brisé. Si le Blanc mourait, se disait Ts'ouang, ce serait de désespoir. Depuis Port-Arthur, il n'était jamais sorti d'une hébétude dont Ts'ouang ne savait pas si elle résultait d'un coup sur le crâne, ou de la mort d'une femme que Ts'ouang n'avait jamais vue, mais dont Périclès parlait sans cesse quand il délirait.

Chargeant Périclès sur une charrette à bras, le Chinois avait fui Port-Arthur. Dans la formidable pagaille qui avait suivi la chute de la base, il avait pu franchir les lignes japonaises et gagner la partie de la Mandchourie encore contrôlée par les Russes. Son raisonnement était simple : Périclès était blanc. Il ne serait donc vraiment en sécurité que sous la protection d'autres Blancs.

Bien avant Moukden, un médecin militaire russe avait sommairement examiné le protégé de Ts'ouang. Il avait constaté que ses blessures étaient en voie de guérison, mais il avait fait la grimace en montrant sa tempe à Ts'ouang.

— C'est là... Le moral, tu comprends ? Mauvais !

— Il va mourir ?

— Je ne crois pas. Mais il peut demeurer ainsi très longtemps, peut-être toute sa vie. Un légume. J'en ai vu défiler, depuis le début de la guerre. Ils sont tout cassés à l'intérieur de leur tête.

Périclès ne prêtait aucune attention aux paroles du médecin. Il regardait le sol d'un œil vide.

Le médecin avait haussé les épaules.

— Tu vois ? C'est un mort vivant. Qu'est-ce que tu vas faire de lui ?

— Je ne sais pas. Rester avec lui, attendre. C'est comme s'il dormait. J'attendrai qu'il se réveille.

— Je ne peux pas t'aider. Je ne peux faire rapatrier que des soldats russes. Il est grec, tu dis ?

— Oui, grec.

— Un Grec ! avait soupiré le Russe. Qu'est-ce qu'il fiche par ici ?

— Il s'occupait de mines... C'est loin, son pays ?

— Très loin ! Le malheureux, il n'y retournera sans doute jamais... Tiens, prends cette pommade. Étale-la sur ses plaies. Elles cicatriseront plus vite. Et tâche de changer souvent ses pansements.

Ts'ouang avait pris le tube de pommade, s'était incliné bien bas, et avait entraîné Périclès.

Une main noire de crasse écarta le rideau de haillons qui fermait la zimlianka que Ts'ouang avait creusée. Le visage hirsute de Bobokov apparut. Bobokov était le voisin de Ts'ouang et de Périclès. Avec trois autres fantassins de l'armée du tsar, il occupait une zimlianka spacieuse et presque confortable, tandis que celle de Ts'ouang évoquait franchement un trou à rats. Mais l'essentiel pour une zimlianka était qu'on n'y mourût pas de froid, et celle de Ts'ouang remplissait son office. Bobokov s'était pris d'amitié pour ce Chinois qui se dévouait en faveur d'un « Européen un peu fêlé », comme il disait. Il lui apportait souvent une poignée de feuilles de thé, un peu de graisse de yak, parfois une miche de pain gelée et dure comme de la pierre. Avec ce que Ts'ouang gagnait en effectuant quelques corvées pour les soldats de la compagnie, il parvenait à se nourrir et à nourrir Périclès.

— Hé, le Chinois, les Japonais ont percé ! Nos troupes abandonnent Moukden. On se tire !

— Tout de suite ?

— Tout de suite. Et en vitesse, encore. Tu viens ?

Dans la pénombre, Ts'ouang fit la grimace.

— Le Grec, il est pas bien... Il refait de la fièvre. S'il sort de la zimlianka, il meurt, c'est sûr !

— Mais s'il tombe entre les pattes des Japonais, ça risque d'aller encore plus vite. Il n'a pas de papiers, pas d'argent, rien... Je comprends pas, il allait mieux, ces derniers jours ?

— Ça l'a repris cette nuit. Il tremble, il transpire, il recommence à délirer.

— Infection ! trancha Bobokov. J'ai été infirmier.

Je sais de quoi je parle ! Ton Grec, il fait une infection.

— Il était presque guéri !

— Je t'avais dit de nettoyer ses blessures à l'eau bouillie. Tout de suite après qu'elle eut bouilli !

— J'ai fait ! J'ai fait ! J'ai lavé les pansements ! J'ai mis la pommade du médecin... Et voilà, il a de la fièvre et son bras lui fait mal !

Bobokov poussa un soupir.

— C'est pas ta faute. Dans ce merdier, c'était fatal. Je vais regarder, hein ?

— Va, va, regarde !

Bobokov se glissa tant bien que mal dans l'étroite zimlianka.

— Ça pue, chez vous !

— Qu'est-ce que tu veux, c'est jamais qu'un trou dans la terre.

— Ça sent pas meilleur chez nous... Vous puez différemment, c'est tout ! Bon, c'et quel bras ?

Ts'ouang dénoua les linges infects qui enveloppaient le bras gauche de Périclès.

— Approche la loupiote, j'y vois rien !

— Tiens, là, au-dessus du coude... C'est pas beau, hein ?

Bobokov se pencha pour examiner la blessure. Quand il tourna à nouveau son visage vers Ts'ouang, son expression était grave.

— Non, c'est pas beau. Il risque de perdre son bras, ou même d'y passer... Et pas question de l'opérer maintenant. Je le vois mal parti. Le mieux, ce serait de le laisser là. Les Japonais s'occuperaient peut-être de lui. On sait jamais, avec eux. Ils te tuent ou ils te soignent, tu sais pas pourquoi !

Ts'ouang tendit vers Bobokov des mains suppliantes.

— Je peux pas l'abandonner ! Aide-moi, Bobokov, je t'en prie !

— Mais je peux rien faire ! Les voitures sont réservées pour nos blessés...

— On m'a pris ma charrette... Demande qu'on me la rende ! Je l'ai poussée jusqu'ici avec le Grec dedans depuis Port-Arthur. J'irai bien encore jusqu'à Kharbine !

— Malheureux ! T'as aucune idée où c'est, Kharbine... Tu serais mort avant d'y arriver. On te rendra pas ta carriole, c'est sûr ! Écoute, t'as fait tout ce que t'as pu pour lui. Sauve ta peau à présent. T'as de la chance, tu peux marcher, toi !

Ts'ouang secoua la tête.

— Non. Je peux pas l'abandonner.

Excédé, Bobokov haussa la voix.

— Et pourquoi, à la fin ? C'est pas ton fils ni ton frère... C'est même pas ton ami, c'était rien que ton patron. Il s'enrichissait sur ton dos.

— Il me payait bien. Il me parlait bien. J'ai été coolie. Je connais la différence entre un mauvais patron et un bon. Je le laisserai pas.

— Sacré bon dieu de tête de bois de Chinois de merde !

Tout en jurant, Bobokov s'extrayait difficilement de la zimlianka. Une fois dehors, il se redressa, sa haute silhouette caucasienne se découpant sur le ciel livide.

— Les Japonais sont tout près. Ils vont te flinguer, triple buse !

Ts'ouang eut un geste fataliste.

— On verra. Même les Japonais ne tuent pas tout le monde...

Bobokov tourna les talons et s'éloigna en grommelant. Resté seul, Ts'ouang appliqua le fond du tube de pommade sur la blessure de Périclès, puis il alla chercher le pansement de rechange qu'il avait lavé et mis à sécher au vent de la plaine. Il l'enroula autour du bras du blessé, et le fixa à l'aide de l'unique épingle dont il disposait. Puis il essuya la sueur qui trempait le front du Grec.

— Holà, le Chinois ! T'es encore là ?

C'était Bobokov. Une couverture de l'armée dans les bras, il se dandinait devant l'entrée de la zimlianka.

— Tu le vois bien ! lui lança Ts'ouang.

— Alors amenez-vous... J'ai trouvé un joint. On va caser ton pote sur un caisson de munitions... J'ai arrangé le coup avec un artilleur. Il est de chez moi, de Minsk. Mais il faut le couvrir au maximum, sans ça il sera raide avant d'être mort ! Magne-toi le train, ils partent dans deux minutes.

En dépit de sa faiblesse, Ts'ouang prit Périclès à bras le corps et le tira hors de la zimlianka. Bobokov lui vint en aide. A eux deux, ils réussirent à le mettre debout.

— Merde, il est lourd ! grogna Bobokov.

— Il est très fort, dit Ts'ouang. Très fort !

— Ouais... C'est ce que je me suis dit. Après tout, un type comme ça pourrait très bien s'en sortir, même avec une saloperie d'infection... Allons-y !

Ahanant, jurant, le souffle coupé par le vent aigre qui soufflait sur le paysage lunaire et glacé, ils atteignirent le secteur des artilleurs. Là, le « pays » de Bobokov leur donna un coup de main pour installer Périclès sur le caisson et l'emmitoufler au mieux dans la couverture.

— Là ! dit Bobokov. A la grâce de Dieu...

— Merci, Bobokov, dit Ts'ouang. Je voudrais t'offrir un cadeau, mais je n'ai rien, rien !

— Va te faire foutre, face de citron ! dit Bobokov en souriant de toutes ses dents pourries.

En ce premier dimanche de juillet 1907, une ambiance inhabituelle régnait dans la zone des chantiers navals du grand port de La Spezia occupée par les armements Müsenfeldt. Bien que ce fût jour férié, une foule nombreuse se pressait sur les quais : ouvriers du chantier accompagnés de leur famille, ingénieurs, officiels, journalistes, et aussi de simples badauds attirés là par la promesse d'un spectacle inhabituel. On allait procéder à un lancement, événement normal dans un port militaire d'Italie, doublé d'un des plus vastes chantiers navals du monde. Qu'avait-il de particulier, pour provoquer une telle curiosité ?

Un soleil radieux brillait sur le golfe de Gênes et sur toute la côte. La mer ligurienne était ce jour-là d'un bleu de rêve. Les robes d'été des femmes tranchaient par leurs couleurs vives sur les habits sombres des hommes. Les enfants, d'ordinaire tenus à l'écart de ces lieux où travaillaient leurs pères, ouvraient de grands yeux brillants d'excitation. Ils auraient bien voulu s'affranchir de la surveillance des mères, et explorer les bâtiments de guerre qui attendaient au long des quais voisins l'heure du premier appareillage. Mais les appariteurs de la firme, courtois et fermes, avaient canalisé tout ce monde, petits et grands, vers un certain bassin. Ce bassin était vide. On se montrait du doigt le hangar aux portes closes qui communiquait avec lui par une rampe. Aux dimensions de la rampe, on pouvait présumer qu'on ne lancerait ni un paquebot ni un cuirassé, mais une unité de taille très réduite.

Toute cette effervescence pour une coquille de noix ? Aux questions des visiteurs, les hommes de service répondaient par des mines énigmatiques ou prometteuses. « Un peu de patience. Vous ne serez pas déçus, allez ! »

Les portes du chantier avaient été ouvertes vers dix heures du matin, et il était bientôt onze heures. On s'impatientait, on piétinait, et les gifles volaient bas sur les joues des enfants turbulents. Enfin, un frisson parcourut la foule. Tous les regards se tournèrent vers l'entrée. Une rumeur voyagea de bouche en bouche. Il arrivait. Qui, il ? Le bateau ? Le bateau était déjà là, dans le hangar, voyons ! Alors qui ? Le héros de la fête, la vedette, l'invité d'honneur, l'important personnage qui aurait le privilège de baptiser le bâtiment en fracassant contre son flanc un magnum de champagne, selon l'usage !

L'émotion redoubla quand une fanfare en uniforme vert et blanc, les couleurs des armements Müsenfeldt, prit place sur une estrade aménagée près du hangar. Face à cette estrade il y en avait une autre, sur laquelle paradait une quinzaine d'hommes, en frac et haut-de-forme (à l'exception de l'évêque Montanegra et de son secrétaire), en qui les employés du chantier avaient identifié, outre le maire de La Spezia et quelques autres notables locaux, l'élite des ingénieurs et des directeurs de la société Müsenfeldt.

Les musiciens se mirent en position, guettant le signal du chef de clique.

Seuls quelques initiés furent capables de donner un nom à l'homme qui sortit alors du hangar par une petite porte latérale, et s'avança, suivi d'une ravissante fillette en robe blanche, porteuse d'un gros bouquet de fleurs, sur la portion de quai protégée par une cordelière grenat. Cet homme, le maître tout-puissant du chantier, mais aussi d'innombrables usines à travers le monde, ne faisait que de rares apparitions à La Spezia. Ceux qui le reconnurent furent certains qu'ils allaient assister à un spectacle hors du commun.

Deux puissantes berlines roulèrent le long du quai et s'immobilisèrent à la hauteur des estrades. L'assistance retenait son souffle. Un concert d'exclamations, de chuchotements étonnés s'éleva quand, de la première voiture, un très jeune garçon en grande tenue d'amiral sauta à terre. Il se coiffa du bicorne orné de galons dorés et de plumes blanches et vertes qu'il serrait sous son bras et, le sourire aux lèvres, se dirigea vers Basile et la fillette. A cet instant, sur un signe de son chef, la fanfare attaqua l'hymne national grec. Ravi, le jeune garçon s'immobilisa pour applaudir les musiciens. Alors la foule manifesta sa joie. Il était trop mignon, cet amiral de dix ans, beau comme un dieu dans son uniforme blanc, avec sa petite épée de parade ! Sa simplicité et sa gentillesse séduisirent les ouvriers et leurs familles. Basile n'avait pas lésiné pour réussir cette cérémonie. Il avait octroyé une gratification spéciale aux employés des armements, une distribution de paniers-repas aux familles, de friandises et de jouets aux enfants. Mis à part quelques syndicalistes chagrins, personne ne boudait son plaisir, et surtout, surtout, la curiosité l'emportait : quelle merveille le hangar cachait-il ?

A quelques pas de la petite fille, le jeune garçon s'arrêta, intimidé. Elle-même, fort embarrassée de son bouquet, hésitait. Basile l'encouragea en riant.

Prenant son courage à deux mains, elle fit encore un pas, et tendit gauchement les fleurs au héros de la fête. Il les prit, et se laissa embrasser en rougissant sous les bravos de l'assistance. Alors Basile s'inclina cérémonieusement et l'entraîna vers l'estrade, où les occupants des autres limousines avaient déjà pris place. Parmi eux, une femme d'une exceptionnelle beauté dissimulait à grand-peine sa mauvaise humeur.

— Qu'est-ce que c'est que cette mascarade ? lança-t-elle à Basile en français quand il vint la saluer. Tu veux lui tourner la tête, c'est ça ? J'ai été à deux doigts de jeter cette tenue d'amiral à la poubelle...

— Alexandre ne te l'aurait pas pardonné !

— Tout cela est absurde ! Ce bicorne, cet accueil en fanfare... Qu'est-ce que tu as derrière la tête ?

— Je n'ai aucune intention coupable, je t'assure. Alexandre est mon fils adoptif. Je veux lui faire plaisir, qu'il se souvienne toute sa vie de son dixième anniversaire.

— Oh, il s'en souviendra ! Ne me dis pas que son cadeau d'anniversaire se trouve dans ce hangar ?

— Si justement ! Mais pardonne-moi, il faut que je prononce mon petit discours.

— Nous en reparlerons !

— Nous aurons tout le temps... J'ai loué la plus belle villa de la côte. Tu restes quelques jours, j'espère ?

— Je repars ce soir.

— Je vois... Ton journal te donnerait-il des soucis ?

— Ce n'est pas mon journal, c'est celui d'Igor. Et il fonctionne très bien.

— Parfait ! A tout à l'heure...

La fanfare s'était tue. Basile monta à la tribune et prit la parole en italien.

— Votre Excellence, monsieur le Maire, monsieur le Consul de Grèce, messieurs les Journalistes, je suis heureux de vous accueillir aujourd'hui, et je vous remercie d'avoir répondu à l'invitation des armements Müsenfeldt. C'est à une fête doublement familiale que je vous ai conviés. Nous n'allons pas seulement célébrer le dixième anniversaire de mon fils Alexandre. Il est une autre famille, ici, largement représentée : celle des employés de la firme Müsenfeldt, à laquelle je tiens à exprimer aujourd'hui ma gratitude. Notre prospérité est le fruit de leur travail, de leur dévouement, de leur compétence. Tous, ouvriers et ingénieurs, apportent leur part à l'œuvre commune. Vous le savez, une ère nouvelle s'ouvre pour la construction maritime. Un nouveau type de bâtiment est né, qui répond aux besoins des flottes de guerre modernes. Il s'agit des submersibles. En engageant notre firme dans ce projet, je prenais un pari apparemment risqué. Aujourd'hui, la partie est gagnée. Nos carnets de commandes sont pleins pour plusieurs années. Et nous allons prouver la fiabilité de ces engins. La sécurité de nos sous-marins est telle que je n'ai pas hésité à en offrir un à mon fils ! Mesdames et messieurs, nous allons procéder au lancement de l'*Alexandre Apostolidès*, le premier sous-marin miniature du monde !

Basile ponctua sa phrase d'un signe de la main en direction du hangar. Au même instant, la fanfare entama une marche solennelle, et les battants de fer s'écartèrent. Un sous-marin apparut. Hormis sa taille, et la décoration verte et blanche de ses flancs et de son kiosque, il était identique aux premiers sous-marins livrés par la Müsenfeldt à plusieurs marines nationales. Le chef fit taire la fanfare. Un murmure admiratif courut dans les rangs serrés des spectateurs. Une équipe d'élite travaillait depuis des mois à un projet secret, mais aucun des ouvriers hautement qualifiés qui y collaboraient n'avait vendu la mèche.

— L'*Alexandre Apostolidès*, reprit Basile, mesure huit mètres de long. Il est mû en surface par un moteur à essence de 30 CV, et en plongée par une dynamo de 15 CV. Conçu pour un équipage de trois hommes, il peut rester quatre heures en immersion, et descendre à une profondeur de quinze mètres. Un poste d'observation doté d'un hublot et d'un projecteur en font un merveilleux instrument d'exploration sous-marine. Notez, messieurs les Journalistes, que, conçu pour la guerre, ce bâtiment n'en préfigure pas moins une future exploitation civile des submersibles...

Deux des journalistes invités échangèrent un clin d'œil entendu, tandis que Basile s'adressait au héros du jour.

— Mon cher Alexandre, tu vas maintenant baptiser ce bâtiment, puis Monseigneur Montanegra le bénira. Ensuite on le lancera, et tu feras la connaissance de ton équipage, MM. Colombardi et Di Maria, l'ingénieur en chef et le directeur d'essais des chantiers Müsenfeldt.

Très ému, Alexandre acquiesça. Glissant sur ses rails, le sous-marin s'ébranla et fendit l'eau du bassin en soulevant une gerbe d'écume.

— Alexandre, à toi !

Le jeune garçon souleva à deux mains le magnum de champagne suspendu par une cordelette rouge ornée de petits drapeaux aux couleurs des armements, et le précipita contre la coque luisante du sous-marin, où il éclata. L'évêque Montanegra s'avança à son tour, fit le signe de croix et bénit le bateau. Alors, la foule applaudit à tout rompre.

Pendant que l'*Alexandre Apostolidès* effectuait sa première plongée à quelques encablures du bassin, sous le commandement de son capitaine de dix ans, on distribuait dans une ambiance de kermesse victuailles, jouets et friandises. Les invités de marque avaient pris place aux longues tables recouvertes de nappes blanches installées sous des dais.

Tournée vers la mer, Diane ne quittait pas des yeux l'endroit où le submersible venait de plonger.

— Voyons, Diane, dit Basile, ne t'inquiète pas... Alexandre est en sécurité.

— Le Ciel t'entende ! répliqua Diane. Mais je trouve stupide d'offrir un sous-marin à un enfant ! Il en profitera trois fois, je me ferai un sang d'encre et tu auras dépensé combien pour ce beau résultat ? Un million de lires, peut-être ?

— Un peu plus que cela, dit Basile en souriant. Mais je m'en fiche. Tu as vu le regard d'Alexandre ? Il rayonnait. Et d'ailleurs, il s'agit d'un excellent placement. Tous les journalistes sont là. Tu les vois, là-bas, rédiger leurs articles d'une plume fiévreuse ? Ils en oublient de faire honneur au repas... Ils tiennent un sujet en or : « Le fils du milliardaire Apostolidès essaie son sous-marin miniature... Un véritable équipage à ses ordres... *En plongée !* ordonne le capitaine en culottes courtes... » Demain, la presse italienne ne parlera que de ça. Après-demain, les journaux du monde entier reprendront la nouvelle. Une telle publicité m'aurait coûté vingt fois plus cher sans notre petit sous-marinier.

Diane le considéra avec dégoût.

— Tu te sers d'Alexandre ! Et s'il lui arrivait un accident ? Combien de sous-marins ont été engloutis à jamais, ces dernières années ?

— Il y a eu quelques accidents, sur de grands bâtiments, en situation opérationnelle. Di Maria ne descendra pas à plus de trois mètres. Même si l'appareil était en perdition, Alexandre s'en tirerait. Enfin, Diane, tu es impossible ! Quand tu vivais avec moi, tu prenais les choses avec plus d'humour...

— Tu cherches à éblouir Alexandre, pour l'attirer à toi !

— Tu te trompes. Il était convenu qu'il viendrait passer quelques semaines ici... Pourquoi tenterais-je de le séduire ? Il m'est très attaché.

— Tu veux le modeler à ton image ! Et tu essaies de me garder à travers lui. Mais surtout, tu souhaites qu'il poursuivre ton rêve insensé... Tu es habité d'une ambition monstrueuse : devenir le maître du monde... J'ai essayé de comprendre ce qui te poussait à étendre inlassablement ton pouvoir, à produire toujours plus d'instruments de destruction. Tu es un homme remarquable, Basile, peut-être même un génie. Tu déploies une énergie, une intelligence et une détermination exceptionnelles... Mais ton but est terrifiant, infantile. Tu veux faire payer au monde la mort de ton père. Tu n'es qu'un enfant qui pleure, Basile, et qui brandit le poing vers le ciel et les hommes !

Basile blêmit. Personne ne l'avait jamais traité ainsi.

— Psychologie de bazar ! grinça-t-il. Bien sûr, cet

épisode m'a marqué, mais je l'ai surmonté... Cela ne regarde personne... Même pas toi !

— Tu voudrais que je l'oublie ! Souviens-toi : c'est moi qui vous ai tirés de là en suppliant Bohumil bey, toi, Démosthène et Périclès.

— Ça suffit ! gronda Basile.

Il réussit à se maîtriser..

— Parlons plutôt de toi, dit-il d'une voix radoucie. Comment va ce cher Igor ? Je suis abonné à *La Flamme*. Votre journal n'est pas mauvais. Je ne partage pas ses idées, mais je dois reconnaître que certaines de ses analyses ne sont pas dépourvues d'intérêt. Épouses-tu ses convictions ? Cela ne manquerait pas de sel. Il appelle à l'extermination de tes semblables, ni plus ni moins !

Diane secoua la tête avec lassitude.

— Igor est libre de ses opinions. J'ai les miennes...

— Mais tu contribues à financer son journal !

— C'est vrai. Le messianisme révolutionnaire d'Igor me laisse sceptique. Ce qui m'importe, c'est de lutter contre toute forme de tyrannie. Et aussi contre le groupe de pression des marchands de canons. Contre toi !

— Et contre ton oncle Mascoulis, dont tu tiendras ton immense fortune, observa Basile avec ironie.

— Je sais ! soupira Diane. Et alors ? Sous prétexte que je suis riche, je ne devrais rien tenter pour les opprimés qui fournissent les cadavres... Il faut bien que quelqu'un se mobilise pour essayer d'améliorer leur sort... Alors, je paie, même si je ne suis pas toujours d'accord avec l'orientation des articles. En tout cas, nous sommes efficaces, puisqu'on cherche à nous nuire. Les locaux de *La Flamme* ont été victimes de deux attentats !

— Ne me regarde pas comme ça, je n'y suis pour rien !

— Nous savons qui a payé les voyous. L'Okhrana, puis un tueur à la solde de Krupp.

— Allons bon ! Le baron s'énerve ! Mais vous ne les ménagez pas, lui et sa famille. Est-ce que je me formalise, moi, quand on me traite de « grand prédateur » dans vos colonnes ? C'est de la rhétorique, voilà tout !... Regarde... l'*Alexandre Apostolidès* refait surface... Il était inutile de t'inquiéter. Dans quelques minutes, il sera à quai.

Le kiosque du sous-marin émergeait. Basile tendit à Diane une paire de jumelles de poche. Elle les porta à ses yeux et scruta le bord du kiosque. Une silhouette s'y dressait. C'était celle de Colombardi. Bientôt, Alexandre apparut à son tour. Un large sourire illuminait son visage.

— Et voilà, dit Basile. Tout s'est déroulé à merveille. Tes appréhensions étaient vaines.

— Je ne serai pas tranquille tant qu'Alexandre ne sera pas loin de cette saleté de sous-marin !

Puis, d'un air grave elle ajouta :

— Il faut que je te parle de Démosthène.

— Je t'écoute.

— Il est très malade.

Basile fit la grimace.

— Il boit trop depuis longtemps... Aujourd'hui, il le paie.

— C'est beaucoup plus sérieux que ça. Il est au bout du rouleau, je le crains. Il m'a écrit. Il a enfin terminé sa pièce, tu sais, son grand projet. Son dernier souhait serait de la voir jouée sur une scène prestigieuse.

— Rien de plus facile, dit Basile avec tristesse. Il n'a qu'à choisir, je paierai.

— Ce n'est pas tant la question... Je l'ai déjà

assuré de mon appui. Tu pourrais l'aider d'une autre manière. Tu contrôles une bonne partie de la presse dans la plupart des pays d'Europe, non ? *La Flamme* lui consacrera sa rubrique théâtrale mais...

— Quelle que soit la qualité de la pièce, nous lui ferons un triomphe... Où veut-il qu'on la joue ?

— Pour la création, il hésite entre Monte-Carlo et Paris... Son rêve serait de la donner à Athènes. Malheureusement c'est impossible, puisqu'il a été proscrit par le gouvernement.

— On peut la créer à Monte-Carlo, puis la reprendre à Paris. Pour la Grèce, il faudra plus de temps. On en fera circuler une édition clandestine, et le bouche à oreille amplifiera le mouvement dans la presse grecque. Il va vraiment très mal ?

— Les médecins ne lui laissent que quelques mois. Un an, au maximum.

Basile se mordit les lèvres.

— Alors il faut faire vite.

L'*Alexandre Apostolidès* s'amarrait au bord du bassin sous les applaudissements de la foule. Alexandre gagna le quai et salua d'un grand geste les spectateurs avant de se précipiter vers Diane et Basile.

— Papa, maman, c'était formidable ! Tu ne peux pas savoir ! On a vu des poissons grands comme ça... dit-il en écartant les bras. J'aimerais sortir du sous-marin pour les chasser !

— Bonne idée, dit Basile en se tournant vers Di Maria, qui arrivait avec Colombardi sur les talons de l'enfant. Dites-moi, Di Maria, on pourrait lui faire donner des leçons de plongée en apnée...

Alexandre battit des mains à cette idée. Diane sourit à son fils. Il était heureux. N'était-ce pas l'essentiel ?

Bien qu'il lui en coûtât de s'éloigner d'Alexandre, ne fût-ce que pour trois semaines, Diane repartit le soir même, tant le manège de Basile visant à renforcer son empire sur l'enfant l'exaspérait. Basile l'accompagna à la gare. Ils se parlèrent peu durant le trajet. Elle lui avait déjà dit tout ce qu'elle avait sur le cœur. Au moment de lui dire au revoir, il faillit se départir de son masque de sérénité souriante. Cependant, devant l'attitude de Diane, il renonça à prononcer les mots qui les auraient ramenés deux ans en arrière, à l'époque de leur séparation. Il se contenta de lui adresser un regard navré tandis qu'elle montait dans le train. A quoi bon revenir sur le passé ? Elle savait qu'il l'aimait toujours. Seul son incommensurable orgueil le poussait à feindre d'admettre leur rupture. Il savait qu'elle le savait, et que ses sentiments ne changeraient probablement jamais. Elle l'avait aimé, elle aussi, mais c'était terminé. Elle n'éprouvait plus pour lui qu'une amitié lasse et désabusée, mêlée d'admiration pour son intelligence, ses capacités d'homme d'action, et de mépris pour ce qu'il en faisait.

Dans le train, elle ouvrit un exemplaire de *Sésame et les Lys*, de Ruskin, traduit par un certain Marcel Proust dont elle avait fait la connaissance à Paris, dans le salon de Mme de Noailles. Bientôt elle posa le volume sur ses genoux. Quel voyage solitaire n'est pas aussi un voyage intérieur ? S'abstraire de ses occupations habituelles conduit presque toujours à reconsidérer sa vie, à explorer son passé, à faire le point. Depuis deux ans, elle vivait avec Igor Liougatchev une liaison qui la laissait insatisfaite. Si elle n'y mettait pas fin, c'était en partie par crainte de la solitude. Bien sûr, elle n'aurait eu qu'un mot à dire pour que dix hommes remarquables se jettent à ses pieds. Elle n'en serait pas moins demeurée seule. Les hommes ne seraient plus pour elle que des figurants, puisque le seul qu'elle aurait pu aimer était mort. Le visage de Périclès lui apparut, et elle plongea dans un abîme de tristesse. Depuis son retour de Russie, elle avait tout tenté pour retrouver sa trace, de Saint-Pétersbourg au Japon et en Mandchourie. Elle avait même envoyée en Corée le meilleur détective d'une célèbre agence britannique. En vain. Aucune trace de Périclès Hespéra. Il n'avait plus donné signe de vie depuis l'hiver 1904-1905. Un gérant avait été désigné pour expédier les affaires courantes en attendant qu'il réapparaisse, ou qu'une décision de justice entérine son décès probable.

La vie de Diane se perdait dans les sables avec la trajectoire terrestre de Périclès, cet éternel errant, s'achevant ainsi dans l'incertitude. Heureusement, il lui restait Alexandre, malgré les manigances de Basile. Comment un gosse de dix ans résisterait-il à la séduction d'un homme capable de lui offrir un sous-marin pour ses dix ans, ou, comme l'année précédente, un véritable zoo, avec lions, tigres, panthères et éléphants ? Diane, d'un geste irrité, rangea le volume de Ruskin dans son sac de voyage. Le zoo existait toujours, dans la propriété de Monte-

Carlo. Alexandre, qui vivait en Suisse auprès de Diane, y avait mis les pieds trois fois ! Basile était en train de pourrir Alexandre, en cédant à ses moindres caprices, en les suscitant. Alexandre était l'héritier de deux des plus grosses fortunes mondiales. Diane ne l'élevait pas en gosse de pauvre, loin de là. Mais qu'est-ce qui passionnerait Alexandre plus tard si on le couvrait de cadeaux insensés et si on lui procurait dès l'enfance, ce à quoi des hommes consacrent leur vie entière ?

Diane avait espéré qu'Igor lui serait de quelque secours. Elle avait bientôt déchanté. Le petit réservait son amour et sa loyauté à Basile. Le journaliste russe n'était pour lui qu'un usurpateur. Igor avait tenté de s'attacher son affection, mais il s'y était pris maladroitement, et n'avait pas insisté. Depuis plus d'un an, Alexandre et Igor s'ignoraient. Alexandre prenait un malin plaisir à vanter les mérites de Basile devant Igor. Igor opinait et s'éclipsait. Cette cause était perdue.

Diane aurait pu trouver une raison de vivre dans *La Flamme*. Mais elle ne serait jamais une militante. Elle aurait pu en raconter beaucoup plus que ces révolutionnaires professionnels sur la réalité du pouvoir et sur le cynisme de leurs bêtes noires, les marchands d'armes et les puissances d'argent... Pour elle, il ne s'agissait pas d'entités mais d'êtres de chair et de sang qu'elle connaissait bien. Quand Igor écrivait : « La banque X..., cette hydre assoiffée de profits », Diane voyait les visages bien réels de ceux qui dirigeaient cette hydre : elle avait dîné chez les X... enfant, ou bien elle avait dansé à certaines de leurs fêtes, ou encore son oncle Démétrios Mascoulis lui avait révélé leur dernière machination. Elle les savait encore pires que tout ce qu'un journaliste pouvait imaginer.

En deux ans, Igor avait mené *La Flamme* à la gloire et, sans qu'il le souhaite, à générer des bénéfices. Il s'était entouré de collaborateurs brillants. Chaque fois que Diane l'avait félicité de cette prospérité grandissante, Igor l'avait mise au compte des dons de militants en exil, et aux abonnements des centrales syndicales de toute l'Europe, car outre l'édition russe, *La Flamme* paraissait désormais en plusieurs langues.

Une heureuse surprise attendait Diane à Genève. Igor était à Lausanne pour un congrès d'exilés russes, mais Ghélissa Tricoupis, l'amie de toujours, était arrivée la veille d'Athènes et lui avait laissé un message. Diane accueillit cette nouvelle avec joie. Ghélissa avait le don de l'étourdir, de l'amuser, de ressusciter pour elle l'ambiance un peu folle de leur jeunesse dorée. Le lendemain, Diane courut à son hôtel.

Les deux femmes ne s'étaient pas vues depuis trois ans. Diane retrouva sa Ghélissa : excentrique, fofolle, provocatrice et iconoclaste. Depuis la mort d'Hélianthios Coïmbras, son grand amour de jeunesse, la vie sentimentale de Ghélissa était franchement orageuse. La jeune femme n'était pas belle, mais elle avait un charme fou, et peu de proies résistaient à sa séduction.

— Ma Diane, j'aime à présent un boxeur français, une authentique bête !

— Tu es une véritable démocrate, lui répondit Diane en riant. Mais les coups de poing à la tête ébranlent le cerveau !...

— Peut-être, mais je peux te garantir que seul le cerveau est touché. Pour le reste, il fonctionne parfaitement.

Ghélissa eut un sourire complice et ajouta :

— Je peux plaisanter, tu n'es plus une petite fille...

— J'aimerais tant en redevenir une ! Celle que j'étais à Salonique, il y a... Oh, peu importe combien de temps. Démosthène et Basile étaient des dieux et Périclès vivait encore.

— Toujours aucune nouvelle ?

— Non. Un médecin russe m'a dit que le Ciel ne fait jamais qu'un miracle à la fois... Il est mort, Ghélissa. J'en suis sûre à présent... Sinon il aurait cherché à me revoir...

La voix de Diane se brisa. Ghélissa l'attira contre elle.

— Diane chérie ! Je sais ce que tu ressens. Quand Hélianthios est mort, la meilleure partie de ma vie, la plus lumineuse, la plus pure, s'est achevée... Heureusement, il me restait ma fille... Et les hommes ! Où en es-tu ? Tu vis avec un journaliste russe ? Je le sais...

— Il s'appelle Igor Liougatchev, répondit Diane en séchant ses larmes. Nous ne vivons pas vraiment ensemble. Nous nous voyons souvent. Il rentre ce soir de Lausanne. Dînons tous les trois, un soir...

— Eh bien... Oui, d'accord. Comment est-il ?

— Beau... Et intelligent.

— Tu vois, le destin te gâte. Ce qu'il y a de bien, avec mon mi-lourd français, c'est qu'il est très reposant. Il me fait l'amour comme un sauvage, et puis il m'embrasse sur le front, et il s'endort...

— Et tu supportes ça ?

— C'est encore pire que tu ne crois : j'aime ça ! Enfin, de temps en temps... Mais rassure-toi, le reste du temps, je fréquente des hommes plus subtils. Je vois toujours Bousphoron.

— Ce cher Georges ! Comment va-t-il ?

— Très bien. Il s'est fait élire député à Athènes, dans la circonscription de qui tu sais.

Depuis qu'elle avait appris par les journaux quel rôle il avait joué dans la fin tragique d'Hélianthios Coïmbras, Ghélissa refusait de prononcer le nom de Démosthène. Elle le haïssait et le méprisait de toute son âme.

— A ce propos, dit Diane, j'ai eu de ses nouvelles...

— Tu sais ce que je pense de lui, dit Ghélissa en détournant les yeux.

— Je sais...

— Et alors ?

— Il va mourir. Le malheur, l'alcool, le remords peut-être...

— Ainsi soit-il. Il a été ton mari, et il fut mon ami... Parlons plutôt de ton Igor ! Donc, il est beau et intelligent... Et au lit ? Passionné ou dilettante ?

— Ghélissa !

Ghélissa éclata de rire.

— Bon, je vais formuler ma question autrement : tu l'aimes ?

Diane demeura un instant silencieuse, puis répondit :

— Je l'aime bien.

Ghélissa hocha la tête.

— Je vois... Le monde est plein d'hommes que j'aime bien. Bref, le monde est un désert lugubre.

Pour fêter le retour de Diane et accueillir dignement sa meilleure amie, Igor emmena les deux femmes dans un restaurant délicieux donnant sur le lac. Depuis qu'il avait fui Saint-Pétersbourg grâce aux puissantes relations de Basile et de Diane, le jeune journaliste avait pris de l'assurance. Il s'était frotté à tous les milieux. Un homme intelligent est partout chez lui. Il ne cachait pas ses idées, mais savait prendre vis-à-vis d'elles la distance nécessaire en fonction de ses interlocuteurs. De plus, son charme personnel lui ouvrait nombre de portes. Ses traits harmonieux et virils séduisaient les femmes, sa bonne humeur et sa vivacité d'esprit lui valaient la sympathie des hommes. En deux ans, le proscrit de Saint-Pétersbourg était devenu une figure familière des salons genevois. Des hommes qui auraient dû le vouer au bagne en raison de ses opinions appréciaient sa compagnie et le recevaient à leur table.

Ghélissa l'observa attentivement. Et même plus attentivement qu'il n'était naturel, remarqua Diane. Simple curiosité féminine ! Ghélissa examinait le successeur auprès de Diane de deux hommes qu'elle avait bien connus... Igor devait en avoir conscience, car il se montra particulièrement brillant. Il esquissa avec drôlerie le portrait de certains exilés et brossa un tableau sans complaisance de l'opposition russe. A l'intérieur de l'empire, le pouvoir s'était ressaisi. Les faits avaient déçu les espoirs nés du coup de boutoir de la révolution manquée de 1905.

— Dites-moi, demanda Ghélissa, quel régime souhaitez-vous exactement, quand l'autocratie aura été abattue ? D'après ce que j'ai lu dans l'édition française de *La Flamme*, vous ne semblez pas souhaiter une démocratie parlementaire.

— Oh, dit Igor, le journal se fait l'écho de tendances diverses, contradictoires...

— C'est votre propre tendance qui m'intéresse.

— Eh bien... Je pense qu'il serait dommage de ne pas profiter du bouleversement que constituerait la chute de Nicolas II pour instaurer quelque chose de radicalement nouveau. Une telle occasion ne se représenterait peut-être jamais. Pourquoi nous encombrer d'un système politique qui fait le jeu des puissances d'argent ? C'est au peuple qu'il faut donner le pouvoir, et à lui seul !

— A lui seul, cela signifie que vous entendez en priver radicalement les classes supérieures ?

— Plus exactement, mes amis et moi envisageons de supprimer radicalement ces classes.

— Les « supprimer » ?

— Disons : les abolir.

— Et vous croyez qu'elles se laisseront abolir comme ça, par décret ?

— Non, je n'ai pas cette naïveté. J'imagine qu'il faudra user d'une certaine violence... Au moins pendant quelque temps.

— Et jusqu'où pourrait aller cette violence ?

— Jusqu'aux extrêmes... les plus extrêmes... Reprenez un peu de canard à l'orange, chère Ghélissa. Ne vous méprenez pas sur mon compte, je ne suis pas un Saint-Just rêvant d'établir l'égalité universelle à coups de têtes coupées... Je crois seulement qu'il faudra arracher le pouvoir à ceux qui l'accaparent pour le redistribuer équitablement entre tous. Si quelques-uns s'accrochent à leurs privilèges, il faudra leur taper un peu sur les doigts, voilà tout !

Igor et Diane raccompagnèrent Ghélissa à son hôtel.

— Que fais-tu demain, ma chérie ? demanda Ghélissa à Diane.

— Rien de particulier... Voyons-nous, si tu veux. J'aimerais que nous arrangions des vacances communes pour Alexandre et ta fille. Il rentre de La Spezia dans trois semaines, et il aura la tête pleine d'histoires de sous-marins et de canons. Un peu de douceur féminine ne lui ferait pas de mal.

— Merveilleuse idée ! Mon Anitsa adore Alexandre. Elle me parle souvent de lui, bien qu'elle ne l'ait pas vu depuis trois ans. Alors quatre heures chez toi ?

— D'accord. A demain.

— A demain, Bonsoir, Igor. Relisez donc l'histoire de la Révolution française. Les conventionnels ne voulaient tuer personne, au départ.

— L'Histoire ne bégaie pas obligatoirement... Bonne nuit, Ghélissa !

En arrivant chez Diane le lendemain, Ghélissa paraissait soucieuse.

— Qu'est-ce qui te préoccupe ?

— Rien, répondit Ghélissa, je t'assure... Pourrais-tu nous faire servir un peu de thé ? Et quelques toasts ? Je saute un repas sur deux pour lutter contre ma généreuse nature... Et évidemment, je crève de faim ! Quelle chance tu as, toi ! Tu es aussi mince qu'à vingt ans. J'aurai passé ma vie à t'envier... Faut-il que je t'aime pour te le pardonner !

Elle se tut et reprit, pensive :

— Tu avais raison, tout à l'heure, je suis préoccupée.

— Que t'arrive-t-il ?

— Oh, je me trouve dans une situation très délicate, très embarrassante...

Ghélissa, pour se donner une contenance, alluma une cigarette turque.

— Alors ? s'impatienta Diane. Va-t-il falloir que je t'arrache les mots un à un ?

— Non, non...

Elle poussa un soupir et se jeta à l'eau :

— Il faut que je te parle d'Igor.

— Igor ? Je t'écoute.

— Igor... ne mérite pas ta confiance.

— Que veux-tu dire ? Il me trompe ?

Ghélissa haussa les épaules.

— Quelle importance cela aurait-il, puisque tu n'es pas vraiment amoureuse de lui ?

— Tout de même !

— Ce n'est pas cela. C'est pire : il t'espionne pour le compte de Basile.

— Ghélissa, tu es folle !

— Tu n'es d'ailleurs pas la seule personne qu'il espionne, poursuivit impitoyablement Ghélissa. Il espionne tout le monde et transmet à Basile des rapports sur les opposants russes. D'ailleurs, Basile finance le journal en sous-main.

— Mais tu racontes des sottises ! C'est moi qui subventionne *La Flamme* ! Le journal est imprimé dans mon imprimerie !

— Eh bien, tu n'es pas la seule à apporter ton écot !

— Mais comment le sais-tu ? Et depuis quand ? Tu as dîné hier soir avec nous...

Ghélissa posa sa main sur l'épaule de Diane en un geste amical.

— Il faut me croire, Diane. Cela ne m'amuse pas de te révéler cela... Et je ne suis pas très fière, en le faisant, de servir les intérêts de gens que je méprise...

— De qui s'agit-il ? Explique-toi, je t'en prie !

— L'Okhrana. Bien entendu, la police politique de Nicolas II ne voit pas d'un bon œil un journal tel que *La Flamme* se créer et rassembler autour de lui la nébuleuse des adversaires du régime. Ils ont cherché des poux dans la tête d'Igor, et ils en ont trouvé un gros : Basile !

Sur ces mots, Ghélissa sortit de son sac à main une liasse de documents qu'elle tendit à Diane.

— Qu'est-ce que c'est ?

— Les fac-similés des reçus signés par Igor à Basile. Basile tient Igor par le chantage. Les sommes sont considérables. Igor ne les a pas réinjectées en totalité dans le journal... Il est en train de faire fortune, Diane. C'est une des raisons qui m'ont poussée à te dévoiler la vérité. Il n'y a aucune sincérité chez cet homme-là. Il trahit ta confiance et celle de ses amis politiques... Il trahirait aussi bien Basile s'il le pouvait. Je tremble à l'idée de ce qu'un type pareil serait capable de faire s'il parvenait un jour au pouvoir !

Diane parcourut la liasse de documents, puis releva la tête.

— Cela dure depuis le début, dit-elle d'une voix altérée par la colère. Le premier reçu est daté de quelques jours seulement après notre retour de Saint-Pétersbourg ! Comment ai-je pu être aussi bête ?

— Basile a dû lui mettre immédiatement le marché

en main. Peut-être même l'a-t-il incité à créer un journal. Je suis désolée, Diane ! Si tu m'en veux, je le comprendrai, mais je ne pouvais laisser ce petit maquereau se moquer de toi.

— Tu as eu raison. Il va me le payer !

— Que comptes-tu faire ?

— Je l'ai tiré de la rue. Je vais l'y renvoyer. Et cette fois-ci, il n'aura aucune chance de s'en sortir.

Elle essuya furtivement une larme de rage. Ghélissa ne l'avait jamais vue ainsi : une froide détermination se lisait sur son visage.

— Comment vas-tu t'y prendre ?

— Il y a ce soir une réunion du conseil d'administration de *La Flamme*. Pour ne pas compromettre l'honneur révolutionnaire de monsieur, je ne m'y rends jamais. L'imprimerie est représentée par son directeur financier... Eh bien ce soir, on m'y verra !

La salle de rédaction était bondée, comme à chaque réunion. La première partie se déroulait à huis clos, entre les porteurs de parts et les rédacteurs. Ensuite, de nombreux collaborateurs extérieurs à l'équipe, des correspondants à l'étranger de passage en Suisse, des délégués des différentes factions hostiles au régime tsariste assistaient à la seconde partie du débat.

Ce soir-là, l'assistance était particulièrement nombreuse. Presque tout ce qui comptait dans les milieux d'opposition en exil était là.

Igor, assis à la place d'honneur entre le directeur de la rédaction, Olparine, et le directeur financier de l'imprimerie, laissa errer son regard autour de lui à travers la fumée des cigarettes et des pipes. Il ne put réprimer un mouvement d'orgueil. Les hommes qui l'entouraient étaient en majorité des vétérans de la rébellion contre la dynastie au pouvoir en Russie. Ils écrivaient et distribuaient déjà des pamphlets et des libelles quand ils couraient en culotte courte dans les rues misérables de Saint-Pétersbourg. Certains avaient connu la prison et la déportation. Le vieux Khavolevsky avait passé quinze ans en Sibérie. Prochilov s'était évadé des Solovki... Deux ans auparavant, Igor les considérait comme des héros pour lesquels il aurait sacrifié sa vie sans hésiter. Aujourd'hui, rassemblés autour de lui, ces hommes attendaient qu'il parle. Il n'était certes pas leur chef, mais il dirigeait le plus important organe de presse de la diaspora antitsariste. Il disposait sur l'opinion des exilés d'un pouvoir supérieur au leur. Il arbitrait les brouilles qui éclataient sans cesse entre les diverses factions révolutionnaires. Que de chemin parcouru, depuis que, journaliste sans emploi, débiteur de sa logeuse, des commerçants de son quartier, il battait le pavé de Saint-Pétersbourg le ventre vide !

Il s'éclaircit la gorge, et parla enfin.

— Mes amis, nous venons d'écouter un rapport financier satisfaisant. *La Flamme* se porte bien. Elle brûle, et éclaire le chemin de l'avenir. Nous vous sommes en grande partie redevables de cette prospérité. On ne dira jamais assez l'importance de la diffusion militante ! Mais je voudrais vous entretenir d'un autre problème, beaucoup plus grave. Il s'agit de la situation générale dans notre patrie. Comme vous tous, j'ai cru après la défaite militaire entre le Japon et les grandes manifestations de Saint-Pétersbourg que le tsarisme vivait ses derniers moments. Il n'en est rien. Deux ans se sont écoulés et les Romanov et leur intransigeance insolente sont toujours là...

— Allons donc ! Tout l'édifice est pourri des fondations à la toiture ! explosa un petit homme ventru et jaune qui n'était autre que Kazinski, un envoyé officieux de Vladimir Ilitch Lénine. Il suffira d'une poussée énergique, le moment venu, et tout s'effondrera !

— Le moment venu, sans doute, Kazinski. C'est le laps de temps qui nous sépare de ce moment qui me préoccupe !

Igor s'était retenu à grand-peine de hausser les

épaules. S'il reconnaissait à Lénine une formidable intelligence et une ampleur de vue exceptionnelle, il n'aimait pas Kazinski. Et d'ailleurs, n'avait-il pas entendu Lénine en personne formuler le même diagostic que lui ? Dans une conversation privée, le chef de file des bolcheviks lui avait déclaré que sa génération ne verrait sans doute pas se réaliser la révolution pour laquelle elle luttait. Bien entendu ni Lénine, ni Kazinski d'ailleurs, ne pouvaient tenir en public des propos aussi défaitistes.

— Aujourd'hui, rien ne laisse prévoir un effondrement du régime. Il faudra sûrement attendre la succession de Nicolas II pour espérer un changement. Or, il est dans la force de l'âge...

A cet instant la porte de la salle de rédaction s'ouvrit, et une jeune femme pénétra dans la pièce. Surpris, Igor reconnut Diane. Que venait-elle faire ici ? Elle n'avait jamais mis les pieds au journal. Aux yeux de ses compagnons de lutte, Igor n'était même pas censé la connaître. Il devait s'être produit quelque chose de très important, pour qu'elle enfreigne ainsi la règle qu'ils s'étaient fixée.

— Madame ?...

Diane ne lui accorda pas un regard. Dans le silence qui s'était abattu sur la salle à son entrée, elle s'avança calmement et prit la parole d'une voix ferme.

— Messieurs, je vous prie d'excuser mon intrusion. Permettez-moi de me présenter. Je suis Mme Diane Mascoulis, la proprétaire de l'imprimerie Helvética...

Kazinski lui coupa brutalement la parole.

— Et alors ? Cela vous donne-t-il le droit de troubler une réunion des rédacteurs du journal ?

Igor voulut intervenir. Diane fut plus rapide.

— Cela me donne certains droits, non seulement

le journal s'imprime sur mes presses, mais aussi avec mon argent.

— Qu'est-ce que vous nous chantez là ?

— Le grand air de la vérité, cher monsieur ! Il est possible qu'il vous écorche les oreilles... Faites tout de même l'effort de l'écouter jusqu'au bout : *La Flamme* est donc imprimée grâce à moi, Diane Mascoulis, propriétaire d'Helvética, et, accessoirement, nièce de M. Démétrios Mascoulis et ex-épouse de M. Basile Apostolidès !

— Attendez... Mascoulis ? Apostolidès ? Mais...

— Les marchands de canons, oui, monsieur ! Je comprends que ces détails effarouchent votre pacifisme. J'ajouterai, pour faire bonne mesure, que les salaires et les piges sont réglés par M. Apostolidès. Messieurs, vous vivez sur les bénéfices des fabricants d'armes, et donc de cadavres. En voici la preuve !

Diane sortit les fac-similés des reçus et les distribua autour d'elle. Leur lecture souleva un concert d'exclamations.

— Liougatchev ! rugit Khavolevsky, avez-vous réellement signé cela ?

— Hein ? De quoi s'agit-il ?

— Il s'agit d'un reçu apparemment signé de votre main et concernant un versement de cinquante mille francs suisses par M. Basile Apostolidès ! J'exige immédiatement des explications !

Blême, Igor s'était levé.

— C'est un faux !... C'est une folle !

Khavolevsky s'était levé, lui aussi. Grand et bâti en force, mais miné par ses années de déportation, il toisait Igor avec un mépris indicible.

— C'est un peu court, mon garçon ! Il va falloir vous expliquer pour de bon...

Dans son visage usé par les épreuves, ses yeux brillaient d'une lueur inquiétante.

— Les traîtres ont toujours existé. En Sibérie, nous savions comment les traiter...

— Je... Diane !

Les yeux hors de la tête, Igor s'était tourné vers Diane. Elle l'ignora délibérément.

— Messieurs, je vous laisse entre vous. Un dernier mot avant de vous quitter : sachez que je respecte les motivations de la plupart d'entre vous, et que je partage certaines de vos idées. C'est en connaissance de cause que j'ai mis l'imprimerie Helvética à leur service. Cet homme m'a trompée comme il vous a trompés. Je n'entends pas vous en faire payer le prix. Helvética continuera à imprimer *La Flamme*, si toutefois cela vous convient. Faites-moi connaître votre décision par l'intermédiaire du directeur financier. Messieurs, je vous salue.

Diane tourna les talons et sortit. Alors, plusieurs hommes de l'assistance se ruèrent sur Igor et le ceinturèrent. Anéanti, il n'opposa aucune résistance. Aux questions qui fusaient de tous les côtés à la fois, il ne répondait rien. Il était, sinon un homme mort, un homme fini, et il le savait. Rompus à la lutte clandestine contre les agents de l'Okhrana, et s'efforçant de lui rendre coup pour coup, les exilés ne reculaient pas devant la violence. D'ailleurs Kazinski, le délégué bolchevique, avait compris que l'occasion s'offrait à lui de s'emparer du journal. Aussitôt, il essaya de prendre l'avantage.

— Camarades, il semble que ce chien nous ait vendus à Apostolidès. Mais peut-être travaille-t-il aussi directement pour l'Okhrana... Nous devons nous en assurer. Son interrogatoire ne peut avoir lieu ici. Transférons-le dans un endroit plus discret. Si vous le voulez, je m'en charge !

— Doucement, intervint Khavolevsky. Tu représentes ici Vladimir Ilitch, et lui seul. Chacun a son mot à dire !

— Mais nous perdons un temps précieux !

— Du calme ! Chaque mouvement va déléguer un de ses membres pour assister à l'interrogatoire de Liougatchev. On nous rendra compte en détail de ses déclarations, et ensuite nous statuerons sur son sort.

— Tu veux lui faire un procès, c'est ça ?

— C'est ça. Même en Sibérie, les déportés soupçonnés de trahison par leurs compagnons avaient droit à un procès.

Kazinski sentit qu'il serait de mauvaise politique de s'opposer ouvertement à Khavolevsky, que son passé irréprochable désignait au respect général.

— C'est bien, nous lui ferons un procès... Mais il faut aussi veiller à l'avenir du journal.

— Le journal a des rédacteurs et un directeur de rédaction. Laissons faire Olparine. Je te vois venir, Kazinski, comme je vois venir Vladimir Ilitch depuis des années !... Vous autres, les prétendus « majoritaires », vous voudriez tout régenter.

S'ensuivit une de ces disputes générales dont les exilés russes avaient le secret, et au cours de laquelle on faillit oublier Igor. Quand Prochilov, l'évadé des îles Solovki, parvint à calmer les esprits, on décida de le conduire sous bonne garde dans une villa appartenant à de riches sympathisants du parti socialiste-révolutionnaire, afin de procéder à son interrogatoire.

A l'aube, Igor sortit de l'hébétude où l'avait plongé la révélation publique de son double jeu. Il examina sa situation et conclut qu'il lui était encore possible de sauver au moins sa peau, au prix de tout le reste, c'est-à-dire des sommes considérables qu'il avait détournées à son profit sur les versements que lui faisait Basile depuis deux ans.

On avait confié le soin de le garder à deux hommes des S.R., le parti le plus largement représenté parmi les participants à la réunion. C'étaient des hommes jeunes, d'un niveau d'éducation médiocre, qui vivotaient des maigres subsides que leur allouaient les S.R. en échange de leurs services. Dans leur mère patrie, ils auraient été soldats ou pompiers. En exil, ils assuraient le service d'ordre des meetings S.R. Le temps pressait. Dans quelques heures, on l'interrogerait et cela finirait avec une balle dans la tête, une barre de fer aux pieds, et la compagnie des poissons du lac. Il tenta le tout pour le tout. Il proposa à ses gardiens la quasi-totalité de son argent, soit près de deux cent mille francs suisses, contre sa liberté. La somme était énorme. Il n'eut pas trop de peine à les convaincre.

Quelques heures plus tard, ruiné, déshonoré, humilié mais vivant, Igor Liougatchev quittait la Suisse en train, en direction de l'Italie.

Au pied du Bogdo-Ol, l'énorme nœud de roches qui relie trois chaînes de montagnes, Gegyl au sud-ouest, Gangyn au sud, et Huntu au nord, s'élevait un édifice blanc, couvert de tuiles d'un bleu verdâtre qui luisaient au soleil. Il était entouré d'une riche verdure, écran luxuriant pour les toits fantastiques des sanctuaires et des petits palais. Du côté opposé à la montagne, le long pont de bois traversait la Tola et reliait la demeure du Bouddha Vivant à la capitale de la Mongolie, la cité des moines, vénérée dans tout l'Orient sous le nom de Ta Kure ou Ourga.

Ici habitaient, outre le Bouddha Vivant, un nombre impressionnant de prophètes, de sorciers et de docteurs en sciences occultes. La foi populaire prêtait à ces doctes personnages des origines divines. Ourga était la ville de toutes les superstitions et de tous les miracles.

Sur le haut plateau qui surplombait la partie profane de la cité se dressait un vieux monastère, flanqué d'une énorme tour rouge. Il contenait une gigantesque statue dorée de Bouddha assis sur la fleur de lotus, des dizaines de temples, de sanctuaires, des autels en plein air, des tours pour les astrologues. Un quartier de maisons basses et grises abritait quelque soixante mille moines. Des écoles, des bibliothèques et des dépôts d'archives assuraient la mémoire de la cité. Une multitude d'auberges accueillaient les voyageurs venus de Chine, du Tibet, du pays des Buriats et de celui des Kalmouks.

Ce jour-là — on était le 24 novembre 1907 —, deux hommes pauvrement vêtus se présentèrent à la porte qui s'ouvrait dans le haut mur rayé de blanc et de jaune entourant le palais du dieu. Un lama solennel les accueillit d'abord avec méfiance, car l'un des voyageurs était un Occidental. Grand et fort, le regard impavide, sans dire un mot il se laissait conduire comme un enfant par son compagnon, un Chinois plus âgé que lui. Le Chinois s'inclina devant le lama, le supplia de lui pardonner son audace et lui tendit un rouleau marqué au signe du grand lama du monastère de Tamtsag Boulag. Le lama le lut attentivement, puis, à la vive surprise des lamas de second ordre et des visiteurs qui assistaient à la scène, il fit signe aux deux hommes de le suivre.

Sur l'ordre du lama, ils patientèrent longtemps dans une antichambre. Enfin, il vint les chercher et les introduisit dans une salle spacieuse où la lumière était tamisée avec soin. De lourdes portes sculptées menaient à l'intérieur du palais. A l'extrémité de la salle se trouvait le trône, recouvert de coussins jaunes et rouges. De chaque côté étaient disposés des écrans de soie jaune aux montants d'ébène sculptés. Contre les murs, des vitrines abritaient des présents en provenance de Chine, du Japon, des Indes et de Russie. Devant le trône, à une longue table basse, étaient assis huit nobles vieillards, qui ne levèrent pas les yeux au passage des visiteurs.

Ces personnages altiers étaient les ministres du gouvernement mongol.

A la suite du lama, l'Européen et le Chinois traversèrent en silence la salle du Conseil puis une vaste cour, avant d'accéder à la demeure particulière du Bouddha. La maison était entourée d'une foule de lamas, de serviteurs, de conseillers, de fonctionnaires, de devins, de docteurs et de favoris. De la porte d'entrée partait une longue corde rouge devant laquelle se tenaient de nombreux pèlerins attendant leur tour de la toucher. En échange d'une pièce d'argent ou d'un *hatyk* de soie, le contact de cette corde tressée de poils de chameau et de crin de cheval permettait d'entrer en communication mystique avec le dieu incarné et de recevoir sa bénédiction. Tout Mongol ayant satisfait à cette règle recevait un ruban rouge qu'il portait autour de son cou pour preuve de l'accomplissement de son pèlerinage.

Dans la salle dont le Bouddha Vivant avait fait son cabinet de travail, et où deux lamas secrétaires veillaient sur les sceaux sacrés, régnait une extrême simplicité. Une table basse en bois laqué supportait un nécessaire à écrire. Tout près, un fauteuil bas, un poêle en bronze. Des inscriptions mongoles et tibétaines, ainsi que le svastika recouvraient les murs. Dans le fauteuil, derrière lequel on apercevait un petit autel soutenant une statue dorée de Bouddha, était assis un robuste vieillard au visage rasé, vêtu de la tunique de soie jaune à ceinture noire. C'était Sa Sainteté Bogdo Djebstung Houtouktou, Khan de la Mongolie extérieure, et réincarnation du Bouddha. Arrivé devant lui, le lama se prosterna. Le Chinois l'imita et invita d'un signe de tête son compagnon à en faire autant.

— Agenouillez-vous sur ces nattes, dit le lama

quand ils se furent redressés. Pour complaire au Houtouktou de Tamtsag Boulag, qui le prie dans la lettre que vous m'avez remise de faire pour vous tout ce qui sera en son pouvoir, le dieu a accepté de vous recevoir. C'est un immense privilège, une marque de faveur exorbitante ! Toi, tu te nommes Ts'ouang, n'est-ce pas ? Quelle est ta requête ?

— Je ne demande rien pour ma part, répondit le Chinois d'une voix tremblante. Il s'agit de mon compagnon. Il s'appelle Périclès Hespéra. C'est un homme de grande valeur. Il a échappé de justesse à la mort lors du bombardement de Port-Arthur. Depuis, son esprit erre dans la brume. Je prends soin de lui, car du temps de sa puissance il s'est toujours montré bon et équitable envers moi. Aujourd'hui, il n'a pas plus de raison ni de volonté qu'un enfant... Si le Bouddha acceptait de sonder son âme et d'en chasser les démons qui l'obscurcissent...

Un geste bref du Bouddha imposa silence à Ts'ouang. Plus mort que vif, le Chinois se tut et, se courbant, appuya son front contre le sol.

— Qu'on m'apporte la pierre noire, ordonna le Bouddha.

Le lama s'inclina et disparut. Il revint, porteur d'une plaque d'ardoise enchâssée dans un cadre de bois noir et plongée dans un vase de bronze empli d'eau, qu'il déposa respectueusement sur les genoux de son maître.

Le Bouddha Vivant sortit la plaque du liquide et entreprit de l'essuyer à l'aide d'un linge. A mesure qu'elle séchait, la surface de l'ardoise se couvrait de caractères entremêlés que le Bouddha examina longuement. Enfin, il replongea cette étrange écritoire dans le vase, et scruta Périclès de son regard pénétrant.

— La cause de ton malheur est là ! déclara-t-il brusquement en pointant son doigt vers la poitrine de l'Occidental. Déchire ta tunique et montre-moi ton malheur.

Comme dans un rêve, Périclès obéit. Sa main se referma sur l'étoffe de sa chemise qui se déchira en crissant. Accroché à une chaîne d'or, un pendentif apparut, représentant un portrait de Diane.

— Qui est cette femme ? demanda le Bouddha.

Hébété, Périclès contempla le portrait sans répondre.

— Elle est morte, dit Ts'ouang qui, prenant son courage à deux mains, avait relevé la tête. Elle est morte à Port-Arthur, il y a deux ans...

Le Bouddha tira à nouveau la plaque d'ardoise du vase, et épongea le liquide qui en ruisselait.

— L'oracle dit que cette femme est vivante. Elle vit loin d'ici, dans la peine. Elle mène une existence brillante, mais son cœur est en sommeil...

Il laissa retomber la plaque dans le vase et fit signe au lama de l'emporter.

— M'as-tu entendu, homme blanc ? Cette femme est vivante !

Ts'ouang, les yeux fixés sur Périclès, assistait, incrédule, à la métamorphose qui s'opérait en lui. Tel un dormeur qui s'éveille, son regard éteint retrouvait vie peu à peu. Son visage d'une pâleur de cire se colorait sous l'effet d'une chimie mystérieuse, ses traits se modifiaient, ses chairs redevenaient fermes, mobiles. Ses lèvres bougeaient et balbutiaient des mots d'abord inaudibles, puis de plus en plus distincts, bien qu'incompréhensibles pour les Asiatiques qui l'entouraient.

— Diane vivante ? Mais c'est impossible ! Diane... L'explosion... Et si c'était vrai ? Mon Dieu ! Elle vit ! Comment cet homme aurait-il pu deviner...

Il prit le médaillon et le porta à ses lèvres, puis leva les yeux vers le Bouddha.

— Seigneur... Votre Sainteté... Êtes-vous sûr ?

— Cette femme est vivante. Je l'ai lu sur la pierre. Elle t'attend contre tout espoir, et sa souffrance est cruelle. Cours vers elle. Il n'y a rien de plus précieux pour toi sous le ciel. Rejoins-la. Elle est ta force. Sans elle, tu n'es rien, quels que soient ta richesse et ton pouvoir... car je lis en toi : tu es un homme de pouvoir. Que fais-tu ici, vêtu de haillons, errant sur les chemins ? Il est donné à peu d'hommes d'influer sur le mouvement des roues de l'univers. Tu es l'un de ces hommes. Regagne ta place et agis !

Brusquement, l'incarnation du Bouddha quitta son fauteuil et se dressa devant ses visiteurs. Il grimaçait, ses traits se tordaient comme sous l'action d'une douleur physique. Un nimbe vaporeux entourait son front.

— Je vois ! balbutia-t-il. Je vois la mort de beaucoup d'hommes... Oh, jamais il n'en est mort autant, d'aussi terrible façon ! je vois d'immenses étendues en flammes, des armées enterrées, la terre calcinée, gorgée de sang, des nuages jaunes répandant la terreur, des langues de feu léchant le sol, grillant des corps innombrables... Je vois la mort rugir dans le ciel, fondre des nuages sur des bataillons affolés...

— Mais où ? Quand ?

— Là-bas, en Europe ! Bientôt ! Cependant, on peut encore l'éviter... Des hommes semblables à toi, s'ils s'unissent... Pars, rejoins-les, vite !

Épuisé, le dieu vivant se laissa retomber sur son siège. Il resta un long moment prostré en grelottant, tandis que le lama, affolé, étanchait la sueur qui coulait sur les joues et le front de son maître.

Enfin, le Bouddha recouvra ses esprits.

— Va, maintenant, dit-il à Périclès d'une voix

lasse. Tu n'as plus rien à faire ici. Ton errance est terminée. La femme est vivante. Une mission t'attend... Ne tarde pas !

Il murmura quelques mots à l'oreille du lama, puis leur fit signe de se retirer.

Ébranlés par le spectacle auquel ils venaient d'assister, Périclès et Ts'ouang s'inclinèrent et quittèrent la demeure du dieu. Le lama les reconduisit à l'entrée du palais, et leur tendit une bourse pleine de pierres précieuses.

— Le Bouddha m'a ordonné de vous remettre ceci, afin de vous permettre de poursuivre votre voyage.

Périclès hocha la tête.

— Qu'il en soit remercié ! Nous avons un long chemin à parcourir...

A l'orée de la saison d'hiver 1908, le principal sujet de conversation des habitués de Monte-Carlo et des milieux du théâtre parisiens était la création prochaine, au Grand-Opéra, de la pièce de Démosthène Sophronikou, *Le Sacrifice*. Les quelques hellénisants qui avaient lu les poèmes qui avaient fait de lui, un temps, une sorte de poète officiel, ne le tenaient pas en très haute estime. Il aurait été un parfait inconnu en France, si son nom n'avait évoqué une affaire qui avait défrayé la chronique pendant des semaines et ébranlé le gouvernement grec. De notoriété publique, Démosthène Sophronikou était un traître et un proscrit. Aux yeux des chroniqueurs, sa culpabilité ne faisait aucun doute : il avait bel et bien trahi son pays au profit de la Turquie alors qu'il était ministre de M. Déliyannis, puis de M. Théotokis. La curiosité n'en était que plus vive : il fallait que cet homme déchu dispose en dépit de tout d'appuis considérables, pour qu'on annonce à grands sons de trompe la création de son œuvre par une compagnie théâtrale prestigieuse et sur une des plus fameuses scènes d'Europe.

A Monte-Carlo comme à Paris, on s'étonnait qu'on joue la pièce d'un tel homme. Les initiés prétendaient que s'il avait effectivement perdu son honneur, Démosthène Sophronikou avait gardé des amis.

— Enfin, mon cher, réfléchissez ! Dans quels journaux paraît la campagne de presse ? *Le Temps*, la *Nouvelle Gazette des lettres*, *L'Élégance*, le *Débat*... Tous ces journaux sont contrôlés par le même homme : Basile Apostolidès.

— Un Grec, lui aussi !

— Pas n'importe quel Grec ! Basile Apostolidès, ce sont les armements Müsenfeldt... Démosthène Sophronikou est son ami d'enfance.

— Apostolidès orchestrerait donc tout ce battage ? Pourtant on m'a confié que Démétrios Mascoulis, ou plutôt sa nièce, subventionnait la pièce... Remarquez, Apostolidès ou Mascoulis, c'est toujours l'argent des canons !

— L'un n'empêche pas l'autre. Le groupe de pression grec des armes soutient Sophronikou. Que la pièce soit bonne ou mauvaise, les journaux vont crier au génie. Ainsi va le monde !

— Et l'auteur, vous l'avez rencontré ?

— Chez Mme de Noailles, il y a quelques semaines. C'est une épave.

— Comment cela ?

— L'alcool. Il a dû être bel homme, il lui en reste quelque chose.

— Il vit à Paris depuis des années, je crois ?

— Il y fait la noce depuis qu'il a fui la Grèce pour échapper au peloton d'exécution.

— Assisterez-vous à la générale ?

— Et comment ! Le Tout-Paris est invité.

— Dites-moi, mon cher, je n'ai pas encore reçu de carton... Vous ne pourriez pas m'arranger ça ? Je vous le revaudrai, vous me connaissez... Je ne vois pas à votre revers la rosette qui devrait s'y trouver si le monde était bien fait.

— Je m'en charge !

Pendant ce temps, à Monte-Carlo, Camille Blanc, le célèbre directeur de la puissante Société des Bains de Mer, surveillait les répétitions du *Sacrifice*. Il avait fait appel aux plus grands noms du théâtre français, et tout se déroulait jusqu'alors pour le mieux. Son seul motif d'inquiétude, à quinze jours de la première représentation, était l'auteur : Démosthène Sophronikou serait-il encore vivant à cette date ? Rien n'était moins sûr. L'homme que Camille Blanc avait accueilli à la gare une dizaine de jours auparavant semblait à l'article de la mort. Bredouillant, titubant, il flottait dans son luxueux Mac Farlane flambant neuf et paraissait incapable de faire un pas sans l'aide de sa garde-malade. Pourtant, lors de sa première apparition dans la salle, au cours d'une répétition, il avait stupéfié l'assistance. Devant les comédiens il s'était littéralement métamorphosé. La rasade de cognac qu'il avait ingurgitée à même la bouteille y était sans doute pour quelque chose. Il avait suivi la séance de travail avec attention, et il était même intervenu pour donner quelques indications au metteur en scène, Arsène Leflers. Malheureusement, le lendemain il n'avait pu se rendre au théâtre et depuis lors, cloîtré dans sa chambre à l'Hôtel de Paris, il bombardait Arsène Leflers et les principaux acteurs de billets modifiant tel ou tel rôle. Excédé, Leflers avait fini par les jeter au panier.

— Et il s'en aperçoit le soir de la générale ? lui demanda Camille Blanc, qui redoutait un scandale d'ivrogne devant un parterre d'altesses et de journalistes.

Leflers haussa les épaules.

— Le soir de la générale, il sera ivre mort, s'il vit encore ! Je ne peux pas mettre en scène un texte qui change tous les jours. Je m'en tiendrai au manuscrit intial.

— Que pensez-vous de la pièce ?

— Vous ne l'avez pas lue ?

— Si, si, bien sûr, dit Camille Blanc. Mais je vous avoue qu'elle m'a parfois... comment dire ? Étonné, dérangé... C'est très « moderne ».

— Rassurez-vous, mon cher, cette pièce est magnifique. Je maudis son auteur. Il me rend la vie impossible avec ses rajouts de dernière minute, mais chapeau bas, c'est une *œuvre* ! Et croyez-moi, ça ne court pas les rues...

— J'aime mieux ça... Le lyrisme de certains passages m'a décontenancé, et...

— Il est possible que le public soit décontenancé, lui aussi. En pareil cas, cela se joue à pile ou face. Pile, le public applaudit, face, il siffle. C'est ça, le théâtre.

Camille Blanc blêmit. Sifflée, la pièce sur laquelle il comptait bâtir le succès mondain de la saison ?

— ... Vous plaisantez ? Un échec est hors de question !

— Mon cher, si vous voulez le succès à coup sûr, il faut monter des âneries, du boulevard, quoi ! Vous avez entrepris de monter une vraie pièce de théâtre, acceptez la noble incertitude du genre. Et maintenant excusez-moi, mes acteurs m'attendent.

— Je vous en prie, travaillez ! Travaillez bien !

— Comptez sur moi, bougonna Leflers.

Leflers bénéficia d'un répit inattendu. Du jour au lendemain, l'auteur du *Sacrifice* cessa de lui adresser des variantes de son texte. Dans sa suite de l'Hôtel de Paris, il corrigeait les épreuves des deux éditions dont la parution était prévue simultanément en France et en Grèce. Il consacrait à cette tâche exclusive les quelques heures de lucidité que lui laissaient, chaque jour, son état de santé et sa consommation d'alcool. La maîtresse femme que Basile avait engagée pour le soigner et le surveiller avait dû reconnaître son impuissance. Depuis que *Le Sacrifice* était achevé, Démosthène avait recommencé à boire de plus belle, et il était clair à présent qu'il boirait jusqu'à son dernier souffle. Aux protestations de son infirmière, il répondait sans se fâcher, avec une douceur de mourant enfin réconcilié avec la vie :

— Fichez-moi la paix. Je suis heureux, lui disait-il en montrant les placards de l'édition grecque constellés de corrections tremblées. J'ai ma vie devant moi, la voilà ! Et je jouis d'un privilège qui n'est donné qu'à très peu de mortels : j'y apporte à mon gré toutes les modifications que je veux ! Comprenez-vous cela, madame Dumerchez ! Ma vie entre mes mains ! Amendable, perfectible... Bien entendu, c'est une histoire atroce. Je n'y peux rien changer. Mais je peux parfaire la forme, je peux peaufiner chaque détail... Ah, quelle chance j'ai ! Si je bois, je travaille. Je n'en ai plus pour longtemps, je le sais. Mon corps n'est qu'une vieille outre rongée par l'alcool. Je sais ce que vous pensez, mais vous vous trompez : je n'ai pas gâché ma vie, puisqu'elle aboutit à cela. J'aurais pu vivre cent ans en pure perte. Mais j'ai aimé, j'ai souffert, et ces pages en témoigneront pour toujours... Alors ma santé, quelle importance...

— *L'auteur ! L'auteur ! L'auteur !*

Transfigurées, des duchesses connues pour leur totale futilité pleuraient sans honte. Des magnats réputés pour leur sécheresse de cœur applaudissaient à tout rompre. De vieux routiers de la critique qui ne croyaient plus à rien depuis leur première paire de jumelles de théâtre, tellement blasés qu'ils se demandaient parfois si Shakespeare n'était pas finalement un peu surfait, se levaient et joignaient leur voix à celle du public.

— *Bravo ! Bravo ! L'auteur ! L'auteur !*

Sur la scène, brisés de fatigue, rayonnants de bonheur, les acteurs saluaient. Tous, des figurants aux premiers rôles, emportés par les mots qu'ils avaient à défendre, s'étaient dépassés. Le metteur en scène, qui les avait rejoints pour partager leur triomphe, versait des larmes de joie. Il croulait pourtant sous la gloire. Mais ce soir-là, il avait connu l'apothéose de sa carrière : une troupe habitée, une scène sur laquelle l'esprit avait soufflé trois heures durant, le fameux public des générales, d'abord réticent, bientôt séduit, conquis, enfin bouleversé.

— *L'auteur ! L'auteur ! L'auteur !*

Un frisson parcourut la salle quand Camille Blanc quitta sa loge et descendit l'allée centrale en courant. Il gagna les coulisses. Quelques instants plus tard, il apparut sur la scène, portant littéralement un homme dont le corps amaigri flottait dans un grand manteau brun. Alors une clameur s'éleva de la salle, car dans cette silhouette fragile et voûtée, le public reconnut le protagoniste de la pièce, le héros vieilli du drame tel que Max Anseret l'avait si admirablement campé quelques instants plus tôt. Anseret, lui-même saisi par la ressemblance entre son personnage et l'auteur, s'avança vers lui et lui saisit la main. Une émotion indicible s'empara des spectateurs. Ils comprirent confusément qu'ils assistaient à un événement rarissime. L'être imaginaire dont *Le Sacrifice* contait la trahison par amour et l'être de chair qui lui avait insufflé la vie ne faisaient qu'un. Démosthène Sophronikou avait avoué au public qu'il avait lui aussi trahi son pays et ses amis pour l'amour d'une femme et qu'à l'instant de la mort, tout comme son héros, il ne regrettait rien, mais revendiquait son acte et assumait son destin. Son aspect venait confirmer les rumeurs qui couraient sur son compte. Hâve, pâle, promenant sur le parterre des yeux fiévreux, presque hallucinés, il tenait à peine debout. Sans le soutien de Camille Blanc et de Max Anseret, il se serait probablement effondré. C'était à un véritable moribond que s'adressait le tonnerre d'applaudissements qui roula longuement sous les plafonds surchargés de dorures du Grand-Opéra.

Dans une loge d'honneur, les regards brouillés de larmes de Basile et de Diane se croisèrent. Ils étaient de ceux, peu nombreux, dont l'émotion n'était pas seulement esthétique. Cet homme parvenu si tôt au terme de sa vie, qui agitait faiblement une main tremblante pour répondre aux vivats, était le fantôme de leur jeunesse. Ils l'avaient aimé et maudit, aidé et trahi chacun à sa façon. Ils avaient douté de lui sans jamais cesser de l'aimer. Ils venaient de prendre conscience de son génie qui ne l'avait jamais quitté, même dans les jours sombres où il les avait déçus. Bientôt il s'en irait définitivement, et une part d'eux-mêmes disparaîtrait avec lui. Ils continueraient à vivre, amputés de quelque chose d'essentiel et d'indicible, l'écho de cris d'enfants répercutés au long de ruelles tour à tour ensoleillés et ténébreuses, les enfants qu'ils avaient été ensemble, là-bas, à Salonique, en un temps à la fois très proche et terriblement lointain. Sans prononcer un mot, ils se prirent la main. En Démosthène, ils s'aimaient encore. Non plus comme les amants qu'ils avaient été, qui s'étaient combattus et déchirés, mais comme les enfants qu'ils n'avaient jamais cessé d'être.

Assis près de Diane, Alexandre considérait lui aussi cet homme qui avait failli être son père et qui l'avait rejeté, qui lui inspirait depuis toujours une peur et une horreur irrépressibles. Dans sa mémoire inconsciente, la scène du vapeur de Brindisi, au cours de laquelle Démosthène rendu fou par la jalousie et l'alcool avait failli le précipiter par-dessus bord, était inscrite de manière indélébile. Démosthène était la violence, la terreur, le mal. Trop jeune pour comprendre la beauté et la grandeur du drame qu'il venait de voir représenter sur la scène, Alexandre ne retenait que l'émotion du public et celle qu'il lisait sur les traits de sa mère et de son père adoptif. Ainsi, puisque les grands ne pleurent jamais, Démosthène le méchant, Démosthène la brute, c'était aussi cela : quelqu'un dont les mots étaient capables d'inverser le cours du temps et de renvoyer les adultes à l'enfance...

Pour assister à la représentation, Berthe Chamuche aurait volontiers payé sa place à prix d'or, mais les générales se jouent à bureau fermé, sur invitation. Démosthène ne pouvait suposer que Berthe ferait le voyage jusqu'à Monte-Carlo. Elle n'avait pas osé le lui dire. Aussi lui avait-il promis un billet de faveur pour la reprise qui aurait lieu à Paris à l'automne. Elle était pourtant là, à l'orchestre, entre une comtesse moldovalaque et le critique du *Temps*. Elle avait tout simplement volé un billet de la liasse que Camille Blanc avait envoyée à Démosthène afin qu'il la distribue à ses amis. Et puis, sans un mot à Démosthène, elle avait pris le train pour Monte-Carlo. Non pas le train spécial, affrété par Camille Blanc et bondé de célébrités, mais un train tout simple. A son arrivée dans la principauté, elle était descendue dans un hôtel modeste, et le soir de la première, intimidée dans sa belle robe noire, elle s'était rendue au Grand-Opéra. Elle avait eu très peur au moment de présenter son billet au contrôle, et fort surprise qu'on la laissât entrer sans difficulté. Elle s'était assise à sa place, éblouie par les toilettes des dames et par les fracs des messieurs. Quand on avait frappé les trois coups, son cœur s'était mis à battre la chamade. Cet instant était l'aboutissement d'années d'espoir et de doutes. Elle seule savait ce que *Le Sacrifice* avait coûté à son auteur, et à quel point ce titre était justifié. A présent, en écoutant la foule l'acclamer debout, elle se remémorait les années qu'elle avait passées auprès de lui, tandis qu'il luttait contre le désespoir et contre l'alcool pour arracher chaque mot au silence. Elle peurait et elle riait à la fois. La partie, qui avait aussi été la sienne, était gagnée. L'épave de Montmartre, l'ivrogne qui rentrait à l'aube en titubant, le nez en sang et les vêtements en lambeaux, se révélait être un grand écrivain, un grand poète.

Dans l'immense salle, deux personnes en tout et pour tout avaient payé leur place.

Ghélissa Tricoupis avait acheté la sienne le matin même dans un café, à un critique qui avait déjà rédigé son papier, préférant les délices de la roulette à un ennui probable. La nièce de l'ancien président du Conseil grec était là incognito. Les traits dissimulés par une voilette, elle portait une robe boutonnée jusqu'au menton, renonçant à son célèbre décolleté. Qu'est-ce qui l'avait poussée à assister au triomphe de l'homme qu'elle haïssait et méprisait le plus au monde ? Espérait-elle comprendre enfin ce qui s'était passé, dix ans auparavant, entre Démosthène et Hélianthios Coïmbras, son seul amour ? Pendant les trois heures qu'avait duré la représentation, Ghélissa avait écouté chaque réplique, chaque mot, avec une attention aiguë, avide. Pour elle, il ne s'agissait pas de théâtre, mais de réalité. Derrière les personnages qui s'affrontaient sur la scène, elle reconnaissait des êtres de chair : Démosthène, Diane, Hélianthios, elle-même... *Le Sacrifice* n'était qu'une redite de la tragédie qui s'était jouée dix ans plus tôt, entre Athènes et Salonique, et qui s'était achevée par la mort d'Hélianthios et de ses compagnons de résistance, du fait de Démosthène. Quand le rideau tomba, elle seule n'applaudit pas. Non qu'elle ne fût émue. Elle l'était, au contraire, au-delà de toute expression. Mais elle venait de vivre un cauchemar qui ne devait rien à la littérature.

Périclès avait débarqué quelques heures plus tôt à Marseille et loué une voiture pour gagner Monte-Carlo. Il avait acheté son billet à un obscur employé de la Société des Bains de Mer rencontré devant le Grand-Opéra quelques minutes avant les trois coups. On avait failli le refouler au contrôle, car il n'était pas en tenue de soirée. Moyennant un pourboire exorbitant, le contrôleur avait fermé les yeux. A présent, debout, perdu au fond de la salle entre les cadres de la Société des Bains de Mer, le cœur broyé à la vue du pitoyable état physique de Démosthène, il applaudissait son ami d'enfance.

Sur la scène, Arsène Leflers et Max Anseret échangèrent un regard alarmé. Démosthène semblait sur le point de s'évanouir. Les deux hommes le soutinrent tandis qu'il saluait une dernière fois les spectateurs, puis Camille Blanc prit la place d'Anseret, et fit un signe discret à Leflers : il était temps d'emmener Démosthène hors de la vue du public. Depuis leur loge, Diane et Basile avaient compris.

— Il n'en peut plus, dit Basile. Viens, il faut le ramener à son hôtel...

Quelques minutes plus tard, ayant rejoint Blanc et Lefers dans les coulisses, ils découvrirent Démosthène allongé sur un sofa.

— Je suis très inquiet, monsieur Apostolidès, dit Blanc. Il est vraiment très mal. Il ne pourra pas assister au dîner...

Pâle comme un linge, Démosthène geignait doucement. Sa main, crispée sur son flanc, était agitée de mouvements spasmodiques.

— Je me charge de lui, déclara Basile.

— Que vais-je dire à la presse ? Les journalistes vont m'écharper ! Je leur avais promis qu'il les recevrait après la représentation...

— Lancez-leur Leflers et Anseret dans les pattes, et Mlle Richard : elle a été admirable... Et faites appeler le meilleur médecin de la ville à l'Hôtel de Paris !

— Il est dans la salle, c'est le professeur Hodmart.

— Qu'il vienne, vite !

Un mince sourire éclaira le visage exsangue de Démosthène.

— Pas besoin de médecin, souffla-t-il. C'est Mme Dumerchez qu'il me faut, et une bonne injection de morphine...

Le médecin ôta son stéthoscope et le rangea dans sa trousse de cuir. La pièce était luxueuse, d'un luxe impersonnel comme toutes les chambres de palace. Démosthène laissa Mme Dumerchez rajuster sa chemise sur son torse amaigri, puis retomba au creux de l'oreiller.

— Eh bien, docteur ? Combien de temps me laissez-vous ? demanda-t-il d'une voix presque inaudible.

— A votre âge, on a du temps devant soi, commença le médecin... Si on ne brûle pas la chandelle par les deux bouts, bien entendu !

— Ne prenez pas la peine de me mentir... La chandelle est consumée, je le sais. Il n'en reste qu'un tout petit bout. La mèche fume et va bientôt s'éteindre. Ça m'est égal, d'ailleurs. Je n'espérais même pas vivre assez longtemps pour connaître la joie qui vient de m'être accordée... Mais je voudrais une petite rallonge... Le temps de voir paraître l'édition grecque de ma pièce. Huit jours, est-ce trop ? Vous comprenez, voir mon œuvre imprimée dans ma langue natale...

Épuisé par l'effort que lui avaient coûté ces quelques phrases, il se tut.

— Vous verrez cette parution, et bien d'autres encore, mentit le docteur Hodmart. Mais désormais, on file droit. Finies les folies, hein ? Il faut vous reposer, sinon je ne réponds de rien. Mme Dumerchez va veiller sur vous. Je repasserai demain matin.

Le médecin empoigna sa trousse et entraîna hors de la pièce Diane et Basile, qui, debout au pied du lit, avaient assisté à l'examen.

— Alors, docteur ? s'enquit Basile quand ils furent hors de portée de voix.

— Il est perdu, répondit sèchement Hodmart. Tout fiche le camp : le foie, les reins, le cœur. On s'arrangera pour qu'il ne souffre pas trop. Sorti de là...

— Verra-t-il paraître sa pièce ?

— Non. Ça peut aller très vite. Cette nuit, probablement.

— Déjà !

— Hélas !... Il s'est donné la mort. Délibérément. Avec sa constitution, il pouvait mourir centenaire. Mais l'alcool ne pardonne pas... Ma présence est inutile. D'autres patients m'attendent. Mme Dumerchez sait ce qu'il faut faire. Envoyez une voiture me chercher quand cela ira vraiment mal, d'ici quelques heures, je suppose... Et appelez un prêtre !

Diane, accablée, baissa la tête, tandis que Basile raccompagnait le médecin.

De retour dans l'antichambre, Basile se laissa tomber sur un sofa.

— Je suis passé voir Alexandre, dit-il. Il dort à poings fermés. Nous avons une longue nuit devant nous...

— Démosthène va nous quitter... si jeune ! C'est notre faute... soupira Diane.

— Il le désirait.

— Non, dit Diane. C'est nous qui l'y avons poussé. Je l'ai quitté, tu l'as trahi...

Basile eut un mouvement d'humeur.

— Écoute, Diane, si je pouvais racheter sa vie en donnant mes deux mains, je le ferais sans hésiter. Je l'aime, et je regrette... Mais il était né marqué pour le malheur. Ce soir, j'ai eu la révélation de son génie, mais il n'est pas un petit saint parce qu'il va mourir. Il était lâche, faible...

— Il m'aimait trop, voilà son seul crime !

— Tu oublies son attitude vis-à-vis d'Alexandre...

— Au moins, il n'a pas essayé de me le prendre. Je peux te pardonner d'avoir manipulé Igor. Ce n'était qu'un amant de passage. Mais Alexandre est mon fils, tu entends !

— Diane, je t'en prie, ce n'est pas le moment de nous chamailler ! Faisons la paix... pour toujours. Périclès est mort, et Démosthène va mourir... Il ne reste que nous deux...

Basile se leva, sa voix s'était adoucie. Diane lui lança un regard inquisiteur.

— Il reste toi, et moi, mais pas ensemble, dit-elle d'une voix lasse.

— Si, Diane, nous deux réunis à nouveau, si tu le veux !

Elle se déroba aux bras qui se tendaient vers elle.

— N'insiste pas, je t'en prie. Mon cœur est mort. Il ne peut être question que d'amitié entre nous... Et tiens-toi éloigné d'Alexandre !

On frappa à la porte. Basile alla ouvrir. C'était un chasseur de l'hôtel.

— Excusez-moi, monsieur. Un monsieur, en bas, demande à voir M. Sophronikou.

— M. Sophronikou n'est pas visible, répondit Basile.

— C'est ce qu'on lui a dit, monsieur, mais il insiste... Voici sa carte.

— Bon dieu !

A l'exclamation de Basile, Diane demanda :

— Qui est-ce ?

— Regarde ! Ce n'est pas possible ! dit-il en lui montrant la carte.

Elle déchiffra le nom inscrit sur le bristol, et pâlit.

— Périclès !

— Mais Périclès est...

— Non !

Elle se précipita vers le chasseur.

— Où est ce monsieur ?

— En bas, madame, à la réception... Dois-je lui dire de monter ?

— Je vais à sa rencontre !

Elle s'élança dans le couloir. Basile la suivit.

— Attends-moi, voyons !

Précédant Basile, elle descendit quatre à quatre le grand escalier.

— Périclès !

Le cœur de Diane battit à se rompre quand elle repéra, face au long comptoir de marbre et de bois ciré, la haute silhouette de son ami d'enfance.

Il se retourna et la vit. Sur son visage amaigri par les épreuves de ses deux années d'errance à travers l'Asie, un trouble égal à celui de Diane s'inscrivit.

— Diane !

Elle se jeta dans ses bras.

— Tu es vivant ! Où étais-tu ? J'ai remué ciel et terre sans retrouver ta trace...

— J'étais...

Il aperçut Basile qui arrivait sur les talons de Diane, et il suspendit sa phrase.

— Eh bien, parle !

— J'ai eu une longue convalescence, dit-il enfin. Un ami, un Chinois, s'est occupé de moi avec un dévouement sans bornes...

— Mais deux ans ! Deux années sans donner signe de vie !

— J'avais perdu la mémoire...

Il ne mentait qu'à moitié. C'était moins la mémoire, qu'il avait perdu, que le goût de vivre et de regagner l'Occident, puisqu'il croyait Diane morte. Mais comment l'avouer devant Basile ?

— Péri ! Mon cher vieux Péri !

Les deux hommes s'embrassèrent.

— Quelle joie de te revoir ! Hélas ! Il faut que ce soit en ce jour noir...

— J'ai assisté à la représentation. J'ai vu Démosthène sur la scène... C'est très grave ?

— Il est mourant. Le médecin pense qu'il ne passera pas la nuit.

— Pauvre vieil ami ! A l'heure de son triomphe... Sa pièce est un chef-d'œuvre ! Est-il encore conscient ?

— Oui, il a toute sa tête, Dieu sait pour combien de temps. Viens...

A la vue de Périclès, Démosthène trouva la force de se redresser à demi sur son lit.

— Périclès ! Mais tu es... Serais-je déjà au Ciel, moi aussi ?

Périclès se pencha sur son ami et le serra contre sa poitrine.

— Idiot ! Nous sommes bien vivants, toi et moi !

— Parle pour toi ! souffla Démosthène. Tu as vu ma pièce ?

— Oui. C'est bouleversant ! La salle entière était saisie, emportée... Tu es un génie, mon vieux !

— C'est maintenant que tu t'en aperçois ?

— Non, je le savais depuis toujours. Mais à présent, le monde entier le sait.

Une grimace tordit les traits de Démosthène. Sur son front, des gouttes de sueur perlaient.

— Repose-moi, s'il te plaît... Merci... Excuse-moi.

tout m'épuise... Je ne pourrai te parler très longtemps. Je suis en train de mourir. On te l'a dit ?

— On m'a dit que tu étais malade...

— C'est... un euphémisme ! Mme Dumerchez...

L'infirmière qui s'était écartée de quelques pas revint à son chevet.

— Oui, monsieur ?

— J'ai mal... là ! dit-il en montrant son estomac.

— C'est normal, monsieur. Le docteur Hodmart l'a prévu.

Un spasme souleva Démosthène. La sueur trempait le col de son pyjama. En dépit de la douleur, il voulut encore plaisanter.

— Si c'est normal, tout va bien... Oh ! C'est intolérable.

Affolé, Périclès se tourna vers l'infirmière.

— Faites quelque chose, voyons ! Il souffre !

— Je lui ai fait une injection de morphine tout à l'heure !

— Eh bien faites-en une autre !

— Oui... Retirez-vous, s'il vous plaît, il lui faut du calme, aussi !

Périclès caressa de la main le front moite de Démosthène et obéit.

— Ne t'éloigne pas, supplia Démosthène. Après la piqûre, ça ira mieux... Tu me raconteras...

— Je te le promets. A tout à l'heure !

De retour dans l'antichambre, Diane, Périclès et Basile sonnèrent la réception et demandèrent qu'une collation leur soit servie. Il était trois heures du matin, et ils n'avaient pas dîné. Périclès avala quelques gorgées de consommé de volaille, puis repoussa son assiette.

— Je ne peux pas...

— Moi non plus, dit Diane. Dis-moi, que t'est-il arrivé au moment de l'explosion ? En ce qui me concerne, je me suis réveillée à bord d'un navire-hôpital japonais...

— Moi, il m'a fallu beaucoup de temps pour me réveiller : presque deux ans ! Les Anglais appellent ça *shell-shocked*. Traumatisme nerveux consécutif à une explosion. Un homme m'a tiré hors des décombres... Je lui dois la vie. Il m'a allongé sur une charrette à bras, et il a traversé la Mandchourie et une partie de la Mongolie ! Pendant deux ans, j'ai été un zombie, un mort vivant...

Périclès se tut. Devant Basile, il ne pouvait relater la fin de son équipée et la façon dont le Bouddha Vivant l'avait arraché de sa torpeur et de son désespoir. Bien sûr, Diane était vivante, mais elle appartenait à Basile.

— Pour remercier cet homme, reprit-il, j'ai réalisé son rêve : un billet pour New York et de quoi ouvrir une blanchisserie... Mais parlons de toi, de vous ! Que faisais-tu à Port-Arthur ?

— Nous étions à Pékin quand j'ai appris ta présence en Mandchourie. J'ai eu envie de te voir...

— Mais le blocus japonais...

Diane répondit en souriant :

— Je l'ai forcé, voilà tout ! Pour une aventurière de ma trempe, c'était un jeu d'enfant...

Des coups frappés à la porte vinrent l'interrompre. Périclès alla ouvrir.

— Ghélissa !

Basile et Diane se levèrent pour accueillir la jeune femme.

— J'ai désiré assister à la pièce, dit-elle. Après la représentation j'ai rencontré le docteur Hodmart dans la rue. Il m'a appris que Démosthène était au plus mal... J'ai hésité et puis... me voilà ! C'est vraiment la fin ?

— J'en ai peur, dit Diane. Veux-tu lui parler ?

— Oui, si c'est possible. Il me semble... Que ce serait mieux, pour lui et pour moi.

D'un battement de paupières, Démosthène ordonna à son infirmière de le laisser seul avec Ghélissa. La seconde injection de morphine avait apaisé ses douleurs. Ses traits étaient graves. Des années durant, depuis la divulgation de sa confession, il avait imaginé cette rencontre avec Ghélissa. Il l'avait redoutée plus que tout au monde. Comme elle devait le mépriser, lui qui avait été l'ami, le frère d'armes d'Hélianthios, et qui l'avait livré aux bourreaux turcs pour sauver sa propre vie ! Aujourd'hui, il ne la craignait plus. Elle lui était nécessaire, au contraire. Avant d'affonter le jugement de son créateur, il devait subir cette ultime épreuve purificatrice : affronter la veuve de l'homme qu'il avait trahi.

— Ghélissa, vous êtes venue... dit-il d'une voix faible.

— Oui. J'ai voulu vous revoir, une dernière fois.

— Vous avez bien fait... Il faut payer toutes ses dettes sur cette terre, répondre de toutes ses vilenies avant de partir.

— Je ne suis pas venue vous accabler, dit-elle. J'ai vu la pièce... J'ai compris. J'ai souffert, bien sûr ! La mort d'Hélianthios a brisé ma vie. Mais vous aussi, vous avez souffert, vous aussi votre vie a été brisée. Je voudrais savoir... Est-il vrai que vous ayez assisté à ses derniers instants ?

Au souvenir de cette scène, le visage de Démosthène se creusa encore. C'était là son châtiment : revivre une ultime fois la mort d'Hélianthios et de ses compagnons, dans une carrière de sable des Rhodopes.

— Oui, oh oui, mon Dieu ! Les Turcs m'avaient obligé... J'étais là, le visage dissimulé sous une cagoule, face à ceux qui allaient mourir !

Sa voix était rauque et basse. Un sanglot l'étrangla. Il s'essuya les yeux d'une main décharnée.

— Tous n'étaient pas là par ma faute, reprit-il. L'un de nous, un fou criminel, avait commis un acte horrible, inutile, qui permit aux Turcs de démanteler le réseau...

— Mais pour Hélianthios, vous êtes le seul coupable, n'est-ce pas ?

— Oui ! Hélianthios et le vieux professeur Postrophoros, chez qui il avait trouvé refuge... Ils s'en seraient peut-être sortis. C'est moi qui les ai dénoncés, pas pour sauver ma peau, mais pour revoir Diane, pour ne pas mourir sans l'avoir serrée dans mes bras !

— Je comprends cela, dit Ghélissa d'une voix apaisante. Ce que je voudrais savoir...

Sa voix se brisa à son tour. Elle se mordit les lèvres, puis poursuivit :

— ... C'est comment Hélianthios est mort. Oh, je suis folle !... C'est malsain, c'est obscène ! Mais je veux que vous me racontiez ses derniers instants, face au peloton d'exécution.

— Il a été admirable. Il incarnait tout ce dont je rêvais, et dont j'étais incapable... Le talent poétique, le courage tranquille, la dignité, la foi... Moi, je n'étais qu'un patriote de pacotille, un arriviste, qui venait se badigeonner de gloire en Grèce occupée avant de se présenter devant les électeurs d'Athènes. Je voulais faire un beau mariage, une belle carrière... Pas lui. Après son duel avec Evguéni Lambdallos, il aurait pu s'exiler à Paris ou à Londres pendant quelques années. Il aurait vécu dans des palaces et fréquenté des gens remarquables. Il a délibérément choisi le contraire : le danger, la lutte...

— A-t-il dit quelque chose ?

— Oui... Et j'en rougis encore de honte, parce que cela montre à quel point il se trompait sur moi, à quel point il m'aimait. Eleuthéros, un des chefs de la résistance de Salonique, m'a reconnu malgré ma cagoule. Il m'a maudit à haute voix... Et Hélianthios a dit non, que ça ne pouvait pas être moi... Il a refusé l'évidence ! Et puis les balles les ont hachés, tous !

En proie à une profonde émotion, Ghélissa avait saisi la main du mourant et la pressait entre les siennes.

— Continuez, Démosthène. Je vous en prie...

Démosthène ferma les yeux. Les terribles images envahirent sa conscience, aussi nettes qu'au premier jour. Il vit Eleuthéros s'effondrer, le crâne du vieux Postrophoros éclater dans une gerbe de sang, la petite Spanizia porter ses mains à son ventre labouré par les projectiles...

— Je ne peux pas ! implora-t-il.

— Vous me le devez ! lui enjoignit Ghélissa d'une voix impérieuse.

— Hélianthios a été touché au cou. Il est tombé à genoux... Il était encore dans cette position quand un officier l'a achevé d'une balle dans la tempe, à bout portant... Il a roulé à terre. Après, les Turcs ont jeté les corps dans une mare, qu'ils ont comblée en dynamitant un éperon rocheux qui la surplombait. Voilà. Vous savez tout !

Ils restèrent un moment silencieux. Des larmes coulaient sur les joues de Ghélissa.

— C'est bien, dit-elle enfin. Il n'a pas prononcé d'autres paroles ?

— Il n'en a pas eu le temps. Mais je sais... je sais qu'il pensait à vous. Il me l'avait dit, avant son arrestation.

— C'est bien, répéta-t-elle. Je vous pardonne. Mourez en paix.

Elle se pencha sur lui et embrassa sa joue livide. Puis elle quitta la pièce sans se retourner.

A six heures du matin, Démosthène s'était enfin assoupi, après avoir reçu la visite d'un prêtre. Une hémorragie gastrique se déclara. Il s'éveilla, les yeux fous, et se dressa sur sa couche. Il voulut appeler plus près de lui ses amis assis à son chevet. Un flot de sang jaillit de sa bouche. Il retomba sur l'oreiller. Il suffoquait, les yeux grands ouverts. Enfin, dans un dernier spasme, il rendit son âme torturée. Diane lui ferma les yeux. Le docteur Hodmart, en arrivant, ne put que constater le décès.

Au matin, les dépêches annonçant le triomphe de la générale du *Sacrifice* et la mort de son auteur partirent en même temps du comptoir télégraphique de Monte-Carlo. Le metteur en scène, les acteurs, le directeur du Grand-Opéra, les officiels de la Société des Bains de Mer et le prince lui-même vinrent se recueillir devant la dépouille mortelle de Démosthène Sophronikou, homme politique déchu, traître à sa patrie, mais dramaturge de génie mort à trente-huit ans de remords et d'alcoolisme.

Lorsque Diane, les traits tirés, sortit de l'Hôtel de Paris en compagnie de Basile et de Périclès, une femme, surmontant sa timidité, l'accosta.

— Madame, excusez-moi... Vous ne me reconnaissez sans doute pas...

— Non, pardonnez-moi, madame...

— Nous nous sommes vues à Paris. Je suis la propriétaire de l'hôtel où habitait M. Sophronikou.

— Ah oui, oui, je me souviens, maintenant.

— J'ai entendu dire... Est-ce vrai ?

— Hélas, oui, madame. Il est mort ce matin à six heures.

— Mon Dieu !

— Je suis désolée...

Berthe Chamuche balbutia quelques paroles inaudibles et s'enfuit. Elle traversa la rue, se perdit dans la foule de riches oisifs qui déambulaient sur l'avenue et disparut à l'angle d'une rue.

— Qui était-ce ? demanda Basile.

— Sa logeuse à Paris... Sa dernière amie à part nous, je crois ! Elle a veillé sur lui pendant toutes ces années où il a écrit sa pièce... Peut-être a-t-elle été sa dernière maîtresse ?

Elle se tut. Comme ses compagnons, elle avait du mal à réaliser que Démosthène les avait quittés. Les quatre de Salonique n'étaient plus que trois depuis deux ans déjà, puisque tout faisait croire que Périclès était mort à Port-Arthur, mais par une singulière ironie du sort, il était réapparu le jour même où Démosthène disparaissait.

Son regard croisa celui de Basile. Elle eut un choc en constatant qu'il maîtrisait difficilement son émotion. Basile Apostolidès, l'homme d'acier, pouvait donc être ému ! Elle hocha la tête et lui adressa un sourire. Il fit la grimace et haussa les épaules pour masquer son trouble, puis il sourit à son tour.

Cet échange muet n'exprimait que leur solidarité dans la peine. Ils avaient perdu Démosthène, et quel que fût l'état de leurs rapports, rien ne pouvait abolir cette fraternité du malheur. Mais Périclès se méprit sur son sens, et crut y voir la preuve d'un amour inchangé, toujours partagé. Il pâlit, se laissa distancer de quelques pas et s'engouffra dans une rue adjacente. Quand Diane se retourna pour chercher Périclès, il avait disparu.

Assise à la terrasse d'une petite auberge, Diane regardait le soleil s'engloutir dans les eaux du golfe de Naples. Un vent léger, embaumé par le parfum des plantes accrochées à la pente abrupte d'Anacapri, la caressait avec douceur. A la table voisine, que ses occupants venaient d'abandonner, il restait au fond d'une carafe un peu de vin blanc que les derniers rayons du soleil frappaient obliquement, transformant son contenu en or liquide. Cette nature morte était si belle que Diane regretta d'avoir commandé du thé. Elle aurait préféré goûter à ce vin miraculeux... Mais qu'est-ce qui l'en empêchait ? Elle était seule sur la terrasse... Elle s'approcha de la table, souleva la carafe et, la portant à ses lèvres, but une gorgée dont elle savoura l'âpreté généreuse. Elle ferma les yeux. Comme elle aurait aimé boire de ce vin en compagnie de Périclès ! Malheureusement, depuis sa brève réapparition le soir de la mort de Démosthène, elle n'avait plus eu aucune nouvelle de lui. Grâce à Ghélissa, qui fréquentait toujours les Karvallos, les anciens employeurs de Périclès, elle avait appris que sa mine de Sonnenfontein, en Afrique du Sud, fonctionnait à nouveau après deux années de léthargie. Pendant son absence, le directeur par intérim avait déjoué les tentatives de prises de contrôle de la De Beers. En un an de travail acharné, Périclès avait redressé la situation, relançant la prospection et exploitant de nouveaux gisements. Il avait instauré l'intéressement des mineurs aux bénéfices ce qui lui valait la haine grandissante des autres propriétaires de gisements et une extraordinaire popularité chez les mineurs, les siens et les autres. Il se consacrait à présent à la réalisation d'un vieux rêve : bâtir autour de ses mines des villes nouvelles rompant radicalement avec la triste architecture des corons français et des *townships* sud-africaines. Là, les mineurs pourraient mener une vie heureuse et entretenir avec leur employeur des rapports harmonieux. Cette philosophie, inaugurée à Sonnenfontein, avait porté ses fruits : grâce à une productivité accrue, les bénéfices réalisés y étaient supérieurs à ceux de toutes les entreprises minières de la région.

Diane avait écrit de nombreuses lettres à Périclès. Elles étaient demeurées sans réponse. Elle avait interrogé tous ceux qui étaient susceptibles de le connaître. L'un disait l'avoir aperçu huit jours plus tôt à Londres, un autre assurait qu'il s'était embarqué à destination de l'Australie pour y conduire une campagne de prospection. En dehors des bonnes nouvelles sur l'état de ses affaires, les renseignements qu'elle obtenait étaient si contradictoires que Diane tournait en rond comme une mouche dans un bocal. S'il n'y avait pas eu Alexandre, elle se serait lancée sans hésiter à sa poursuite, dût-elle faire le tour du monde. Mais elle ne pouvait se résoudre à s'éloigner de son fils. Elle avait envisagé de l'inscrire à nouveau dans un de ces internats de luxe qu'il ne connaissait que trop, ou bien de le confier à un précepteur. Elle y avait renoncé. Et il n'était pas question de le laisser à Basile.

Diane revint s'asseoir à sa place. Le vin était

délicieux. Il avait le goût de la vie. Cette vie heureuse à laquelle tout être humain aspire, et dont le destin semblait s'ingénier à la priver. Pourtant, en apparence, son sort était des plus enviables. Elle était jeune et belle, elle était immensément riche. Elle avait un fils comblé de tous les dons, qu'elle adorait et qui lui rendait cet amour... Mais il lui manquait l'essentiel. L'homme qu'elle aimait la fuyait, et cela faisait son malheur. Impuissante, elle voyait s'enfuir les jours et les mois, et avec eux sa jeunesse. Parfois, seule, la nuit dans son immense lit, elle s'éveillait en larmes. Toujours le même cauchemar : elle s'avançait à tâtons dans un tunnel. Loin devant elle, un halo de lumière. A mesure qu'elle s'approchait de l'extrémité du tunnel, elle distinguait une silhouette. Son cœur battait à éclater. Une certitude l'habitait et lui redonnait courage. Cet homme qui l'attendait là-bas, dans la lumière, c'était Périclès. Enfin, ils allaient être réunis, après tant d'années perdues. Mais à l'instant où, hors d'haleine, elle était sur le point de se jeter dans ses bras, elle s'arrêtait, saisie d'horreur. Périclès était devenu un vieillard. Dans son visage aux chairs défaites, ses yeux se voilaient de taies blanchâtres. Alors, elle portait ses mains à ses propres joues. Sous ses doigts, sa peau était elle aussi ridée et grenue. Elle s'éveillait en hurlant et restait longtemps haletante à pleurer dans le noir.

Elle consulta sa montre. Alexandre n'allait pas tarder à rentrer du port. Elle avait renoncé à l'accompagner aujourd'hui dans sa promenade en mer à bord d'une barque de pêcheur, car elle voulait examiner avec son homme de loi le dossier de l'imprimerie Helvética. Elle comptait revendre l'entreprise pour une somme symbolique au syndicat des rédacteurs de *La Flamme*. Depuis sa fuite de

Genève, Igor Liougatchev n'avait plus donné signe de vie. Quant au journal, désormais privé des subsides clandestins de Basile, il battait de l'aile. La rédaction s'était constituée en société pour essayer de le sauver. Diane, déçue et meurtrie par la trahison d'Igor, avait décidé de se retirer. En offrant Helvética au syndicat, elle le faisait avec élégance.

Un bruit de pas, dans l'escalier qui menait à la terrasse, lui fit dresser l'oreille. C'était Alexandre.

— Te voilà, mon chéri ! Alors ? Tu t'es bien amusé ?

— Oui...

— Oui ? Tu as fait bonne pêche ?

L'enfant hocha la tête et leva le panier d'osier qu'il tenait à la main.

Un bruit de pas plus lourd résonna sur les marches. Antonio, un des pêcheurs de l'île, apparut. Diane louait ses services un jour sur deux depuis une semaine.

— Bonsoir, madame.

— Bonsoir, Antonio. Êtes-vous satisfait de votre mousse ?

— Oh ! oui, madame, c'est un bon garçon. Et adroit. Quand un poisson mord à sa ligne, il le ferre aussi bien que nos chenapans de l'île !

Alexandre ouvrit le panier. A l'intérieur, deux superbes rascasses reposaient sur un lit de goémon.

— On dira au cuisinier de les préparer, hein, maman ? Je ne veux manger que ça, ce soir !

— Entendu, mon chéri !

— Aurez-vous besoin de moi demain, madame ? demanda Antonio.

— Non, demain nous irons à Sorrente par le vaporetto... Mais après-demain, si vous êtes libre, vous pourriez nous emmener à la grotte bleue ?

— A votre service, madame.

Elle prit dans son sac un billet de banque plié en quatre et le lui tendit. Il le fourra dans la poche de son pantalon.

— Merci, madame. A mercredi, alors ?

— D'accord. A dix heures sur le port...

Antonio s'inclina et s'en alla.

— Veux-tu une citronnade ? Tu as dû avoir chaud, en mer... J'espère que tu n'as pas attrapé de coup de soleil !

— Non, non, j'ai fait attention...

Alexandre se tut. Diane le dévisagea d'un air interrogateur. Elle connaissait la moindre inflexion de sa voix. Il aurait dû se montrer plus joyeux, plus exubérant, plus fier de ses deux magnifiques rascasses.

— Quelque chose ne va pas ?

— Non, m'man, tout va bien...

— Tu es sûr ?

Il hésita. Enfin, il se décida :

— M'man... Basile me manque.

Diane éprouva un pincement au cœur. Ils parlaient rarement de Basile, depuis leur séparation.

— Je m'en doute, mon chéri... Mais tu sais bien que...

— Ce serait tellement chic s'il était là avec nous ! Ce serait tellement mieux d'aller pêcher avec lui plutôt qu'avec Antonio...

— Tu n'aimes pas Antonio ? Je croyais que vous vous entendiez bien... Il n'est pas gentil avec toi ?

— Si, si, il est gentil... Mais c'est pas pareil ! Pourquoi tu ne vis plus avec Basile, m'man ?

Diane se mordit les lèvres. Comment expliquer à un enfant que son bonheur ne coïncide pas exactement avec le vôtre ?

— C'est un peu compliqué...

— Qu'est-ce qui est compliqué ? C'est très simple au contraire ! Basile est mon père...

— Ton père adoptif, Alexandre. Tu te souviens, je t'ai expliqué...

— Oui, bon, mon père adoptif... Qu'est-ce que ça change ? C'est mon père, et tu es ma mère. Vous devriez être ensemble.

— Écoute, ce n'est pas si simple...

— Mais si, c'est simple ! Qu'est-ce que tu lui reproches à Basile ?

— Je lui reproche... Des choses que tu ne comprendrais pas !

Diane se sentait prise au piège. Face aux questions insistantes d'Alexandre, elle ne pouvait se contenter d'une réponse aussi évasive.

— Et aussi...

— Quoi ?

— Eh bien, avec toi, Basile est très gentil, mais...

— Oh oui, il est gentil ! Il m'a offert un sous-marin, et un zoo, et...

— Oui, oui, mais il n'est pas aussi gentil avec tout le monde. Tu sais qu'il fabrique des armes, des canons, des bateaux de guerre ?

— Oui, et alors ? Oncle Démétrios en fabrique, lui aussi. Il faut bien des armes, pour se défendre.

— Il en faut aussi pour attaquer. Ces armes servent à tuer des gens. Des gens, Alexandre, pas des soldats de plomb !

— Je sais bien ! Quand c'est la guerre, c'est la guerre !

— Non, tu ne sais pas. Tu n'as jamais vu la guerre. Moi, je l'ai vue.

— Mais c'est pas la faute de Basile. Lui, il vend des armes, et les gens en font ce qu'ils veulent.

— Si, c'est sa faute ! Chaque fois qu'un soldat meurt le ventre ouvert, Basile touche de l'argent !

— Mais oncle Démétrios aussi, alors ?

— Oui ! Oui ! Qu'est-ce que tu crois ? Tout notre argent vient de là, de la mort des autres, et ça me fait horreur !

Diane avait crié. Effaré, Alexandre regardait sa mère. Jamais, sauf à la mort de Démosthène, il ne l'avait vue dans un tel état. Les yeux brillants, la bouche tordue par une grimace de dégoût, elle était effrayante.

— Maman... Je t'en prie !

Elle l'attira contre elle.

— Pardonne-moi, mon chéri, mon amour... Je suis folle ! Je ne devrais pas te dire des choses comme ça. Ce n'est pas de ton âge. Et puis tu n'y peux rien. Ton père et ton oncle vivent de ça, et tu ne peux que les aimer quand même... Mais crois-moi, ils ne sont pas aimables ! Ils sont... horribles ! Comme des vautours !

— Des vautours ? Mais c'est affreux un vautour !

— Oui. Parce que ça se nourrit de charogne, comme ton père et ton oncle !

A ces mots, Alexandre éclata en sanglots. Éperdue, Diane, buvant ses larmes, couvrit son visage de baisers.

Au mois d'août 1909, la « Grande Semaine d'aviation de Champagne » rassembla à Reims près de deux millions de spectateurs et une quarantaine de machines volantes de tous types. En effectuant un mois plus tôt la première traversée de la Manche en avion, Louis Blériot avait ouvert l'ère des meetings monstres et des records. A Reims, les records tombèrent d'une façon impressionnante, attestant la rapidité des progrès d'un moyen de locomotion si longtemps décevant. Henri Farman s'adjugea ceux de durée et de distance en parcourant cent quatre-vingts kilomètres en trois heures quatre minutes sur un biplan Farman de cinquante chevaux. Hubert Latham s'octoya le grand prix de l'altitude en s'élevant à cent cinquante mètres. Le record de vitesse revint à Louis Blériot en personne, avec 76,955 kilomètres à l'heure devant l'Américain Glenn Curtiss, qui atteignit 69,821 kilomètres à l'heure. Dans cette épreuve, le plus dangereux concurrent des deux hommes fut Periclès Hespéra. A bord d'un Latham, il vola à 67,224 kilomètres à l'heure sur une douzaine de kilomètres avant d'écraser son avion à l'atterrissage. Quand il sortit indemne et souriant des débris de l'appareil, un homme de petite taille courut à sa rencontre.

— Ouf ! Vous êtes vivant ! Vous m'avez fait une peur...

— Puïk Honendael ! Si je m'attendais à vous voir ici ! Vous êtes un passionné d'aviation, vous aussi ?

— Pas le moins du monde. Ces engins me terrifient. Et si j'en juge par l'état du vôtre, j'ai bien raison d'avoir peur... Êtes-vous sûr d'être entier ?

Périclès eut une moue dubitative et tâta l'un après l'autre ses quatre membres.

— Bon, il me semble que tout y est, dit-il dans un grand rire. Ma machine est sûre, c'est moi qui manque d'expérience. Ce n'est que mon second vol. Je n'ai même pas ma licence ; j'ai graissé la patte au contrôleur pour concourir.

— Comment ? Vous vous lancez en compétition sans licence dès votre second vol !

— Je n'ai pas pu résister... C'est enivrant, vous devriez essayer !

— Pour un casse-cou comme vous, sans doute pas pour moi... Que faites-vous ce soir ?

— J'avais l'intention de dîner, et puis de me coucher, tout simplement.

— Nous pourrions dîner ensemble. Au Grand Hôtel de la Paix, vers neuf heures. Cela vous convient-il ?

— Parfaitement. Je vais aider mon mécanicien à ramasser tout ce petit bois.

— Il va vous falloir de la patience...

Il se tut et ajouta gravement :

— Périclès, je vous en prie... Restez en vie...

— Depuis quand vous intéressez-vous à l'aviation ? demanda Honendael à Périclès tandis qu'un serveur garnissait leurs assiettes de civet de lièvre à la royale.

— C'est très récent, vous avez pu le constater. J'ai assisté à un meeting il y a quelques mois, cela m'a enthousiasmé et j'ai décidé de m'y mettre. J'ai acheté un avion, engagé un mécanicien, et voilà !

— Prenez garde, ne vous tuez pas... Ce serait dommage... j'ai des projets pour vous.

— Je suis déjà fort occupé...

— Je n'en doute pas. Tiens, je constate avec plaisir que vous portez la bague...

Périclès baissa les yeux. A son annulaire, la chevalière en or brillait.

— Effectivement. J'ai eu l'occasion de vérifier son pouvoir.

— J'en ai été informé. Vous vous seriez tiré tout seul de ce mauvais pas, bien entendu.

— Mais cela m'aurait pris du temps, j'en conviens volontiers. Les projets auxquels vous faisiez allusion ont-ils un quelconque rapport avec votre... « société discrète » ?

— Vous l'avez deviné.

— De quoi s'agit-il ?

— Les menaces dont j'ai fait état devant vous lors de notre dernière rencontre se précisent. L'équilibre européen est gravement compromis. Mes amis... — mais ce sont aussi les vôtres ! — nos amis, donc, pensent qu'il convient de se préparer au pire.

— Et que serait le pire ?

— Un affrontement entre la France et les empires centraux. Par le jeu des alliances, l'Europe entière y serait mêlée. Et l'Europe entraînerait le reste du monde.

Périclès but une gorgée de chablis, et s'essuya les lèvres.

— Mon cher Puïk, j'ai de l'estime pour vous et pour vos capacités. Mais si les nations doivent se déchirer, je doute de l'efficacité de votre société.

Vos amis sont puissants. Cependant, les forces en présence les dépassent infiniment.

— Vous oubliez notre principe. Un grain de sable, une poussière peut bloquer une machine énorme. Nous sommes cette poussière ou ce grain de sable !

— Et sur quelle machine, allez-vous vous jeter ?

— Sur une des plus compliquées, des plus sophistiquées, et donc des plus fragiles du monde moderne... Une énorme machine humaine. Chaque nation a la sienne. Allons, devinez !

— Attendez... Une machine humaine... L'armée, non ?

— Presque ! Mais l'armée n'est qu'un grand corps inerte. C'est au cerveau qui le dirige qu'il faut s'attaquer : l'état-major.

Périclès reposa sa fourchette et considéra Honendael avec une inquiétude non feinte.

— Vous voulez dire que... ?

— Que nous avons l'intention de décapiter physiquement les armées française, allemande et austro-hongroise en exterminant leurs états-majors ? Pas du tout !... Ce serait très difficile à réaliser, et cela nous entraînerait sur un terrain dangereux. Une conjuration internationale de ce genre nécessiterait une logistique considérable. Ce serait... très encombrant ! Non, nous avons choisi un autre mode d'action, plus subtil et, je crois, plus efficace. Selon vous, à quoi servent les états-majors ?

— Eh bien... A coordonner l'action des unités qui composent une armée.

— Certes, mais avant cela ?

— ... A établir en temps de paix les plans que les troupes s'efforceront d'exécuter en temps de guerre.

— Tout juste ! Et, s'agissant de millions d'hommes et de centaines de millions de tonnes de matériel comme ce serait le cas dans une guerre européenne, vous imaginez la complexité de la chose !

— Je comprends. Ces plans sont déjà prêts, et tenus secrets en prévision du jour où ils seront appliqués...

— Exact. On n'improvise pas le premier jour de la guerre. Les axes de pénétration en territoire ennemi sont reconnus et recensés depuis des siècles. La marge de liberté laissée aux stratèges est étroite. Quel choix vont-ils faire en fonction des contraintes physiques auxquelles ils sont confrontés ? On connaît la situation de base de la France et de l'Allemagne. Citoyen grec, vous n'en avez pas une vue très précise...

— Je n'en ai pas la moindre idée, voulez-vous dire !

— Alors pardonnez-moi de vous infliger un cours aussi bref que possible, mon cher Périclès, mais il éclairera mon propos.

— Faites donc, mon cher Honendael. Ce chablis m'aidera à vous suivre...

— Eh bien, voilà. La défense des frontières françaises à l'est a été mise sur pied par un remarquable officier supérieur du génie, le général Raymond Séré de Rivières. Après la faillite des grandes places fortifiées lors de la guerre de 1870, il a imaginé de construire un ensemble défensif formant deux môles presque continus. Ces môles utilisent habilement les obstacles naturels, séparés seulement par deux couloirs offerts comme une tentation. Le môle sud, constituant le système des côtes de Moselle, est formé d'une ligne de forts assis sur les crêtes de la rive gauche de la Moselle. Il s'appuie à ses deux extrémités sur les môles d'Épinal et de Belfort, organisés en camps retranchés. Le môle nord forme le système des Hauts de Meuse. La ligne des forts est établie entre la rive droite de la Meuse et la plaine de la Woëvre. Aux extrémités de ce môle, tels des chiens de garde, Toul et Verdun. Entre ces deux lignes solidement tenues, les deux trouées tentatrices, où le Teuton est censé venir se faire hacher menu : celle de Charmes, entre Épinal et Toul, et celle de Stenay, entre Verdun et la frontière du Luxembourg.

— Ne peut-on emprunter un autre chemin que ce coupe-gorge ?

— Non. Les plans de bataille successifs élaborés par les stratèges prussiens, que ce soit Moltke, Waldersee ou Schlieffen, prennent en compte cette configuration. Les Vosges, le Rhin, la Sarre sont autant d'obstacles infranchissables. Si l'Allemagne attaque, ce sera là, de toute façon...

— Et la France ?

— Si la France attaque, ce sera là aussi, au débouché du dispositif de Séré de Rivières... En fait, la même doctrine prévaut dans les deux camps. Elle se résume en un seul commandement : il faut attaquer le premier. Les deux armées seront comme deux chiens furieux se montrant les dents et tirant sur leur laisse. Chacun est persuadé qu'il l'emportera rapidement s'il peut se précipiter sur son adversaire encore entravé. Le président Fallières, pourtant un des hommes politiques français les moins belliqueux, a déclaré : « Nous sommes résolus à marcher droit à l'ennemi sans arrière-pensées. L'offensive convient au tempérament de nos soldats et doit nous assurer la victoire ! »

— Ces gens sont fous à lier, dit Périclès. Avec la puissance destructrice des armes modernes, cela nous promet des tueries inouïes...

— A moins qu'un grain de sable ne vienne tout enrayer. Les plans de mobilisation et d'attaque sont d'une formidable complexité. Imaginez qu'à l'instant où les états-majors respectifs des belligérants s'apprêtent à les mettre en exécution, ces plans soient divulgués, publiés in extenso dans le monde entier. Que se passerait-il, à votre avis ?

— Les états-majors en changeraient !

— Sans doute, mais cela prendrait du temps, assez pour laisser sa chance à la paix. Les conflits éclatent généralement dans une ambiance d'hystérie patriotique, dans l'urgence d'une crise... En dévoilant les intentions et la stratégie des deux armées en puissance, on aurait le temps d'apaiser les esprits, de faire pression sur les gouvernements.

— En êtes-vous sûr ?

— Je suis sûr d'obtenir un répit, de surseoir au moins provisoirement à la grande boucherie. Les groupes de pression favorables à la paix entreraient en action. On reviendrait à la diplomatie au lieu de se jeter à corps perdu dans la guerre.

— Je vous trouve bien optimiste !

— Convenez que le jeu en vaut la chandelle. Vous avez vu la guerre de près, en Asie ?

— Oui. C'est horrible et profondément absurde... L'impression d'un gâchis formidable. On détruit des corps, des maisons, des véhicules, des ponts, des arbres... Toute l'ingéniosité et la ténacité humaines tournées vers ce seul but : détruire.

— Alors vous devez nous aider à empêcher que cette folie destructrice ne s'empare de l'Europe.

— Je veux bien, mais comment ?

— C'est très simple, nous allons voler le plan XVI aux Français, et son équivalent, le plan Schlieffen, aux Allemands.

— Ou plus exactement, poursuivit Honendael, au seul homme au monde qui dispose de copies de ces plans en dehors des états-majors eux-mêmes, par une sorte de... proximité professionnelle ! Cet homme, vous le connaissez bien.

Périclès réfléchit un instant.

— Si vous me croyez capable de trahir cet homme-là, vous vous êtes trompé sur mon compte ! dit sèchement Périclès.

Honendael regarda son interlocuteur droit dans les yeux.

— Trahir... Que les mots sont étranges, semblables à des chaînes qui nous entravent. Vous dites « trahir », vous rapportez ce mot à votre code d'honneur, et tout devient impossible... Examinez de près cette prétendue trahison, vous verrez que ce mot est de trop !

Périclès haussa les épaules.

— N'essayez pas de me convaincre avec des sophismes, Honendael. Je suis un homme très simple. Pour moi, les mots ont un sens et un seul. Un ami est un ami... et qui trahit un ami n'est pas digne de vivre !

Un sourire ironique se peignit sur le visage d'Honendael.

— Décidément, vous êtes un homme rare, mon cher Périclès ! Mais n'avez-vous pas conservé votre amitié... à un homme qui, un jour, a trahi des amis très chers ?... Et bien plus gravement que ce que j'ai l'intention de vous demander et dont vous n'avez encore aucune idée !

— Vous allez trop loin, Honendael, et je n'ai aucunement l'intention de vous suivre ! déclara Périclès en posant sa serviette.

Déjà, il se levait. En dépit de sa parfaite maîtrise de soi, un éclair d'inquiétude passa dans le regard d'Honendael. Trop sûr de lui et de sa dialectique, il avait sous-estimé le caractère entier de Périclès et son intransigeance, dès qu'il s'agissait de ses amis d'enfance.

— Attendez, je vous en prie ! Ne partez pas ! Laissez-moi aller jusqu'au bout. Vous trancherez en connaissance de cause... Nous avons besoin de vous, Périclès, vous êtes irremplaçable !

— Allons donc !

— Si vous m'écoutez, vous comprendrez pourquoi. Pardonnez-moi cette allusion à votre ami Sophronikou... Revenons à Basile Apostolidès, car c'est bien de lui qu'il s'agit. Nous avons la certitude qu'il possède une copie de chacun des plans des deux belligérants potentiels, preuve de la position unique qu'il occupe sur l'échiquier international. Enfin, rendez-vous compte : un « simple particulier » se trouve détenteur de secrets militaires de cette importance !

— Pourquoi ne lui demandez-vous pas de vous les communiquer ?

— Vous plaisantez ? Prenez-en conscience, Périclès ! La guerre qui ruinerait l'Europe rapporterait une fortune colossale à votre ami. Vainqueurs ou vaincus, tous les peuples sont perdants dans ces conflits. Les vrais gagnants sont les pourvoyeurs d'armes. *Basile Apostolidès a intérêt à ce que cette guerre éclate !* Ces plans sont pour lui les gages de profits à venir. Grâce à eux, il peut estimer son chiffre d'affaires en cas de guerre. Vous imaginez quelle serait sa réaction si nous nous adressions à lui ! Il nierait, tout simplement, et il s'efforcerait de nous éliminer !

— Vous vous méprenez sur son compte. Basile est un homme d'affaires redoutable, c'est vrai. Mais ce n'est pas un assassin.

— Comment appelez-vous un homme qui s'enrichit de la mort des autres ?

Périclès, embarrassé, éluda la question.

— Nous bavardons dans le vide. Si Basile dispose de ces plans, il a dû les mettre en sûreté. Je ne vois pas en quoi je pourrais vous êtes utile, en admettant que j'y sois disposé.

— Bien entendu, ces plans ne sont pas dans le tiroir de la table de nuit d'Apostolidès, mais dans un coffre, à l'intérieur d'un palais vénitien, une véritable forteresse...

— Alors qu'attendez-vous de moi ? Que j'aille cambrioler ce palais ?

— Nul besoin d'effraction. Nous avons quelqu'un dans la place. Nous avons fait fabriquer un double de la clé du coffre. Il ne nous manque que la combinaison. C'est là que vous intervenez.

— Moi ? Mais j'ignore cette combinaison ! Et si vous vous imaginez que Basile me la révélerait au détour d'une conversation, vous délirez. Nous sommes de vieux amis, mais il a toujours été très secret sur ses affaires... D'ailleurs nous nous voyons fort peu depuis des années.

— Je sais, dit Honendael. Vous n'auriez même pas besoin de le rencontrer. Vous connaissez le mot qu'il a choisi pour commander l'ouverture du coffre. Il est inscrit dans votre mémoire, j'en suis convaincu.

— Expliquez-vous !

— J'ai consulté plusieurs psychologues. Tous m'ont tenu le même discours. On ne décide pas d'une combinaison au hasard. L'homme le plus rusé, l'esprit le plus retors ne peut s'empêcher de donner un sens à chacun de ses actes. Il faut que ce choix soit évident à ses propres yeux, même et surtout s'il doit rester impénétrable à autrui. Cette conduite irrationnelle repose sur la peur inconsciente d'oublier le mot en question. Apostolidès a choisi le mot qu'il ne peut pas oublier. Un mot inscrit dans sa mémoire ou dans sa chair de façon indélébile. Vous me suivez ?

— Il me semble... Mais qu'est-ce qui vous fait penser que je suis en mesure de vous aider à deviner ce mot ?

— Vous connaissez Basile Apostolidès mieux que personne, à l'exception peut-être de son ex-épouse, Diane Mascoulis. J'ai préféré m'adresser à vous parce que nous nous connaissons depuis plusieurs années, tandis que je suis un parfait inconnu pour elle. Et aussi parce qu'un homme est généralement plus réceptif à des arguments logiques, moins gouverné par son affectivité qu'une femme...

— Je vois. Mais vous rendez-vous compte de la difficulté de la chose ? Un mot, parmi des dizaines de milliers que compte le vocabulaire !

— Si mon hypothèse est juste, ce mot n'est pas arbitraire. Il a une signification très précise pour Apostolidès. Il fait allusion à un épisode crucial ou déterminant de son existence. Et il y a de grandes chances pour que vous y ayez été mêlé, ou que vous en ayez eu connaissance. Ce mot concerne quelque chose d'essentiel dans sa personnalité. Nous avons enquêté sur le passé d'Apostolidès. Cet homme est un mystère ambulant. Il ne s'est jamais livré à personne. Il fréquente dans le monde entier tous les hommes de pouvoir, mais il n'a jamais eu d'amis... Sinon feu Démostène Sophronikou et vous-même. Alors qu'est-ce qui a pu déterminer son choix dans le secret de son âme, à l'instant de cacher des documents aussi précieux ? Si une idée vous vient, nous communiquerons le mot à notre correspondant. Apostolidès passe son temps en allées et venues entre ses différentes usines et les principales capitales. Il séjourne rarement dans son palais de Venise. Si vous tombez juste, nous ferons reproduire les papiers et nous les remettrons à leur place. Il n'en saura jamais rien, même au cas où nous serions amenés à faire état publiquement des plans. La fuite pourrait provenir des états-majors eux-mêmes. Et vous auriez rendu un service inappréciable à la cause de la paix, sans pour autant nuire à votre ami. Bien sûr, vous contribueriez à faire échouer sa stratégie commerciale... Mais la survie de centaines de milliers d'hommes, l'économie des destructions terrifiantes valent bien cela. Apostolidès vendrait un peu moins de canons et d'obus dans les prochaines années. Il bouclerait tout de même ses fins de mois ! conclut Honendael avec un sourire de gamin.

De retour à son hôtel, Périclès resta un long moment au bar à siroter un vieil armagnac. Il réfléchissait. L'hypothèse d'Honendael lui paraissait à la fois trop sophistiquée, trop intelligente, et extrêmement séduisante. Que Basile fût un être complexe et torturé en dépit de l'image d'équilibre, de puissance et d'invulnérabilité qu'il donnait de lui-même, Périclès n'en doutait pas. Basile était un possédé, un forcené. Mais son contrôle sur ses pulsions était tel que l'existence d'une faille en lui semblait impossible. Cette faille pourtant, Périclès la connaissait. Mais il avait laissé Honendael parler et s'était bien gardé d'évoquer le drame qui avait si lourdement marqué l'enfance de Basile : la mort de son père, égorgé sous ses yeux.

Périclès quitta le comptoir et, son verre à la main, se dirigea vers une jeune femme solitaire qui feignait de lire le journal. Elle leva les yeux à son approche et lui sourit. Il lui demanda d'un simple signe de tête s'il pouvait s'asseoir auprès d'elle. Elle acquiesça. Ils burent ensemble quelques verres tout en bavardant. Elle avait accompagné un couple d'amis au meeting aérien de l'après-midi. Ses amis venaient d'aller se coucher, elle n'avait pas sommeil et elle s'ennuyait. Elle s'appelait Arlette Lamballe, elle était blonde et potelée. Les fossettes qui se dessinaient sur ses joues rondes quand elle souriait évoquaient d'autres fossettes et d'autres rondeurs. Périclès se sentait disposé à la désennuyer...

Au matin, Périclès s'éveilla dans le lit d'Arlette. Il se leva et s'habilla sans bruit. Avant de sortir de la pièce, il déposa au chevet d'Arlette endormie un des petits diamants taillés dont il portait toujours un sachet sur lui. A l'évidence, Arlette n'était pas vénale, mais qui décide du prix du plaisir ?

De retour dans sa chambre, il prit un bloc de papier à lettre et écrivit ce seul mot : *Kanly-Koula*. Kanly-Koula, la tour du Sang de Salonique... Il détacha la feuille, la glissa dans une enveloppe qu'il adressa à M. Puïk Honendael, au Grand Hôtel de la Paix. En quittant l'hôtel pour rejoindre son mécanicien et ramener avec lui les débris de son appareil à son entrepôt de Villacoublay, il confia la lettre à la réception et demanda qu'un coursier la porte sans délai à son destinataire.

Le « correspondant » de Puïk Honendael à l'intérieur du palazzo Dei Turchi, ainsi nommé parce qu'il avait abrité quatre siècles auparavant un plénipotentiaire du sultan, était une femme. Agée d'une cinquantaine d'années, et engagée par Basile en tant qu'intendante du palais, elle s'appelait Véréna Tourianov. Elle était née dans la petite noblesse russe, celle qui, faute de revenus suffisants, vivait plus souvent sur ses terres qu'à la cour. Son tempérament de feu ne se satisfaisant guère du train-train de la vie de province, elle avait quitté très jeune la propriété familiale. Une vie sentimentale passablement agitée l'avait conduite à Berlin, puis à Paris, enfin à Venise, où son dernier amant en date l'avait abandonnée pour les appas moins usés d'une femme plus jeune. Honendael avait fait procéder à une enquête sur la domesticité du palais Dei Turchi et il avait choisi Véréna. Parce que sa jeunesse et sa beauté s'étaient enfuies, parce qu'elle avait longtemps roulé sa bosse sans parvenir à amasser de quoi s'assurer une vieillesse sereine, elle était vulnérable. Certains épisodes de son passé prouvaient que sa moralité n'était pas d'une rigidité absolue. Il y avait eu une histoire mal éclaircie de détournement de fonds en France, et son mode de vie à Venise, juste avant qu'elle ne soit embauchée au palais, s'apparentait d'assez près à la prostitution. Elle s'était fait une spécialité du déniaisement des adolescents mineurs qui fréquentaient le collège voisin de son petit appartement. Elle n'entretenait avec Basile Apostolidès aucun rapport personnel qui aurait pu lui inspirer à son égard une loyauté particulière. Il était son patron, voilà tout. Elle était la personne dont Honendael avait besoin. Fabrizzio Gondoni, l'émissaire du Hollandais à Venise, lui avait proposé une somme suffisante pour lui permettre de se retirer et de vivre de ses rentes jusqu'à la fin de ses jours, si elle dérobait certains documents dans le coffre de Basile. Elle avait accepté sans tergiverser.

Un matin, munie du double des clés fourni par Gondoni et du mot de la combinaison proposé par Périclès, elle entra dans le bureau de son maître, pièce immense, au quatrième étage de l'imposante bâtisse, qui fut, du temps de l'ambassadeur de Turquie, le théâtre d'orgies inouïes. Aujourd'hui, la décoration refaite par Basile lors de l'achat du palais n'évoquait plus rien de ces bacchanales. Des toiles de maîtres ornaient les murs. Une vitrine aux rayons chargés de bibelots, un sofa, un bureau colossal et de profonds fauteuils de cuir en composaient à peu près tout le mobilier. C'est ensemble, compte tenu des proportions de la pièce, en faisait un lieu presque spartiate.

Véréna ferma la porte et se dirigea sans hésiter vers un réduit à droite du bureau, où se trouvait le coffre et dont la porte était elle-même blindée.

Elle l'ouvrit sans difficulté. En dépit d'une vie aventureuse, Véréna Tourianov sentait son cœur battre à grands coups. Sans vraiment connaître Basile, elle pressentait qu'il pouvait se montrer terrible. Le vol qu'elle s'apprêtait à commettre n'était pas de ceux qui vous mènent au tribunal en cas d'échec, mais plutôt au fond du canal, avec un sac de ciment pour ultime compagnon. Sur le visage menaçant du dottore Emiliano Pancrazzi, responsable de la sécurité du palais, ne s'inscrivait pas le pardon des offenses. Dottore... en art de tuer, oui !

Le coffre devait peser plus d'une tonne. Véréna enfila des gants comme Gondoni le lui avait conseillé, car la méthode du docteur Bertillon était employée depuis des années par toutes les polices européennes. La combinaison qu'elle était chargée de tester était un nom propre. *Kanly-Koula.* Qui était ce Kanly-Koula, ou cette Kanly-Koula ? Elle n'en avait pas la moindre idée et elle s'en fichait royalement. Une seule chose comptait : que Kanly-Koula ouvre le coffre ! Alors, si elle découvrait à l'intérieur les documents convoités par Gondoni et si Gondoni était régulier, elle aurait une chance de voir son rêve se réaliser. Du fric. Un formidable paquet de fric ! De quoi rentrer en Russie la tête haute, acheter une propriété dans sa Moldavie natale, et oublier toutes ses années de galère. Là-bas, chez elle, elle redeviendrait une dame. Elle vieillirait en paix, très lentement, à la fois aimée et crainte de ses métayers, jouissant de la considération des notables... Et s'il lui prenait l'envie d'accueillir dans son lit, de temps en temps, un beau petit paysan, robuste et caressant, elle ne s'en priverait pas !

Mais pour cela, il fallait que Kanly-Koula soit bien le mot magique. Elle l'invoqua comme une divinité bienfaisante : « Ô grand Kanly-Koula, sois-moi propice !... » Gondoni l'avait prévenue. Il n'était sûr de rien. Ça marcherait, ou ça ne marcherait pas.

S'agenouillant devant le coffre, elle enfonça la lourde clé aux cannelures compliquées dans la serrure, puis, une à une, elle amena les lettres devant le trait qui servait de repère. La molette ne comportant ni majuscules ni trait d'union, Gondoni lui avait ordonné de composer kanlykoula d'une seule traite, tout simplement.

Quand elle eut entré les dix lettres en tirant la langue comme elle le faisait, enfant, pour écrire les mots difficiles, elle saisit la clé et, retenant son souffle, la fit jouer dans la serrure. Il y eut un léger déclic, puis une imperceptible résistance, suivie d'une série de nouveaux déclics plus accentués. Enfin, dans un silence déconcertant, la porte du coffre tourna sur ses gonds huilés. Véréna faillit hurler de joie. Elle avait réussi ! Cependant, elle n'était pas au bout de ses émotions. Le coffre était ouvert, bon, mais est-ce que les documents s'y trouvaient ? Nerveusement, négligeant les billets de banque empilés sur l'étagère supérieure, elle compulsa les paquets d'enveloppes commerciales et les épais dossiers qui reposaient sur les trois autres étagères. Afin d'éviter qu'elle ne lui ramène des documents sans intérêt pour lui, Gondoni lui avait décrit ce qu'elle devait chercher : deux dossiers volumineux, reliés comme de gros livres, et abondamment pourvus de coups de tampons « SECRET », en français et en allemand. Enfin, avec un sentiment de triomphe, elle mit la main sur ce qui ressemblait à cette description, deux forts portfolios, l'un relié en cuir et l'autre en toile. Tous deux étaient effectivement constellés de tampons et de signatures, et renfermaient de nombreuses cartes. Point n'était besoin d'être un grand expert militaire pour deviner de quoi il s'agissait. C'étaient les chorégraphies d'un ballet mortel que l'Europe risquait de danser bientôt. Véréna sortit de la grande poche de son tablier un sac de toile et y fourra les deux registres. Restait tout cet argent... Elle s'efforça d'estimer quelle somme représentaient les liasses et fut saisie d'un vertige. C'était en francs français qu'elle comptait le mieux, pour avoir longtemps vécu à Paris. Il y en avait pour plusieurs millions de francs-or. Beaucoup plus que ce que Gondoni lui avait promis.

La tentation l'envahit de rafler tout. Quel coup de maître, alors ! Mais Gondoni s'était montré formel : il était essentiel qu'elle remette les documents à leur place une fois qu'ils auraient été photographiés, de façon à ce que Basile Apostolidès ignore tout. Elle hésita. Et si elle laissait là ces fichus dossiers et s'enfuyait tout bonnement avec le magot ? Basile ne faisait que de rares apparitions au palais, et le dottore Pancrazzi ne dormait pas au pied du coffre. Elle émit un petit claquement de langue circonspect. Si elle jouait bien sa partie, elle tenait sa revanche contre la malchance qui l'avait poursuivie tout au long de son existence. Quitte à se mouiller, autant miser sur les deux tableaux. D'abord remplir la mission dont l'avait chargée Gondoni, passer à la caisse, puis, dans la foulée, ramasser ce cadeau du sort, cette énorme masse d'argent. Elle referma la porte du coffre dont elle brouilla la combinaison, sortit du réduit et en verrouilla la lourde porte blindée. Sa décision était prise. Demain, en rapportant les dossiers, elle ne repartirait pas les mains vides !

Jusqu'au soir, Véréna vécut dans une pénible anxiété. Elle avait regagné sans encombres son vaste domaine silencieux et sombre, le premier étage où étaient conservés le linge de maison et la vaisselle du palazzo. Elle avait dissimulé les registres au fond d'une énorme et vénérable armoire. Tout allait pour le mieux, mais elle restait à la merci d'un impondérable. Que Basile décide de venir à l'improviste au palais, s'aperçoive de l'absence des documents, et ce serait la catastrophe... Enfin, à six heures, elle referma le livre d'inventaire sur lequel elle avait feint de travailler toute la journée, enfila son manteau et empoigna le sac contenant les dossiers. A cette heure-ci, le dottore se tenait habituellement dans ses appartements. Nul n'était censé savoir que le coffre du cabinet de Basile renfermait d'aussi précieux documents que le plan XVI du grand état-major français et le plan Schlieffen de son homologue prussien. Le personnel du palais ne subissait aucune fouille à la sortie. Son sac à la main, Véréna passa la grande porte sous le regard indifférent du concierge. Vingt minutes plus tard, dans l'arrière-salle d'une petite trattoria, elle retrouvait Fabrizzio Gondoni et lui remettait le sac. Il en vérifia rapidement le contenu.

— Parfait ! dit-il avec un sourire de satisfaction.

Il lui tendit une grosse enveloppe dont elle vérifia le contenu avant de la ranger dans une poche intérieure de sa capeline.

— Il n'y a là que la moitié de la somme promise, ajouta-t-il. Demain matin à la première heure, un homme passera à votre domicile pour vous rapporter les documents. Vous les remettrez à leur place dans le coffre. C'est la condition de votre impunité. Rendez-vous demain soir, ici même à la même heure. Vous me restituerez les doubles des clés du réduit et du coffre, et je vous donnerai le reste de l'argent. D'accord ?

— D'accord, répondit-elle.

Gondoni sourit et leva son verre de chianti. Elle remarqua la grosse chevalière en or qui brillait à son doigt, sans bien distinguer le motif compliqué qui en ornait le chaton. Il était assez séduisant, ce prétendu Gondoni, avec son visage irrégulier, ouvert et cordial, ses yeux noisette et son élégance discrète. Un espion sympathique... Pour qui travaillait-il ? Elle s'en fichait. Jusqu'ici, il s'était montré parfaitement régulier. Il semblait tenir beaucoup à ce que Basile Apostolidès ignore que les dossiers avaient été photographiés, ce dont il ne manquerait pas de se douter en découvrant que l'argent du coffre avait disparu... Tant pis pour Gondoni et ses commanditaires. Elle n'avait aucun scrupule à ne pas remplir cette partie de ses engagements. Elle jouait « personnel », voilà tout. Avec quelques millions de francs-or en poche, son impunité, elle s'en chargerait elle-même !

Elle leva son verre à son tour.

— A notre succès !

A cette heure tardive, la salle principale du département des antiquités égyptiennes du Louvre était presque déserte. Les deux visiteurs qui y déambulaient depuis un moment s'arrêtèrent devant une statue du dieu Seth. Sur un corps humain se dressait une tête d'animal fantastique, au museau grêle et recourbé, aux oreilles droites et carrées, et une queue raide et fourchue.

— Voilà Seth, dit Honendael. Le mauvais frère d'Osiris... Plutarque nous dit qu'il est né avant terme, en s'élançant hors du flanc de sa mère et en la déchirant ! Violent et farouche, il avait la peau blanche et une chevelure rousse, ce que les Égyptiens détestaient. Il figure l'éternel adversaire du bien, et personnifie le désert aride, la sécheresse, les ténèbres, en opposition avec la terre fertile, l'eau fécondante, la lumière. Pour les Égyptiens, tout ce qui était création et bienfait venait d'Osiris, et Seth fomentait tout ce qui était destruction et perversité.

— Charmant garçon ! plaisanta Périclès.

— De nos jours, il existe aussi des Seth, dit Honendael. Ils n'ont pas forcément la peau blanche et les cheveux roux, ni une queue raide et fourchue. Ils portent un complet-veston, comme vous et moi... Ils n'en sont pas moins redoutables ! Vous en connaissez personnellement au moins deux.

— Puïk ! Vous allez encore me dire que Basile Apostolidès est la cause de tous les malheurs du monde...

— De tous, non... Mais d'une partie non négligeable ! Avez-vous reçu mon télégramme ?

— Oui. J'avais vu juste ?

— Absolument. Le mot était bien Kanly-Koula. Vous nous avez rendu un service inappréciable. Cependant...

Honendael se tut. Sur son visage maigre, aux traits perpétuellement mobiles, soumis à la moindre fluctuation de ses pensées, se lisait une réelle angoisse.

— Continuez.

— Les choses vont mal, Périclès ! Cette affaire nous a déjà coûté cher. Très cher ! Je ne parle pas de l'argent.

— De quoi, alors ?

— Des vies humaines ! Du sang !

Périclès fronça les sourcils.

— Je croyais que tout s'était bien déroulé...

— Je vous ai envoyé un télégramme de triomphe lorsque la première phase de l'opération a réussi. Les plans étaient en notre possession. Mais la situation a évolué de façon dramatique. L'homme chargé de l'affaire, le baron Giulio Di Marchetta — qui se faisait appeler Fabrizzio Gondoni —, a été enlevé alors qu'il se rendait au rendez-vous fixé à l'employée d'Apostolidès pour lui régler le solde de son salaire. Nous n'avons plus eu aucune nouvelle, ni d'elle ni de lui. Ils ont parlé sous la torture, j'en suis sûr. Par miracle, les fac-similés des plans nous sont parvenus. Celui qui les a convoyés est le seul survivant de l'équipe. Quelques heures après son départ de Venise, c'était l'hécatombe. Des tueurs ont fait irruption chez le photographe. Nous ne savons pas au juste ce qui s'est passé au palazzo Dei Turcchi, mais la femme s'est fait prendre en remettant les originaux dans le coffre. La réaction de Basile Apostolidès a été foudroyante !

— Sale histoire ! murmura Périclès. Enfin, vous avez les plans, c'est l'essentiel.

— Mais Apostolidès le sait !

— Et alors ? Vous le tenez...

— Non, hélas ! Nous pourrions contenir les états-majors, si la situation internationale empirait brusquement. Apostolidès, c'est une autre histoire ! Il est déchaîné... Pour la première fois depuis très longtemps, il se sent menacé. Les services spéciaux français et allemands ne plaisantent pas quand il s'agit de documents de cette importance. Ils ignorent encore qu'ils sont entre les mains d'un groupe pacifiste, mais s'ils l'apprennent, ils demanderont des comptes à Apostolidès... A leur manière. Il est très puissant, c'est évident, cependant ces choses-là ne se décident pas toujours à l'échelon le plus élevé. Malgré sa fortune et ses relations, Apostolidès est à la merci d'un excès de zèle d'un chef de service du 2e bureau ou de son équivalent prussien. Je ne verserais pas une larme sur sa tombe s'il était victime d'un « accident » ! En attendant, il veut récupérer les fac-similés à n'importe quel prix. Un de mes amis, un banquier belge, vient d'être retrouvé dans sa propriété de Namur. Mort. Torturé. Aucun de nous, à part moi, ne connaît la liste complète de nos « affiliés »... Mais Apostolidès a les moyens de faire de terribles dégâts. Je suis certain qu'il est au courant de mon existence. Quelles précautions me protégeront contre lui s'il m'envoie ses tueurs ?

— Il ne peut quand même pas vous éliminer tous ! Vous êtes trop nombreux...

— Nous ne sommes que quelques dizaines à

travers le monde. Il ne cherche pas à nous tuer tous. Il se contentera de frapper jusqu'à ce que nous lui rendions les plans. Jusqu'ici la partie se jouait de façon feutrée. On s'observait, on poussait un pion par-ci, un pion par-là... Aujourd'hui, c'est la guerre ouverte. Apostolidès a renversé l'échiquier et brandit un coutelas !

— Qu'allez-vous faire ?

— Disparaître quelque temps. Puis j'entrerai en contact avec lui, et j'essaierai de le ramener à la raison.

— Et s'il persiste dans ses intentions homicides ?

— Je ne céderai pas. Ce sera lui ou moi ! J'avais décidé de les éliminer lui et ses semblables. Si j'y ai renoncé, c'est que ces hommes sont interchangeables.

— Basile, interchangeable ?

— Unique et interchangeable. Voilà ce qui rend mon combat si difficile, si décevant. Basile Apostolidès et Démétrios Mascoulis incarnent momentanément les forces du mal... S'ils disparaissent, d'autres les remplacent aussitôt. Le commerce des armes draine trop d'argent ! Nombreux sont les êtres intelligents et peu scrupuleux. Ils poussent comme le chiendent. Ils serait vain d'espérer l'éradiquer. Si je me résous un jour à tuer Apostolidès, ce sera pour sauver ma peau, non pour sauver la paix. Il y a des Apostolidès depuis l'aube de l'humanité. Les premiers fabriquaient et vendaient des épieux, des sagaies, des massues... De nos jours ils vendent des mitrailleuses et des canons. Les derniers vendront Dieu sait quoi d'infiniment plus destructeur. Dans cette lutte, je ne prétends pas gagner définitivement. J'essaie de gérer la situation au jour le jour, de parer au plus urgent.

— Je peux lui parler, au moins lui délivrer votre

message. Il m'écoutera, même si je n'arrive pas à fléchir sa volonté.

Honendael posa sa main sur l'épaule de Périclès.

— Vous êtes un ami, Périclès. Je vous remercie de cette offre. Mais je préfère vous garder en réserve. Si la guerre éclate j'aurai besoin de vous pour une démarche de la dernière chance auprès d'Apostolidès. Nous n'en sommes pas là, heureusement, et je peux le joindre d'une autre manière.

— Comme vous voudrez... Et quand vous voudrez !

— J'en prends bonne note. Jusqu'au dénouement de cette affaire, ne portez plus votre bague. Vous êtes personnellement à l'abri de sa fureur, mais je préfère qu'il ignore tout de nos relations. J'ai demandé la même chose à chacun de nos amis. Nous entrons dans la clandestinité !

Périclès ôta la chevalière de son doigt et la mit dans sa poche.

— Je m'y étais habitué...

— J'espère que tout rentrera rapidement dans l'ordre. Quels sont vos projets ?

— M'occuper de mes affaires. Je les ai délaissées, ces temps derniers, au profit de l'aviation, entre autres choses.

— Votre nouvelle passion !

— Passion, c'est beaucoup dire. Ma vie est un peu morne. Je cherche à me divertir, c'est tout !

Honendael dévisagea son interlocuteur avec étonnement.

— Vous volez d'aventures amoureuses en succès professionnels. Je vous ai vu à l'œuvre, que vous faut-il de plus ?

— On peut mener une vie trépidante et s'ennuyer à mourir. Le temps passe, j'accumule des souvenirs comme d'autres des louis d'or. Que me restera-t-il, quand l'âge viendra ? J'ai raté ma vie. Cela n'a rien de drôle !

— Je vois ce que c'est : une femme. Je me trompe ?

Périclès ne répondit pas. Honendael interpréta ce silence comme un acquiescement.

— Les femmes, voyez-vous, elles sont le grand souci de ma vie... Mon problème, c'est que je les aime toutes, à très peu d'exceptions près. J'ai la psychologie d'un don Juan... et le charme d'un Sganarelle. Elles ne me prennent pas au sérieux. C'est mon drame. Je peux parler d'égal à égal aux hommes les plus brillants, les plus puissants de la terre. Ils m'apprécient, ils m'écoutent ! Mais si je glisse un mot à l'oreille d'une petite serveuse de bistrot, elle me toise et me rit au nez. Ce n'est sûrement pas votre problème. Vous, vous plaisez !

— Cela n'empêche pas le malheur, dit Périclès. Vous les désirez toutes, moi, je n'en veux qu'une, et nous en sommes tous les deux au même point... C'est la vie ! Soûlons-nous, tuons-nous de travail et de plaisirs frivoles, cela occupe ! Adieu, mon ami. Où que je me trouve, vous pourrez toujours me joindre.

— Je vous tiendrai au courant. Prenez garde à vous, avec vos foutues machines volantes !

— Oh, j'ai bénéficié de quelques leçons, depuis Reims !

Ils se séparèrent sous la statue d'Osiris, le dieu bienveillant, qui perpétuait, selon les Égyptiens, la victoire de la lumière sur les ténèbres.

Au début de l'année 1910, une lettre de Georges Bousphoron informa Diane du mauvais état de santé de son oncle, Démétrios Mascoulis. Elle regagna Athènes avec Alexandre. Pour fêter dignement ce retour, le vieux Mascoulis organisa une grande fête dans son hôtel particulier. La haine qu'il vouait depuis toujours à Basile s'était encore exacerbée. Son ennemi juré voulait accaparer l'enfant. Ce séjour de Diane et de son fils en Grèce serait sans doute le dernier qu'ils y feraient de son vivant. Au terme de son existence, Démétrios voulait donner à Alexandre, l'héritier de son immense empire industriel, la meilleure image possible de son grand-oncle. Dans cet ultime épisode de sa vieille rivalité avec Basile, il se savait désavantagé. Basile était dans la force de l'âge, tandis que lui n'était qu'un vieillard aux portes de la mort. Mais il ne s'avouait pas vaincu. Après tout, songeait-il avec mépris, Basile n'était qu'un parvenu. Il était né dans le ruisseau. Son intelligence aiguë, son infatigable énergie, sa volonté de puissance effrénée l'en avaient tiré, mais il restait un petit voyou malin et chanceux. Fier de l'ancienneté de sa richesse et de sa culture, Démétrios entendait jouer de ses atouts, et montrer à Alexandre ce qu'était le raffinement d'une société sûre patricienne.

Depuis quelques années, diminué par l'âge et la maladie, il vivait en reclus dans sa somptueuse demeure. En l'honneur de sa nièce et de son petit-neveu, il voulut ressusciter les fastes d'un temps encore proche où l'élite artistique, politique et financière d'Athènes se pressait à ses réceptions. Quand le bruit de cette fête courut dans la capitale, chacun souhaita y être invité. Ce serait une soirée d'adieux, le symbole de la fin d'une époque, et un astre longtemps triomphant jetterait là ses derniers feux. Et puis la perspective de revoir Diane, une des plus jolies femmes d'Athènes, qui avait été successivement l'épouse de Démosthène Sophronikou, le traître, le poète maudit aujourd'hui célèbre dans l'Europe entière, et du mystérieux Basile Apostolidès, l'un des hommes les plus puissants du monde, excitait les curiosités.

Elles ne furent pas déçues. Malgré les épreuves auxquelles son destin l'avait confrontée, Diane était plus éblouissante encore qu'elle ne l'avait été jeune fille, quand elle brisait les cœurs d'une génération de fils de famille élégants et frivoles. Quant à Alexandre, son fils, on n'avait jamais vu un enfant aussi gracieux, au regard aussi pétillant d'intelligence et de malice. Trônant dans son fauteuil, flanqué de sa gouvernante et de son médecin personnel, le vieux lion couvait des yeux son héritier et rayonnait de bonheur en le présentant aux membres de la famille royale.

Bousphoron, bouleversé par ces retrouvailles, complimentait Diane.

— Chère Diane, vous êtes plus belle que dans mes souvenirs.

— Georges, le temps a passé si vite ! Vous vous souvenez ? Comme nous étions insouciants ! Et puis tous ces drames ont éclaté... Le duel d'Hélianthios et d'Évguéni Lambdallos, la tragédie de Salonique...

— Hélas ! mais tout cela aura abouti à un chef-d'œuvre. J'ai lu la pièce de Démosthène... On s'arrache les exemplaires de l'édition grecque, ici. Et il n'a pas vu ça ! On l'a maudit pendant des années, à présent on le considère comme un héros tragique, broyé par la fatalité...

— C'est la vérité. Moi aussi, je l'ai haï, après l'avoir aimé. A présent, je le comprends mieux.

— Qu'allez-vous faire de la propriété du Lycabète ? Elle est à l'abandon depuis la fuite de Démosthène en 97...

— J'y penserai.. J'ai été heureuse, là-bas. Mais je n'ai pas envie d'y retourner. J'éclaterais en sanglots si j'en poussais la porte à nouveau. Ah ! voilà Moussa ! A-t-elle enfin divorcé d'avec son Karvallos ? Elle le menait à la baguette... Il s'est peut-être révolté, à la fin !

— Pensez-vous ! Plus elle est méchante avec lui, plus il l'aime. Ils sont plus ou moins séparés, mais à Athènes, dans notre société, le divorce reste rare. Elle mène une vie très... indépendante, si vous voyez ce que je veux dire !

— Elle est toujours aussi jolie.

— Elle était votre seule rivale à Athènes... Très loin derrière vous, je m'empresse de le dire !

Ravissante dans une robe de soie grège de Lafleur, le couturier français d'Athènes, Moussa avait aperçu Diane et s'avançait vers elle. Elle lui prodigua de grandes démonstrations d'amitié. Diane n'en fut pas dupe. Moussa Karvallos, née Béryllakis, avait toujours été une chipie, jalouse et médisante. Elle n'en faisait pas moins partie du petit cercle de ses amis d'adolescence, et Diane fut heureuse de la revoir.

— Diane, ma chérie ! Te revoilà enfin parmi nous ! Tu nous as manqué, tu sais !

— A moi aussi, vous m'avez manqué, toi, Georges, nos amis... Comme tu es belle ! C'est de chez Lafleur ?

— Eh oui, on y revient toujours... Mais toi, tu t'habilles à Paris, j'imagine. Cette robe du soir est superbe. Les revers se portent plus larges, cette saison ? Il faudra que j'en parle à Lafleur. Oh ! J'y pense ! Sais-tu que j'ai vu Périclès il n'y a pas longtemps ? Il te l'a dit, peut-être ?

Au nom de Périclès, Diane blêmit. Elle parvint à cacher son trouble.

— Tu l'as vu ? Non, il ne m'a rien dit... Où vous êtes-vous rencontrés ?

— A un bal de la cour, figure-toi. Il y a un mois. Il était de passage à Athènes, quelques jours seulement, hélas ! Nous avons tout de même eu un week-end délicieux à Loutraki, ajouta-t-elle en baissant les yeux.

— Vraiment ?

— Oui, oui, c'était charmant, il faisait un temps splendide... Karvallos était retenu à Athènes par ses affaires, nous avons fait du bateau, Périclès et moi. Il est fort, si tu savais !

— Je m'en doute... Et après Athènes, où est-il allé ?

— Il partait pour l'Afrique, je crois... Voyons, que m'a-t-il dit ? Y allait-il directement, ou bien devait-il régler certaines affaires en Bulgarie auparavant ? Je ne me rappelle plus, j'ai une cervelle d'oiseau. Mais dis-moi, comment va Basile ?

— Basile va très bien, répondit Diane.

Moussa faisait-elle semblant d'ignorer leur divorce ? Diane brûlait de ramener la conversation sur Périclès, mais Moussa en profiterait pour insinuer encore qu'il s'était passé quelque chose entre elle et lui, et cette idée lui déchirait le cœur.

— Basile travaille beaucoup, reprit-elle. La situation internationale, tu comprends...

— Oh non, je n'y comprends rien ! s'exclama Moussa. Et puis ça m'ennuie mortellement, ces histoires de guerre. Il paraît que nous vivons sur un volcan ?

— Cela ne devrait pas te gêner, Moussa ; tu as le feu aux fesses depuis toujours !

Une réflexion aussi verte ne pouvait émaner que d'une seule femme dans ce milieu, et c'était bien elle qui venait de rejoindre Diane, Moussa et Georges Bousphoron.

Une grimace de contrariété déforma le ravissant visage de Moussa. Diane ne cachait pas son plaisir de retrouver Ghélissa.

— Ghélissa chérie ! Tu n'as pas changé, toujours aussi distinguée ! grinça Moussa.

— Pardonne-moi, ma caille, je n'ai pas pu résister.

— A qui pourrais-tu résister ? Je me le demande !

— A ton Karvallos, par exemple, rétorqua Ghélissa. Je viens de le croiser : il est jaune comme un coing. Tu dois le traiter bien mal, il s'étiole, il se dessèche...

Ghélissa se tourna vers Diane et l'embrassa avec tendresse.

— Te voici revenue au bercail...

— Oui, répondit Diane en baissant la voix. Mon oncle ne va pas bien. J'ai voulu qu'Alexandre le revoie une dernière fois... Tu es à Athènes depuis longtemps ?

— Bientôt deux mois.

— Deux mois ? Alors tu...

Diane s'excusa d'un sourire auprès de Bousphoron et de Moussa, et entraîna Ghélissa à part.

— Moussa vient de me dire que Périclès était ici il y a un mois... As-tu assisté à ce bal au palais ?

— Oui. Périclès ne m'a pas fait bonne impression. Physiquement, c'est un roc inébranlable ! Mais il n'a pas le moral. Il s'ennuie, et ça ne lui ressemble pas. Périclès, j'ai toujours vu en lui la fraîcheur d'esprit d'un enfant dans un corps de colosse. Quelque chose l'a changé, mais quoi ? Il ne s'est pas confié à moi...

— Et dis-moi... Moussa laisse entendre que... lui et elle...

Ghélissa eut un sourire méprisant.

— Dès qu'un homme consommable entre dans une pièce où elle se trouve, Moussa laisse entendre qu'elle a, ou qu'elle va coucher avec lui. C'est d'ailleurs souvent vrai, mais pas toujours ! Dans le cas de Périclès, il n'est pas impossible qu'il ait trompé son ennui avec elle un après-midi ou deux. Où serait le mal ? Elle est appétissante, et Périclès est célibataire... Mais dis donc, toi !

Diane se troubla sous le regard intrigué de son amie.

— Qu'est-ce que tu vas chercher ? Périclès et moi nous nous connaissons depuis l'enfance...

— Comme Démosthène et comme Basile, que tu as aimés et épousés tous les deux ! Après tout, il est possible que tu ne puisses t'intéresser qu'à des hommes que tu as connus enfant... Il y a des choses plus étranges que ça, dans la psychologie humaine !

Diane eut une expression implorante et Ghélissa se reprocha son persiflage.

— Diane, murmura-t-elle, qu'est-ce qu'il y a ? Tu es malheureuse ? Tu peux me parler, tu sais ? Je t'aime vraiment, moi.

— Je... Je cherche Périclès depuis des mois ! Depuis notre rencontre au chevet de Démosthène. Il s'est enfui...

La voix de Diane se brisa. Ghélissa remarqua que Moussa les observait de loin, et elle poussa doucement son amie vers une terrasse déserte.

— Viens donc, ma chérie, que des yeux malveillants ne te voient pas dans cet état... Là, nous serons tranquilles pour bavarder.

— J'ai tout essayé pour le joindre, murmura Diane. Mais un homme comme lui, toujours au bout du monde... Et puis j'ai Alexandre. Sans lui, je serais plus libre de mes mouvements. Mais je ne peux m'en séparer, Basile ne serait que trop heureux de lui mettre le grappin dessus !

— Alors c'est ça, je ne me suis pas trompée, tu es amoureuse de Périclès ? Mon Dieu, comme j'ai été sotte en te disant que lui et Moussa...

Diane haussa les épaules.

— Je comprends... Il ne sait pas que je l'aime, il a bien le droit de mener une vie d'homme. Il a toujours eu beaucoup de succès féminins !

— Oui, mais crois-en ma longue expérience des hommes, il en profite ingénument sans y attacher autrement d'importance. A la réflexion, il est sans doute de ceux qui se distraient de liaisons sans lendemain parce que l'élue de leur cœur est inaccessible.

Diane saisit les mains de Ghélissa dans les siennes.

— Tu crois ? Tu crois vraiment ?

— C'est bien probable. Mais il faut que tu en aies le cœur net. Tu lui as écrit ?

— Oui ! Plusieurs fois ! Je lui disais que j'étais libre et que... Oh ! j'ai abdiqué tout orgueil, dans ces lettres ! Je lui ai avoué que je l'aimais, qu'il était désormais mon seul espoir de bonheur sur la terre...

Je n'ai reçu aucune réponse. Comment expliques-tu cela ?

— Je ne vois qu'une explication. Ces lettres, il ne les a pas lues ! Il a dû donner des instructions à son secrétariat pour qu'on ne les lui fasse pas suivre. Si mon hypothèse est juste, il doit souffrir, lui aussi. Et il serre les dents, il se raidit contre sa douleur, il fuit tout ce qui peut l'attiser... Sans savoir qu'ainsi il se prive de toute chance de la voir disparaître, puisque le malentendu se perpétue...

Le valet de chambre déposa le courrier et les journaux sur une table basse et ressortit chercher le plateau en argent du petit déjeuner. Puis il ouvrit les lourds rideaux de velours qui masquaient la haute fenêtre. Le jour pénétra à flots dans la pièce. Le domestique se retourna alors vers le grand lit.

— Monsieur...

Basile ouvrit les yeux à regret. L'arrivée de son valet l'avait tiré d'un rêve agréable. Un peu niais, sans doute, mais très agréable. Il courait dans une prairie parsemée de fleurs, en compagnie d'un grand chien noir et efflanqué...

— Bonjour, monsieur... Il est sept heures.

— Le courrier est là ? demanda Basile.

— Oui, monsieur. M. Haussermann l'a trié. Il y a également un petit colis, comme hier.

— Merci, Ferdinand. Vous pourrez préparer mon bain.

— Dans vingt minutes, monsieur ?

— Vingt minutes. Et vous m'enverrez le coiffeur et la manucure dans quarante minutes.

— Bien, monsieur.

Le domestique sorti, Basile se leva et enfila une robe de chambre. Ce rêve... Il poussa un soupir. Où était-il allé chercher ce chien ? Même enfant, il n'avait jamais eu d'animal familier. On était trop pauvre, chez lui, pour nourrir un chien ! Il pourrait s'en payer un, maintenant, ou même mille... et les nourrir exclusivement de caviar ! Il haussa les épaules. Qu'est-ce qu'il ferait d'un chien ? Tout de même, l'idée lui plaisait. Mais il ne voulait pas d'un chien de luxe. Non, ce qu'il lui fallait, c'était ce grand escogriffe noir et maigre, si gai, si amical, qui courait avec lui dans son rêve. Il se moqua de lui-même. M. Apostolidès aspirait à un peu de tendresse !

Il s'assit sur le sofa, face à la table basse, et se servit une tasse de Lapsang-Souchong, tout en examinant son courrier. Il posa sa tasse et déballa le paquet. Quand il eut dégagé l'écrin de cuir rouge contenu dans la boîte en carton, il se dit que le dottore avait tout de même un goût prononcé pour le morbide. Ces écrins couleur de sang !... Combien en avait-il acheté d'avance ? Basile en avait déjà reçu huit. Celui-là était le neuvième. Il l'ouvrit. Encastrée dans un capiton de satin bleu de roi reposait une chevalière en or semblable aux huit premières, à cela près que l'anneau en était moins large. Songeur, Basile caressa du bout des doigts le chaton engravé d'un glaive et d'un épi de blé croisés sur une balance romaine. Il soupira, reposa la bague, déplia le mot joint à l'envoi et le lut :

Sheila Carmina Weill-Hammer. Défenestrée. N'a pas parlé. Attends nouvelles instructions.

Basile remit la chevalière dans son écrin et se leva pour la ranger avec les autres, dans le tiroir de la table de nuit. Le paquet provenait de Liverpool. Sheila Carmina Weill-Hammer s'apprêtait à s'embarquer pour New York. Le destin l'avait rattrapée de justesse.

Basile revint s'asseoir. Il prit un stylo et écrivit un nom sur un bloc-notes. Il avait reçu la veille un rapport d'un de ses informateurs à Londres. Sir Geoffrey Hummford était en villégiature sur ses terres du Northumberland, du côté de Newcastle. Le dottore Emiliano Pancrazzi et ses collaborateurs seraient presque à pied d'œuvre. Un accident de chasse ferait l'affaire. Cependant, il serait bon qu'ils aient une conversation avec Hummford avant de l'envoyer *ad patres*. Basile serra les poings. Ces meurtres lui déplaisaient. Il ne s'y résignait qu'avec répugnance. Il lui était déjà arrivé d'ordonner l'élimination physique d'adversaires irréductibles, mais il n'y avait pris aucun plaisir. Aujourd'hui, il était confronté à une véritable confrérie d'illuminés qui s'imaginaient sauver l'humanité en lui mettant des bâtons dans les roues ! Oh, ces gens n'étaient pas de doux rêveurs ! Ils étaient terriblement efficaces, au contraire, et ils n'hésitaient pas à employer les mêmes moyens que lui... Ils l'avaient mis en danger, position intolérable, inconcevable pour Basile. Il avait rendez-vous le soir même avec le général-baron Manfred von Fletzlbourg. Cette entrevue promettait d'être délicate. Comment les services de renseignement des deux pays avaient-ils été informés ? Basile n'était pas sûr de rassurer l'envoyé du haut commandement allemand comme il était parvenu à le faire avec l'émissaire des Français. Pour le calmer, il lui avait montré l'original. Le lieutenant-colonel de Bénissieux avait évoqué avec inquiétude l'éventuelle existence d'une copie. Basile redoutait que les militaires des deux camps apprennent que leurs adversaires potentiels étaient eux aussi concernés par la fuite. S'ils se doutaient que le plan Schlieffen se baladait dans la nature, les Français ne recularaient devant rien pour se l'approprier. De même, les Allemands perdraient tout sang-froid s'ils entrevoyaient une chance de s'emparer du plan XVI. Basile se trouverait alors entre les deux, et cela risquait de lui coûter très cher. D'où sa hâte de rentrer en possession des deux documents. Mais s'il avait frappé fort et vite, remontant de proche en proche des exécutants comme Véréna Touryanov et Giulio Di Marchetta alias Fabrizzio Gondoni à des responsables comme Sheila Weill-Hammer ou Sir Geoffroy Hummford, le cerveau du complot restait insaisissable. Puïk Honendael, le maître à penser du groupe, l'homme qui détenait sans doute les fac-similés que le dottore n'avait pu récupérer à temps chez le photographe de Venise, s'était évaporé. Le temps passait, et Basile enrageait à l'idée que cet adversaire, le plus intelligent et le plus dangereux qu'il ait jamais affronté, terré Dieu sait où, attendait son heure. Le plan d'Honendael, tel que ses complices l'avaient révélé sous la torture, était simple mais imparable. Si la guerre éclatait, la divulgation des plans d'action des belligérants flanquerait une formidable pagaille dans les états-majors. Elle pourrait même provoquer une prise de conscience, un retournement des opinions publiques et retarder la guerre. De dix ans peut-être ! Basile voulait la guerre. Le plus tôt possible. Non par cruauté ni par haine de l'humanité, mais tout simplement parce qu'elle donnerait à ses affaires un développement colossal. L'argent, à ce niveau, se transforme en pouvoir. Basile disposait déjà de beaucoup d'argent. Son ambition dévorante était d'accéder lui-même au pouvoir. Les nations sont à vendre, estimait-il. Encore fallait-il les payer cash. Pour réaliser l'ambition secrète de Basile, une guerre était nécessaire, longue et coûteuse, qui ébranlât suffisamment le vieil ordre du monde pour lui donner une chance de faire irruption sur la scène balkanique en sauveur aux mains pleines d'or. Face à ce rêve, que pesait la vie d'une Véréna Touryanov, d'une Sheila Weill-Hammer ou d'un Puïk Honendael ? Rien. Moins que rien. Moins que la vie du hérisson qui se hasarde sur la route et qu'un chauffeur indifférent écrase sans états d'âme.

Si Diane ne l'avait pas quitté, Basile n'aurait peut-être pas cédé au démon qui l'habitait. Mais comment combler le vide qu'elle avait creusé en s'en allant ? Aucune femme n'était capable de la remplacer. Elles passaient dans sa vie comme ses chemises ou ses chaussures d'homme riche : mises deux ou trois fois, puis jetées ou données aux domestiques. Il connaissait assez Diane pour ne pas se bercer d'espoirs. Sa décision était irrévocable. Elle ne reviendrait pas. Sans elle, l'existence se résumait à un grand jeu un peu ennuyeux et triste. Pour rendre la partie plus excitante, il devait inventer des obstacles dignes de lui. La conquête d'un empire, par exemple.

Il dévora un toast et termina sa tasse de thé. Puis il se dirigea vers la salle de bain. Une comptine française que lui avait chantée une demi-mondaine à Paris lui revint en mémoire : « *Alouette, gentille alouette, alouette, je te plumerai...* » Il se mit à la chantonner, mais en remplaçant le mot alouette par le nom d'Honendael.

Il s'apprêtait à entrer dans son bain, quand on frappa à la porte.

— C'est moi, Haussermann...

— Ah ! mon petit Adolf, entrez ! cria Basile en se drapant dans un peignoir de bain. Que se passe-t-il ?

Haussermann, un de ses associés depuis des années,

était un des très rares êtres au monde auxquels il confiait, sinon tout, du moins beaucoup de choses.

— Un télégramme d'un de nos correspondants au Maroc... Puïk Honendael est à Tanger. Il s'est inscrit dans un petit hôtel du quartier indigène sous le nom de Piötr Lundgren. Une chance que nous ayons autant de monde là-bas.

— Piötr Lundgren... Bien, très bien ! dit Basile en se frottant les mains.

— Pancrazzi est en Angleterre... Dois-je envoyer quelqu'un d'autre, ou charger nos gens sur place de la besogne ?

— C'est très délicat. Attendez !... J'aimerais parler avec ce type. Il sort de l'ordinaire. Je veux le rencontrer, lui laisser une chance. Je pars dans une heure. Vous assurerez la marche des affaires pendant mon absence.

— Qui vous accompagne ?

— Eliaki. Lui seul.

Monarchie théocratique issue du Moyen Age, l'État chrétien était alors semblable à un homme blessé qui voit se presser autour de lui une bande de charognards de tout acabit. Les mieux placés, la France et l'Angleterre, faisaient taire momentanément leurs querelles ancestrales pour ne laisser à l'Espagne et à l'Allemagne que les miettes du festin. En lui concédant les présides côtiers de Tétouan et de Melilla, ainsi que le rif d'ailleurs incontrôlable, les compères anglo-français avaient apaisé l'Espagne. En revanche l'Allemagne, partie trop tard dans la conquête d'un empire colonial, se montrait beaucoup plus agressive. A plusieurs reprises depuis le début du siècle, la question marocaine avait failli provoquer un affrontement ouvert entre les puissances européennes.

Déclaré ville internationale lors de l'accord du 6 octobre 1904, le port de Tanger faisait figure de havre de paix dans ce chaos. Le sultan Abd al-Aziz y avait trouvé refuge en 1908, après la défaite de son armée au sud de l'Oum er-Rebia et son éviction par son rival Mūlāy Hafīz.

Basile connaissait bien Tanger. Le port servait de plaque tournante à un trafic d'armes que la situation troublée rendait florissant. Basile disait, cynique : « Rien de ce qui est meurtrier ne m'est étranger. »

Outre les sultans successifs, les armements Müsenfeldt comptaient parmi leurs clients les Rifains, les Berbères du Moyen Atlas et même les Chleuhs du sud peu belliqueux, mais prudents. Dans ce climat d'insécurité, les affaires de Basile prospéraient.

Dès son arrivée, il fit porter au prétendu Piötr Lundgren le message suivant :

Cher Piötr Lundgren et néanmoins Puïk Honendael,

Je ne suis pas tout à fait celui que vous croyez. Nous aurions intérêt, vous et moi (et surtout vous, il me semble), à chercher un terrain d'entente

Si vous partagez ce point de vue, faites vous-même le choix d'une heure et d'un lieu de rencontre. Je garantis votre sécurité. J'ajoute qu'hors le différend — tout provisoire, j'espère — qui nous oppose, j'ai très envie de vous connaître.

Sincèrement vôtre
Basile Apostolidès

A la lecture de cette lettre, Puïk Honendael sentit un grand froid l'envahir. Ainsi, Apostolidès l'avait retrouvé ! Il fallait que la toile tissée tout autour du globe par cette araignée humaine fût bien serrée ! Cependant, au-delà de sa légitime inquiétude, le Hollandais éprouva presque un soulagement. S'il prenait la peine de lui écrire afin de lui demander un rendez-vous, Apostolidès n'avait pas l'intention de le faire assassiner tout de suite. Pour une raison obscure, il voulait rencontrer son adversaire à visage découvert... Eh bien, soit ! Lui aussi ressentait depuis longtemps une vive curiosité pour le marchand d'armes. Il ne se faisait pas trop d'illusions sur la raison de la démarche d'Apostolidès. Le Grec voulait s'assurer qu'Honendael ne multiplierait pas les exemplaires du plan XVI et du plan Schlieffen et ne les disséminerait pas à travers le monde — laissant alors derrière lui, s'il mourait, autant de bombes à retardement. Face à cette perspective, assassiner Honendael était inutile. Mieux valait essayer de s'entendre avec lui.

Le Hollandais réfléchit un moment, puis rédigea la réponse qu'il remit au jeune émissaire marocain d'Apostolidès.

Monsieur,

Pourquoi ne pas nous rencontrer, en effet ? Trouvez-vous demain matin à huit heures sur le port, devant la capitainerie. Vous comprendrez aisément que le sort tragique de plusieurs de mes amis m'incite à exiger que vous veniez seul et sans arme. Si vous respectez cette double condition, vous avez ma parole qu'il ne vous sera fait aucun mal.

Très civilement,
Puïk Honendael

Le lendemain, à l'heure dite, sourd aux objurgations d'Eliaki Moenim, son garde du corps, et du chef de son antenne à Tanger, un aventurier français du nom de Giudicelli, Basile se rendit au rendez-vous. Confiant en son étoile, il n'éprouvait aucune crainte. Honendael ressentait sans doute à son égard la même fascination que lui. Deux hommes de leur trempe devaient se connaître avant de s'affronter. Basile n'avait jamais lutté contre un adversaire de grande valeur. Avec le Hollandais, il confronterait sa vision du monde à une autre, radicalement opposée, et tout aussi implacable que la sienne. Le seul homme au monde qui aurait pu jouer ce rôle auprès de lui auparavant était Périclès. Mais, tacitement, ils avaient toujours évité l'affrontement, de peur de compromettre leur vieille amitié.

Il n'eut pas longtemps à attendre devant la capitainerie. Un marin marocain s'approcha de lui et l'invita à monter à bord d'un yacht amarré sur le quai. Basile n'hésita pas à le suivre. Il y avait en lui, depuis toujours, un fond de fatalisme joint à un goût inné du défi. S'il se trompait sur les êtres au point de tomber dans un piège, alors il n'était pas digne de ses ambitions, et dans ce cas tant pis pour lui. On ne se taille pas un empire prudemment !

A bord du yacht, un capitaine européen l'introduisit dans un salon luxueusement meublé et, après s'être excusé, vérifia qu'il ne portait aucune arme sur lui.

— On va vous servir un petit déjeuner. Voici des journaux, dit le capitaine. Nous levons l'ancre. Dans une heure, nous arriverons à un petit port de pêche. M. Honendael vous y rejoindra.

Basile appréciait. Décidément, le Hollandais était à la hauteur.

Dans le salon du yacht, les deux hommes s'observèrent un instant en silence.

— Enchanté de vous rencontrer, monsieur Honendael, dit enfin Basile. Je vous imaginais plus grand...

— Et moi moins sympathique ! On a de ces

préjugés... Avouez que l'assassinat de huit de mes amis en quelques semaines avait de quoi me monter contre vous !

— Neuf ! très exactement !

— Ah !

— Oui, neuf. Mme Sheila Weill-Hammer n'est plus de ce monde.

Honendael accusa le coup.

— Mon Dieu, Sheila !...

Il se maîtrisa.

— Vous avez un culot de tous les diables, monsieur Apostolidès !

— Je suis une force en marche. Et vous, qui êtes-vous ?

Honendael haussa les épaules.

— Une autre force... Voilà le problème.

— Quel gâchis, ne trouvez-vous pas ?

— Oh si ! Mais c'était fatal. Tout ce que je bâtis, vous tentez de le détruire...

— Mais non ! Qu'allez-vous chercher ? Vous travaillez pour l'éternité. Moi, j'évolue de crise en crise... Je suis comme l'orage... La guerre est un orage humain. Elle détruit, certes, mais aussi elle nettoie le ciel et la terre des accumulations néfastes. Elle dégage le terrain pour de nouvelles réalisations, de nouveaux êtres... Et puis surtout, elle est dans l'ordre des choses ! Auriez-vous la prétention d'aller contre l'ordre des choses ?

— Oui, dit Honendael en regardant Basile droit dans les yeux. Oui, s'il est aberrant et pernicieux. Oui, si c'est le nom que vous donnez à un désordre qui ne profite qu'à vous ! Mais trêve de généralités. Vous avez une proposition à me faire ? Je vous écoute.

Basile eut une grimace désolée.

— Tuer ne m'amuse pas, monsieur Honendael.

Je m'y résigne, mais je n'aime pas ça. Or, vous m'y contraignez. C'est très contrariant. Bref, il me faut les fac-similés de ces plans... Et l'assurance que vous n'en conservez aucune copie. Voilà ce dont je voudrais vous convaincre : votre machination ne vous mènera pas très loin. La divulgation de ces plans en cas de déclaration de guerre paralyserait momentanément les états-majors. Et alors ? Et ensuite ? La vocation des états-majors est d'élaborer des plans... ils en improviseront d'autres, et tout cela n'aura servi à rien !

— Peut-être. Peut-être pas. Vous êtes un peu trop sûr du pire...

— Dans le cas qui nous intéresse, oui ! Une guerre générale est inéluctable. *Parce qu'elle est nécessaire !* Regardez autour de vous, Honendael ! Que voyez-vous ? Seules quelques nations constituent des entités politiques viables, éthniquement, religieusement, économiquement cohérentes : la France, l'Angleterre, l'Espagne et la Hollande... L'Italie ne serait pas en mauvaise voie si elle était gouvernée par autre chose que par ses passions, mais le reste, tout le reste... L'empire russe, l'empire austro-hongrois et l'empire ottoman sont au bord de la désintégration. L'Allemagne, puissante mais à l'étroit dans ses frontières, empiétera sur ses voisins de l'Est. C'est une question de jours. Les Balkans sont un pandémonium... Aucun ordre durable ne peut s'instaurer sans un bouleversement radical. Et ce bouleversement ne peut naître que d'une guerre. Elle est inscrite dans les faits. Tout ce qui la retarde est nocif.

— Et bien sûr, les bénéfices financiers que vous en tireriez n'ont aucune influence sur votre analyse de la situation ?

— Pas vraiment. Quand cette guerre inévitable

éclatera, je gagnerai beaucoup d'argent, puisque je fournirai une bonne part du matériel qu'elle nécessitera. C'est une simple constatation.

— Et les morts, les blessés, les estropiés...

— ... les veuves, les orphelins... Si l'on pouvait en faire l'économie, croyez bien que je m'en réjouirais. Mais on ne peut pas. Ça va coûter très cher. Les militaires eux-mêmes ne s'en rendent pas compte. Dans les deux camps, ils croient à une confrontation rapide. Ils se trompent. Je sais de quoi je parle ! Avec les armements modernes, on peut clouer sur place des armées innombrables. On peut geler un front pour des années. Il suffit de mettre en batterie le nombre de canons nécessaires. Les combattants s'enterreront pour survivre. La guerre de mouvement est obsolète. On assistera à de longues batailles d'usure. Les généraux connaissent par cœur les stratégies du passé. Débordement, enveloppement, etc. Mentalement, ils chargent encore sabre au clair. Ce sont des imbéciles. Ce n'est pas votre cas, alors essayons de nous entendre. Vous êtes un humaniste ? Vous voulez le bien des gens ? Je vous rachète les fac-similés. De quoi ouvrir vingt hôpitaux, cinquante écoles professionnelles, deux cents centres antialcooliques ! Ce que vous voulez ! Vous faites une affaire : les stratèges qui ont concocté ces plans d'attaque ont tout faux. Le lendemain de la déclaration de guerre, la situation sur le terrain les aura déjà périmés.

— Alors pourquoi y tenez-vous autant ?

— Parce que la rumeur court qu'ils m'ont été dérobés, et que cela me met dans une situation difficile vis-à-vis des chefs d'états-majors. Ce sont mes meilleurs clients !

— C'est déjà un résultat appréciable...

— La guerre aurait lieu aussi bien sans moi, vous

le savez. Or, ce n'est pas après moi que vous en avez, mais après elle.

— La guerre et vous, c'est la même chose. Vous sentez le cadavre !

Honendael n'avait pas haussé la voix. Il avait parlé sur le ton le plus naturel. Ce fut à ce ton, plus qu'au sens des mots, que Basile comprit qu'il était vain de chercher un arrangement avec lui. Il devait mourir. Le plus tôt serait le mieux.

— Je suis imperméable aux insultes, monsieur Honendael. Question d'épaisseur de cuir. Cependant, celle-ci rend la poursuite de notre conversation difficile. Je vais chiffrer mon offre : cent millions de francs-or. Réfléchissez. Je vous laisse trois jours. Un courrier viendra prendre votre réponse. Tenez compte de tous les termes du marché que je vous propose. Si vous refusez, je vous ferai assassiner.

— Qui vous dit que je vais vous laisser quitter le bateau sain et sauf.

Basile avait fermé les yeux. Il les rouvrit, les laissa errer à travers le hublot sur le débarcadère du petit port ensoleillé, puis darda sur Honendael son regard doré.

— Si vous ne le faisiez pas, cela signifierait que vous ne valez pas mieux que moi. Ce serait pour vous une défaite morale considérable.

Il se leva, salua son interlocuteur d'un signe de tête, et se dirigea vers la porte d'un pas tranquille.

Jusqu'au dernier moment, Basile s'attendit à recevoir une balle dans la nuque. Mais il ne se passa rien. Le réalisme d'Honendael n'était pas assez radical. Il avait donc perdu la partie.

Sur le port, Basile loua une limousine et se fit reconduire rapidement dans la zone franche de Tanger. A peine arrivé, il convoqua Eliaki et Giudicelli et leur donna ses instructions. Ce jour-là, le dernier de sa vie terrestre, Honendael avait commis deux erreurs graves. La première en ne dissimulant pas à Basile l'aversion qu'il lui inspirait, et la deuxième en lui permettant de partir sain et sauf au lieu de l'abattre comme un chien. Il commit la troisième et dernière en regagnant Tanger à bord du yacht. On voyage plus vite par la route que par la mer. Quand Honendael descendit du bateau, Eliaki se trouvait sur le quai. Il compara l'homme à la photographie que Basile lui avait remise, et agit aussitôt avec une audace inouïe. Dans la cohue qui régnait à cette heure sur le port — le steamer d'Algésiras venait d'accoster —, il se fraya un chemin jusqu'à Honendael, l'aborda, lui demanda un quelconque renseignement, puis s'éloigna à grandes enjambées. Le garde du corps du Hollandais réagit trop tard. Honendael avait glissé sur le sol. Un flot de sang jaillit de son cou, trempant sa chemise et le col de sa veste. Il expira sur le quai en quelques secondes. Le meurtrier était déjà loin.

La mort avait figé le visage d'Honendael en une expression de surprise amusée.

A Istanboul, en cette saison, la chaleur était accablante. Périclès avait laissé grande ouverte la fenêtre de sa chambre d'hôtel. La rumeur des rues montait jusqu'à lui. Il posa sur le bureau la coupure de presse qu'il venait de relire pour la dixième fois peut-être. Elle lui avait été envoyée par Jean Labrunie, un banquier français ami de Puïk. Elle annonçait la fin tragique de M. Puïk Honendael, l'industriel hollandais bien connu des milieux d'affaires, assassiné sans mobile apparent sur le quai du port international de Tanger.

Périclès poussa un soupir accablé. Jean Labrunie était-il encore vivant, à cette heure-ci ? Et Sashima Ikimore ? Et Sir Geoffroy Hummford ?...

« Faites cesser ce massacre, monsieur Hespéra... Vous seul le pouvez. »

La voix du prince Sashima Ikimore résonnait dans la mémoire de Périclès comme un reproche, comme un remords. Ils s'étaient rencontrés quelques jours plus tôt à Sofia, où Périclès négociait un permis de prospection dans la région de Kazanlàk. Le Japonais était à bout de nerfs. Il s'était déplacé tout spécialement d'Amsterdam pour supplier Périclès d'intervenir. « Intervenir » n'était d'ailleurs pas le mot le plus approprié dans la circonstance. Ikimore avait tout bonnement demandé à Périclès d'éliminer physiquement Basile. Il n'y allait pas seulement de la vie d'une quarantaine de personnes à travers le monde, mais aussi des chances de préserver la paix. La réaction insensée d'Apostolidès au vol des documents secrets du Palazzo Dei Turchi conchi prouvait qu'il avait perdu l'esprit. Il frappait aveuglément et semait la mort autour de lui. Il fallait l'abattre comme une bête féroce. Bien entendu, Périclès avait refusé, Il s'était efforcé de calmer Ikimore. Il conjurerait Basile de mettre fin à cette série d'assassinats. En réalité, il était déjà trop tard. Même s'il s'était mis immédiatement à la recherche de Basile, Périclès n'aurait pu sauver ni Honendael ni Sheila Carmina Weill-Hammer.

Devant l'attitude de Périclès, Sashima Ikimore avait hoché la tête avec tristesse.

— Je comprends, avait-il dit. Vos liens avec cet homme vous interdisent de porter la main sur lui... Alors, nous allons tous mourir.

— Je ferai tout mon possible pour le ramener à la raison, je vous le jure !

— Il n'est plus accessible à aucun argument. Je vais essayer de sauver ma vie. Je m'embarque après-demain pour le Japon. Là-bas, parmi les miens, peut-être échapperai-je à sa fureur. Pardonnez ma démarche, monsieur Hespéra. J'aurais dû me douter qu'elle était inutile. Adieu, et bonne chance !

Périclès sonna la secrétaire turque qu'il avait engagée pour l'aider à régler le maximum d'affaires en cours avant de gagner Sonnenfontein. Il lui dicta une quinzaine de lettres, puis il donna l'ordre d'annuler ses billets pour Le Cap et de retenir une cabine Pullman sur l'Orient-Express.

Le lendemain, à l'heure où le train de Périclès quittait Istanboul à destination de Paris, une lettre postée d'Athènes arriva à l'hôtel. Cette lettre avait transité par Londres au siège social du holding minier Hespéra. La secrétaire la fit suivre en Afrique du Sud, poste restante à Kimberley, avec le reste du courrier ainsi qu'elle en avait reçu instruction.

Diane, qui se morfondait à Athènes au chevet de son oncle Démétrios, aurait sans doute pleuré de rage si elle avait assisté à l'interminable périple du message dans lequel elle avait placé tous ses espoirs. Car, à l'intérieur de l'enveloppe ostensiblement libellée par Ghélissa, se cachait une lettre de Diane. Puisque les bureaux londoniens de Périclès semblaient bloquer toute correspondance émanant de Diane, les deux femmes avaient imaginé ce moyen de joindre enfin l'homme aux semelles de vent. Le destin, ironique et cruel, continuerait-il à brouiller les cartes ?

— Laisse-moi faire, ça m'amuse !... Je n'ai pas allumé un feu depuis des années. La dernière fois, c'était... Oh, peu importe !

Surpris par l'orage dans la campagne solognote, les deux hommes s'étaient égarés. Alors que le gros des chasseurs regagnait les véhicules, eux s'étaient réfugiés dans une cahute de garde forestier. Transis, ils avaient décidé de faire une flambée dans la cheminée pour se réchauffer et sécher leurs vêtements. Dehors, le vent giflait les murs de torchis de rafales brutales menaçant d'arracher le toit.

— Ça souffle ! murmura Périclès.

— Ça souffle et ça tombe ! renchérit Basile en montrant les vitres ruisselantes. On va préparer un feu d'enfer... J'ai une flasque de cognac...

— Et moi des cigares...

— Alors nous sommes parés. Donne-moi ce fagot, là, derrière toi.

Périclès s'exécuta, puis s'assit sur un des tabourets de bois grossièrement taillé qui flanquaient l'âtre de pierre. Cette halte imprévue lui fournissait l'occasion idéale de parler à Basile. Depuis la veille, il avait failli le faire à plusieurs reprises, mais l'arrivée d'un tiers l'en avait chaque fois dissuadé. En réalité, il en avait éprouvé un lâche soulagement. La chose était délicate et hasardeuse. Quand ils s'étaient trouvés face à face, sur le perron du château de leur hôte, le baron de Richefeu, ils étaient tombés dans les bras l'un de l'autre. Périclès n'avait pas eu à se forcer. Il était réellement heureux de revoir Basile, en dépit de tout. Mais à présent, comment aborder la question des assassinats ?

— Alors ? demanda Périclès.

— Alors quoi ? répondit Basile.

Agenouillé, il brisait des brindilles et les entassait au centre de l'âtre.

— Ton dernier feu...

— Ah oui, mon dernier feu... C'était avec Diane, en Russie. Pfuit ! Autant ne plus penser à tout ça !

— Pourquoi donc ? Allumer un feu avec la femme qu'on aime, c'est un beau souvenir.

— C'est un souvenir amer. Le feu s'est éteint et la femme est partie !

— Quoi !

Basile étonné, se retourna et dévisagea Périclès.

— Ne me dis pas que tu l'ignorais ! Diane m'a quitté à notre retour de Chine. Comment as-tu fait pour ne pas l'apprendre ?

Confondu, Périclès ouvrit les mains dans un geste d'impuissance.

— Je... Je voyageais... Et vous ne m'en avez pas touché un mot...

— Les gens qui se séparent n'envoient pas de faire-part. Mais nos amis communs auraient pu te prévenir.

— Personne ne m'a rien dit...

Périclès fit un effort pour masquer son émotion.

— Mais votre voyage en Chine date de plusieurs années...

— Hiver 1904-1905, confirma Basile. Diane m'a fait part de sa décision à Saint-Pétersbourg, pendant les troubles... Toi, à l'époque, tu errais comme un fantôme en Mandchourie.

— Mais lorsque nous nous sommes revus à Monte-Carlo, pour la générale du *Sacrifice*, il m'a semblé que vous étiez toujours ensemble !

— Nous étions déjà divorcés. Démosthène était mourant, les circonstances ne se prêtaient pas à des confidences... Et puis tu t'es esquivé si vite ! Tu nous as plantés au beau milieu d'une rue !

— Je... la mort de Démosthène m'avait bouleversé. Mon Dieu, tout ce temps...

Périclès allait dire : « Tout ce temps perdu. » Il n'acheva pas sa phrase. Basile se méprit.

— Oh oui, le temps passe vite ! Il file comme le vent qui souffle dehors... Il emporte tout ! Démosthène est mort, Diane m'a quitté...

— Pourquoi ?

— Elle ne m'aimait pas.

— Elle en aimait un autre ?

— Même pas ! Elle s'était bien amourachée d'un petit journaliste russe, mais il ne comptait pas. Un type sans consistance, sans intérêt. Un amour intérimaire.

Basile paracheva son ouvrage en disposant par-dessus l'amas de brindilles quelques morceaux de bois plus consistants.

— Voilà ! reprit-il. On mettra une bûche tout à l'heure, quand ça ronflera. Aurais-tu un morceau de papier, par hasard ?

— Je vais voir.

Périclès ouvrit sa veste de chasse et fouilla dans ses poches. Il hésita. Le seul morceau de papier qui puisse faire l'affaire était la coupure de presse relatant la mort de Puïk Honendael. Il ne s'en était pas séparé depuis Istanboul. Il la conservait sur lui comme le rappel de l'obligation qu'il avait vis-à-vis de la mémoire du Hollandais.

— Oui, donne, ça ira très bien, dit Basile en voyant la page de journal pliée dans la main de Périclès.

— Non. Pas ça.

— Qu'est-ce que c'est ?

— Je te le montrerai peut-être... Un peu plus tard !

Basile lança un coup d'œil curieux à son ami.

— Tu m'intrigues ! En attendant, qu'allons-nous utiliser ? Ah ! je dois avoir une boîte de cartouches toute neuve dans ma gibecière...

Il se mit debout, alla chercher sa gibecière sur la table bancale qui occupait le centre de la cahute et en tira une boîte de carton frappée du sigle des armureries Müsenfeldt.

— Tu vois, je fabrique aussi des munitions de chasse... Rien de ce qui est meurtrier ne m'est étranger ! déclama-t-il. Sans blague, ces cartouches sont tout à fait remarquables. Fabriquées en Slovaquie. De première qualité ! Et le rembourrage de papier de soie de la boîte va nous être bien utile !

Il ôta le couvercle, vida les cartouches sur la table et exhiba triomphalement le rembourrage.

— Au fait, nous n'aurons pas tiré un seul coup de fusil, dit-il en revenant s'agenouiller devant la cheminée.

— Non... Personnellement, je ne m'en plains pas, dit Périclès. Je ne supporte la chasse que pour manger. En brousse, la chasse est naturelle. Ici... Mais dis-moi... comment vit Diane, à présent ?

— Elle vit seule. Liougatchev, le journaliste russe, n'a été qu'une passade. Elle s'occupe d'Alexandre. Elle voyage... En ce moment, elle est à Athènes. Le vieux Démétrios n'en a plus pour longtemps.

Basile alluma son briquet de chasse et approcha la flamme de la boule de papier qu'il avait glissée sous les brindilles.

— Attention, l'instant crucial !

Périclès remercia le ciel que Basile, absorbé par sa tâche, ne lui prêtât aucune attention. Des larmes de joie lui piquaient les yeux. Son cœur battait à éclater. Diane était libre ! Elle avait quitté Basile depuis cinq ans, et il n'y avait pas d'autre homme dans sa vie. Tous les espoirs auxquels il avait renoncé renaissaient en lui. Et ces lettres qu'il ordonnait à son secrétariat d'enfermer dans un tiroir sans les lui faire suivre ! Il s'était même interdit d'ouvrir ce tiroir lors de ses séjours à Londres. Ne s'agissait-il que de lettres amicales, ou bien ?... Il se mordit les lèvres. Quel imbécile il avait été ! Que de temps perdu ! Peut-être avait-il laissé passer sa chance, leur chance à tous deux, à tout jamais ?

— Et voilà ! Ça marche !

Le feu s'était communiqué aux brindilles, et une flamme grandissante léchait les morceaux de bois. Heureux comme un gosse, Basile rajouta une bûche et tendit ses mains à la chaleur.

— Nous avons mérité une bonne rasade de cognac ! Surtout moi, parce que, en dépit de ta qualité d'homme des bois diplômé, tu ne m'as pas été d'un grand secours dans cette délicate entreprise !

Il sortit de sa veste une flasque d'argent incrusté d'ivoire, la déboucha en but une gorgée et l'offrit à Périclès. Celui-ci la prit et but à son tour.

— Ça fait du bien, dit-il en rendant la flasque à Basile. Que dirais-tu d'un cigare ?

— Adopté ! Je suis enchanté de cet orage. Sans

lui, nous aurions marché comme des idiots en tiraillant sur d'innocents palmipèdes...

Il se servit dans l'étui de Périclès, et saisit un tison qu'il approcha de son cigare.

— Il faudra penser à rejoindre les autres... Mais rien ne presse. Je ne sais pas si la soirée au pavillon de chasse sera à ton goût... Tu as remarqué que les épouses n'étaient pas invitées ? Le baron affectionne les traditions. Ses parties de chasse s'achèvent généralement en orgie. D'ordinaire, il fait venir un plein fourgon de putains de Blois et un autre de Vierzon !... Quelle bonne idée de m'avoir fait signe ! Depuis des années, je suis si occupé par mes affaires que je ne sais même plus souffler un moment, ne rien faire, tout simplement ! J'ai parfois l'impression de perdre le contact avec...

— ... la réalité ?

Le ton de Périclès était plus grave qu'il ne convenait à une simple conversation d'amis. Surpris, Basile le dévisagea.

— Que veux-tu dire ?

Pour toute réponse, Périclès tira de sa poche la coupure de journal.

L'orage gagnait en violence. Bien qu'il fût encore tôt en cet après-midi, le ciel s'était assombri, et l'étroite fenêtre aux vitres encrassées ne dispensait qu'une faible lumière à l'intérieur de la masure. Sans les lueurs mouvantes du feu, les deux hommes auraient à peine distingué leurs visages.

Silencieux, Basile déchiffrait la coupure de presse. Périclès épiait ses réactions. Basile restait impassible. Il n'aurait pas lu un indicateur des chemins de fer avec plus de flegme.

— Eh bien ? dit-il enfin, en rendant la coupure à Périclès.

Périclès réfléchissait intensément. Ce qu'il avait déclenché était irrémédiable. Quelle que soit la suite de leur entretien, leurs rapports ne seraient plus jamais les mêmes. Leur première confrontation, maintenant inévitable, les chasserait du paradis de l'enfance. La vie n'était plus un jeu. Même la mort de Démosthène avait laissé intacte cette fiction qu'ils s'ingéniaient à perpétuer depuis si longtemps et à laquelle il venait de mettre fin délibérément. La vie devenait une lutte âpre et cruelle, où l'on souffrait, où l'on tuait, où l'on mourait pour de bon. Voilà ce que signifiait, au-delà de son contenu, ce petit carré de papier aux pliures fatiguées.

— Honendael était mon ami, dit enfin Périclès.

Il plongea son regard dans celui de Basile. Le marchand de canons ne cilla pas.

— C'était un drôle de type, à la fois ridicule et admirable, poursuivit Périclès. Naïf et supérieurement intelligent... Je crois qu'il était *bon*.

Un sourire ironique se dessina sur les traits de Basile.

— Oh ! ça n'était pas un petit saint. Je l'ai vu commettre un meurtre. Mais il avait de très bonnes raisons pour cela... Il croyait en quelque chose, lui ! Il...

Basile lui coupa la parole :

— Nous croyons tous en quelque chose.

— Laisse-moi finir... Il croyait en quelque chose de très simple. Il croyait que les moutons ont le droit de vivre, de se défendre contre les loups...

— Des moutons ! Des loups ! Qu'est-ce que c'est que cette fable ?

Périclès haussa les épaules.

— Tu l'as fait assassiner. Eliaki l'a égorgé !... Il n'a pas perdu la main, celui-là !

— Périclès, tu délires !

— Oh non ! Je voudrais bien m'éveiller de ce cauchemar, mais c'est impossible. Je ne rêve pas. Tu as fait tuer Honendael et les autres, parce qu'ils se sont mis en travers de ton chemin...

— Les autres ? Quels autres ?

— Véréna Touryanov, Fabrizzio Gondoni, Sheila Weill-Hammer, et je ne sais qui encore ! martela Périclès d'une voix dure. Ne joue pas les innocents, Basile. Tu es un tueur. Je ne voulais pas le croire, parce que je conservais de toi une vision rassurante, celle du gamin qui courait avec nous dans les rues de Salonique. Un gentil garnement en culotte courte, comme Démosthène et moi. Mais le garnement a grandi. Il inonde la terre d'instruments de mort, et il élimine impitoyablement tous ceux qui se dressent contre lui... Tu me fais horreur, Basile !

Périclès se tut. Basile prit une bûche et la jeta dans la cheminée. Sous son poids, le fragile échafaudage de bois à demi consumé s'affaissa dans une gerbe d'étincelles.

— Tu ne sais pas de quoi tu parles, dit Basile d'une voix rauque. Vous ne savez rien, vous ne comprenez rien, tous autant que vous êtes... Diane, Honendael, toi... Des idéalistes ! Des rêveurs ! Le monde n'est pas bon, voilà la vérité. C'est un chaos sanglant, et rien d'autre. Pour l'organiser, pour le façonner, pour changer le désordre en un ordre lui-même éphémère, il n'y a qu'un moyen : verser encore plus de sang, toujours plus de sang... Jusqu'à ce qu'un nouvel équilibre apparaisse. C'est terrible, mais c'est ainsi. Honendael voulait empêcher la guerre d'éclater. Pauvre imbécile ! Les nations ne peuvent pas vivre en paix...

— Tu te grises de mots... Tes grandes théories ne servent qu'à justifier tes profits. Je ne prétends pas que le monde soit « bon », loin de là ! Je l'ai vu de près, moi aussi... De plus près que toi. Partout, j'ai touché la misère et l'injustice... Mais la guerre, que tu prends comme remède universel, est bien plus affreuse. Les obus dont tu tires tes bénéfices, j'ai pu constater leur effet. Ce n'est pas beau. L'être humain est d'une fragilité dont tu n'as pas idée.

Un rictus méprisant tordit la bouche de Basile.

— Tu vas me faire pleurer !

— J'en doute. Tu n'es capable de pleurer que sur toi-même. Ta force n'est qu'apparente. En réalité, tu n'es qu'un petit garçon qui a vu mourir son père sous ses yeux, et qui a juré de se venger du monde entier !

— Tais-toi !

En un instant, le masque ironique et hautain de Basile vola en éclats. Les paupières plissées, le nez pincé, les lèvres amincies par la colère, il fixait Périclès avec haine.

— Tais-toi ! répéta-t-il. Je t'interdis...

— Je dis la vérité ! gronda Périclès. Pendant des semaines, après Kanly-Koula, tu as été comme fou. Tu ne parlais plus, tu ne dormais plus... Et puis, petit à petit, tout est rentré dans l'ordre, en apparence. Mais le mal était fait. Tu étais devenu une bête sauvage. La haine t'habitait. Elle t'habite encore. Tu n'as jamais surmonté cet épisode de ta vie. Sinon, pourquoi aurais-tu choisi *Kanly-Koula* pour la combinaison du coffre où tu conservais les plans des états-majors ?

— Mais comment...

— Comment je le sais ? C'est moi qui l'ai communiqué à Honendael !

— Toi, c'est toi qui m'as trahi !

— La paix valait toutes les trahisons ! Et qu'est-ce que tu perdais dans l'affaire ? De l'argent ? Tu es richissime... Honendael m'a demandé de deviner quel mot tu avais choisi, je lui ai proposé Kanly-Koula... J'avais deviné juste ! Kanly-Koula, le nom de ta haine. Une haine froide, secrète, contre le monde entier, qui n'épargnait que Diane, Démosthène et moi... Et parce que tu nous aimais, et parce que nous t'aimions, nous avons été aveugles. Diane a compris la première, à force de vivre auprès de toi... Elle a dû prendre la mesure de ton égoïsme et de ta folie. Et elle est partie...

Assis sur son tabouret, dans la lueur des flammes qui creusaient ses traits et accentuaient leur expression égarée, Basile sembla un instant hésiter entre les larmes et la fureur. Ce fut la fureur qui l'emporta.

— Ne touche pas à Diane ! éructa-t-il. Ne prononce pas son nom ! De quoi je me mêle, hein ? Ah, je vois... Tu te dis : Après tout, pourquoi pas moi ? Puisque Démosthène et Basile l'ont eue, pourquoi pas moi ? C'est ça, hein ? Et tous tes beaux discours sur la paix, tes fables à la gomme sur les moutons et les loups, voilà ce que ça cache : ta jalousie ! La grande âme voudrait juste baiser l'ex-femme de ses copains !

Périclès serra les poings. Sa voix se fit menaçante.

— Fais attention, Basile, tu vas trop loin !

— Trop loin ? Et toi ? Tu m'as trahi ! Tu m'as vendu à cet avorton d'Honendael, à ce pacifiste ! Et pourquoi ? Par conviction humaniste ? Pas du tout ! Pour te venger de moi, petitement, salement.

Hors de lui, Basile chercha l'injure la plus grave, celle qui offenserait Périclès au plus profond de lui-même, dans ce qu'il avait de plus sacré : la pureté de son amour pour Diane. Il n'eut pas à chercher longtemps. Elle jaillit de son enfance faubourienne :

— ... Parce que j'ai tenu Diane dans mes bras, alors que tu t'es branlé toute ta vie en pensant à elle !

— Espèce de porc !

— Salaud !

Les deux hommes s'étaient levés. Basile décocha à Périclès un coup de poing qui l'aurait assommé s'il ne l'avait pas esquivé. Ils se prirent au collet. Grimaçants, leurs visages se touchant presque, ils se lançaient des injures au visage.

— Fumier ! Traître ! Je vais t'envoyer rejoindre ton petit copain Honendael !

— Retire ce que tu as dit, ordure, sinon...

— Je ne retire rien ! Tu la voulais, hein, salaud ! Tu l'as toujours voulue... Mais elle t'a préféré Démosthène, et moi ensuite ! Qu'est-ce que tu t'imaginais ? Une femme comme elle, avec un lourdaud comme toi...

Le feu, attisé par la tempête, crépitait rageusement. Les flammes semblaient vouloir s'échapper de l'âtre.

Arc-boutés, accrochés l'un à l'autre, les deux hommes dansaient une danse grotesque et terrible. Cent fois, dans leur enfance, ils s'étaient ainsi empoignés. Mais alors leur fureur était innocente. Ils savaient qu'après, quelle que soit l'issue de la lutte, vainqueur et vaincu éclateraient de rire ensemble. C'était différent aujourd'hui, comme si toutes ces batailles enfantines n'avaient fait que préfigurer celle-là.

Périclès lâcha le col de la veste de Basile et frappa deux fois, à l'estomac. Basile jura et se plia en deux. Les battoirs formidables de Périclès s'abattirent alors sur son crâne. Le marchand de canons poussa un cri et bascula la tête la première dans l'âtre. Avec un hurlement de bête, il se rejeta en arrière, tentant d'échapper aux flammes. Trop tard ! Ses cheveux et ses sourcils brûlaient, et la peau de son visage, soulevée par d'énormes cloques, marbrée de noir et de rouge, était horrible à voir.

— Basile ! Mon Dieu !

En un éclair, Périclès ôta sa veste et la plaqua sur la tête de Basile pour tenter d'éteindre les flammes qui grésillaient dans sa chevelure. Fou de douleur et de rage, Basile se débattait.

— Calme-toi, je t'en prie, le conjura Périclès qui évitait de son mieux les coups de poing et de pied de Basile.

En désespoir de cause, il saisit une bûche et l'abattit sur le front du forcené. Basile s'affaissa, et Périclès acheva d'étouffer les flammes. Hors d'haleine, il se laissa tomber près du corps inanimé de son ami.

Il resta ainsi un long moment, haletant, horrifié, anéanti par le drame qui venait de se jouer, par la part qu'il y avait prise.

Un râle de Basile le tira de son accablement. Il se redressa, écarta du visage de son ami la veste qui le dissimulait. Il eut un haut-le-cœur en découvrant les chairs brûlées, boursouflées, les lèvres démesurément gonflées qui rendaient sa bouche semblable à la gueule protubérante d'un poisson, le nez rongé jusqu'au cartilage. Une odeur écœurante flottait autour de cette créature cauchemardesque. Périclès ne put contenir un sanglot.

— Basile ! Oh, Basile, pardonne-moi !

— Mon fusil... Donne-moi... mon fusil !

Les lèvres difformes de la créature bougeaient faiblement. Chaque syllabe articulée lui coûtait un effort démesuré. Périclès aurait voulu s'enfuir, échapper à cette voix inhumaine, presque inaudible.

— Tu es fou... Je vais te sortir de là ! Je te porterai sur mon dos... Tu vivras !

— Non... C'est fini. Tout est... fini ! Donne-moi mon fusil.

Périclès secoua frénétiquement la tête.

— Tu auras les meilleurs médecins...

— Mon fusil ! C'est la seule chose que je te demande... Oh !

Un gémissement interrompit la supplique de Basile. La douleur était telle qu'il parvint à ouvrir les yeux. Ce que Périclès y lut le glaça d'effroi.

— Au nom du Ciel, Péri !... Fais-le toi-même... Je n'y... arriverai pas !

Le visage ruisselant de larmes, Périclès se leva et alla chercher son propre fusil. Il le chargea, referma la culasse et revint s'agenouiller près de Basile.

— Vite !

Les dents serrées, Périclès appliqua le canon contre la tempe du blessé.

Au contact froid de l'acier, Basile comprit que ses souffrances allaient prendre fin. Ses traits martyrisés s'apaisèrent, et une ébauche de sourire s'y dessina.

— Merci !

Dans l'espace exigu de la cahute, la détonation claqua comme un coup de tonnerre. Périclès lâcha l'arme et s'effondra près du corps de son ami.

Estompés par les brumes de la haute altitude, les contours des cimes neigeuses du Kilimandjaro se dressaient loin au-dessus du campement. Il était encore tôt, et le soleil oblique caressait les êtres et les choses. Debout sur le seuil de la tente contiguë à celle de Périclès, Anoka contemplait la savane immense qui s'étendait au pied de la montagne. Soudain, elle chancela. Sur son visage lisse, aux traits altiers, se peignit une expression de vertige douloureux. Elle porta une main à son cœur et ferma les yeux, mais c'était inutile, elle le savait. La vision que le dieu lui envoyait ne s'évanouirait pas. Elle était d'une précision photographique, comme toutes celles qui l'avaient précédée au cours de son existence, et qui l'avertissaient d'un événement imminent. Sa main étreignit l'amulette d'okoubé qui reposait sur sa peau d'ébène, à la naissance de ses seins. Le destin était en marche, et aucune force humaine ou surnaturelle ne pourrait s'opposer à sa réalisation. L'instant que la princesse cafre redoutait depuis des années était venu.

Deux mille mètres plus bas, à une journée de marche, une petite caravane se préparait à partir. Elle était composée de trois Européens et de quatre

porteurs noirs. L'homme qui la commandait, Harry White, était un Anglais au teint rouge brique et aux cheveux grisonnants. Diane l'avait engagé à Nairobi, sur le conseil du consul d'Angleterre. « Ne vous inquiétez pas de la quantité de whisky qu'il ingurgite, avait-il dit à Diane. Je ne connais pas de meilleur guide. » Quinze jours de marche en avaient convaincu la jeune femme. Grâce à Harry White, Alexandre et Diane se sentaient en sécurité. Elle adressa à son fils un regard de tendre complicité. Elle était fière de lui. Les fatigues et les aléas de ce voyage interminable, la nourriture parfois peu ragoûtante, la soif, les insectes, le danger, il avait tout supporté avec courage, malgré ses quatorze ans. Il s'était endurci très vite, oubliant les privilèges et le confort de sa condition d'héritier. Ici, en Afrique, il découvrait la splendeur des paysages, la diversité de la vie animale, sa cruauté et sa beauté. Elle ne regrettait pas de l'avoir entraîné dans cette aventure. Au terme de ce voyage initiatique, il serait devenu un homme, et elle, Diane, redevenue une femme.

Harry White, qui conduisait la colonne, leva un bras au-dessus de sa tête. A ce signal, la caravane s'immobilisa. Harry tendit sans un mot ses jumelles à Alexandre.

A deux cents mètres à peine, deux lions et quatre lionnes entourés d'une demi-douzaine de lionceaux se reposaient à l'ombre de palmiers nains. La chasse de la nuit précédente avait été fructueuse. Le ventre rebondi des fauves en témoignait.

Alexandre passa les jumelles à sa mère.

— Ils digèrent, dit White. Ils ne bougeront pas si nous restons à cette distance. Mais il ne faut pas nous attarder si nous voulons arriver ce soir...

L'Anglais adressa un signe aux quatre porteurs qui se remirent en route.

Diane considéra la masse impressionnante du Kilimandjaro. Si proche maintenant, la montagne symbolisait tout son espoir. Ce soir, enfin...

Périclès posa son vieux Shakespeare dépenaillé sur la table pliante installée sous l'auvent de la tente et bourra lentement sa pipe. Son boy, Wahili, préparait le repas du soir. Un cuissot d'antilope cuit à l'étouffée sous la cendre, des ignames et du riz. Périclès lui sourit, puis laissa errer son regard sur les cimes enneigées. Il poussa un soupir d'aise. Depuis quelques semaines, dans ce cadre sublime, loin des laideurs de la civilisation, il retrouvait peu à peu son équilibre. Il émergeait enfin du long cauchemar qu'avaient été l'enquête et le procès. S'il n'avait pas soufflé mot de la querelle, il n'avait pas cherché un instant à dissimuler la vérité sur la mort de Basile : à sa demande, il avait achevé son ami, irrémédiablement défiguré et mutilé. Sa sincérité, l'aura de loyauté et d'authenticité qui se dégageait de sa personnalité et de ses paroles avaient convaincu ses juges. C'était une pure et simple tragédie. Un homme avait préféré la mort au calvaire d'une survie douloureuse, dans un corps infirme et repoussant. Il avait supplié son ami d'enfance de mettre fin à ses souffrances. La justice humaine ne pouvait s'exprimer sur un pareil cas qu'avec prudence et humilité. Le tribunal avait acquitté Périclès.

Un bruit de pas le ramena au présent.

— C'est toi, Anoka ? Mais... qu'est-ce que tu fais avec ce balluchon ?

La jeune femme était vêtue d'un simple boubou de cotonnade. Son visage était grave.

— Une autre vient. Je dois partir.

Périclès se leva.

— Que veux-tu dire ?

— Je vois. Je sais. Elle sera là bientôt... Il faut qu'elle te trouve seul.

Perplexe, Périclès tendit la main et lui effleura la joue.

— Anoka...

— Ne dis rien. Je ne suis pas triste, puisque tu seras heureux. J'ai eu ma part. C'était déjà inespéré.

Périclès sentit sa gorge se serrer.

— Où vas-tu ? parvint-il à articuler.

— Je retourne à Sonnenfontein, auprès des miens. Je poursuivrai ton œuvre. Je m'efface, mais je ne te quitte pas.

Il voulut la prendre dans ses bras. Elle se déroba sans brusquerie.

— Adieu, mon amant et mon maître.

Elle posa son balluchon sur sa tête et, d'une démarche assurée, s'engagea sur la pente herbeuse.

Il aurait été vain de tenter de la retenir. Les décisions d'Anoka étaient inflexibles. Physiquement et moralement, elle était semblable à un diamant noir. Par-delà sa peine de la voir s'éloigner, un espoir fou envahit Périclès. Tout ce qu'Anoka lui avait annoncé s'était toujours réalisé. *Elle sera là bientôt*, avait-elle dit. Il appela Wahili et lui ordonna de préparer de l'eau chaude et la belle tenue blanche qu'il emportait partout avec lui dans la brousse.

Au coucher du soleil, le boy entra dans la tente de Périclès. A l'excitation qui se lisait sur sa figure,

Périclès comprit ce qui se passait avant même que Wahili n'ait parlé. Il se rua dehors. Des silhouettes cheminaient sur la pente vers le campement. La caravane déboucherait sur le plateau d'ici une heure. Il réprima son impatience, et se retint de décrocher la paire de jumelles qui pendaient, accrochées par un cordon de cuir, au mât de la tente. Il savait. C'était elle. Anoka l'avait prédit. Il revint s'asseoir, ouvrit le volume de Shakespeare au hasard, et lut à mi-voix la première phrase qui lui tomba sous les yeux :

... *Et à jamais nous resterons enfants...*

Il médita cette phrase. Elle exprimait son rêve, celui qui l'habitait depuis Salonique, quand il admirait le profil adorable d'une fillette de son âge, nimbé de lumière à l'entrée de la rue Ktétiat...

Diane leva les yeux vers le plateau, si proche à présent, et elle aperçut, la dominant, une haute silhouette blanche. Alors, le souvenir des épreuves et des chagrins s'effaça. Même le pire avait été beau et bon et nécessaire, puisqu'il la menait à cet instant de plénitude. La joie qui l'inondait balaya la fatigue de cette longue expédition. Elle prit la main d'Alexandre et se mit à courir, l'entraînant vers cet homme vêtu de blanc qui les attendait là-haut, dans la splendeur indicible du soir africain.

On était le 2 janvier 1911. A cet instant précis, dans la pénombre des antres enfumés et sonores des vulcains d'aujourd'hui, des centaines de milliers d'ouvriers forgeaient les armes du conflit à venir. Chez Krupp, chez Skoda, chez Schneider, chez Vickers, et dans les innombrables usines du groupe Müsenfeldt, à présent dirigé par Adolf Hausser-mann, on préparait l'apocalypse.

Composition réalisée par C.M.L., Montrouge

IMPRIMÉ EN FRANCE PAR BRODARD ET TAUPIN
Usine de La Flèche (Sarthe).
LIBRAIRIE GÉNÉRALE FRANÇAISE - 6, rue Pierre-Sarrazin - 75006 Paris.

ISBN : 2 - 253 - 05321 - X

30/6774/1